Das Land der Toten

Der Gott sah von seinem ewigen Gefängnis auf seine Nachkommen herab. Wie er selbst, so waren auch sie im Verlauf der Jahrtausende aus den Erinnerungen der Lebenden so gut wie verschwunden und zu nichts weiter als einem Mythos geworden. Zu lange hatten sie die Schmach der Niederlage durch den Feind erdulden müssen, waren aus ihrer angestammten Heimat vertrieben worden und dazu verdammt zuzusehen, wie die Welt sich im gierigen Griff des Verderbens wand.

Dann war der Geistersturm gekommen, der die spirituelle Welt in Schutt und Asche legte und die Kinder des Gottes zu vernichten drohte. In dieser dunkelsten Stunde, als die Vernichtung unmittelbar bevorstand, erwachte der Gott aus seinem langen Schlummer und verbreitete das Licht der Errettung. Er spürte die Veränderungen, die die Unterwelt erschütterten, lange bevor seine Diener den Ruf vernahmen. Ihre Furcht war stark, aber ihre Hoffnung auf seinen Schutz war es ebenso. Obwohl der Gott viele seiner Kinder an den Sturm verlor, wurden die, die übrig blieben, mit neuer Kraft erfüllt, die sie anspornte, den Kampf gegen ihren uralten Feind wieder aufzunehmen.

Seine Nachkommen waren mutig, aber der Gott wußte, daß sie alleine nicht dazu in der Lage sein würden, den Feind zu besiegen. Seine Verderbnis war zu weit verbreitet, und seine Dunkelheit bedeckte die Welt auf vielfache Weise. Die einzige Chance auf Erlösung würde kommen, wenn der Gott wieder auf Erden wandelte, wie er es in vergangenen Zeiten getan hatte.

Sein Leib aber war verloren, zerstreut durch dunkle Magie, die in ihrer Macht der des Gottes in nichts nachstand. Um ihn wieder herstellen zu können, müßten seine Kinder ihn wieder zusammentragen, doch Teile davon sind verborgen oder befinden sich, was noch schlimmer ist, in den Klauen jener, die sein Fleisch zu ihrem eigenen Nutzen verwenden wollen.

So mächtig der Gott auch war, er war zu machtlos, um seine Nachkommen oder die Räuber auf seinem Thron beeinflussen zu können. Er muß seinen Kindern vertrauen und auf den Tag warten, da er wieder hergestellt sein wird.

Dann würden der Feind – und die ganze Welt – wissen, was Wiedergeburt wirklich bedeutet.

DAS JAHR DES SKARABÄUS

BAND DREI

DAS LAND DER TOTEN

VON ANDREW BATES

AUTOR	ANDREW BATES
DEUTSCH VON	MICHAEL RÖMER
LEKTORAT	OLIVER HOFFMANN
KORREKTORAT	THOMAS RUSSOW
ART DIRECTOR, SATZ UND GESTALTUNG	OLIVER GRAUTE
UMSCHLAGILLUSTRATION	TOM FLEMING
MITARBEITER DER US-ORIGINALAUSGABE	CARL BOWEN (LEKTORAT), MELISSA THORPE (KORREKTORAT), PAULINE BENNEY (GRAFIKDESIGN), RICHARD THOMAS (ART DIRECTOR)

1. Auflage 2002
ISBN 3-935282-63-X
Originaltitel: Year of the Scarab Trilogy Book Two: Land of the Dead

Feder&Schwert im Internet: http://www.feder-und-schwert.com

WHITE WOLF GAME STUDIO

WELT DER DUNKELHEIT

FEDER & SCHWERT

Teil I:

Verlust und Erlösung

EINS

Nicholas Sforza-Ankhotep trat aus dem Internationalen Flughafen von Kairo und kniff die Augen im hellen Licht des Nachmittags zusammen. Seine Sonnenbrille rang mit den gleißenden Strahlen der heißen Sonne Ägyptens, während er seinen Blick über die Menge um ihn herum schweifen ließ.

Ibrahims Rufen war aufgrund des Lärms der Menge der Reisenden und des rauschenden Verkehrs kaum zu hören. Nicholas entdeckte seinen getreuen Begleiter neben einer blauen Mercedes-Limousine und kämpfte sich durchs Gedränge, abwechselnd den Unmengen an Fremdenführern, Fahrern und Straßenhändlern ausweichend, sie ignorierend oder höflich die ihre Dienste ablehnend, die sie ihm anboten. Er übergab seine beiden Sporttaschen dem drahtigen Fahrer der Limousine, der sie in den Kofferraum warf und sich dabei offensichtlich wenig Gedanken darum machte, daß ihr Inhalt vielleicht eine behutsamere Behandlung vertragen könnte. Der kleine Mann grinste, wobei er schiefe braune Zähne zur Schau stellte, und plapperte in schnellem Arabisch vor sich hin, während er den Kofferraumdeckel zuschlug.

Ein letzter Rundblick, bevor er hinten in die Limousine einstieg, zeigte Nicholas nichts anderes als das vor einem Flughafen typische Chaos. Die hartnäckigsten Straßenhändler nutzten die Gelegenheit, um noch ein letztes Mal lauthals ihre Waren anzupreisen. Mit einem Lächeln stieg Nicholas kopfschüttelnd ein und schloß die Tür. Ibrahim hatte den Beifahrersitz für sich in Anspruch genommen und behielt die Gegend wachsam im Auge, während sie nach Kairo hineinfuhren.

Normalerweise kannte der Fahrer einer solchen Limousine die Stadt besser als der durchschnittliche Taxifahrer. Aber es gab keine Garantie dafür, daß irgendein Fahrer mit dem Zielort seiner Fahrgäste irgendetwas anfangen konnte. Ibrahim, der in Kairo geboren und aufgewachsen war, war daran gewöhnt und unterhielt sich mit dem Fahrer, während er ihn die Shari Salah Salim entlang zu ihrem Ziel lotste.

Nicholas war froh, die Lotsenpflichten abtreten zu können. Er war an das hektische, aggressive Fahren in Chicago gewöhnt, aber im Vergleich zu Kairo war das gar nichts. Das Fahren auf den Straßen Kairos war wie das Mitspielen in einem *Mad Max*-Film. 15 Millionen Menschen, die in kastenförmigen europäischen Autos mit unglaublicher Geschwindigkeit herumfuhren und dabei noch nicht einmal Rücksicht auf das Konzept von Verkehrsregeln nahmen. Autos wechselten ohne Beachtung anderer Verkehrsteilnehmer die Spur, ihre Fahrer hatten eine Hand am Steuer und die andere auf der Hupe. Unfälle waren an der Tagesordnung - ein Auto ohne Beulen oder Kratzer war schon eine Seltenheit und würde höchstwahrscheinlich die Woche in solch unberührtem Zustand nicht überdauern. Trotz allem lachten die, die in kleinere Unfälle mit Blechschäden verwickelt waren, darüber, solange niemand verletzt worden war. Nicholas gab sich Mühe, sich in dem abgenutzten Ledersitz zurückzulehnen und am Verkehr vorbei auf die Stadt zu starren, in deren Richtung sie nun fuhren.

Trotz des vierzehnstündigen Flugs von Chicago mit Zwischenstop in München fühlte sich Nicholas kein bißchen erschöpft. (Im Gegensatz dazu blieb Ibrahim nur aufgrund zweier Tassen türkischen Kaffees, die er kurz vor der Landung getrunken hatte, noch bei Bewußtsein.) Nicholas strotzte vor Energie. Der Aufenthalt in den Ländern des Glaubens fegte jeden Hauch von Erschöpfung beiseite, den er in sich getragen haben mochte. Es fiel ihm schon schwer genug, sich zu zwingen, sich auf dem Rücksitz des Mercedes zu entspannen. Er wollte dort draußen sein, die Eindrücke und Geräusche Kairos in sich aufnehmen, sich in dem Glanz sonnen, von dem die Stadt durchdrungen war und sich am Land seiner Wiedergeburt erfreuen.

Er mochte fast reinrassiger Italiener sein, aber seine Seele gehörte Ägypten, und zwar nicht nur im übertragenen Sinne. Er hatte es nur der Kraft zu verdanken, die diese Region durchströmte, der Stärke der Länder des Glaubens, daß er heute überhaupt noch am Leben war. Nicholas schuldete diesem uralten Land im wahrsten Sinne des Wortes seine Seele.

Nicht einmal in seinen kühnsten Träumen hätte Nicholas sich ausgemalt, daß sein Leben den Lauf nehmen würde, den es genommen hatte. Er hatte sich schon lange daran gewöhnt, wie die Dinge laufen sollten. Als Italo-Amerikaner in dritter Generation mit einer Familie, die ein Teil des organisierten Verbrechens war, seit seine Urgroßeltern nach dem Ersten Weltkrieg von Bord des Einwandererschiffes gegangen waren, war er schon beinahe der klischeebehaftete Pate. Er hatte vor ein paar Jahren einen halbherzigen Versuch unternommen, selbst etwas auf die Beine zu stellen, als er S-Securities, seine Sicherheitsfirma, gegründet hatte. Aber zukünftige Kunden, an die er herantrat – die er im großen und ganzen deshalb ausgewählt hatte, weil sie nicht mit dem organisierten Verbrechen in Verbindung standen – dachten, er gehöre zur Mafia. Kein Individuum und keine Firma, die über ein noch so kleines Maß an Selbstachtung verfügte, wollte, daß eine Firma, die mit dem Syndikat in Verbindung stand, sich um ihre Sicherheit kümmerte, und seine Familie sah darin die perfekte Fassade für ihre vielschichtigen dunkleren Unternehmungen. Er sträubte sich dagegen, aber ein Jahr später hatte er eine volle Kundenliste und einen Mitarbeiterstab von zehn Leuten... von denen jeder einzelne vom Syndikat abgesegnet war.

Nicholas hatte erkannt, daß er keine andere Wahl hatte. Er gab sich der Routine hin und delegierte die unerfreulichsten Aspekte an Untergebene. Als hätte das seine Karriere aus irgendeinem Grunde legal gemacht. Die leeren Tage wurden zu leeren Wochen, die sich zu Monaten hinzogen. Jahre zogen vorüber wie Dreck, der den Abfluß hinuntergespült wurde. Tief drinnen fühlte er sich leer, unausgefüllt. Er stolperte wie ein Zombie über den Friedhof, zu dem sein Leben geworden war.

Darin lag auch der Witz: Es brauchte schon einen gottverdammten Zombie, um ihn unsterblich zu machen. Maxwell Carpenter, ein Freak, wie er nur einem schlechten Horrorfilm entsprungen sein konnte, kehrte aus dem Grab zurück, um Nicholas' gesamte Familie zu töten. Sechzig Jahre lang lag er auf der Lauer, ein böser Geist, der einen Groll gegen Nicholas' Großeltern hegte. Carpenter war als einer der lebenden Toten zurückgekehrt, ein blutleerer Teufel, der auf Rache sann.

Nicholas ereilte das gleiche Schicksal wie den Rest seiner Familie. Irgendwie hatte Carpenter Nicholas gezwungen, sich eine Waffe an die Schläfe zu halten und abzudrücken.

Aber nachdem er das Leben, das ihm geschenkt worden war, verschwendet hatte, bekam Nicholas eine zweite Chance. Der mächtige Osiris, der Herr über das Leben, schickte ihm einen Boten, Ankhotep, um Nicholas den Pfad der Erlösung, den Weg der Ma'at, zu zeigen. Nicholas war tot, aber er konnte sich entscheiden, wieder zu leben, *ewig* zu leben, indem seine Seele sich mit der von Ankhotep verband und er zu einem der Unsterblichen... zu einer Mumie... wurde.

Die Wahl zu treffen war leicht gewesen, aber erst jetzt begann er, ihre volle Tragweite zu begreifen. Erst jetzt begann er zu verstehen, was Unsterblichkeit wirklich bedeutete.

• • •

Das beeindruckende Gemäuer der Zitadelle füllte die Frontscheibe des Mercedes aus, als der Wagen vom Flughafen aus gen Südwesten fuhr. Die

Zitadelle, die von den Einheimischen Al-Qala'a genannt wurde, war ein groß angelegtes Bauwerk, das den östlichen Horizont Kairos beherrschte. Saladin hatte die Festung im 12. Jh. auf einem steil abfallenden Kalksteinvorsprung der Muqattam-Berge über der Stadt errichten lassen. Einst dafür ausgelegt, die Stadt vor Feinden zu schützen, diente sie mittlerweile nur noch als Kaserne für das Militär und als Touristenattraktion. Nach Westen hin erstreckte sich über die Ausläufer der Muqattam-Berge hinweg zu den Ufern des Nil hin in einem Wirrwarr aus übervölkerten Vierteln die Mutter der Welt... Kairo.

So geheimnisvoll und anziehend sie auch auf Touristen aus dem Westen wirken mochte, auf Nicholas' vorbelastetes Auge wirkte die Hauptstadt Ägyptens wie ein Chaos aus engen Gassen, die sich um Häuseransammlungen herumwanden, die aussahen, als hätten sie vom Konzept der Stadtplanung noch nie etwas gehört. Uralte Wakalahs aus Lehmziegeln und kunstvolle Moscheen, auf denen die Last von Jahrhunderten schwer ruhte, standen Seite an Seite neben schmucklosen Wohnblocks aus Gußbeton und kastenförmigen Bürogebäuden. Alles in allem hatte das moderne Kairo keine Gemeinsamkeiten mehr mit der uralten Stadt Heliopolis, die einst an dieser Stelle an den Ufern des Nil gestanden hatte. Nachdem die Limousine die Zitadelle umrundet hatte und nun in die Ebene hinabfuhr, konnte Nicholas endlich den einzig verbleibenden Hinweis auf jene uralte Metropole sehen.

Selbst aus 15 Kilometern Entfernung waren die Pyramiden von Gizeh noch gut zu erkennen. Ihre gewaltigen Konturen zeichneten sich in scharfem Kontrast gegen die untergehende Sonne ab und wirkten wie unvergeßliche Erinnerungen an ein stolzes, uraltes Volk. Bei diesem Anblick wurde Nicholas von seinen Gefühlen überwältigt. Der Anblick der Pyramiden, die sich über der modernen Stadt erhoben, vermittelte Nicholas deutlich, daß er das Kind zweier Zeitalter war, ein Mann mit einer uralten Vergangenheit und einer turbulenten Gegenwart.

Der Mercedes bog ab und riß Nicholas aus seinen Erinnerungen, als er sich von der Shari Salah Salim nach Süden auf die Shari as-Sayyida Nafisa wandte. Die Gegend stand im krassen Gegensatz zu den vollgestopften Stadtvierteln, die das Antlitz der Stadt im Nordwesten beherrschten. Statt unscheinbarer Betonklötze und Lehmziegel, die so dicht beieinander standen, daß sie einem die Luft zum Atmen nahmen, fuhren sie nun an einer Reihe von Mausoleen und niedrigen Gebäuden aus Stein vorbei. Wie in jedem anderen Viertel Kairos schlenderten Menschen umher und gingen Geschäften oder ihrem Vergnügen nach, saßen vor einfachen Häusern aus Lehmziegeln und sahen zu, wie die Welt an ihnen vorüberzog und verkauften ihre Waren am Straßenrand. Es war wie überall sonst, abgesehen davon, daß diese Menschen inmitten der Toten lebten, aßen, schliefen und sich liebten.

Sie fuhren in die Städte der Toten.

Die Städte der Toten lösten in dem uralten Teil von Nicholas' Seele etwas aus. Die Lebenden zollten hier den Geistern der Toten Tribut und erhielten die Erinnerungen an sie aufrecht, während sie sich um die Mausoleen kümmerten, in denen ihre Leiber zur Ruhe gelegt wurden. Der Teil Nicholas', der der uralte ägyptische Arzt Ankhotep war, weinte, als er die Hingabe der lebenden Bewohner der Friedhöfe sah.

Obwohl der weisere Teil Nicholas' aus dieser Zeit stammen mochte, empfand er mit seiner modernen Vernunft die Städte der Toten als seltsame Angelegenheit. Zwei große Friedhöfe lagen im Osten und im Süden am Stadtrand Kairos – sie wurden einfach nüchtern als der Nord- beziehungsweise der Südfriedhof bezeichnet. Die westlichen Medien hatten ihnen den reißerischen Namen „Städte der Toten" gegeben. Der Südfriedhof war wesentlich älter als der nördliche, aber sie erfüllten beide ähnliche Aufgaben. Sie dienten nicht nur traditionell der Aufbewahrung der Überreste der Verstorbenen, sondern wurden auch bereits seit langer Zeit von den Lebenden als Lebensraum verwendet. Großfamilien lebten hier schon seit Jahrhunderten in direkter Nachbarschaft zu oder manchmal sogar direkt in einem der zahlreichen Gräber. Es gab hier viele Leute, die illegal dort wohnten, aber der Großteil der Bewohner war rechtmäßig hier und fungierte als Hüter und Bewahrer der uralten Krypten.

Obwohl der Islam die mit Abstand weitestverbreitete Religion war, hielten die Bewohner der Städte der Toten immer noch an vielen uralten ägyptischen Traditionen fest. Die Mausoleen selbst waren dafür das beste Beispiel. Das Diktum des Islam schrieb vor, die Verstorbenen mit einer einfachen Zeremonie in einem schmucklosen Grab beizusetzen. Im Gegensatz dazu standen die Städte der Toten, denn genau das waren sie: Städte.

Viele Krypten bestanden aus zwei oder sogar drei Räumen und ummauerten Innenhöfen. Die Leichen wurden unter den Innenhöfen oder unter einem der Räume zur Ruhe gebettet, und ein Ehrenmal markierte die Ruhestätte. Dadurch blieb in den Räumen noch viel Platz, der von den Lebenden als Wohnfläche mit Beschlag belegt wurde. Die Bewohner eines solchen Mausoleums fungierten daher auch gleichzeitig als seine Hüter. Opfer für die Toten waren an der Tagesordnung, und Verwandte, die nicht mit den Toten zusammen wohnten, kamen oft zu einem Picknick inmitten der Gräbern vorbei. Auch waren die Lebenden mit allen Dienstleistungen versorgt, die man sonst in einer Stadt erwartete, von den Angeboten der Stadtwerke über ein Postsystem bis hin zu Polizeirevieren. Sie waren lebendige Orte und einer der wenigen Bereiche, die nicht von der Verwesung des Feindes überrannt worden waren.

So war es nicht immer gewesen. Bis vor kurzem noch hatten die Kinder Apophis' an diesem Ort gehaust, Vampire und Zombies, die sich von dem Blut und den Ängsten der sterblichen Bewohner dieser Orte ernährten. Die Gegend war perfekt für ihre Gewohnheiten geeignet. Hier konnten sie den Tag über ruhen und nachts auf der Suche nach Nahrung über den Friedhof streifen. Nachdem sie in die moderne Welt gekommen waren, zogen die Aminte in die Städte der Toten ein. Sie fegten durch sie hindurch, vernichteten systematisch jeden ihrer Feinde und reinigten so die Friedhöfe von der Verderbnis.

Aber obwohl die Städte der Toten im Namen Osiris' und Ma'ats gereinigt wurden, blieb doch der Rest Kairos – und mit ihm ein Großteil des Nahen und Mittleren Ostens – noch von der Untotenplage befallen. Soweit die Amintees hatten feststellen können, gab es hier eine größere Konzentration der Diener Apophis' als an irgendeinem anderen Ort der Welt. Daher erschien es ihnen nur gerecht, hier, an den Ufern des lebensspendenden Nils, den Kampf zwischen Osiris und dem Zerstörer wieder aufzunehmen.

Die Unsterblichen wünschten sich nichts mehr, als durch die Region zu fegen und ihre Feinde endgültig zu vernichten. Sie waren allerdings nicht sonderlich zahlreich und standen einem Feind gegenüber, von dessen wahrem Ausmaß sie zum gegenwärtigen Zeitpunkt keine Ahnung hatten. Die Aminte waren zufrieden damit, sich Zeit zu lassen, Informationen zu sammeln, die sie dazu verwendeten, Präzisionsangriffe gegen kleine Ansammlungen von Apepnu durchzuführen und so deren zahlenmäßige Überlegenheit langsam dahinschmelzen zu lassen. Außerdem stifteten sie so Verwirrung darüber, wer wohl hinter all den Aktionen stecken mochte. In Kairo stellten ausgewählte Mumien, wiedergeborene Einheimische, die sich besser unter die Bewohner der Stadt mischen konnten, Nachforschungen an, um so viel wie möglich über die Stärke und Bewegungen des Feindes in Erfahrung zu bringen. Es war eine gefährliche Aufgabe. Die Unsterblichen mochten zwar mächtiger als Menschen sein, aber sie waren nicht unverwundbar. Eine einzelne Kugel konnte einen ungeschützten Aminte immer noch töten, und dem Feind standen weit mächtigere Waffen zur Verfügung als einfache Schußwaffen. Solange sie noch keine bessere Vorstellung von den Städten der Toten und den dortigen Fäulnisnestern hatten, bewegten sich diese Mumien dort auf sehr leisen Sohlen, und andere Unsterbliche betraten sie nur selten, wenn sie nach Kairo kamen.

Minuten später kam der Mercedes ruckartig zum Stehen. Die sandige Straße, auf der er stand, war nicht für Autos gebaut worden. Daher wurde das Aussteigen fast schon zur Herausforderung. Fußgänger und Radfahrer riefen ernstgemeinte, aber schnell wieder vergessene Verwünschungen, während sie sich vorbeizwängten. Nicholas ließ den Blick über die Umgebung schweifen, während Ibrahim den Fahrer bezahlte. Wie üblich hatten die beiden die Gebühr für die Fahrt bereits ausgehandelt, bevor sie den Flughafen verlassen hatten. Nachdem er noch ein paar zusätzliche Dinar als Trinkgeld draufgelegt hatte, ließ Ibrahim das Taxi weiterfahren.

Nicholas stand neben einem niedrigen Grab mit weißgetünchten Wänden und ließ den Blick über die Menge gleiten. Er sah nichts ungewöhnliches. Keine Handlanger Apophis', zumindest nicht im Augenblick. Trotzdem konnte es nur eine Frage der Zeit sein, bis der Feind herausfand, daß er wieder in der Stadt war. Untote bevölkerten Kairo wie Ratten eine Müllkippe. Noch schlimmer war die Tatsache, daß die Kreaturen eine beliebige Anzahl Sterblicher auf ihrer Gehaltsliste haben konnten, die nach Nicholas und anderen seiner Art Ausschau hielten. Die Städte der Toten waren vergleichsweise sicher, aber es gab nie eine Garantie, wenn es um die Handlanger des Zerstörers ging. Trotz der Vorkehrungen, die Ibrahim und er getroffen hatten, bevor sie Chicago verlassen hatten, war es durchaus möglich, daß sie ihm bereits auf der Spur waren. Die Jünger des Apophis waren hinterhältig und beharrlich. Sie konnten die sichersten Orte infiltrieren, und sobald sie einmal den Geruch wahrgenommen hatten, bestand die einzige Möglichkeit, sie wieder abzuschütteln, darin, sie zu töten. Das Töten machte ihm nichts aus, denn schließlich war es der Grund gewesen, warum er wiedergeboren worden war, aber er zog es vor, das zu seinen Bedingungen zu erledigen. Der Feind hatte eine nervtötende Tendenz aufzutauchen, wenn er gerade mit etwas anderem beschäftigt war, und Nicholas war noch nie ein Freund von Komplikationen gewesen.

Er nickte Ibrahim zu und hob seine Taschen auf. Sie gingen Richtung Süden, schlängelten sich durch die Massen an Fußgängern und rangen mit der drückenden Hitze, die auf ihnen lastete. Es war zwar erst Mitte März, aber die Tageshöchsttemperaturen in Kairo bewegten sich schon so um die dreißig Grad und mehr, und die Luft war feucht. Die Wüste bedrängte die Stadt von allen Seiten, aber der mächtige Nil verteilte einen großen Teil seiner Feuchtigkeit in der Stadt. Zu Anfang empfand Nicholas, der in Chicago den eisigen Griff des Winters hinter sich gelassen hatte, die Wärme als angenehm. Allerdings war sein Kreislauf, sonst mehr auf das Klima des Mittleren Westens eingestellt, daran einfach nicht gewöhnt, und schon bald begann er, aus allen Poren heraus zu schwitzen. Der leise Hauch einer Brise machte das nur wenig angenehmer. Nicholas konnte sich nur ausmalen, wie drückend es erst im Rest der Stadt sein mußte, wo sich die Gebäude über den engen Gassen aneinander schmiegten und dem Wind jede Chance verwehrten, sein kühlendes Werk zu verrichten. Die Bewohner der Stadt schienen es mit einer Art lakonischer Demut zu erdulden. Es war schließlich Allahs Wille, daß der Tag so heiß war. Wer waren sie also, sich darüber zu beschweren? Auch wenn er der Gottheit vielleicht einen anderen Namen gegeben hätte, mochte Nicholas diese Einstellung doch nicht kritisieren.

Als sie sich dem Eingang des Tunnels – einem kleinen Haus aus Ziegelsteinen direkt neben einer großen moslemischen Krypta – näherten, spürte Nicholas, daß etwas anders war. Er blieb neben dem Stand eines Straßenverkäufers stehen, der Wandbehänge im Harraniyyah-Stil verkaufte, und Ibrahim verharrte ein paar Schritte entfernt. Nicholas entspannte sich und versuchte, seine Sinne mit seiner Umgebung in Einklang zu bringen. Mumien verfügten über eine Art Einsicht, eine Fähigkeit, mit der starke Emotionen aus anderen herausgefiltert werden konnten: Freude, Furcht, Zorn… und in diesem Falle nervöse Aufregung. Das Gefühl eines Voyeurs, eines Mannes, der heimlich etwas beobachtet, das ihn innerlich sehr aufwühlt. Nicholas hatte so etwas schon einmal gespürt. Ein Lakai des Verderbers beobachtete sie.

Nicholas ließ den Blick seiner durch die Oakley-Sonnenbrille verborgenen Augen über die Umgebung schweifen, während er tat, als sähe er sich die Sachen an, die der Händler zur Schau stellte. Der Verkäufer wies auf ausgesuchte Ware und nannte ihre Preise. Als Nicholas auf etwas deutete, das ihm gefiel, trat Ibrahim heran, um die Preisverhandlungen zu übernehmen, wie es seiner Rolle als Führer entsprach. Nicholas sah niemanden, war aber sicher, daß sie beobachtet wurden. Es war frustrierend. Er hatte gehofft, sie könnten den Unterschlupf unbeobachtet erreichen. Anstatt sich nun wie erhofft vor seinem Treffen erholen zu können, würde er sich mit einem Spion herumschlagen müssen. Ihr Verfolger war fähig genug, sich vor Nicholas so zu verbergen, daß dieser ihn nicht aufspüren konnte, ohne zu offenbaren, daß er ihn entdeckt hatte. Er entschloß sich, seinen Verfolger mitzuschleifen, bis sie das Blatt wenden und den Verfolgenden zum Verfolgten machen konnten. Der Typ war wahrscheinlich nur ein kleiner Fisch, und Nicholas war mehr daran interessiert herauszufinden, für wen er arbeitete.

Ibrahim und der Verkäufer kamen zu einer beide Seiten zufriedenstellenden Übereinkunft über den Preis, und Nicholas reichte drei ägyptische Pfund hinüber, während der alte Herr den kleinen wollenen Wandteppich zusammenrollte. Ibrahim warf Nicholas einen fragenden Blick zu, als dieser den Wandbehang in die Tasche schob. Er nickte kurz, und sie gingen beide weiter, als sei alles noch beim Alten.

Nicholas folgte Ibrahim in die gewöhnlich wirkende Hütte hinein. Es gab an ihr absolut nichts besonderes, nur zwei kleine Räume, die durch eine dünne Gipswand und einen gewebten Wandbehang voneinander getrennt waren. Einige verstreute Kissen stellten die einzige Möblierung dar, und eine Ansammlung von Pfannen und Metallbehältern gingen als Küche durch. Der andere Raum nahm zwei Drittel des Gebäudes ein und war Wohn- und Schlafzimmer in einem. Obwohl dies für Kairo keine ungewöhnliche Bauweise war, war es doch nichts weiter als eine Fassade. Als sie das Gebäude betraten, spürte Nicholas, wie ihn eine schwache, aber unmißverständliche Welle der Aufregung überkam. Ihr Beobachter war vom Eifer ergriffen, da er nun den Zielort seiner Beute kannte. Die Frage war nur, ob er noch eine Weile bleiben oder gleich wieder zurückeilen würde, um Bericht zu erstatten.

Der Vorhang teilte sich als Antwort auf den Lärm, den sie beim Betreten des Hauses gemacht hatten und offenbarte scharfe, schwarze Augen in einem dunklen, faltigen Gesicht. Ein breites Grinsen brachte die Züge des Mannes zum Erblühen, und seine Augen begannen, vor Freude zu leuchten.

„Aminte Nicholas! Ibrahim! Ich hatte euch nicht so früh erwartet!" Der alte Eset-A sprach aus Respekt vor Ibrahim Englisch. Faruq war gleichermaßen bewandert in Altägyptisch, dem Arabisch seines Heimatlandes und Englisch. Auch wenn Ägyptisch in Nicholas' Geist so lebendig sein mochte wie Englisch, verfügte er doch nur über eine begrenzte Vertrautheit mit dem Arabischen – gerade genug, um es erkennen zu können, wenn er damit konfrontiert wurde, aber nicht genug, um darin Konversation zu betreiben. Im Gegensatz dazu beherrschte Ibrahim nur ein paar wenige Sätze in der Sprache der Aminte. Unterhaltungen zwischen Mumien und ihren Gefolgsleuten hörten sich oft an wie ein Flickenteppich unterschiedlicher Sprachen.

Faruq versuchte gleichzeitig, sie zu umarmen und ihnen beim Tragen der Taschen behilflich zu sein. Nicholas wartete mit einem amüsierten

Lächeln, bis die beiden Ägypter das Wirrwarr aus Armen und Körpern geregelt hatten und begann dann zu lachen, als der alte Kerl Kniebeugen machte, während er an einem der Griffe der Tasche zog.

„Hallo, Faruq", sagte er und lachte dabei leise über die Eskapaden des alten Mannes. Nicholas wußte, daß Faruq ihm den größten Respekt entgegenbrachte, aber der alte Mann war ein geborener Schmierenkomödiant. Nicholas hätte mitgespielt, wenn er sich nicht zuerst um ihren Verfolger hätte kümmern wollen. „Verzeih, daß ich ein so unhöflicher Gast bin, aber wir müssen erst noch eine Kleinigkeit regeln."

„Ich bin euer Diener, Aminte." Das Lächeln blieb auf Faruqs Gesicht erhalten, aber er richtete seine Augen mit der Intensität eines Jagdfalken auf die Nicholas'. „Sagt mir, was ihr braucht, und ich werde mich darum kümmern."

„Eigentlich solltest du bleiben, wo du bist. Ibrahim, ich möchte, daß du für mich einen kleinen Botengang erledigst."

Der Eset-A-Kultist sah einen Augenblick lang verwirrt aus, nickte dann aber. „Eine Ablenkung, Aminte?"

„So etwa. Nur für, sagen wir, fünf Minuten. Lauf zu einem Markt in der Nähe und kauf dort ein paar Früchte oder so. Aber achte darauf, daß du heimlichtuerisch wirkst, wenn du die Hütte verläßt."

„Heimlichtuerisch?" Ibrahim sprach gut Englisch, aber seine Beherrschung der Sprache war nicht allumfassend.

„Äh, mißtrauenerregend. Übertreib es aber nicht zu sehr."

Ibrahim nickte kurz und verschwand. Er ließ den Blick über die Umgebung und wieder zurück in die Hütte schweifen, ehe er sich auf den Weg machte.

„Gut. Faruq, gehen wir in den Unterschlupf hinüber. Ich möchte Basel, und alle anderen, die dort sind, von den jüngsten Ereignissen in Kenntnis setzen."

„Tut mir leid, Basel Nyambek-Senemut wird euch diesmal nicht zur Seite stehen können. Es befinden sich derzeit keine anderen Aminte im Mausoleum."

„Was?"

„Der Kampf nimmt in letzter Zeit an Intensität zu." Faruq zuckte entschuldigend mit den Schultern, während er Nicholas in den Nebenraum führte. „Aminte Basel fiel im Kampf mit einem Apepnu. Sein Leib erwartet seine Wiederkehr aus dem Todeszyklus, und in Misr gehen seltsame Dinge vor; dazu kommen noch die neuen Widrigkeiten im Osten. Die anderen gehen der Sache nach. Aber die Aminte Indihar und Lu Wen werden noch heute Abend zurückkommen."

Normalerweise konnte man immer eine Handvoll Unsterblicher und ihrer sterblichen Gehilfen im Unterschlupf antreffen, die Informationen austauschten, Pläne schmiedeten, sich erholten oder einfach nur herumhingen. Nicholas war so sehr auf das Debakel mit dem Herzen und dem diebischen Maxwell Carpenter fixiert gewesen, daß er die Schwierigkeiten in Kairo vollkommen vergessen hatte. Außerdem war es nicht schwierig, vom Konflikt zwischen Israeli und Palästinensern zu wissen, der kurz davor stand, zu einem ausgewachsenen Krieg zu werden. Die Mumien und ihre Helfer waren alle damit beschäftigt, dem ein oder anderen Auftrag nachzugehen oder, wie im Falle Basels, auf die Rückkehr ins Leben zu warten.

Basel Nyambek-Senemuts Tod war nur von begrenzter Dauer, aber die Sterblichen, die ihnen in ihrem Kampf zur Seite standen, hatten nicht so viel Glück. Nicholas' Gedanken kehrten zu den Eset-A-Kultisten zurück, die ihn auf seine Mission nach Chicago begleitet hatten. Die Eset-A waren keine große Gruppe, sie waren eigentlich sogar die kleinste Fraktion derer, die gegenüber Osiris loyal waren. Er hatte sich mit fünfzehn auf den Weg gemacht und war mit einem zurückgekehrt: Ibrahim. Nicholas verzog das Gesicht, als er über das Ausmaß seines Fehlschlags nachdachte: über die Männer unter seinem Befehl, über den Kampf des Kultes der Eset-A, über die anderen Aminte und vor allem über die Götter, denen er seine Existenz verdankte. Er spürte dauernd den enttäuschten Blick Osiris' auf sich lasten. In seinen Träumen krümmte er sich vor dem Missfallen der Ma'at. Er würde all diesen verehrten Mächten noch früh genug gegenüber stehen, dessen war er sich sicher.

Aber im Augenblick lag Dringenderes an, und er durfte sich nicht in den Tragödien der Vergangenheit suhlen. „Gut. Dann müssen wir uns darum wohl selbst kümmern."

Faruq ging zu einer mitgenommenen Kloschüssel hinüber, die exponiert in der gegenüberliegenden Ecke stand. Wie der Rest der schlichten Hüttengestaltung war auch so eine sanitäre Anlage hier in der Gegend weit verbreitet. Weite Teile der Städte der Toten hatten Zugang zu Strom- und Wasserversorgung, aber viele der Bewohner mußten ihre eigenen Anschlüsse zusammenzimmern. Alte Gebäude wie dieses, die in Zeiten errichtet worden waren, in denen es so etwas wie sanitäre Anlagen im Innern der Häuser noch nicht gegeben hatte, verfügten daher über improvisierte Waschbecken und Klos, und einige der größeren von ihnen hatten sogar Duschen oder Bäder. Die Toilette war schon alt, und der Wassertank war über der Kloschüssel an der Wand angebracht. Die Rohre verschwanden im Boden und verliefen dann nach draußen, wo sie in einen von den Anwohnern vielleicht dreißig Zentimeter unter der Erde gegrabenen Kanal mündeten, der zum Hauptanschluß führte. Die Art der Anlage hätte einem halbwegs kompetenten Bauingenieur das kalte Grausen über den Rücken gejagt, aber immerhin ließ sich die Sache auf diese Weise bewerkstelligen.

Faruq zog an der Kette, die vom Wassertank herabbaumelte, packte den Rand der Toilettenschüssel und zerrte ihn in seine Richtung. Die Spülung rauschte und überdeckte das Kreischen, das entstand, als das Quadrat aus rissigem Beton, auf dem die Toilette stand, nach oben gekippt wurde. Das Wasser am Grunde der Schüssel lief mit einem gurgelnden Geräusch heraus, als die Toilette vom Abflußrohr getrennt wurde. Faruq ließ die Kette los und kippte die Toilette vollends um. Er stützte sich an dem Rohr ab, das vom Wassertank herunterlief, als er sich in das Loch, das zum Tunnel darunter führte, fallen ließ. Nicholas gab ihm das Gepäck herunter, das der alte Kultist der Eset-A außer Reichweite des Wassers abstellte, das hinunterlief. Nachdem Nicholas seine Sonnenbrille weggesteckt hatte und selbst hinuntergesprungen war, griff er nach dem Rohr, das aus der Unterseite der Toilettenschüssel herausragte, und zog die ganze Vorrichtung wieder an ihren alten Platz. Er mußte ein wenig herumfingern, um das Rohr wieder mit dem eigentlichen Abfluß zu verbinden und hörte ein schwaches Klicken, als die Platte wieder einrastete. Anschließend folgte ein Gurgeln, als das Wasser, das jetzt nicht mehr im Tank gehalten wurde, in das Rohr lief und die Toilettenschüssel füllte. Während sich Nicholas noch mit der Toilette abmühte, tastete Faruq nach einem Hebel in der Wand. Eine schwache rote Glühbirne erwachte ein paar Meter den Gang hinab zum Leben und gab gerade genug Licht ab, damit sie den Tunnel entlanggehen konnten.

Nicholas kam sich immer ein wenig lächerlich dabei vor, den Unterschlupf auf diese Weise zu betreten. Er war jedesmal, als spiele er in einem billigen James-Bond-Film mit. Er wußte aber, daß es kein Spiel war. Geheimgänge wie diese waren von großer Wichtigkeit, um das Versteck so gut wie möglich zu tarnen. Der Feind hatte seine Augen überall, wie ihr Verfolger unter Beweis gestellt hatte. Er war noch nicht einmal eine Stunde in der Stadt, und schon hatte jemand, der auf der Lohnliste des Feindes stand, seine Spur aufgenommen. Er wußte, daß das vor allem Glück war; die Leute des Verderbers hatten wahrscheinlich schon seit längerem jemanden darauf angesetzt, diese Gegend im Auge zu behalten. Genau deshalb benutzten sie den Tunnel. Durch diesen übelriechenden Durchgang zu schleichen war immer noch der Tatsache vorzuziehen, andernfalls den Feind direkt zu ihrer Haustür zu führen. Die Aminte und ihre sterblichen Helfer verwendeten ein Labyrinth von Tunneln, um sich unbeobachtet durch die Städte der Toten und zu bestimmten Orten in Kairo selbst und darüber hinaus begeben zu können.

Der Tunnel endete nach 50 Metern an einer schweren Stahltür, die mit einer Reihe von Hieroglyphen beschriftet worden war. Dahinter lagen mehrere Stufen, die zu einer genau gleich aussehenden Tür führten. Die schützenden Glyphen waren die Handschrift der Kher-minu. Das waren Mumien wie Nicholas, die sich auf magische Amulette und Schutzzeichen spezialisiert hatten. Wenn sie wie in diesem Fall auf die stählerne Platte gelegt waren, ermöglichten die Symbole es der Tür, so gut wie jedem Angriff standzuhalten, der schwächer war als der eines Raketenwerfers. Es gab zwar keinen Grund zu der Annahme, daß ein solcher Angriff darauf abgefeuert werden würde, aber man ging doch lieber auf Nummer sicher.

Hinter der zweiten Tür lag eine Reihe von Kammern, die in traditionellem ägyptischen Stil angelegt worden waren. Die Hieroglyphen auf den Wänden erzählten die Geschichten der Götter und der Aminte, vermischt mit weiteren Schutzzeichen wie jenen, die sich auf den Türen befanden. Die Hauptkammer war vor Jahrhunderten als Grabkammer für Beyd al-Qalarayn, einen General der Mamelucken, angelegt worden. Dies war insofern ungewöhnlich, als Mausoleen für die Toten normalerweise überirdisch angelegt wurden. Der eigentliche überirdische Raum verfügte gar über einen reich verzierten Sarg. Es schien, als sei al-Qalarayn recht paranoid gewesen, da er insgeheim festgelegt hatte, daß sein Körper dort zur Ruhe gelegt werden sollte, wo ihn seine Feinde nie würden finden können. Ein afrikanischer Gelehrter namens Basel Nyambek wußte von dem seltsamen Bestattungswunsch al-Qalarayns, der heute in Vergessenheit geraten war, und nutzte dieses Wissen als Grundlage für seine eigene Zufluchtsstätte aus, als er als Basel Nyambek-Senemut wiedergeboren wurde. Als Führer der Eset-A in dieser Gegend erweiterte er die einzelne unterirdische Kammer zu einer Reihe von Räumen, die sich unter der Stadt der Toten ausdehnte. Auch wenn diese Zuflucht von den Eset-A unterhalten wurde, so stand sie doch allen Mumien und ihren sterblichen Helfern zur Verfügung. Durch ein ausgeklügeltes Belüftungssystem und elektrische Verkabelung, die heimlich ans städtische Netz angeschlossen worden war, wurde der ganze Ort nicht nur bewohnbar, es verlieh ihm sogar einen regelrechten Komfort. Das Mausoleum al-Qalarayns wurde in gutem Zustand gehalten. Es war ein großes Grab aus Sandstein und Marmor mit einem ausgedehnten, von Bogen überspannten Innenhof, das schon lange nicht mehr für die Öffentlichkeit zugänglich war. Da die einzige Zugangsmöglichkeit zum Grab in einem von sechs Tunnels bestand, war für die Privatsphäre der Bewohner gesorgt.

Nicholas war nach der Wiedergeburt ins dritte Leben hier geblieben. Es hatte sich für ihn genauso wie zu Hause angefühlt wie das Anwesen der Familie Sforza am Ufer des Lake Michigan oder die Räume, die von Ankhotep vor so langer Zeit im Palast Amenhoteps II. bewohnt worden waren. Er würde sich gedulden müssen, um seine Rückkehr genießen zu können. Im Augenblick mußte er versuchen, das Blatt zu Ungunsten seines Verfolgers zu wenden.

Falls der sie überhaupt noch beobachtete. Wenn er fähig war – und da Nicholas ihn nicht bemerkt hatte, mußte er das wohl sein –, würde ihr Verfolger warten, bis er sicher sein konnte, ob diese Hütte nur ein Zwischenstop war oder ob sich noch irgend jemand anders blicken lassen würde. Erst wenn er sich sicher war, daß sie wirklich hier blieben, würde er zurückkehren und Meldung machen.

Faruq hatte Nicholas' kurzer Erklärung zugehört, während sie den Tunnel entlang geeilt waren. Sobald sie die Hauptkammer erreicht hatten, ging er in einen anderen Raum. „Ich werde dir etwas holen, das dir hilft, dich unters Volk zu mischen, Aminte."

Nicholas nickte. Er war damit beschäftigt, ein dünnes, ledernes Etui aus einer der Sporttaschen zu ziehen. Vieles von den Sachen, die sich in seinem Gepäck befanden, hätte wohl einen Alarm ausgelöst, wenn der Zoll nicht durch das „Geschenk" eines rostfreien Zigarrenbehälters und einer Uhr von Bulova abgelenkt worden wäre, die er gut sichtbar in seiner ersten Sporttasche oben aufgelegt hatte. Den Zoll zu bestechen war illegal und beleidigend, aber ein freundschaftliches Geschenk war immer willkommen und machte den Vorgang der Ankunft in Ägypten für alle Beteiligten wesentlich reibungsloser.

Im Etui befand sich eine Auswahl an Schmuck aus Gold und Messing, der im Licht warm leuchtete. Einige dieser Stücke waren in traditionellem ägyptischem Stil angefertigt, aber die meisten von ihnen sahen so aus, als hätten sie den Filter des Art Deco durchlaufen. In die Oberflächen aller waren verschiedene Hieroglyphen eingearbeitet worden, die oft noch silbern hervorgehoben worden waren. Er hatte diese Amulette selbst angefertigt, sie mit seinem Sekhem, seiner Lebenskraft, erfüllt. Die mystische Energie konnte an einen Fetisch gebunden werden, der aus so gut wie jedem dauerhaften Material – Stahl, Holz, Plastik, sogar Glas –

geformt war, aber Nicholas zog diesen den warmen Schein von Gold und Messing vor. Der Stil mußte auch nicht das alte Ägypten widerspiegeln. Seine Empfindungen blieben nach seiner Wiedergeburt noch auf vielfache Weise modern, aber er fand, die Kunstwerke sollten seine Vergangenheit ehren. Nicholas hatte das meiste davon abgelegt, ehe er durch den Zoll gegangen war, da er keine unnötige Aufmerksamkeit erregen wollte. Das einzige Amulett, das er auf dem Weg vom Flughafen hierher getragen hatte, war der Ankh-Meket, der Skarabäus des Lebens, den er um den Hals trug. Er hätte den Rest während der Taxifahrt wieder anlegen sollen, aber er war von der Freude, wieder in Ägypten zu sein, abgelenkt worden. Er durfte sich nicht weiter einen Aminte nennen, wenn er solche essentiellen Vorsichtsmaßnahmen weiter einfach außer Acht ließ.

Nicholas zog drei Ringe hervor. Einer von ihnen war als Abstraktion eines Skorpions angefertigt worden, um einen anderen schlängelten sich eine Reihe von Hieroglyphen, und der dritte war der Gestalt der Uräusschlange nachempfunden. Als nächstes nahm er zwei Armbänder, die mit einer Reihe von Hieroglyphen geprägt waren, zu denen je ein Symbol eines Gottes gehörte, nämlich das Sekhmets respektive Selkets. Schließlich nahm er drei zueinander passende Halsbänder, bei denen die Glyphe Mentus auf der Rückseite eines schwarzen Skarabäus eingraviert worden war. Das sollte genügen, um einen Apepnu aus dem mittleren Management zu jagen. Hm, andererseits... er war in den letzten Kämpfen schon ein paarmal gut verprügelt worden. Nicholas wühlte in seiner Tasche nach einem samtbezogenen Schmucketui mit Schnappdeckel und holte daraus ein Paar geschnitzter Figuren hervor.

Als er die verschiedenen Amulette anlegte, fühlte sich Nicholas, als würde er in einen Kokon der Macht eingesponnen, der die schützende Aura seines Geistes noch verstärkte. Die Unsterblichkeit erfüllte ihn mit ungezügelter Energie. Als er seine schützenden Fetische hinzufügte, fühlte sich Nicholas, als könne er noch vor dem Abendessen die Welt erobern.

Nicholas war dabei, die drei funkelnden Skarabäen um seinen Hals zu legen, als Faruq mit einer leichten Robe und einer Kappe aus Tuch wiederkam. Diese wurden von den Einheimischen Djellaba und Tarbusch genannt. „Die sollten passen."

„Perfekt. Danke." Wenn er die Djellaba und die Kappe trug, würde er in einer Menschenmenge nicht so sehr auffallen. Hemd und Hose waren unter den Männern Kairos in etwa genauso weit verbreitet wie Robe und Tarbusch, aber Nicholas' Kleidung hatte einen charakteristischen westlichen Schnitt. Seine Haut war nach dem Winter, den er im Mittleren Westen verbracht hatte, bleich, aber seine italienische Herkunft verlieh ihm einen Teint, der dunkel genug war, um zusammen mit den mediterranen Gesichtszügen bei einem flüchtigen Blick nicht weiter aufzufallen. Als er eine unerwartete Wärme auf dem Schädel spürte, bemerkte Nicholas, daß der Tarbusch noch aus einem anderen Grund sehr nützlich sein würde – er hatte kein Haar mehr, das ihn vor der Intensität der Sonne schützen konnte. Carpenter hatte ihn entführt und von Kopf bis Fuß in Klebeband eingewickelt. Nachdem er wieder frei war, hatte er seinen Kopf bis auf die Stoppeln rasiert, um das verfilzte Wirrwarr loszuwerden, das der Klebstoff aus seinem Haar gemacht hatte. So, wie sich sein Schädel im Moment anfühlte, hatte er wohl schon einen leichten Sonnenbrand. Er machte sich eine geistige Notiz, Sonnencreme zu kaufen, nachdem er sich um die dringendsten Angelegenheiten gekümmert hatte. Mit einem dankenden Nicken zog er Djellaba und Tarbusch an und machte sich in Richtung einer zweiten Tür auf, die zu einem anderen Tunnel führte.

„Aminte“, fragte Faruq, „soll ich mitkommen?“

Nicholas dachte nach. Er konnte genug Arabisch, um klarzukommen, aber er war mit der Stadt nicht vertraut. Faruq wiederum war gebürtiger Kairoer. Außerdem war Faruq sterblich, während Nicholas von Osiris mit Unsterblichkeit und der Anwendung der Hekau des alten Ägypten gesegnet worden war. „Nein, du bleibst besser hier. Ich werde so wohl für eine Weile ganz gut zurechtkommen, und für den Fall, daß mir etwas zustößt, brauche ich dich, damit du den anderen Aminte berichten kannst, wohin ich gegangen bin. Sorge dafür, daß Ibrahim auch hierbleibt, wenn er zurückkommt. Er ist der einzige andere, der von Chicago weiß.“

„Das werde ich, Aminte.“

Nicholas eilte den Tunnel hinunter. Es war eigentlich nicht viel mehr als eine erweiterte Röhre für elektrische Leitungen. Er kam inmitten eines Hains verkümmerter Dattelpalmen wieder an die Oberfläche, nur ein paar Meter von der Hütte entfernt, die er gerade erst vor fünf Minuten betreten hatte. Sekunden später umrundete er sie. Er schmeckte das schwache Aroma der Erwartung, irgendwo aus dem Schatten, immer noch beobachtend. Aber wo? Das war der Trick dabei. In der Gegend waren nicht sonderlich viele Menschen unterwegs, also mußte der Kerl einen guten Beobachtungsposten haben. Nicholas nahm sich Zeit und bewegte sich dabei so leise wie das Wispern des Windes. Trotzdem konnte er niemanden erkennen, der um eine Ecke spähte oder sich hinter ein paar Kisten verbarg. Also kam nur eine der etwa zwei Dutzend Personen in Frage, die Nicholas sehen konnte – ein paar

Straßenverkäufer, die ihre Waren anpriesen, einige der Einwohner, die ihren häuslichen Tätigkeiten nachgingen, Gäste, die vor einem Café ein Stück weit die Straße hinunter im Freien saßen. Niemand wirkte, als gehöre er nicht hierher, niemand erschien heimlichtuerisch, forsch oder sonst aufsehenerregend. Er nahm sich einen Augenblick Zeit, um darüber nachzudenken, und die nächstliegende Möglichkeit kam ihm in den Sinn. Wer auch immer ihnen auf der Spur war, mußte die Hütte schon beobachtet haben, bevor Ibrahim und Nicholas dort ankamen. Nur in diesem Café, von Einheimischen auch Qahwa genannt, konnte jemand für einen längeren Zeitraum herumhängen, ohne Aufmerksamkeit zu erregen.

Er umrundete es und näherte sich dem Qahwa von der anderen Seite. Es war ein Gebäude ohne großartige Verzierungen, aus Lehmziegeln gebaut, und unterschied sich so gut wie nicht von der Hütte, die den Tunnel verbarg. Eine Wand bestand aus wenig mehr als zwei großen hölzernen Türen, die derzeit zurückgeklappt waren und den Blick auf eine Theke freigaben. Drei wackelige Tische standen in einer gezackten Linie an einer freien Stelle auf der Straße. An einem davon saßen zwei Männer in ein Backgammon-Spiel vertieft. Während er näher schlich, schloß Nicholas, daß der, der mit Blick in seine Richtung saß, wohl der Besitzer und Betreiber des Cafés war. Es war typisch, sich bei einem Spiel mit einem Kunden zu entspannen, wenn die Geschäfte mal etwas ruhiger liefen – was bei den meisten dieser improvisierten Läden die Norm war. Aber der ältere Kerl, mit dem er spielte, saß gerade so da, daß er die Hütte und so gut wie jeden, der sich ihr näherte, im Auge behalten konnte. Ein wirklich cleverer alter Knacker, der aussah wie der durchschnittliche Kairoer, der an keinem speziellen Ort sein mußte und alle Zeit der Welt hatte, um dort hin zu gelangen.

Da kam Ibrahim gelaufen, ein kleines Bündel in einer Papiertasche tragend. Er sah sich um und verschwand in der Hütte. Ein paar Sekunden später wedelte der Alte mit seinen Händen über dem Backgammonbrett. Es schien, als habe der Typ auf Ibrahims Rückkehr gewartet, bevor er sich auf den Weg machte. Nicholas duckte sich hinter einer Kiste, für den Fall, daß der alte Mann in seine Richtung ging. Dann hörte er in der Ferne einen Kanonenschuß. Eine Sekunde später knisterten aus den Lautsprechern, die überall in der Gegend verteilt waren, bis an zur Verzerrung verstärkte Worte in Arabisch. Obwohl der Schuß ihn vorgewarnt hatte, war Nicholas vom Aufruf zum Gebet an die Moslems überrascht. Er nutzte die Ablenkung, um zurück zum Unterschlupf zu huschen.

Nicholas traf Faruq und Ibrahim in der Hauptkammer an, wo sich beide gerade unterhielten. Jeder, der sich an der Erdoberfläche befand, mochte wohl jetzt beten, aber keiner der beiden Ägypter verspürte das Verlangen danach. Faruq entstammte einer langen Tradition von Anhängern der ägyptischen Götterwelt, und Ibrahim war schon vor Jahren vom Islam konvertiert.

„Aminte! Was hast du herausgefunden?" fragte Ibrahim mit vor Eifer leuchtenden Augen.

„Tut mir leid, Ibrahim; nichts, wofür du jetzt schon zu den Waffen greifen mußt. Ich fand den Kerl, der uns beschattete. Ich wollte nur Bescheid geben, daß ich ihm folgen werde."

„Er geht, Nicholas?"

„Nein, im Augenblick betet er mit allen anderen. Er wird aber Meldung machen, nachdem er damit fertig ist, daher muß ich mich sputen."

Faruq sah verwirrt drein. „Ist er Moslem?"

„Ich weiß nicht." Nicholas schüttelte den Kopf. „ Könnte sein. Der Feind kümmert sich nicht um solche Kleinigkeiten wie Religionszugehörigkeit, solange die Kerle nur leicht manipulierbare Einfaltspinsel sind."

„Indihar und Lu Wen werden in Kürze eintreffen", merkte Faruq an. „Was soll ich ihnen sagen, wenn du bis dahin noch nicht wieder zurück bist?"

„Sag ihnen, ich trage eine Lieferung Arschtritte frei Haus aus."

„Aminte?" Faruq und Ibrahim warfen ihm verständnislose Blicke zu.

„Äh, sag ihnen, ich bin unterwegs, ein Tor für Ma'at zu schießen."

Ma'at war die personifizierte Gerechtigkeit, ein Ideal, dem man Empfindungsvermögen verliehen hatte, die Verkörperung der kosmischen Ordnung. Apophis, der Verderber, hatte Millennien damit zugebracht, seinen verderblichen Einfluß auf der ganzen Welt zu verbreiten. Ma'at schrie nach kosmischem Gleichgewicht, nach einem Gleichmaß von Gut und Böse in der Welt. Der Herr des Lebens erhörte ihren Ruf und befahl den Mumien, sich zu erheben. Nicholas Sforza-Ankhotep war einer von jenen, die mit dem Geschenk einer zweiten Chance und einer Pflicht, die größer war als alles, das er sich in jedem seiner vorhergehenden Leben erträumt hatte, gesegnet worden waren. Nicholas war wie die anderen Aminte ein Kind Osiris', ein Krieger im Dienste der Ma'at. Er hatte sich den Kopf über sein Versagen im Dienste der Sache zerbrochen, aber jetzt war er von der Leidenschaft, es dem Feind heimzuzahlen, erfüllt. Er hatte Gelegenheit, einen Schlag gegen ihren ewigen Feind zu führen.

Oder um es in der Fachsprache auszudrücken: einigen wirklich armseligen Hurensöhnen ganz gewaltig in den Arsch zu treten.

ZWEI

Der Gebetsruf war um, als Nicholas zum Qahwa zurück kam. Die Gegend kehrte wieder in ihren normalen lässigen Zustand zurück, und der alte Bursche war nirgends zu sehen.

Nicholas kam aus südlicher Richtung und konnte den Kerl nicht sehen, also mußte er weiter die Straße hinaufgegangen sein. Nicholas beeilte sich, so gut es ging, ohne Aufmerksamkeit zu erregen und erblickte den Mann, kurz bevor dieser über eine unübersichtliche Kreuzung – das Ergebnis von Straßen, die auf abenteuerliche Weise um Mausoleen herumgebaut worden waren – verschwand. Die sich windenden Straßen mochten zum Lokalkolorit gehören, aber es war verdammt schwer, sich in ihnen zurecht zu finden.

Da Nicholas die letzten Jahre seines Lebens damit zugebracht hatte, S-Securities zu leiten, war er ziemlich gut darin, anderen Leuten zu folgen. Er verfügte allerdings über das natürliche Charisma der Unsterblichen, und seine vibrierende Lebenskraft zog Aufmerksamkeit auf sich, selbst wenn er einfach nur versuchte, unauffällig zu sein. Es war, als sei er die attraktivste Person in einem Raum – kein Problem, solange man allein war, aber unangenehm, wenn man versuchte, sich im Hintergrund zu halten. Passanten fiel er auf, und viele bemerkten den westlichen Schnitt seiner Kleidung unter Robe und Kappe. Kairoer sahen seltsamere Dinge als Nicholas, aber selbst das kleinste bißchen Aufmerksamkeit machte es um ein vielfaches komplizierter, jemanden zu beschatten. Mal ganz von der Tatsache abgesehen, daß der Alte durchaus ebenfalls Übung hatte. Er war der Typ, der mit seiner Umgebung verschmolz und den suchenden Blick eines Adlers hatte.

Zumindest war die Magie auf Nicholas' Seite. Einer der Gegenstände, die er trug, schärfte seine Wahrnehmung. Ausgestattet mit den Augen eines Adlers und den Ohren eines Luchses konnte er seiner Beute ein

Stück Vorsprung lassen. Er folgte dem Mann nach Norden. Der ausgedehnte Komplex der Zitadelle erhob sich im Osten über der Stadt. Sie ließen den Friedhof bald hinter sich. Nicholas versuchte, sich an die Anlage dieses Teils der Stadt zu erinnern. Als er die große Ibn Tulun-Moschee weiter voraus bemerkte, dachte er, er könne auf der… ah, wie hieß das blöde Ding noch gleich? Das Problem mit Kairo war, daß die meisten der sich windenden Straßen ihren Namen auf einem Kilometer Länge fast ein halbes Dutzend Mal änderten. Das könnte die Shari as-Sayyida oder vielleicht die Shari al Hilmiya sein, oder vielleicht war es die Shari al-Mu'izz. Wer wußte das schon so genau? Nach knapp zehn Minuten Verfolgung hatte er ein wesentlich besseres Verständnis dafür, warum Taxifahrer oftmals keine Ahnung hatten, wo sich der Zielort befand.

Auch wenn sie auf der gleichen Straße blieben, waren all die Windungen und Kurven doch sehr verwirrend. Nach 20 Minuten hatte Nicholas keine Ahnung mehr, wie er auf direktem Wege wieder in das sichere Versteck würde gelangen können. Wahrscheinlich mußte er sich gen Süden halten, bis er die Stadt der Toten erreichte und sich von dort aus wieder neu orientieren. Die drückende Hitze machte das Verfolgen des Kerls auch nicht gerade einfacher. Die gebrochen weiße Djellaba reflektierte einen Teil der tiefstehenden Sonnenstrahlen, aber es kam ihm immer noch vor, als würde er bei lebendigem Leib gebraten. Seinem uralten Ich mochte die Hitze vielleicht gefallen, aber der Großteil von Nicholas war doch noch ein Kind des amerikanischen Mittleren Westens. Vielleicht sollte er ein Amulett anfertigen, das ihn vor Extremtemperaturen schützte. Das würde immerhin auch verhindern, daß er Sonnenbrand bekam. Er machte sich eine geistige Notiz, sich bei Gelegenheit der Sache anzunehmen.

Nicholas wischte sich den Schweiß von der Stirn und zwang sich, sich mehr zu konzentrieren. Es hätte ja schon geholfen, wenn er eine Vorstellung davon gehabt hätte, in welche Richtung der alte Mann wollte; er hätte sich dann zumindest einen groben Plan der Umgebung vergegenwärtigen und besser nach einem Hinterhalt Ausschau halten können. Aber Kairo war nicht seine Stadt. Alles, was er wußte, war, daß sie sich nach Norden und ein wenig nach Westen bewegten – tiefer in die Stadt hinein, wo volle Straßen und gedrungene, mehrstöckige Gebäude plötzlich das ersetzten, was die kleinen Gebäude aus Lehmziegeln und Stein für die Städte der Toten so charakteristisch machte.

Das sicherste wäre es wohl gewesen, einfach in die Städte der Toten zurückzukehren. Dort konnte er sich mit den anderen Mumien – Indihar und Lu Wen – treffen, die inzwischen bestimmt schon auf dem Weg waren, um herauszufinden, wie seine Mission in Chicago gelaufen war, und ihnen eine Beschreibung des Alten geben. Es konnte ja gut sein, daß dieser zwar die Hütte beobachtet hatte, aber nichts von dem Geheimgang wußte. Die Eset-A konnten dieses Wissen dann verwenden, um ihm einen Hinterhalt zu stellen. Oder sie konnten einfach den Tunnel wieder auffüllen. Die Mumien hatten Kräfte, mit denen sie den Durchgang mit Erde verschließen konnten, als habe er sich nie dort befunden.

Aber Nicholas blieb an ihm dran. Er hatte sein ganzes zweites Leben damit zugebracht, auf Nummer sicher zu gehen. Er war die lebende Verkörperung des Wegs des geringsten Widerstandes gewesen, hatte immer getan, was man von ihm erwartete. Er litt nicht mehr unter dieser Schwäche. Sein uraltes Ich hatte sie durch die Stärke entschlossenen Handelns ersetzt. Er würde beweisen, daß er der Gabe, die ihm verliehen worden war, immer noch würdig war.

Mit Rachegelüsten im Blick begab sich Nicholas Sforza-Ankhotep weiter in die Stadt hinein.

• • •

Wie fast überall in Kairo folgten die Straßen in Darb al-Ahmar keinem strengen, leicht wiederzuerkennenden Muster. Das Viertel erstreckte sich über den östlichen Teil der Stadt unterhalb der Muqattam-Berge, und die Zitadelle ragte hoch darüber auf. Nicholas war mit der Gegend grob vertraut, da er schon früher einmal den Touristen gespielt und die vielen Moscheen, mit denen das Viertel quasi übersät war, überprüft hatte.

Die Straße, auf der er sich gerade befand, war noch vollgestopfter als die in der Stadt der Toten, wenn dies überhaupt noch irgendwie zu überbieten war. Fußgänger eilten im schwächer werdenden Licht der Sonne die Straße entlang, um noch ein paar Kleinigkeiten zu erledigen, ehe sie nach Hause gingen. Ein Eselskarren bahnte sich ein Stück die Straße entlang den Weg durch die Menschenmenge. Der Wagenlenker war ein *rubabikya*, einer von Hunderten von Lumpensammlern, die durch die Stadt zogen, Abfall wiederverwerteten und ihn verkauften. Mit einer Mischung aus Stolz und Trauer hatte Ibrahim Nicholas einmal erzählt, sein Vater sei ebenfalls einer gewesen. Ibrahim hatte erklärt, die staatlich organisierte Müllabfuhr sei dank steigender Wartungskosten und wild um sich greifender Korruption ein Witz. Ein *rubabikya* verwertete Dinge wieder, die andere wegwarfen, konnte sich damit einigermaßen über Wasser halten und verhinderte, daß die Stadt von dem Müll, den sie produzierte, überwältigt wurde.

Nicholas fiel auf, daß der alte Mann neben dem Eselskarren stehenblieb und mit dem Lenker ein paar Worte wechselte. Interessant. Die Lumpensammler würden hervorragende Spione abgeben, da sie regelmäßig die Viertel abklapperten und vermutlich durch den Abfall, den sie einsammelten, viel über die Bewohner in Erfahrung brachten. Nicholas würde es nicht wundern, wenn eine Reihe von ihnen, vielleicht auch eher unwissentlich, für den Feind arbeitete. Er würde die Sache bei Gelegenheit den anderen vortragen müssen, vielleicht würden die Mumien die Lumpensammler für sich selbst nutzen können, wenn sie das nicht schon längst taten.

Nicholas spürte, daß sie sich wohl ihrem Ziel näherten und nutzte die sich durch die verwinkelten Straßen und die länger werdenden Schatten bietende Gelegenheit, um zu dem alten Mann aufzuschließen. Er hielt einen Abstand von 5 bis 10 Metern ein, behielt dabei sein Ziel im Auge und verließ sich auf sein Gehör, soweit es ging. Sie gingen eine sich windende Straße hinunter, an einigen weiteren Häusern vorbei, dann um eine Ecke herum in eine Gasse, die zwischen zwei Gebäude gequetscht wirkte. Das eine war ein zweistöckiges Gebäude aus Lehmziegeln, das andere ein ausgedehntes Wakalah, eine Art privates Lagerhaus, das erst vor kurzem zu einer Reihe von Läden und Unterkünften umgebaut worden war. Nicholas hielt sich im Hintergrund, als der Alte einen kurzen Blick über die Schulter warf, bevor er das Gebäude betrat. Nicholas ließ sich in der Menschenmenge treiben, ging an der Gasse vorbei und bog um die nächste Ecke. Ein kurzer Blick im Vorbeigehen hatte ihm gezeigt, daß die Gasse an einem Torbogen endete, der allem Anschein nach in einen Innenhof führte.

Nicholas umrundete den Block, der aus dem Wakalah und drei weiteren Gebäuden, allesamt zweistöckige Wohngebäude aus Lehmziegeln, bestand. Die drei Wohnhäuser bildeten ein U, dessen offene Seite gen Osten wies. Das Wakalah schloß das U mit Ausnahme der Mündung der Gasse und vervollständigte damit ein Quadrat. Es sah aus, als sei dies tatsächlich der Ort, an den der alte Mann gewollt hatte. Jetzt blieb eigentlich nur eine Frage: War er auf dem Weg zu einer bestimmten Wohnung in einem der drei Gebäude oder befand sich der ganze Block unter der Kontrolle des Feindes? Nicholas hielt es für sicherer, letzteres anzunehmen und die Lage je nach Entwicklung neu zu beurteilen.

Jetzt, da er den Aufenthaltsort kannte, wußte Nicholas, daß er zum Mausoleum zurückkehren sollte. Die Sonne würde in etwa einer Stunde untergehen, und er würde ungefähr dreißig Minuten brauchen, um in die südliche Stadt der Toten zu gelangen – oder sogar noch länger, wenn er sich verlief. Aber er konnte jetzt nicht gehen. Was, wenn dieser Ort nur eine Fassade war, wie die Hütte beim Versteck der Eset-A? Der weisere Teil seines Geistes fragte sich, ob er vielleicht sein Versagen in Chicago kompensieren wollte, aber Nicholas war zu sehr damit beschäftigt, sich Gedanken über den bestmöglichen Zugang zu dem Block zu machen, als daß er auf diesen Gedanken hätte hören können.

Darb al-Ahmar war in den Tagen Salah ad-Dins entstanden. Soweit er es bisher gesehen hatte, war es den regelmäßigen Anfällen von Stadterneuerung entgangen, die verschiedene Teile Kairos befallen hatten. Die Gebäude, die Nicholas sah, glichen denen in der Nachbarschaft. Sie waren vor Jahrhunderten aus Lehmziegeln errichtet worden, statt sie aus Beton zusammenzuklatschen, wie es bei den meisten anderen modernen Gebäuden der Fall war. Getrockneter Lehm war die perfekte Wärmeisolierung. Er hielt im Inneren des Gebäudes eine relativ gleichmäßige Temperatur – kühl selbst in den heißesten Sommermonaten und warm in den kalten Wüstennächten. Jedes der Gebäude hatte eine Haupttür auf einer Seite und drei schmale Fenster in jedem Stockwerk, die auf die Straße gingen. Die Dächer waren flach, und auf jedem befand sich eine Ansammlung von Fernsehantennen sowie zwei kleine Satellitenschüsseln, die aus einer Ecke herausragten. Insgesamt wirkte es recht annehmlich, sogar ein wenig nobler als der Rest der Gegend. Es sah aus, als habe es einmal ein viertes, gleiches Gebäude gegeben, das an der Stelle gestanden hatte, an der sich heute das Wakalah befand. Das private Lagerhaus hatte eine größere Grundfläche, war allerdings nicht so hoch wie die alten Wohnhäuser. Ein Durcheinander heruntergekommener Gebäude neigte sich auf der anderen Seite der Straße dem Wakalah zu. Einige von ihnen waren dreistöckig. Die untergehende Sonne ließ ihre Schatten lang werden, und sie bedeckten den Großteil des Lagerhauses. Dies und die nun hereinbrechende Dunkelheit bot nach Nicholas' Meinung die beste Möglichkeit, sich weiter zu nähern.

Der schwierige Teil des Unterfangens würde sein, auf das Dach des Wakalah zu gelangen. Ihm fiel ein kleines Nebengebäude, ein einstöckiger Lagerschuppen oder so, auf. Nicholas schlich um das Gebäude herum und setzte sich in die Ecke, wo der Schuppen an das Wakalah angrenzte. Die Fußgänger auf den Straßen wurden schnell weniger, als der Tag sich dem Ende zuneigte, aber das Timing würde immer noch schwierig genug werden. Kurz darauf gab es einige Sekunden, in denen keiner in seine Richtung sah. Er konzentrierte sich auf das Selket-Armband und sprang auf das Dach des Schuppens. So trittsicher wie der Skorpion, der unter die Schirmherrschaft dieses Gottes fiel, sprang Nicholas erneut, diesmal auf das Dach des Lagerhauses. Bedächtig bewegte er sich über die Keramikziegel, vorsichtig darauf achtend, keinen von ihnen zu lösen. Soweit er feststellen konnte, befand sich niemand auf den Dächern der Wohnhäuser, der ihn hätte beobachten können. Er machte sich keine Sorgen darum, von unten bemerkt zu werden. Die Leute sahen nur selten auf, besonders in Gegenden, in denen es keine so hohen Häuser gab. Die engen Straßen waren ihm eine zusätzliche Hilfe, denn jeder, der einen vernünftigen Blick nach oben werfen wollte, würde den Kopf weit in den Nacken legen müssen. Nicholas konnte die Passanten von oben beobachten, ohne befürchten zu müssen, daß sie ihn bemerkten. Um genau zu sein, verschaffte ihm sein momentaner Blickwinkel sogar einen guten Blick auf die Umgebung. Eine Reihe von Moscheen grenzte an den südöstlichen Teil Darb al-Ahmars. Er kannte sie von den Exkursionen, die er früher gemacht hatte – die Minarette der Ibn Tulun fast genau im Süden und die Ar-Rifa'i- und Sultan Hasan-Moschee weiter im Osten. In der Ferne erhoben sich dahinter die Mauern der Zitadelle, die im Licht der sinkenden Sonne golden zu glänzen schienen.

Auch wenn er immer noch keine Beobachter auf den angrenzenden Dächern gesehen hatte, rechnete Nicholas jeden Augenblick mit einem Angriff. Er bewegte sich schnell, schlüpfte leise über das Dach, befand sich kurz darauf am Rand und warf einen Blick in den Innenhof. Der Boden war mit Platten ausgelegt, und in den Ecken gab es kleine Bereiche mit Erde, in denen Farnkrautbüschel wuchsen. Eine Tür führte von jedem Gebäude in den Innenhof, aber keine der Türen führte ins Innere des Wakalah. Die drei Wohnhäuser hatten im ersten Stock mit eisernen Gittern versehene Balkone. Der Alte hatte mehr als genug Zeit gehabt, um sich nach drinnen zu begeben, und Nicholas sah draußen keine Bewegung. Es war unmöglich zu sagen, welches Gebäude der Typ betreten hatte. Nicholas beschloß, ein paar Minuten zu warten. Er wollte sehen, ob der Alte vielleicht nur jemanden aufsuchte, um Meldung zu machen. Nicholas setzte sich an der Seite, wo das Wakalah ans Dach des rechts davon liegenden Wohnhauses grenzte, an die Mauer.

Wenig später hörte er das Knirschen von Schuhen – aber nicht aus dem Innenhof, sondern von oben. Es klang wie die gemessenen Schritte einer

Wache. Er drückte sich gegen die Lehmziegel, die sich zwei Meter hoch bis zum Dach des Wohnhauses erstreckten. Nicholas konnte sich vor niemandem verstecken, der direkt nach unten blickte, aber sonst würde ein flüchtiger Blick ihn wohl kaum bemerken. Die Schritte schlurften vorbei und wurden leiser, als die Wache auf dem Dach wieder zurückging.

Vielleicht war jetzt der günstigste Zeitpunkt, um sich auf den Weg zu machen. Nicholas warf einen letzten Blick in den Innenhof. Er sah aus dem Augenwinkel eine Bewegung auf dem Dach des linken Wohnhauses und riß den Kopf wieder zurück hinter die Mauer, während er innerlich fluchte. Abrupte Bewegungen waren die beste Möglichkeit, entdeckt zu werden. Jetzt hörte er einen Ruf von dem Dach des linken Gebäudes. Zumindest kein Alarm. Sein Arabisch war gut genug, um verstehen zu können, daß der Linke die Wache, die gerade an Nicholas vorbeigelaufen war, rief.

Großartig, komm doch her und schau nach, ob sich hier unten jemand versteckt. Nicholas verzog das Gesicht. Wenn er jetzt losrannte, würden sie ihn gewiß sehen. Aber was würden sie melden? Jemanden in einer Robe, der über ein Dach rannte. Scheiße noch mal, er hatte keine Lust mehr wegzulaufen.

Der stämmige Oberkörper eines Ägypters erschien über dem Rand des Daches über ihm. Nicholas war bereit, und das Gefühl der Besorgnis half ihm zu ahnen, wo sich die Wache befinden würde. Er richtete sich hoch auf, packte die Wache mit einer Hand am Hemd und zog sie mit einem heftigen Ruck zu sich herunter. Der Mann landete hart auf dem Dach des Lagerhauses, mit dem Gesicht nach unten. Jeder Zweifel, den Nicholas über diesen Ort oder den Mann gehegt haben mochte, war wie weggewischt, als er eine Tätowierung in Form einer Schlange erkannte, die aus dem Kragen des Mannes herausragte, während dieser sich mit einer Hand auf dem Dach abstützte, um wieder auf die Füße zu kommen.

Nicholas stand einem Anhänger der Jünger des Set gegenüber. Sterbliche wie er zeigten ihre Loyalitäten oft durch die schlangenförmige Tätowierung. Die Zugehörigkeit zu einer Gruppierung der größten Feinde der Mumien ließen den Mann in Nicholas' Augen bar jeder Aussicht auf Gnade erscheinen, die er ihm sonst möglicherweise gewährt hätte. Er bewegte sich mit der Schnelligkeit eines zustechenden Skorpions und packte den Mann wieder an der Vorderseite seines Hemdes, riß ihn nach vorn und schleuderte ihn anschließend zurück, um ihm einen harten Schlag auf den Hals zu verpassen. Der erste Schlag hatte kaum sein Ziel getroffen, da schlug er auch schon mit der anderen Hand auf die Schläfe des Mannes.

Die Wache wollte etwas sagen, brachte aber statt dessen nur ein Husten hervor, und einen Augenblick später brach sie unter dem nächsten Schlag bewußtlos zusammen. Nicholas hielt den billigen Stoff des Hemdes weiterhin fest, hob den noch zuckenden Körper über den Rand des Daches und ließ dann los. Eine Staubwolke wurde aufgewirbelt, als die Wache unten auf der Straße aufschlug.

Nicholas' scharfes Gehör nahm das hastige Laufen der anderen Wache wahr, kurz nachdem er den stämmigen Typen losgelassen hatte. Er sprang, bekam den Rand des Daches über ihm zu packen, zog sich nach oben und legte sich flach hinter den Rand. Einen Augenblick später hörte er, wie der Linke sich auf das Dach des Lagerhauses fallen ließ und „Malik? Malik?" rief. Aus Besorgnis wurde Panik, als der Linke seinen Kumpel Malik unten auf der Straße liegen sah. Nicholas hörte, wie die Wache zu der Seite des Daches lief, die sich über dem Innenhof befand, und nach Hilfe rief.

Nicholas warf einen Blick über den Rand des Daches. *Volltreffer*. Der Alte und ein anderer, jüngerer Kerl tauchten in dem schmalen Lichtstreifen auf, der sich wie ein Band am Westende des Innenhofes entlang zog. Sie bedeckten ihre Augen und starrten im Licht der untergehenden Sonne zu der Wache hinauf.

„Malik ist gefallen!" rief der Linke auf Arabisch hinunter. „Ich glaube, jemand – "

„He!" rief der jüngere Mann im Hof und deutete nach oben, wo sich Nicholas am Rand des Daches entlangbewegte, vollkommen aufrecht und gut zu sehen.

Sobald er gesehen worden war, eilte Nicholas zu der Falltür, die den Zugang zum Dach darstellte. Er verschwand aus dem Sichtfeld der anderen, aber dem darauffolgenden Lärm nach zu urteilen bewegten sich alle drei auf das Gebäude zu. Der Linke klapperte über die Ziegel und packte den Rand des Daches. Seine Schuhe kratzten an der Mauer entlang, als er versuchte, Gegendruck herzustellen, um sich hochziehen zu können. Die Tür zum Gebäude öffnete sich quietschend, und schon bald hörte Nicholas Schritte, die sich die Treppe heraufbewegten. Sie waren zu schnell, als daß es der Alte hätte sein können, aber wo war er nur? Nicholas konzentrierte sich und hörte denselben schlurfenden Schritt, dem er schon vorher gefolgt war. Es klang, als ginge der Alte auf die Straße hinaus, um nach Malik zu sehen. Bis jetzt lief alles nach Plan.

Es würde einfach sein, jeden einzelnen dieser Wachleute fertig zu machen, aber Nicholas scherte sich einen Dreck um sie. Ihn interessierte der

Vampir, den sie ziemlich sicher bewachten. Nicholas würde schnell sein müssen, wenn er sich mit der Kreatur befassen wollte, ehe sie sich erheben konnte. Es wäre allerdings unklug gewesen, die Sterblichen vollends zu ignorieren, daher entschloß sich Nicholas, ihnen eine Überraschung zurückzulassen. Er griff in seine Tasche, warf das Paar geschnitzter Hunde auf das Dach und flüsterte ein ägyptisches Befehlswort. Als er sich konzentrierte, begannen die Figurinen zu wachsen. Innerhalb weniger Sekunden nahmen sie die Gestalt zweier großer schwarzer Mastiffs an – Sherlock und Watson. Ebenholzfarbene Augen sahen ihn mit unnatürlicher Intelligenz an und harrten seiner Befehle.

Nicholas' Spezialgebiet waren Amulette, nicht Symbole. Er wußte genug davon, um damit zurecht zu kommen, aber er war nicht annähernd so bewandert darin, als daß es ausgereicht hätte, um Bestien wie diese zu schaffen. Sie waren ein Geschenk Lu Wen Khutenptahs. Die fein gearbeiteten Stücke aus Ebenholz wurden zu Kreaturen, die so schnell und kraftvoll waren wie die meisten reinblütigen Mastiffs, aber über eine Geistesschärfe und Gerissenheit verfügten, die weit über die eines normalen Tiers hinausging. Da er sie mit einem Teil seiner Lebenskraft versorgen mußte, verwendete Nicholas sie nur in Notfällen. Er hatte in Chicago nie Gelegenheit gehabt, sie zu aktivieren, ein Fehler, den er hier nicht noch einmal wiederholen würde.

Noch immer auf Ägyptisch setzte er Sherlock auf den Kerl an, der die Treppe hochkam, und befahl Watson, sich um den Linken zu kümmern. Alle Sterblichen im Gebäude waren Freiwild, aber wenn die Mastiffs etwas von dem Geruch des Untoten mitbekommen würden, würden sie sich auf ihn stürzen. Sie mochten zwar mächtige Verbündete sein, aber die Hunde waren nicht widerstandsfähiger als ihre natürlichen Pendants. Sie mochten einem Vampir ein paar Kopfschmerzen bereiten, aber es bestand nur eine geringe Chance, daß sie ihn würden vernichten können. Es war besser, das Nicholas zu überlassen.

Nachdem die Befehle gegeben waren, sprang Nicholas vom Dach, wobei die Platten unter seinen Füßen zersplitterten, als er unten landete. Das Geräusch hallte durch die Schatten des Hofes und löste verwirrte Rufe vom Dach aus. Dann wurden die Rufe zu Schreien, unterbrochen von tiefem Knurren. Nicholas lächelte und rannte in das Wohnhaus im Westen hinein.

Das Haus bestand im Innern aus einer Suite von mehreren großen Räumen und nicht, wie Nicholas erst angenommen hatte, aus mehreren verschiedenen Wohnungen. Direkt vor ihm führte eine Treppe nach oben, und zu seiner Rechten öffnete sich ein großes Wohnzimmer, das ein Paar niedriger Sofas voller Kissen und eine Reihe kleiner Tische beinhaltete. Ein antiker Schreibtisch stand in einer Ecke. Teppiche waren über den Boden verteilt, und Wandbehänge bedeckten die Wände; alles schuf ein üppiges arabisches Dekor. Alles sehr hübsch, aber Nicholas war mehr daran interessiert, die Ruhestätte des Vampirs zu finden. Es erschien ihm am wahrscheinlichsten, daß sie sich irgendwo im Keller befand – wenn man den Sarg oberirdisch aufstellte, forderte man Ärger geradezu heraus. Sein Gehör, das nun geschärft wie das eines Luchses war, hörte durch einen Wandbehang aus Perlenschnüren, der einen Durchgang in der gegenüberliegenden Wand verbarg, wie Stein auf Stein schabte. Er stürzte sich durch den Wandbehang in den dahinterliegenden Raum. Sein Blick richtete sich auf die Mitte eines steinernen Bodens, der mit vielen bunten Läufern bedeckt war. Einer der Läufer war von einem Marmorquader weggeschleudert worden, der sich gerade aus dem Boden hob.

Die Kreatur, die den Stein von unten in die Höhe drückte, sah Nicholas in dem Augenblick, in dem er den Raum betrat. Nicholas erhaschte einen kurzen Blick auf ein paar gelber, reptilienartiger Augen, ehe der schwere Steinblock in seine Richtung geschleudert wurde.

Der uralte Teil von Nicholas' Seele, sein Ka, erfüllte seinen Dienst als sein persönlicher Schutzengel. Es hätte eigentlich keine Möglichkeit für ihn geben sollen, dem auf ihn zufliegenden Stein ausweichen zu können, aber irgendwie warf sich Nicholas nach hinten und bog sein Rückgrat so, daß der Stein nur wenige Zentimeter von seinem Gesicht entfernt vorbeiflog. Der Stein zerbarst an der Wand, während Nicholas seine Bewegung in einer Rolle rückwärts fortsetzte. Er kam in der Hocke auf dem Boden auf, gerade als der Vampir aus seinem Versteck heraussprang. Jünger des Set waren gefährliche Räuber, stark, schnell und von einer enormen Macht erfüllt, die ihnen durch ihre Verbindung zu ihrem untoten Herrn verliehen wurde. Nicholas hatte gehofft, diesen zu erwischen, ehe er aus seinem Schlaf erwachte, aber anscheinend handelte es sich bei ihm um einen Frühaufsteher.

Die Haut des Dings bekam Sprenkel und verdunkelte sich zu schwarzen Schuppen, als es sich auf ihn stürzte. Es bewegte sich mit fließenden, hypnotischen Bewegungen und holte mit einer klauenbewehrten Hand mit trügerischer Geschwindigkeit zum Schlag aus. Nicholas warf sich ein zweites Mal zurück, und die dunklen Fingernägel verfehlten nur knapp seine Kehle. Es war schlecht, in die Defensive gedrängt zu werden. Insbesondere dann, wenn man mit dem Rücken zu einer Tür stand, durch die die Lakaien dieses Dings jeden Augenblick hereingestürzt kommen konnten.

Nicholas wirbelte weg und griff nach einem der Amulette um seinen Hals. Jetzt den Skarabäus des Mentu auslösen, und der Vampir würde innerhalb von Sekunden Asche sein. Der Jünger war genauso schnell wie Nicholas und schlug ihm das Amulett weg, als er es gerade zu fassen bekommen hatte. Einen Augenblick lang wurde seine Hand durch die Wucht des Aufpralls taub, die Kette des schwarzen Skarabäus riß, und dieser prallte an einer Wand ab. Nicholas hatte keine Zeit, sich um den Verlust des Amuletts Gedanken zu machen, da er damit beschäftigt war, die Hand des Vampirs zu meiden, die nun zum tödlichen Schlag ansetzte.

Es stellte sich als Finte heraus, denn die Linke des Jüngers zuckte plötzlich in Richtung seines Halses. Aber Nicholas' Geist war eins mit dem Fluß des Schicksals. Nur eine verschwindend geringe Veränderung seines Gleichgewichts, und der Vampir erwischte eine Handvoll der Djellaba statt seines Halses. Die Kreatur zog daran, und ihr Mund öffnete sich unmöglich weit, als Reißzähne, so dünn wie Nadeln, sich aus ihrem Oberkiefer schoben.

Die Kehle von den Zähnen des Vampirs herausgerissen zu bekommen erschien Nicholas genauso wenig erstrebenswert, wie von den untoten Klauen entleibt zu werden, daher wirbelte er herum und schlüpfte dabei aus der Robe. Er setzte seine Bewegung fort, packte einen Ärmel und warf die Djellaba über den Kopf des Jüngers. Der Vampir fauchte und zerrte an dem Tuch, aber er war nicht schnell genug, um den strafenden Schlägen zu entgehen, die Nicholas mit geballten Fäusten auf ihn niederregnen ließ. Die rächende Kraft der Rechtschaffenheit, die ihm durch das Sekhmet-Amulett verliehen wurde, mußte man einfach lieben. Der Kopf der Kreatur zuckte zurück, die eine Seite wurde zu einer blutigen Masse aus reptilienartiger Haut, seltsam weißen Knochen und dunkelrotem Blut.

Als Nicholas gerade nach dem zweiten Mentu-Skarabäus greifen wollte, verschwand der Vampir plötzlich. *Scheiße, das Ding hat sich unsichtbar gemacht!* Nicholas löste das Amulett mit einem gerufenen Befehl aus. Blendendes Licht und sengende Hitze brachen aus dem Skarabäus hervor und verbrannten eines der beiden Sofas. Nicholas fluchte. Die Sekunde, die er gezögert hatte, hatte dem Vampir gereicht, um zu flüchten. Das Feuer mußte ihn aber in Panik versetzt haben, denn statt die Reißzähne des Vampirs an seiner Kehle zu spüren, konnte Nicholas einen kurzen Schrei hören und sehen, wie die Perlenketten des Vorhangs sich klappernd teilten, als ein großes Nichts durch sie hindurch ging.

Nicholas schnappte sich das Amulett am Boden, das er vorher verloren hatte, und folgte dann seinem Gegner. Ein Schrei, der Schmerz und Überraschung ausdrückte, drang aus dem Nebenzimmer. Er kam gerade rechtzeitig, um zu sehen, wie der alte Mann stöhnend an der Tür am Boden lag. *Nun ja,* dachte Nicholas. *Das hat man davon, wenn man einem panischen Vampir in die Quere kommt.*

Als Nicholas auf die Tür zusteuerte, hörte er von oben eine Kakophonie von Schreien und ein Bellen, das so laut war wie das Schußgeräusch einer Schrotflinte. Es klang, als hätten Sherlock und Watson noch weitere Wachen gefunden. Er stürzte in den Innenhof hinaus und wäre beinahe in eine Wache hineingerannt, die mit einem großen, gebogenen Dolch bewaffnet war. Nicholas hatte für diese Art Ablenkung keine Zeit. Er mußte den Vampir fassen, bevor dieser in die Dunkelheit entkommen konnte. Er packte das Handgelenk der Wache und drehte es, während er seinen Schwung dazu nutzte, dem Mann den Dolch in die Brust zu rammen, als er sich an ihm vorbeidrückte.

Nicholas ließ seinen Blick mit geschärften Sinnen schweifen. Er ignorierte das gurgelnde Keuchen der Wache und das Bellen und die Schreie aus dem Innern des Gebäudes und bemühte sich, das charakteristische Schlurfen von Schritten auszumachen. Nichts. Der Jünger konnte sich nicht so schnell außer Hörweite bewegt haben, schon gar nicht bei dem Gehör, das Nicholas hatte. Also war die Kreatur wahrscheinlich noch ...

Der Zorn war fast greifbar und warnte Nicholas rechtzeitig, so daß er noch herumwirbeln konnte. Schmerz flammte in seiner Schulter auf als der Hieb sein Genick nur knapp verfehlte. Die Wunde wurde sofort taub, und eine seltsame Trägheit drohte, ihn zu übermannen. Nicholas sprang auf die andere Seite des Innenhofes und drehte sich um, damit er in die grobe Richtung blickte, in der sich der Jünger des Set versteckt hielt. Er schoß den Blitzskarabäus ab, aber das einzige, was er davon hatte, war eine angesengte Mauer. Im nächsten Augenblick packte er den letzten Mentu-Skarabäus, der um seinen Hals hing, und löste ihn in Richtung des entgegengesetzten Endes des Bogens aus, in den er ihn eben schon gefeuert hatte.

Es war ein Volltreffer. Der Instinkt des Vampirs, die Flamme zu vermeiden, hatte ihn der ersten Welle ausweichen lassen und dazu geführt, daß ihn die zweite voll erwischte. Die Kreatur wurde flackernd sichtbar und schrie voller Qualen, während die ganze Seite ihres Körpers in Flammen stand. Trotzdem war sie noch immer kampfbereit. Selbst während er nach den Flammen schlug, rannte der Vampir auf Nicholas zu, und seine Zunge schoß in einem tödlichen Stich wieder auf ihn zu. Das Gift des ersten Treffers machte Nicholas schwerfällig, aber mit einer gedrehten Rolle warf sich Nicholas aus dem Weg. Er kam in der Hocke wieder auf die Füße, und die Zunge schoß erneut auf ihn zu. Obwohl er sich darauf konzentrierte, der Zunge auszuweichen, bemerkte er, wie der Alte, der wohl inzwischen aus dem Haus gestolpert war, mit einem Feuerlöscher auf sie zugerannt kam und die Flammen des Vampirs großzügig mit Löschschaum eindeckte.

Die Wut gab Nicholas einen erneuten Energieschub. Seine Hand schoß vor, als die Zunge zuschlug, und packte sie hinter der Spaltung. Der Untote schrie auf vor Zorn und Schmerz, als er versuchte, die Zunge wieder einzuziehen, aber Nicholas hielt sie fest. Der Vampir mochte genauso schnell sein wie er, aber Nicholas war ihm an Kraft überlegen. Jetzt wäre genau der richtige Augenblick gewesen, noch einen Skarabäus abzufeuern, aber da er keinen mehr hatte, mußte Nicholas improvisieren. Das momentane Unentschieden ausnutzend wischte er sich mit der freien Hand über die Stirn und schrieb anschließend eine schnelle Folge von Hieroglyphen in die Luft. Der Schweiß an seinen Fingern hing zischend in der Luft, als er das Schutzzeichen fertigstellte. Der Vampir erkannte, was Nicholas da tat und versuchte, den Abstand zwischen sich und der Mumie zu verringern, aber es war dafür zu spät. Nicholas zeichnete das letzte Symbol – das Zeichen des Gottes Mentu, der Personifizierung der vernichtenden Hitze der Sonne – in die Luft, und es brach in einem leuchtenden Blitz aus. Es hielt nur eine Sekunde an, aber es war lang genug, um das Ende der Zunge des Jüngers in Flammen zu hüllen.

Das Feuer schoß die Zunge entlang, als sei sie eine Zündschnur. Goldene Schlangenaugen weiteten sich, als die Flammen sich dem Gesicht des Vampirs näherten. Zischend und kreischend schlug die Kreatur eine wertvolle Sekunde lang verwirrt um sich und biß dann zu. Ihre brennende Zunge fiel zu Boden, zog eine Blutspur nach sich. Aber die Flammen waren zu hungrig. Sie übersprangen die entstandene Lücke und hüllten das Gesicht des Vampirs ein.

Ein durchdringender Schrei erschütterte Nicholas' Trommelfell, als der Jünger des Set sich in qualvoller Raserei hin und her warf. Der Alte versuchte, den Feuerlöscher auf seinen Meister zu richten, aber die Kreatur wollte nicht auf ihn hören und stillstehen. Dann raste eine dunkle Gestalt von dem Wohngebäude herüber und stürzte sich auf den alten Mann. Der sah den Mastiff rechtzeitig kommen, um schwerfällig mit dem Feuerlöscher nach ihm zu schlagen. Sherlock duckte sich unter dem Schlag weg und sprang dann, um seine großen Kiefer um die Leiste des Mannes zu schließen. Nachdem der Mastiff zweimal brutal gerissen hatte, löste sich ein Großteil seines Körpers vom Rest und beschrieb einen kurzen Bogen, der an der Mauer des Innenhofes endete. Es folgte ein nasses Klatschen, und er sackte auf den gesplitterten Platten zusammen, wobei der Feuerlöscher ein dumpfes *Pönk* von sich gab, als er neben ihm am Boden landete.

Nicholas bewegte sich vorwärts, um den Feuerlöscher für den Fall an sich zu nehmen, daß der brennende Vampir sich seiner Umgebung noch so bewußt genug sein sollte, um das Ding selbst zu schnappen. Er hatte etwa die Hälfte der Strecke zum Feuerlöscher zurückgelegt, als der Kopf der Kreatur in Hunderte blutiger, brennender Stücke zerplatzte. Der Körper des Dings geriet ins Stocken, das Feuer breitete sich über seinen Torso aus, und es brach zusammen. Eine Minute später war alles, was von dem Jünger Sets noch übrig war, ein paar geschwärzte Klumpen Fleisches.

DREI

Eines der Kinder Sets zu besiegen brachte Nicholas noch nicht die Absolution für sein Versagen in Chicago, aber die Erinnerung an seinen Sieg über den Vampir war Balsam für seine Seele. Er hatte ganz alleine ein Nest des Feindes vernichtet. Teufel noch mal, er hätte das ganze Haus niedergebrannt, wenn er nicht hätte befürchten müssen, daß das Feuer auf die Nachbarschaft übergreifen könnte. Das Desaster in Chicago hatte ihn an seinen Fähigkeiten zweifeln lassen, hatte ihn seinen Nutzen für die Sache der Ma'at in Frage stellen lassen. Einen Jünger Sets und dessen Gefolgsleute zu vernichten hatte sein Selbstvertrauen wieder hergestellt. Es löschte nicht den Schmerz aus, den er noch immer über den Verlust von vierzehn Männern verspürte, aber es gab wenig mehr, was er für einen loyalen Eset-A tun konnte, der in seinen Diensten fiel, als den Kampf fortzuführen.

Er trat aus der Dusche, trocknete sich ab und ging anschließend in das spartanische Zimmer, das ihm als Schlafzimmer diente. Sherlock trommelte mit dem Schwanz grüßend auf den Boden und sah ohne seinen Partner ein wenig verloren aus. Watson hatte sich während des Kampfs wieder in eine Statue zurückverwandelt, da er zuviel Schaden erlitten hatte, als er in den Bereitschaftsraum der Wachen geplatzt war. Die Statue hatte eine ganze Menge Furchen und Schnitte, aber der Schaden daran konnte wieder repariert werden. Die sechs Wachen, mit denen Watson gekämpft hatte, hatten nicht soviel Glück gehabt. Nicholas hatte sich entschieden, die Verzauberung bei Sherlock für den Augenblick aufrecht zu erhalten. Es konnte schließlich sein, daß die Dinge noch eine ganze Weile lang riskant blieben, und dann würde ein loyaler Hund eine große Beruhigung darstellen.

Nachdem er eine Weile in seiner Sporttasche gewühlt hatte, wählte er eine hellbraune Baumwollhose und ein blaues, langärmliges Shirt mit rundem Halsausschnitt. Ehe er sich anzog, nahm er einen anderen kleinen Behälter heraus und holte daraus eine Rolle feinen Leintuchs hervor, die er dann um seinen Arm zu wickeln begann. Er fing bei seiner verletzten Schulter an, wickelte es den Arm hinunter zu seinem verstauchten Handgelenk und befestigte es anschließend mit ein paar Klammern. Dank der Verzauberung der Bandage würde sein Handgelenk in ein paar Stunden verheilt sein, und der üble Schnitt auf seinem Rücken würde nach ein paar Tagen nicht einmal mehr eine Narbe hinterlassen. Nicholas zog anschließend Hose, Hemd und Schuhe an. Er war gerade dabei, sein Halsband in Form eines Skarabäus und das Sekhmet-Armband aus seinem etwas reduzierten Vorrat an Amuletten auszuwählen, als er Stimmen vom anderen Ende des Korridors her hörte. Er warf einen letzten Blick auf seinen rasierten Kopf im Spiegel des Kleiderschranks und machte sich dann bereit, sich dem zu stellen, was da kommen mochte.

Er ging den Gang entlang, begleitet vom Klicken von Sherlocks Pfoten, und betrat die Hauptkammer. Dort sprach Faruq gerade mit zwei Frauen, während Lärm, der eine enge Treppe herunterdrang, andeutete, daß sich Ibrahim anscheinend oben im Grab aufhielt. Die Frau zur Rechten war eine zierliche Asiatin mit kurzem Haar, die ein langärmliges Top mit U-förmigem Halsausschnitt, Caprihosen und Sandalen trug. Sie hatte einen mitgenommenen Rucksack über der Schulter hängen. Die andere war eine hochgewachsene Ägypterin, die eine langärmlige Bluse, einen Schal, einen langen Rock mit Blumenmuster und flache Schuhe trug. „Es ist gut, dich ebenfalls hier zu sehen", sagte die Ägypterin auf Arabisch und begrüßte damit Faruq. Als sie Nicholas bemerkte, neigte sie ein wenig den Kopf, ihr herzförmiges Gesicht blieb ausdruckslos. „Nicholas Sforza-Ankhotep."

"Indihar Nabih-Hentempet." Nicholas deutete eine Verbeugung an und wiederholte sie für die Asiatin. „Lu Wen Khutenptah."

„Wir hatten dich nicht so schnell zurückerwartet", sagte Indihar und wechselte dabei ins Englische. Nicholas beherrschte Arabisch nicht sonderlich gut. Während die drei Mumien sich ohne Schwierigkeiten auf Ägyptisch unterhalten konnten, mochten ihre sterblichen Helfer damit Schwierigkeiten haben. Englisch diente ihnen daher als angenehme Zwischenlösung, so daß jeder an der Konversation teilnehmen konnte.

„Wir haben einen früheren Flug genommen als den, den wir Faruq genannt hatten, nur für den Fall, daß uns irgend jemand belauschen würde."

Lu Wen klopfte Sherlock begrüßend die Flanke. „Wie gefallen dir Sherlock und Watson?"

„Großartig, danke. Leider konnte ich sie nicht so oft verwenden, wie ich gern gewollt hätte." Er entschied sich, ihr später von Watsons momentanem Zustand zu erzählen. „Wie geht es Xian?"

Lu Wens Gesicht wurde rot vor Freude. „Sehr gut, danke der Nachfrage. Ich hatte ihn vor kurzem auf eine Aufklärungsmission geschickt, daher lasse ich ihn jetzt ruhen.“ Wie andere Angehörige der als Sakhmu bekannten Mumienkaste war auch Lu Wen Meisterin der Kunst der Symbole. Sie hatte eine Reihe verzauberter Statuen geschaffen, zu denen auch Nicholas' Mastiffs gehörten. Ihre vielleicht größte Schöpfung war der kleine Drache Xian. In seiner inaktiven Gestalt war die Kreatur ein atemberaubendes Kunstwerk, das in hervorragendem Detail aus einem fünfundzwanzig Zentimeter langen Stück Ebenholz geschnitzt worden war. Lu Wen mußte nur die Verwandlung befehlen und ihre Schöpfung mit einem Teil ihrer spirituellen Energien versehen, und Xian verwandelte sich in eine Miniaturausgabe eines Drachen aus der chinesischen Mythologie. Er war eine geschmeidige, 60 Zentimeter lange Ansammlung kräftiger Muskeln mit einem beeindruckenden Paar gefiederter Flügel, die ihm aus dem schlangenartigen Körper wuchsen. Die Schuppen seines Körpers und die Federn seiner Flügel waren schwarz, mit einem üppigen, regenbogenartigen Glanz wie Öl auf einer Wasseroberfläche. Die Kreatur war so intelligent und scharfsinnig wie Lu Wen und erledigte für sie eine Reihe von Aufgaben, von Aufklärung über Wachdienst bis hin zur Überbringung von Nachrichten.

Obwohl sie unterschiedlichen Kasten angehörten, teilten Nicholas und Lu Wen ein kreatives Temperament und konnten Stunden damit verbringen, die Einzelheiten ihrer jeweiligen Künste zu diskutieren. Indihar war mehr wissenschaftlich veranlagt und ertrug nur ein paar Minuten ihres Geplauders, ehe sie sich einmischte. Sie warf einen fragenden Blick auf Nicholas' fehlendes Haar und fragte: „Ist das jetzt Mode in Amerika?“ Indihar war nicht bekannt dafür, taktvoll zu sein.

„Ist eine lange Geschichte. Ich werde sie dir später erzählen.“ Nicholas wies auf die enge Treppe, die in den Innenhof des Mausoleums führte, und fuhr fort: „Wo wir es schon davon haben, sollen wir... ?“

Die beiden Frauen waren hier als Repräsentanten der anderen Fraktionen der Aminte und brannten verständlicherweise sehr darauf, zu erfahren, wie die Dinge in Chicago standen. Nicholas war nicht sehr erpicht darüber, ihnen zu erklären, wie schief alles gegangen war, aber er konnte es auch nicht länger hinausschieben.

Die Treppe führte hinter einem Wandgemälde im Mausoleum von al-Qalarayn nach oben und konnte durch eine falsche Wandvertäfelung betreten werden. Die alten Wandgemälde der Mamelucken waren in ägyptischem Stil nachgemalt worden, und zur Einrichtung gehörten nun auch die vier Statuen ägyptischer Krieger, die in den Ecken standen, sowie ein reich verzierter Sarkophag in der Mitte des Raumes. Das Relief auf dem Deckel war eine Stilisierung des neuen Eigners des Grabes, Basel Nyambek-Senemut. Faruq hatte erwähnt, daß der Körper des Führers der Eset-A im Sarkophag lag und auf seine Rückkehr ins Leben wartete. Es gab keinen Zeitplan für die Wiedergeburt – bei einigen war es nur eine Sache von Tagen, während andere dafür Monate brauchten. Es gab keine todsichere Methode, um den Zeitpunkt der Wiedergeburt zu bestimmen... abgesehen davon, wenn man starb. Bis Basels Seele wieder ausreichend Stärke gewonnen hatte, um zu ihrem Fleisch zurückzukehren, würde sein Körper im Sarkophag ruhen. Die Mumien blieben auf ihrem Weg durch den Raum kurz stehen und legten je eine Hand auf den Sarkophag, um ihrem gefallenen Kameraden die Ehre zu erweisen.

Der nächste Raum war ein Vorzimmer, das für Opfer für die Toten gedacht war. Wie das Äußere des Mausoleums, so war auch dieser Raum im Stil der Bahri-Mamelucken gehalten. Von hier aus öffnete sich eine Tür in den Innenhof des Mausoleums, ein mit Steinplatten versehenes Quadrat, über dem sich die unendliche Weite der Sterne auftat. Von den Geräuschen gelegentlicher Passanten auf den das Mausoleum umgebenden Straßen und dem entfernten Murmeln des Verkehrs etwa einen halben Kilometer entfernt einmal abgesehen, spürten sie alle die Ruhe der Isolation.

Eine drei Meter hohe Steinmauer umgab den Innenhof, in dessen Mitte sich ein trockener Brunnen befand, dessen Brunnenfiguren, ein Trio mameluckischer Krieger, lebensgroß in Stein gehauen waren. Eine Reihe von Lichtern waren entlang der Mauer verstreut und warfen ein weiches Licht hinaus in die kalte ägyptische Nacht. Die drei Mumien nahmen auf Sesseln Platz, die Ibrahim um einen niedrigen Tisch herum aufgestellt hatte, auf dem ein Teeservice und ein Tablett mit Hors d'oeuvres stand. Sherlock strich um den Rand des Innenhofes herum; nachdem er alles zu seiner Zufriedenheit vorgefunden hatte, kehrte er wieder an seinen Platz bei Nicholas' Stuhl zurück.

„Der Brunnen ist neu“, merkte Nicholas an, während Ibrahim ihnen Tee einschenkte. Er atmete das Aroma aus seiner Tasse tief ein. Mit dem Einbruch der Dunkelheit ging ein Temperatursturz einher, der die Wärme des Tees sehr willkommen sein ließ. Trotz des Ernstes der ihm bevorstehenden Unterhaltung fühlte er sich auf wunderbare Weise ruhig. Er hatte sich nicht mehr so entspannt gefühlt, seit... nun, seit er das letzte Mal Ägypten verlassen hatte.

Lu Wen nickte. „Ja. Ich habe ihn vor ein paar Wochen eingebaut."

„Dein Werk oder... ?"

„Ja. Sieht authentisch aus, nicht war?"

„In der Tat." Nicholas bewunderte oft Lu Wens Fähigkeiten, und zwar nicht nur, weil sie sich nicht auf einen bestimmten Stil beschränkte. Viele Unsterbliche – Nicholas mit eingeschlossen – schufen Amulette und Symbole in der ägyptischen Tradition. Aber Lu Wen verließ sich ebenso sehr auf ihr modernes asiatisches Feingefühl, und wie der Brunnen im Stil der Mamelucken andeutete, ging sie sogar darüber hinaus. „Funktioniert er?"

Lu Wen gewährte ihm ein Lächeln, das einer Mona Lisa würdig gewesen wäre. „Wenn er muß."

„Ihr könnt später noch die Geheimnisse eures Handwerks austauschen", sagte Indihar und wedelte mit der Hand, als wolle sie die Konversation aus der Luft wischen. Beide Frauen hatten den Ruf, unverblümt und offen zu sein, aber Indihar war nicht als die höflichere der beiden bekannt. „Wir sind neugierig auf den Grund deiner plötzlichen Rückkehr nach Ägypten. Vor zwei Monaten hast du uns Erfolg gemeldet. Trotzdem kehrst du mit leeren Händen zurück. Was ist los? Wo ist das Herz des Osiris?"

Das Herz des Osiris – im Ägyptischen ab-Asar genannt. Die Mumien sprachen seinen altägyptischen Namen allerdings nicht mehr aus. Es einfach „das Herz" zu nennen war keine brillante Täuschung, aber sein wahrer Name barg zu viel Macht in sich, als daß er ausgesprochen werden sollte. Dasselbe galt für die anderen Teile Osiris', die vor langer Zeit überall im Land verstreut worden waren. Denn das Herz war in der Tat ein Teil ihres Gottes. Osiris war ewig, aber sein eifersüchtiger Bruder Set hatte seinen Körper zerstückelt und ihm damit seine Rückkehr in die Welt der Lebenden verwehrt. Nur eine Macht, die der Osiris' gleichkam, hätte seinen Körper daran hindern können, sich wieder zu bilden, und dies hatte Set mit einer verdammenswürdigen Effektivität erreicht.

Da es dem mächtigen Osiris verwehrt war, sein Fleisch wiederherzustellen, fiel es den Mumien, seinen Nachkommen, zu, seine seit langem verlorenen Körperteile wiederzufinden. Sobald sie wieder zusammengefügt waren, würde der Gott des Lebens wieder auf Erden wandeln, wie er es schon Jahrtausende zuvor einmal getan hatte. Osiris würde sich erheben und die Verderbnis Apophis' mit dem Licht der Gerechtigkeit brechen. Allerdings war dies keine Aufgabe, die die Mumien einfach so erfüllen konnten. Ihre Feinde waren zahllos und arbeiteten aktiv daran, sicherzustellen, daß die Körperteile des Osiris verschollen blieben. Selbst die verehrungswürdigen Imkhu, jene Altehrwürdigen, die als erste noch in den

Tagen des alten Ägypten wiedergeboren worden waren, hatten bis jetzt nicht mehr als eine Handvoll der Artefakte sammeln können. In den meisten Fällen stellten sich die Gerüchte über eines der Stücke als nichts weiter als ein Irrtum, ein Fehlalarm oder eine Falle heraus.

Die anderen Mumien um Nicholas herum hatten im vorliegenden Fall genau dasselbe angenommen. Indihar und Lu Wen repräsentierten andere Gruppen unter den Aminte, wie Nicholas mit den Eset-A verbunden war. Indihar war die primäre Verbindungsperson der Schemesu-Hor, des Horusgeleits in Kairo, Lu Wens Loyalität galt dem Kult der Isis, jenen Mumien, die am meisten in den uralten mystischen Künsten, den Hekau, bewandert waren. Sie waren alle Anhänger des Osiris, aber jede Gruppe hatte ihre eigene Vorstellung davon, wie man die Wünsche des Gottes am besten erfüllte. Obwohl sie im Kampf gegen Apophis und seine Gefolgsleute vereint waren, arbeitete jede Fraktion doch im selben Maße allein, wie sie auch mit den anderen zusammen arbeitete. Aber die Gruppen hielten einander zumindest über ihre Bemühungen auf dem Laufenden... zumindest die meiste Zeit. Selbst die Unsterblichen waren nicht immun gegen interne Machtkämpfe.

Nicholas' Auftrag war in Mumienkreisen kein Geheimnis, und man erwartete von ihm, daß er Berichte über seine Fortschritte weiterleitete, falls ihm etwas bemerkenswertes begegnete. Keiner hatte erwartet, daß er bestätigen würde, er habe in der Tat das Herz gefunden. Nicholas hatte mit seiner Mitteilung ziemlichen Wirbel verursacht. Die anderen Gruppen waren verständlicherweise an einem solch bedeutenden Fund interessiert. Dann aber kehrte er Wochen früher als geplant nach Ägypten zurück. Seine Zeitgenossen erwarteten von ihm, gleich nach Saqqara, Abydos, Edfu oder zu einer anderen Festung der Mumien zu reisen, das Herz schützend an die Brust gepreßt. Dadurch, daß er in die Städte der Toten gekommen war und sich das Herz nicht in seinem Besitz befand, war offensichtlich, daß etwas sehr schiefgelaufen war.

„Dein Anruf, bei dem du von deiner Rückkehr sprachst, enthüllte nur wenig", fügte Lu Wen hinzu, als Nicholas nicht gleich etwas sagte. „Du weißt, wir sind neugierig."

Nicholas lehnte sich zurück und seufzte. „Zuerst einmal möchte ich mich dafür entschuldigen, daß ich mich am Telefon so knapp gefaßt habe. Es schien mir das Beste zu warten, bis ich mit jemandem von Angesicht zu Angesicht reden konnte."

Indihar winkte ab, wobei ihre Ringe im Licht leuchteten. „Wir verstehen die Notwendigkeit zur Vorsicht. Wir sind jetzt hier, also kannst du ohne Vorbehalt mit uns reden."

„Erinnert ihr euch, wie ich das erste Mal in die Staaten flog? Ich ging den Gerüchten nach, die besagten, das Herz des Osiris befände sich in Chicago. Da ich dort mein gesamtes zweites Leben verbracht hatte, dachte ich, ich hätte einen Vorteil bei der Suche nach Hinweisen." Er machte eine Pause und erinnerte sich daran, wie abwegig es erschienen war, daß eines der größten Artefakte der alten Ägypter im nördlichen Illinois versteckt sein sollte. Nicholas war ohne viel Aufsehens in die USA gereist. „Anfangs waren wir zu sechst. Fünf Eset-A und ich. Schließlich konnte man ja keine anderen Unsterblichen dafür erübrigen, ein paar Gerüchten hinterherzujagen, nicht war? Ich hatte die Skepsis damals verstanden. Ich war selbst nicht allzu sehr davon überzeugt, daß sich das Herz in der Gegend befinden würde. Aber wir konnten durch unsere Nachforschungen ja nur gewinnen, und ich fand heraus, daß die Gerüchte stimmten – es war tatsächlich unter Verschluß im Tempel des Echnaton."

Selbst heute, Jahrtausende nachdem die Jünger Echnatons aufgehört hatten, eine Bedrohung für die Mumien darzustellen, regte sich noch der Zorn in Nicholas. Sein weiseres Ich hatte in den finsteren Zeiten der 18. Dynastie gelebt, als sich der Kult der Sonnenscheibe erhob und zu einem bitteren Feind der Unsterblichen wurde. Er war ein Sterblicher gewesen, ein Arzt, der dem Dienst an dem göttlichen Pharao am Hof Amenhoteps III. verschrieben war. Sein Dienst ging weiter, als dessen Sohn den Thron bestieg, aber er sah bald, daß Amenhotep IV. nicht wie sein Vater war. Der neue Pharao änderte seinen Namen in Echnaton und schwor dem hoffnungsvollen Usurpator Aton (oder Aten, je nachdem, wie man es aus dem Altägyptischen übersetzte) zuliebe Osiris und den anderen Göttern ab. Aton, eine Gottheit ohne Geschlecht, verkörpert in den Strahlen der Sonne, wurde zum einzig wahren Gott erklärt, zum Schöpfer des Lebens und Herrscher über alle Dinge... wobei Echnaton sein göttliches Gegenstück war.

Es war in vielerlei Hinsicht eine revolutionäre Idee. Abgesehen davon, daß es Schockwellen durch die Gesellschaft Ägyptens sandte, die Generationen religiöser und kultureller Tradition zerschmetterten, wagte es Echnatons neuer Glaube, sich der ewigen Macht des Osiris zu widersetzen. Die Mumien, die unsterblichen Verteidiger Ägyptens, waren entsetzt darüber zu erfahren, daß jemand, insbesondere der Pharao selbst, so etwas versuchte. Die Priester Ägyptens mochten Amon-Ra als den König der Götter bezeichnen, aber das war wenig mehr als politisches Intrigenspiel zwischen den Tempeln. Selbst sie wagten es nicht, die unvergleichliche Macht Osiris', des Herrn über das Leben, in Frage zu stellen.

Ankhotep war einer von vielen, die über die Zwietracht schockiert waren, die als Folge des bizarren Verhaltens des Pharaos entstand. Generationen des Friedens und der Erleuchtung schienen Gefahr zu laufen, unter der brodelnden Disharmonie begraben zu werden. Am heftigsten war der Konflikt zwischen Pharao Echnaton und den Mumien. Die Unsterblichen strebten eine Aussöhnung an. Echnaton und seine Jünger verehrten das Licht, wie es auch die Mumien taten. War die Verehrung Atons so besonders, daß sie nicht mit dem größeren Götterhimmel in Vereinbarung gebracht werden konnte? Echnatons Zurückweisungen der Mumien schienen darauf hinzudeuten. Die Mumien waren verblüfft. Einige vermuteten, Echnaton könnte womöglich ein Handlanger des Verderbers sein – obwohl Apophis eine Kreatur der Finsternis war und nicht eine des Lichts, das Echnaton verehrte. Die friedfertigen Bemühungen waren vergebens, und es kam immer häufiger zu Zusammenstößen. Ankhotep verband die Wunden, die die Wachen des Pharaos davontrugen und wurde immer unzufriedener mit der Entwicklung der Ereignisse um ihn herum.

Schließlich kam der Tag, an dem der Pharao die Unsterblichen herausforderte. Sie dienten falschen Göttern, so behauptete Echnaton, und waren daher in den Augen Atons und seiner Jünger Häretiker. Diese Behauptungen paßten zu der mächtigen Magie, die Echnaton und seine Priester auf die Mumien anwendeten – einiges davon waren veränderte Formen der Hekau, die die Mumien selbst verwendeten.

Ägypten stand am Rande eines religiösen Bürgerkrieges mit Echnaton und seiner Frau Nofretete auf der einen und den Unsterblichen auf der anderen Seite. Dessen Ausgang hätte nie in Frage stehen sollen, aber der Kult der Sonnenscheibe griff auf Mächte zurück, die größer waren, als es die Mumien für möglich gehalten hätten. Obwohl die Mumien zuversichtlich waren, den endgültigen Sieg davonzutragen, hätte der Kampf sehr wahrscheinlich das Reich vernichtet. Statt einen offenen Konflikt auszulösen, zogen sich die Unsterblichen zurück und ließen den Pharao als den augenscheinlichen Sieger erscheinen. Sie wollten nicht mit ansehen müssen, wie das große Reich durch innere Unruhen zerrissen wurde, aber andererseits konnten sie es Echnaton auch nicht gestatten, sich dem Willen des Osiris zu widersetzen. Die Diskussionen darüber, wie man weiter vorgehen sollte, zogen sich lange hin. Schließlich kamen die Mumien zu dem Schluß, sie hätten keine andere Wahl, als Echnatons Tod zu arrangieren und den Kult zu vernichten.

Es war kein leichter Weg, und das Urteil wurde nur an Echnaton und seinen ergebensten Gefolgsleuten vollstreckt. Seine Frau Nofretete widerrief ihre Loyalitätsbekundungen zu Aton, der Sonnenscheibe, und ihr blieb das Schicksal ihres Gatten erspart. Die Unsterblichen beeilten sich, sie auf den Thron zu setzen, damit sie die Herrschaft über Ägypten übernehmen konnte... nur um ein paar Jahre später herauszufinden, daß Nofretete insgeheim ihre häretische Verehrung Atons fortgeführt hatte. Sie verschwand kurz darauf gemeinsam mit den verbliebenen Jüngern des Aton. Der Kindkönig Tutenchamun erhielt als nächster die Krone. Ankhotep war einer von einer Handvoll Gefolgsleuten, die den jungen Pharao in den folgenden Jahren so gut sie konnten unterstützten. Der Streit um den Thron Ägyptens setzte sich unter Tut fort, kurze Zeit später jedoch wurde er von einigen Handlangern Sets umgebracht.

Wie die meisten Bürger in jener Zeit war auch Ankhotep zwiegespalten über den Aufstieg der Aton-u, des Sonnenkults. Er war beunruhigt von dem Gedanken, daß irgendeine Macht Osiris und seine Göttlichen Brüder ersetzen könnte. Aber wie konnte Atons Überlegenheit in Frage gestellt werden, wenn selbst die mächtigen Mumien sich ihm beugten? Erst später, als Ankhotep bei dem erfolglosen Versuch, den jungen Pharao Tutenchamun vor einem Attentat zu schützen, starb, erfuhr er, was die Mumien getan hatten. Ankhoteps Geist lebte in der Duat, Osiris' Königreich in der Unterwelt, weiter. Dort erfuhr er die ganze Geschichte von Sahu-Ra, einer der ersten Mumien, während eines Totenzyklus des Altehrwürdigen.

Nach dem Tod des Pharaos Echnaton taten die Mumien alles, was in ihrer Macht stand, um die Erinnerung an seinen Kult auszuradieren, aber Nofretete und die anderen Jünger führten die Verehrung der Sonnenscheibe fort. Schon bald mußten sich die Unsterblichen um wichtigere Angelegenheiten kümmern, da Apophis und Set weiter an Macht gewannen. Erst Jahrhunderte später fanden Mystiker vom Kult der Isis, einer der wenigen ägyptischen Sekten, die den Lauf der Zeiten überdauert hatte, schlagende Beweise dafür, daß Nofretete ein kostbares Artefakt Ägyptens und der Unsterblichen an sich genommen hatte: das Herz des Osiris.

Das Wissen darüber, daß sich dieses heiligste aller Relikte in den Händen der Aton-u befand, erzürnte die Unsterblichen. Aber sie waren nur von geringer Zahl. Außerdem konnten sie zum entsprechenden Zeitpunkt nicht mehr auf die Hilfe des ägyptischen Reichs zurückgreifen. Die große Zivilisation war von mehreren Völkern erobert worden und hatte ihre Verbindung zu ihrer Vergangenheit verloren. Nur mit Hilfe einer Handvoll verstreuter Loyalisten taten die Unsterblichen ihr bestes, um das Herz und die anderen verlorenen Artefakte aufzuspüren. Man war sich darüber im klaren, daß dies keine Aufgabe war, die sich schnell würde erledigen lassen, aber die Unsterblichkeit gab ihnen mehr als genug Zeit dafür.

Als Osiris erwachte, gehörte Ankhotep zu jenen, denen befohlen wurde, sich mit einer modernen Seele zu verbinden, um ein neues Zeitalter der Unsterblichen zu schaffen. Als er in sein drittes Leben geboren wurde, hatte Nicholas Sforza-Ankhotep geschworen, daß nichts zwischen ihm und der Widerherstellung der Überlegenheit des Osiris stehen sollte.

„Hat der Kult der Sonnenscheibe dir Schwierigkeiten bereitet?" fragte Indihar, die zu erraten versuchte, was schief gegangen war.

„Er wußte nicht einmal, was er da hatte. Die Mächtigen von einst sind ganz schön tief gefallen", merkte Nicholas an, dem die Vergangenheit – sowohl die Ereignisse der letzten Zeit als auch die schon weit zurückliegenden – schwer auf der Seele lasteten. „Kleine Ansammlungen von ihnen bereiten uns noch Kopfzerbrechen, aber die Zelle in Chicago war voller Speichellecker, die Verkleiden spielten. Zugegeben, der Tempel war beeindruckend; entworfen von jemandem mit mystischer Begabung. Das Herz wurde in einem versiegelten Sarkophag im Innern aufbewahrt, und der ganze Ort war voller mystischer Schutzzeichen, die es vor der Entdeckung abschirmten. Kein Wunder also, daß wir es vorher nicht gefunden hatten. Es war pures Glück, daß es durch Hörensagen unsere Aufmerksamkeit erregte. Aber die Leute, die es verwendeten, als ich der Sache nachging?" Nicholas schüttelte den Kopf. „Sie hatten keine Ahnung."

Nicholas nippte an seinem lauwarmen Tee. „Nachdem ich bemerkt hatte, daß in dem Tempel tatsächlich das Herz verborgen war, überarbeitete ich den Plan. Das Ding strahlt Macht aus. Sobald wir es aus seinem schützenden Sarkophag entfernt hätten, selbst auf übernatürlichem Wege, hätte jedes übernatürliche Wesen in der Gegend, das auch nur das kleinste Bißchen an Wahrnehmung für so etwas hat, es gespürt. Es hätte keine Möglichkeit für mich gegeben, wie ich es mit nur fünf Sterblichen als Unterstützung hätte hierher bringen können. Aber da sich alle zum Angriff auf das Tote Meer gerüstet hatten... nun ja." Nach dem wenigen zu urteilen, was er gehört hatte, war die Angelegenheit am Toten Meer – ein Angriff gegen eine große Ansammlung des Feindes – ein gewaltiges Unterfangen gewesen. Er war neugierig zu erfahren, wie es ausgegangen war, aber jetzt war nicht die Zeit dafür, danach zu fragen, und seine Neugier verblaßte im Vergleich zu seinem Zorn und der Frustration, die er ob der Tatsache, bei seiner eigenen Unternehmung auf sich gestellt gewesen zu sein, empfand. Wenn er nur eine weitere Mumie als Unterstützung gehabt hätte, hätte das wahrscheinlich den Ausschlag gegeben.

„Mir war nicht bewußt, daß du solche Hilfe benötigt hättest“, sagte Lu Wen.

„Ich hatte es Basel gesagt, aber er meinte, es sei keine zur Verfügung. Er schickte mir statt dessen zehn weitere Eset-A – soweit ich mich erinnern kann die Hälfte derer, die in Ägypten im Einsatz waren. Aber trotzdem sind fünfzehn Kultisten nichts im Vergleich zu einer Mumie – nichts gegen Ibrahim oder Faruq.“ Er nickte in Richtung der beiden, die ihr Verständnis mit einem Nicken bekundeten. „Ich gebe zu, ich hatte nicht geglaubt, daß das alles so eine große Sache sein würde: Das Herz war schließlich da, wo es aufbewahrt wurde, sicher. Ich entschloß mich, es für den Augenblick sicher zu verwahren und einen anderen Plan voranzutreiben, über den die Eset-A schon länger gesprochen hatten: einen sicheren Stützpunkt in den Staaten zu errichten, von dem aus wir operieren konnten – und welcher Ort hätte dafür besser sein können als einer, der bereits hervorragend mit mystischen Verteidigungen ausgestattet war?

Gamal und ich hatten den Tempel bereits infiltriert. Wir wußten, daß das momentane Personal das Gebäude praktisch nicht bewachte. Es war zu wenig mehr als einem Begegnungszentrum verkommen. Es war nicht schwierig, den „Hohepriester“ davon zu überzeugen, an uns zu verkaufen, und wir hatten das Haus gesäubert, nachdem die Papiere unterzeichnet und alles legal war. Mit ein wenig Computerhexerei Ibrahims hatte ich die ganze Sache über meine alte Sicherheitsfirma laufen lassen, um Schwierigkeiten mit Genehmigungen und so weiter zu vermeiden...“ Er bemerkte, daß er vom Thema abkam. Es interessierte sie nicht, was er getan hatte, um in den Besitz des Tempels zu gelangen, sie wollten nur wissen, was mit dem Herz geschehen war. „Wie dem auch sei, das Herz war im Tempel des Echnaton sicher gewesen, seit in den 20er Jahren des letzten Jahrhunderts dessen Grundstein gelegt worden war. Als der Tempel in unserer Hand war und wir weitere Sicherheitsvorkehrungen eingebaut hatten, meinten wir, warten zu können, bis ein paar Aminte uns erreichten und das Herz zurückbringen konnten. Trotzdem verspürte ich eine Art... ich würde sagen, eine Art *Drängen*, es so bald als möglich nach Ägypten zu bringen. Gamal und Ibrahim kümmerten sich um die Planung, als wir Besuch von drei Leuten erhielten, die behaupteten, für eine der Zeitungen Chicagos zu arbeiten.“

„Die Medien?“ Indihar stand kurz vor einem Wutanfall. „Solltest du nicht... wie war noch mal der Ausdruck? Die Füße still halten?“

„Das *hatte* ich“, grummelte Nicholas. „Okay, laßt mich das einmal kurz rekapitulieren. Was den Rest meiner Familie anging, so glaubten sie alle, ich sei verschwunden, womöglich sogar tot, obwohl sie für meinen Tod keine ausreichenden Beweise hatten. Ich hatte vor, langfristig den Kontakt zu meinem alten Leben wieder aufzunehmen. Durch meine restliche Familie und meine Firma hatte ich eine Reihe nützlicher Kontakte. Aber für diesen Auftrag war es das Beste, wenn ich mich bedeckt hielt. Also ging ich nicht zu meinem Haus oder in die Gegenden, in denen ich mich früher immer aufgehalten hatte, zurück. Ich tat nichts dergleichen. Ich hatte mit meiner Firma nur per Telefon und Internet Kontakt, was Ibrahim so hat aussehen lassen, als käme alles aus Übersee, und sobald wir den Tempel hatten, blieb ich vor Ort, um die Veränderungen an den Sicherheitssystemen zu überwachen und das Herz zu beschützen."

Die Frauen nickten zustimmend und linderten damit Nicholas' Verwirrung ein wenig. Sie verstanden die Einschränkungen, mit denen er hatte arbeiten müssen und die Entscheidungen, die er getroffen hatte. Er würde noch sehen müssen, ob das Verständnis auch dann anhielt, wenn er ihnen erklärt hatte, wie alles schiefgegangen war.

„Meine Firma hätte mich vielleicht aufspüren können, aber dort dachte man, ich sei mit einer Langzeitüberwachung beschäftigt und bis auf weiteres für niemanden zu sprechen. Abgesehen davon erhielten sie alle zwei Wochen ihre Gehaltszahlungen, warum also sollten sie sich einen Deut drum scheren, was ich tat? Davon mal abgesehen wußte jeder, daß ich seit Monaten nicht mehr in der Stadt gewesen war. Aber jemand hatte herausgefunden, daß ich wieder zurück war. Wir hatten jemanden bemerkt, der den Tempel inspizierte und ein paar passable Bilder von ihm gemacht. Ich ließ den Kerl durch meine Firma überprüfen und beauftragte sie, alles Erreichbare über ihn herauszufinden. Ein Gesicht war nicht viel, womit man arbeiten konnte, aber wir konnten ein paar Nachforschungen über Datenbanken der Regierung machen – FBI und Interpol, so was in der Art – in der Hoffnung, eine Übereinstimmung von einer Verbrecherkartei oder von dem Ausweis einer Regierungsstelle zu bekommen. Aber es kam nichts dabei heraus. Also hatte er keine Vorstrafen und arbeitete nicht für eine der Behörden. Dann reimte ich es mir zusammen." Er lachte humorlos. „Ihr werdet das lieben. Ihr wißt doch noch, wie ich meinen zweiten Tod gestoben bin und daß ich mich nicht einmal mehr daran erinnern konnte, welcher Teufel mich geritten hatte, daß ich mich selbst erschoß, nicht war? Es erwies sich, daß der Typ, der den Tempel überfiel, dafür verantwortlich war.

Obwohl die Bezeichnung „Mann" mißverständlich ist. Da mir kein besseres Wort dafür einfällt, würde ich sagen, er ist ein Zombie."

Indihar sah erst ihn und dann Ibrahim an.

„Es ist wahr, Aminte", versicherte Ibrahim. „Ein blutloser Teufel tötete viele und floh mit Nicholas als Geisel."

„Er nennt sich Maxwell Carpenter", erklärte Nicholas. „Er hatte früher was mit meiner Großmutter – ist aber eine viel zu lange Geschichte, als daß ich sie jetzt hier erzählen will. Lassen wir es dabei bewenden, daß er aus dem Grab zurückgekehrt ist, besessen von dem Gedanken, meine ganze Familie zu töten – und das hat er auch so ziemlich hinbekommen." Er fuhr sich mit der Hand übers Gesicht, die Erinnerung bereitete ihm Unbehagen. „Wie dem auch sei, ich machte mir keine großen Sorgen. Wir waren sicher im Innern des Tempels, und ich hatte ein Gefängnis geschaffen, um ihn verwahren zu können, falls er dumm genug wäre, mir hinterherzujagen.

Dann tauchten diese sogenannten Reporter auf und behaupteten, sie wüßten, wer ich sei. Damit hatte ich nicht gerechnet, aber ich konnte es auch nicht einfach ignorieren."

„Du sagtest ‚sogenannte'. Waren sie keine Reporter?"

„Nein, obwohl ich immer noch keine Ahnung habe, wer sie waren. Sie hatten uns zu Anfang falsche Namen genannt, aber einer von ihnen hat gleich nachgegeben, als ich sie darauf ansprach. Eine Frau namens Thea – sah exotisch aus, wahrscheinlich Araberin mit etwas anderer Beimischung. Dann zwei Männer: ein Asiate namens Romeo und ein junger Schwarzer namens Jake. Ich hatte nie Gelegenheit, ihre Nachnamen in Erfahrung zu bringen. Es war schon eine seltsame, multikulturelle Gruppe. Ich war mir nicht sicher, ob sie mit dem Typen, der uns nachstellte, in Verbindung standen. Wie dem auch sei, wir mußten herausfinden, was diese Leute vorhatten. Also ließ ich Gamal sie reinbringen – "

„Was?!" Indihars Ruf war ein rauher, heiserer Schrei.

„Wir hatten sie im Auge, und die Metalldetektoren zeigten, daß sie keine Waffen bei sich trugen. Sie waren ungewöhnlich, aber ich spürte, daß sie keine Gefahr darstellten. Aber ehe ich herausfinden konnte, was sie vorhatten, startete jemand einen Angriff auf den Tempel. Wir waren auf der Hut, aber wir konzentrierten uns auf die Leute im Inneren. Ein direkter Frontalangriff... nun, er hat uns überrascht. War mein Fehler, ich war zu selbstsicher. Ich hatte nicht gedacht, daß jemand so tollkühn sein würde. Die Männer erholten sich schnell, und alle gingen auf ihre Posten, um das Herz zu verteidigen – und alles wäre auch gut gelaufen, sieht man mal von diesem Carpenter ab, hatte ich den schon erwähnt? Er hat sich genau diesen Moment ausgesucht, um seinen Zug zu machen. Während also die ‚Reporter' hinter dem Herz her waren, ging er auf die Jagd nach mir."

Indihars Stirnrunzeln ließ ihre vollen Lippen wie einen gespannten Bogen wirken. „Also kämpftest du gegen diesen Zombie und das Herz derweil... "

„Die ,Reporter' haben es eingesackt. Die Eset-A, die nach dem Angriff auf den Tempel noch am Leben waren, haben es aufgespürt und versucht, es ihnen wieder abzunehmen. Sie hatten es auch, aber – das Ding gibt eine eigene Energiesignatur ab. Irgendwelche Untoten in der Gegend spürten es und stürzten sich auf sie, um es für sich zu sichern."

„Warte." Lu Wen war verblüfft. „Warum warst du nicht an Ort und Stelle, um es selbst zurückzuholen?"

„Weil Carpenter... " Nicholas wurde rot. „Er hatte mich gekidnappt. Pech, übersteigertes Selbstvertrauen und Unterschätzung des Feindes kamen zusammen. Glaubt mir, ich werde denselben Fehler nicht noch einmal machen."

Die beiden Frauen tauschten einen Blick aus. „Wie hast du dich befreien können?"

„Er tötete mich aus Versehen. Nachdem ich wiedergeboren war, konnte ich entkommen. Aber solange ich in seiner Gewalt war, verhörte er mich. Er benutzte eine seltsame Kraft, die mich zwang, einige unserer Geheimnisse zu enthüllen. Ich konnte nicht... ich war nicht in der Lage dazu, Widerstand zu leisten."

Eine schockierte Stille machte sich im Innenhof breit. Nicholas spürte starke, widerstreitende Gefühle, die wie eine tödliche Strahlendosis von den anderen ausgingen.

„Er hat nur wenig herausgefunden, aber es war genug, damit er am Herz des Osiris Interesse fand. Er jagte ihm mit anderen Kreaturen wie ihm, die ihn unterstützten, nach. Ich hatte nur Ibrahim, Saled und Duri, aber dennoch hätten wir ihn besiegen können. Aber wir wurden... auf dem falschen Fuß erwischt. Ich hatte mich darauf konzentriert, das Herz von den Vampiren wiederzuerlangen, und Carpenter hatte uns überrascht. Wir kämpften, und er flüchtete, aber... " Nicholas atmete tief ein und wieder aus, der Schmerz der Erinnerung war zu groß, als daß er die Worte beim ersten Mal herausbekam. „Er hatte das Herz, als er floh."

Diesmal war die Stille so tief, daß Nicholas fast den Zellen beim Teilen hätte zuhören können.

Indihar war in einer wahren Raserei. „Weißt du, wo diese Kreatur hingegangen ist? Weißt du, wo sich das Herz jetzt befindet?"

Nicholas schüttelte den Kopf. „Der Kompaßskarabäus wurde im Kampf vernichtet. Aber ich habe eine genaue Vorstellung davon, wo wir es finden können."

„Nun?" fragte Indihar. „Wo?"
„Hier. Er kommt nach Ägypten."

• • •

Die beiden Frauen sahen erst Nicholas, dann einander an. Das war alles etwas viel auf einmal, und er konnte anhand ihrer turbulenten Emotionen spüren, daß es wohl eine Weile dauern würde, bis sie alles vollständig verdaut hätten. Indihar gab sich keine Mühe, ihre Reaktion zu verbergen, und in ihrem Gesicht spiegelten sich die Emotionen wieder, die in ihrem Innern miteinander rangen. Lu Wen, die genauso durcheinander war wie die Gesandte der Schemesu-Hor, war ein Beispiel an Gefaßtheit, wenn man einmal von einer gewissen Anspannung um die Augen herum absah. Nicholas spürte starke Sorge bei Faruq, aber es war nichts im Vergleich zu den beiden Mumien. Ibrahim hatte dem alten Eset-A wohl einen kurzen Überblick gegeben, während Nicholas unterwegs gewesen war.

„Wie?" brachte Indihar schließlich hervor. Ihre Stimme wurde lauter und schriller. „Wie konntest du es zulassen, daß dieser blutlose Teufel, dieser Zombie, vierzehn Osiris-Gläubige tötete, die Geheimnisse der Aminte von einem der Ihren erfuhr und eines unserer geheiligsten Relikte stahl?"

„He!" schnappte Nicholas. „Mach mich nicht zum Sündenbock. Das ganze hätte vermieden werden können, wenn ich die Unterstützung bekommen hätte, nach der ich verlangte!"

„Dir wurden viele Eset-A – "

„Die, auch wenn sie noch so fähig waren, nichts sind im Vergleich zu einem von uns! Wir reden hier über einen wichtigen Fund, aber ihr Schemesu-Hor wart viel zu sehr damit beschäftigt, euch über ein Picknick der Apepnu aufzuregen, als daß ihr uns hättet zur Hand gehen können. Die Eset-A ziehen mal wieder die Arschkarte, wie sonst auch!"

„Du übertreibst", warf Lu Wen mit einer lauten, aber ruhigen Stimme ein.

„Ach ja? Jeder glaubt, wir seien ein Haufen von Radikalen. Wir bekommen selten Hilfe von euch anderen, selbst bei den einfachsten Sachen. Ich hatte eigentlich gedacht, etwas, das von so großer Wichtigkeit ist, würde uns wenigstens etwas Hilfe von eurer Seite her einbringen, aber das hat es ja nicht!"

„Ihr *seid* Radikale", erwiderte Indihar scharf. „Ihr Eset-A tappt auf der Suche nach den Fragmenten des Osiris herum, ohne euch Gedanken über die Konsequenzen eures Handelns zu machen. Wir müssen vorsichtig vorgehen, unsere Schlachten mit Bedacht wählen, bis wir zahlreich genug sind, um den Feind im offenen Kampf zu stellen."

„Wenn man mal davon absieht, daß wir bei dem Tempo nie aufholen werden. Unser oberstes Ziel war es, Osiris wieder herzustellen. Mir fällt niemand ein, der bestreiten würde, wie wichtig das für uns ist. Aber es scheint, als seien wir die einzigen, die überhaupt versuchen, das zu bewerkstelligen!"

„Hüte deine Zunge, Ankhotep", knurrte Indihar.

Lu Wen unterbrach den Austausch feuriger Blicke zwischen den beiden, indem sie sich nach vorn lehnte und Nicholas' unverletzte Hand ergriff. „Wir werden diese Schwierigkeiten heute nicht lösen. Wir halten die Eset-A nicht für unwichtig, aber eure Methoden sind manchmal extremer, als es unbedingt erforderlich ist."

Indihar runzelte die Stirn, stimmte aber widerwillig zu. „Ja. Eure Leute können nützlich sein, solange sie sich an die Anweisungen halten. Der Angriff auf das Tote Meer, ja? Jede Kaste war daran beteiligt; selbst die Eset-A habe so gut daran teilgenommen, wie es ihre begrenzte Zahl zuließ."

„Es ist sehr bedauerlich", sagte Lu Wen, „daß die Mobilisierung genau dann stattfand, als deine Anfrage um Hilfe kam... wie hätten wir wissen sollen, was geschehen würde?"

„Genau!" sagte Nicholas. Er war bereit, noch weitere Anschuldigungen loszulassen, ließ sich aber statt dessen einfach nur in seinen Sessel zurückfallen. Ihm war nicht danach, mit dem Finger auf jemanden zu zeigen. *Ich rege mich nur auf, weil sie alle mir die Schuld geben.* In einem vernünftigeren Tonfall wiederholte er: „Genau. Keiner hat das kommen sehen. Die einzigen, die es hätten ahnen können, sind die Mesektet, aber ich wette, die Himmelspriester waren mit dem Toten Meer beschäftigt."

Die Mesektet, die Nächtlichen Sonnen, waren eine Fraktion der Unsterblichen, die in der ägyptischen Kunst der Weissagung bewandert waren. Die Himmelspriester konnten Zeichen in den Himmeln lesen und wurden oft vor wichtigen Unternehmungen konsultiert.

„Ja", sagte Lu Wen. „Jeder hier war auf das Tote Meer konzentriert. So wichtig deine Entdeckung auch war, sie... nun, wie du schon sagtest. Die anderen Sekten waren sich darüber einig, daß es dort für den Augenblick sicher sein würde."

Nach einem Herzschlag sagte Indihar: „Stimmt."

Nicholas sah die anderen an und ließ seinen Blick ein wenig länger auf Indihar ruhen. „Gut, fein. Ich weiß, jetzt ist nicht die Zeit dafür, jemandem die Schuld zu geben. Verdammt, ich habe Fehler gemacht – und ich werde nie die Männer vergessen, die deswegen starben. Aber ich bin nicht gekommen, um gerichtet zu werden oder um Absolution zu erhalten. Ich brauche eure Hilfe dabei, die Nachricht zu verbreiten, daß nach Carpenters Ankunft Ausschau zu halten und das Herz so schnell es uns möglich ist wieder zurückzuholen ist."

Lu Wen klopfte Nicholas auf die Schulter und warf Indihar einen wohlbemessenen Blick zu. „Das ist das Beste. Leute halten Ausschau nach Neuankömmlingen, die sich auf der Hadsch befinden. Wir können versuchen, sie zu kontaktieren und unsere Leute an den Orten der Wiedergeburt warnen."

Nicholas wußte von seiner eigenen Wiedergeburt her, daß die Aminte ein Auge auf die verschiedenen Zugangsmöglichkeiten zu Ägypten warfen. Kleine Gruppen sterblicher Helfer unterstützten eine Mumie dabei, nach vielversprechenden Unsterblichen Ausschau zu halten, die sich auf der Hadsch befanden. Der Begriff war der islamischen Tradition entlehnt, der zufolge Moslems nach Mekka reisten. Für Mumien bezog er sich allerdings auf die vor kurzem Verstorbenen, die mit einem Tem-Akh, einem altägyptischen Geisterfragment, eine Verbindung eingegangen waren. Sie waren noch keine Unsterblichen, aber auch nicht mehr lebendig und stolperten daher wie Zombies – sie waren eigentlich auch nichts anderes als wiederbelebte Leichen – in Richtung Ägypten, angezogen von der Macht, die das Land von Khem durchflutete. Die Aminte warteten darauf, sie in ihre Obhut zu nehmen und an einen der geheimen Orte zu bringen, an denen der Lebenszauber vollführt werden konnte. Die Wiedergeburt verschmolz die moderne und die uralte Seele und band sie an das Fleisch, womit einer der Unsterblichen, ein Aminte, geschaffen wurde.

Diese Gruppen zu verständigen war allerdings leichter gesagt als getan, denn es war nicht so, daß man einfach das Telefon abnehmen und jeden anrufen könnte. Zuerst einmal war das Telefonnetz Ägyptens ein heilloses Chaos. Außerdem hielten sich Mumien oft an Orten auf, die nicht über eine Telefonverbindung verfügten. Die Neuigkeiten würden mündlich übermittelt werden, durch Mumien und sterbliche Helfer, die von einer Gruppe zur nächsten reisten, während sie ihren Angelegenheiten nachgingen.

Indihar war ein paar Sekunden lang still, während derer ihre Gefühle abkühlten und nur noch schwer wahrnehmbar waren. Schließlich erhob sie sich und sah zum kühlen Nachthimmel auf. „In der Tat. Was geschehen ist, ist geschehen. Wir müssen Vorbereitungen für die Zukunft treffen. Ankhotep, du hast recht, wir müssen die Nachricht unbedingt weiterleiten. Ich glaube, es wäre in der Tat das beste, wenn du alles selbst den Imkhu erklären würdest. Sie sollten die Einzelheiten dessen, was geschehen war, erfahren."

Die Aminte lebten nach den Gesetzen der Ma'at und durch die Gnade des Osiris, aber sie verfügten auf Erden nicht über eine gemeinsame, hierarchisch festgelegte Kommandostruktur. Dadurch kamen auch die Unstimmigkeiten zwischen Gruppen wie den Eset-A, dem Schemesu-Hor, dem Kult der Isis und anderen zustande. Die Imkhu kamen einer herrschenden Klasse noch am nächsten. Die Altehrwürdigen waren jene Mumien, die die Gabe der Unsterblichkeit schon vor langer Zeit erhalten hatten. Der erste unter ihnen war der Sohn des Osiris selbst, Horus, ein lebender Gott auf Erden. Sie waren der innere Zirkel jener, die Horus gegenüber loyal waren, der Schemesu-Hor, des Horusgeleits. Horus und der Rest der Imkhu hatten die letzten Jahrhunderte in Abgeschiedenheit verbracht und auf die Zeit gewartet, in der sie wieder als Bringer der Gerechtigkeit ins Licht treten würden. Diese Zeit kam, und die Altehrwürdigen widmeten ihre Hingabe der Aufgabe, ihre Brüder zum Sieg gegen die Mächte der Korruption zu führen, die sich über den Planeten breit machten.

Zumindest die Brüder und Schwestern, die gewillt waren, den Imkhu zu dienen. Nicholas gehörte zu denen, die die älteren Unsterblichen respektierten, aber fanden, sie hätten das Gespür für die Welt der Moderne verloren. Die Weisheit und Macht der Imkhu war lebenswichtig für den Kampf zur Wiederherstellung der kosmischen Ordnung, aber Nicholas glaubte, besser zu wissen, wie man im neuen Jahrtausend gegen den Feind vorging. Außerdem schien es, als sei Horus vielleicht ein wenig zu sehr von seiner einzigartigen Rolle als lebender Gott ergriffen, während sein Vater Osiris zwischen den Welten des Geistes und des Fleisches gefangen war. Nicholas zweifelte nicht an Horus' Engagement im Kampf gegen Apophis, aber er fragte sich, warum der rächende Sohn nicht mehr daran interessiert war, Osiris wieder zurückzubringen. Nicholas war der Meinung, die Wiederherstellung des Osiris in der stofflichen Welt sollte für die Mumien oberste Priorität sein, wenn sie den Feind besiegen wollten. Es war diese Einstellung, die ihm einen Platz in den Reihen der weniger einflußreichen Eset-A verschafft hatte, statt bei den Schemesu-Hor.

Kühle Furcht durchströmte Nicholas. Den Imkhu gegenüberzutreten war, als würde er die Kontrolle über seine Aufgabe aus der Hand geben. Aber er wußte, daß Indihar Recht hatte. Sie brauchten diesen Einfluß jetzt. Er verspürte immer noch den Drang, sich von der Last der Seelen seiner gefallenen Männer und vor den Augen der Ma'at reinzuwaschen, aber das wichtigste war jetzt, das Herz des Osiris wiederzuerlangen. Seine Erlösung konnte warten.

VIER

Trotz der langen Reise und der Zeitverschiebung erwachte Nicholas am nächsten Morgen bei Sonnenaufgang und fühlte sich erfrischt. Er frühstückte mit Indihar, Lu Wen und Ibrahim im Innenhof. Jeder war schon früh auf den Beinen, da Faruq sich um die Reise nach Edfu, dem Heim der Imkhu, kümmerte und es gut sein konnte, daß Nicholas und Ibrahim sich schon bald würden auf den Weg machen müssen. Indihar würde die anderen Schemesu-Hor im Nildelta kontaktieren, um sie vor der möglichen Annäherung des Herzens zu warnen, daher würde sie nicht zugegen sein, um Nicholas ihren Vorgesetzten vorzustellen. Lu Wen gehörte zum Kult der Isis und hatte kein Interesse daran, zur Feste der Jünger des Horus zu reisen. Statt dessen würde sie sich mit anderen ihrer Art in der Gegend treffen und die Informationen weitergeben, wie es auch Indihar tat. Kommunikation von Angesicht zu Angesicht kostete Zeit, aber es gab dank der nur sporadischen Abdeckung durch Festnetz- und Mobiltelefone in der Region nur wenige Alternativen.

Die beiden Frauen mußten ein ganz schönes Gebiet abdecken, aber Nicholas und Ibrahim würden die weiteste Strecke zurücklegen. Edfu befand sich in Luftlinie fast 600 Kilometer südlich von Kairo. Der nächstgelegene Großflughafen war Luxor, etwa 100 Kilometer flußabwärts von Edfu. Nachdem sie Luxor erreicht hatten, würden sie einen Wagen mieten, um den Rest der Strecke zurückzulegen. Touristen unternahmen diese Reise des öfteren, in der Regel in der Sicherheit staatlich anerkannter Reisebusse und dergleichen. Einzelreisende waren meist sicher, aber in Oberägypten bricht immer wieder einmal Gewalt aus. Nicholas machte sich keine großen Sorgen, obwohl kein anderer Aminte mitkam. Daß Indihar nicht mitreiste, störte ihn wenig, da sie nicht gerade die unterhaltsamste Reisebegleiterin war. Er sich darauf gefreut, Zeit mit Lu Wen zu verbringen, aber er tröstete sich damit, daß dies wohl warten mußte, bis die Sache mit dem Herzen geregelt war. Er mußte sich daran erinnern, daß es für Wesen wie ihn so etwas wie Zeitknappheit gar nicht gab.

Obwohl es recht früh war, war das Frühstück eine wesentlich entspanntere Angelegenheit als der Abend zuvor. Der Schlaf hatte allen geholfen, sich zu beruhigen und ihnen Zeit gegeben zu verarbeiten, was Nicholas ihnen mitgeteilt hatte.

Als sie sah, wie Nicholas' Hand nach der Kaffeekanne griff, fragte Indihar: „Warum trägst du Verbände, Ankhotep?“ Die meisten Mumien nahmen es nicht so genau, ob man sie mit ihrem Vornamen aus dem ersten oder zweiten Leben ansprach. Es lief letztlich darauf hinaus, was der momentanen Laune des Sprechers mehr zusagte. Nicholas gehörte zu jenen, die mehr auf die Moderne eingestellt waren, während Indihar dem anderen Ende des Spektrums den Vorzug gab. Lu Wen lag irgendwo dazwischen.

„Ich bin gestern Abend ein wenig in der Stadt spazierengegangen.“

„Faruq hatte so etwas erwähnt, als wir hier ankamen“, sagte Indihar, als sie und Lu Wen ihn mit leichter Sorge ansahen. „Du weißt doch, daß es hier nicht sicher ist, nicht einmal für uns. Kairo ist durch die Präsenz des Feindes befleckt.“

„Ich weiß. Obwohl es seit gestern Abend einen Feind weniger gibt, um den wir uns Sorgen machen brauchen.“

„Ah. Faruq hatte etwas von „Arschtritten“ gesagt?“ merkte Lu Wen an.

„Ja, richtig!“ lachte Nicholas. „Ich sagte ihm, ich würde jemandem kräftig in den Arsch treten. Jemandem mal kräftig eine klatschen, den Hintern versohlen, solche Sachen, wißt ihr?“ Die beiden Frauen lächelten höflich und erinnerten Nicholas daran, daß er es nicht nur mit einer Nachbesprechung zu tun hatte. Sein modernes Ich kam aus einem kulturellen Hintergrund, der sich vollkommen von dem der beiden Frauen unterschied. Indihar war in Kairo geboren, während Lu Wen ihr zweites Leben vor ihrer Wiedergeburt in China verbracht hatte.

„Und wie lief es?“

Nicholas erklärte, wie er den Alten bemerkt hatte, der ihn und Ibrahim verfolgt hatte und wie er das Blatt gewendet hatte. „Ich hatte einen Vampir entdeckt, einen Jünger des Set und ein paar seiner Helfer. Ich hatte mich noch nicht zum Angriff entschlossen, doch eine Wache ließ mir keine andere Wahl. Aber sie werden uns keine weiteren Sorgen bereiten.“

Indihar runzelte die Stirn und nickte. „Diese Kreaturen werden immer kühner.“

Nicholas zog eine Braue hoch. „Wie meinen?"

„Das Tote Meer", sagte Lu Wen.

„Stimmt. Alles, was Ibrahim und ich gehört hatten, war, daß es am Toten Meer irgendeine großangelegte Aktion gegen den Feind geben sollte. Wenn man, na ja, ihr wißt schon, in Betracht zieht... " Er schüttelte die Spannungen der letzten Nacht ab. „Es muß wohl was ziemlich ernstes gewesen sein."

„Ja. Wie schon früher haben die Diener des Apophis das Schlimmste von dem, was sich in der Gesellschaft der Sterblichen verborgen hält, ans Tageslicht befördert." Indihars grimmige Miene verlieh ihr eine kalte Schönheit. „Der Konflikt zwischen Israelis und Palästinensern ist nur ein Teil ihrer neuerlichen Bemühungen."

„Meinst du die neuen Kämpfe in Israel? Du willst doch nicht etwa behaupten, daß die Untoten dahinterstecken, oder?"

„Selbst die Handlanger des Verderbers können nicht von sich behaupten, diesen Konflikt begonnen zu haben", stellte Lu Wen klar. „Aber unser Feind ist sich nicht zu fein dafür, solch eine Gelegenheit beim Schopfe zu packen. Die Apepnu und die Untoten haben den alten Haß zwischen den Israeli und den Palästinensern geschürt, indem sie beide Seiten gegeneinander ausspielten."

„Kommt mir bekannt vor", grummelte er.

Indihar nickte. „Sie tauchen auf beiden Seiten auf, um ihre Greuel zu begehen. Die Opfer glauben, die andere Seite sei für den Angriff verantwortlich, und so eskaliert die Gewalt."

„Ich glaube, wir können von Glück reden, daß es nicht noch schlimmer ist", merkte Ibrahim an. In der vergangenen Nacht war er eingeschüchtert gewesen und hatte sich nicht in die Streitereien der drei Mumien einmischen wollen. Dieses Thema war mehr sein Fachgebiet. Da er aus der Gegend stammte, war er mit den Spannungen im Mittleren Osten vertraut. „Der Feind täte nichts lieber, als die ganze Region in einen Krieg zu stürzen."

Indihars Augen blitzten vor Stolz auf. „Stimmt. Wir glauben, daß er auch genau das vorhatte. Unser Hinterhalt war der größte Schlag gegen den Feind, seit Osiris wieder erwacht ist. Es ist bedauerlich, daß du nicht hier warst, um dich an der Schlacht beteiligen zu können, Ankhotep!"

Nicholas wußte sehr genau, warum er nicht da gewesen war. Er war in Chicago damit beschäftigt gewesen, das ab-Asar wiederzuerlangen und hatte es dann verloren. Es machte keinen Sinn, weiter in der Wunde herumzustochern. Er schenkte sich Kaffee ein. „Was ist also geschehen?"

„Einer der Mesektet sah Zeichen, daß der Feind sich in der Nähe des Toten Meeres versammelte, in einer Zahl wie seit den Tagen des Neuen Königreiches nicht mehr."

„Zu beiden Seiten des Meeres", erklärte Lu Wen. „Es war nicht einfach, es zu entdecken, habe ich mir sagen lassen – die Apepnu haben eine ganze Menge an mächtiger Magie angehäuft, um ihre Anwesenheit sowohl vor normalen als auch vor mystischen Blicken geheim zu halten –, aber mit Hilfe des Kults der Isis konnten wir ihre Position feststellen."

Indihar legte dankend den Kopf schief. „Sie hatten Angriffe auf mehrere Orte in der Region geplant. Nicht nur in den von Israel und den Palästinensern beanspruchten Ländern, sondern auch im Osten in Jordanien und im Norden in Syrien. Die im Westen versammelten Streitkräfte bestanden aus rund 500 Sterblichen und 30 Asekh-sen unter dem Befehl Hau-hras und Hemhemtis."

„Verdammte... Basel und ich liefen Hau-hra vor einer Weile mal über den Weg." Nicholas bebte, als er sich daran erinnerte. Er gehörte einem wachsenden Stamm von Unsterblichen an, die im Dienste des ewigen Osiris und der weisen Ma'at, den Dienern des Gleichgewichts der Natur, standen. Die Apepnu, die Verderbermumien, waren ihre Antithese. Sieben mächtige Kreaturen, eine jede eine Verballhornung der Mumien, die eine dunkle Version der Gabe des Osiris verwendeten, um Unsterblichkeit zu erlangen und deren einziger Sinn darin bestand, die Verderbnis weiter in der Welt zu verbreiten. Die Verderbermumien waren die ersten und mächtigsten der Apepnu – der Diener des Apophis –, und allein schon ihre Existenz war ein Schlag ins Gesicht. Der Körper einer jeden Verderbermumie war auf irgendeine grausige Weise entstellt, ein äußeres Zeichen der Verderbtheit, die von ihren Seelen Besitz ergriffen hatte. Nicholas' Begegnung mit einer der Ihren war die schrecklichste Erfahrung in seiner Existenz gewesen. Es war erst ein paar Wochen nach seiner Wiedergeburt als Unsterblicher gewesen, auf einer Tagesfahrt mit Basel Nyambek-Senemut den Nil hinauf. Sie waren auf dem Fluß angegriffen worden – Nicholas wußte immer noch nicht, was damals geschehen war, denn alles hatte sich zu schnell zu einem allgemeinen Chaos entwickelt.

Eines blieb ihm allerdings ins Gedächtnis gebrannt: die schreckliche Kreatur, die man unter dem Namen Hau-hra, das Gesicht im Hinterkopf, kannte. Ein lächerlicher Name zwar, aber auch einer, der auf furchtbare Art zutraf. Bei einem flüchtigen Blick hatte es ausgesehen, als sei der kahle Schädel des Apepnu verkehrt herum auf dem Torso angebracht, als blicke das Gesicht auf seinen muskulösen Rücken statt nach vorn. Aber obwohl der Schädel der Kreatur in die richtige Richtung zeigte, war sein Gesicht irgendwie... auf die andere Seite *bewegt* worden. Die Vorderseite war von verfärbtem Fleisch überzogen, und man fand dort nur einen vagen Hinweis auf Augenbrauen, Nase und Kiefernknochen. Es war, als sei das Gesicht auf der einen Seite ausgetrocknet und weggerissen worden, so daß nur die Ohren an ihrem eigentlichen Platz verblieben waren. Die Rückseite von Hau-hras Schädel zeigte Augen, die sich aus flachen Höhlen herauswölbten und einen platten Fleischlappen mit zwei großen Löchern darin, der die Nase darstellte. Eine horizontale Falte teilte den Schädel unterhalb der Nase, und ein obszöner Schlitz diente als Mund. Ein rudimentärer Kiefer, der anscheinend einfach so an die Unterseite des Schädels geklatscht war, hatte nur wenig Bewegungsfreiheit. Es sah aus, als hätte es ein Bildhauer mit nur wenig Begabung, der ohne Referenzmaterial gearbeitet hatte, zusammengeschludert. Der Rest des Leibs der Kreatur hatte eine wesentlich konventionellere Form – zwei Arme und zwei Beine, die alle am rechten Fleck angebracht waren und von normaler Form und Länge waren. Eigentlich hatte Hau-hra, wenn man einmal den Kopf außer Acht ließ, einen guten Körperbau und den schlanken, muskulösen Körper eines Marathonläufers. Daß seine Gesichtszüge sich auf der Rückseite des Kopfes befanden, schien ihn nicht im geringsten zu behindern. Sein Körper war äußerst gelenkig, sehr flexibel und gleichermaßen mobil beim Vorwärts- wie auch beim Rückwärtslaufen.

„Hau-hra war... na ja, selbst wenn ich mich nur an den kurzen Blick, den ich erhaschte, erinnere, fange ich an zu zittern. Er war uns haushoch überlegen, daher rannten wir wie zwei Strauchdiebe auf der Flucht hierher zurück." Nicholas war dem Apepnu, den man Hemhemti nannte, nie begegnet, aber es wurde behauptet, die Verderbermumie sei auf ihre eigene Art genauso furchteinflößend wie Hau-hra. Schon ein einzelner von ihnen war Bedrohung genug, aber zwei, die sich zusammenschlossen, um eine Armee zu befehligen? Nicholas dankte Ma'at, daß die anderen Mumien den Plan rechtzeitig aufgedeckt und gestoppt hatten. „Hört sich an, als hätten sie seit damals großangelegte Rekrutierungsmaßnahmen unternommen. Ich kann mir nur vorstellen, wie übel eine solche Armee sein kann, mit einem zweiten Apepnu und so vielen Schnittern in ihren Reihen."

Eigentlich war es, wenn man es von der reinen Anzahl her betrachtete, ja keine richtige Armee. Aber trotzdem waren es genug Saboteure, Attentäter und Provokateure. Die Kinder des Verderbers zogen es vor, ihr Böses zu tun, indem sie andere aus den Schatten heraus manipulierten. Mit einer Streitmacht dieser Größenordnung konnten sie eine ganze Menge Verwüstung im schon sehr aufgewühlten Palästina anrichten. Die Gruppen mußten wohl für eine Art Konferenz zusammengebracht worden sein, die man nicht auf anderem Wege hätte abhalten können... oder sie waren, wenn ihn sein Wissen über Taktiken der Lakaien des Apophis nicht täuschte, versammelt worden, damit man einen finsteren Zauber auf sie wirken konnte. Nicht, daß die tausend Sterblichen irgendeine Ahnung von ihrer wahren Rolle bei der Sache haben würden. Sie waren wahrscheinlich eher Söldner und Fanatiker, die keine Ahnung hatten, in wessen Diensten sie da standen. Nicholas nahm an, es handle sich bei den Lebenden um Palästinenser oder Israelis – vielleicht sogar beides –, die durch Versprechen und Lügen verführt worden waren. Die Apepnu waren einem Glauben gegenüber loyal, der weit älter als der Islam oder das Judentum, sich aber nicht zu fein dafür war, seinen wahren Glauben zu verbergen, um die Erreichung ihrer Ziele voranzutreiben. Jede Streitmacht mußte geglaubt haben, sie hätte sich versammelt, um einen Schlag für ihr Volk zu führen, obwohl sie in Wahrheit nichts weiter als ein Werkzeug dafür war, die Finsternis des Apophis zu verbreiten.

Die zahlreichen Sterblichen waren allerdings noch lange nicht so beunruhigend wie die Tatsache, daß sich so viele Asekh-sen an einem Ort versammelt hatten. Die Kreaturen, die man auch Schnitter nannte, waren das Ergebnis der Bemühungen der Verderbermumien, weitere bösartige Unsterbliche zu schaffen, nachdem ihre ursprüngliche Zeremonie verloren gegangen war. Das Monster Kharebutu band Ifrite, böse Geister, in einem schwächlichen Versuch, ihnen Unsterblichkeit zu verleihen, an menschliche Leichen. Asekh-sen waren mächtige Sturmtruppen, stark, unermüdlich... und sie konnten genau wie die Aminte wieder ins Leben zurückkehren, nachdem sie erschlagen worden waren. Daß die Asekh-sen nur zu vier Wiederbelebungen in der Lage waren, von denen eine jede verzerrter und furchtbarer war als die Vorhergehende, half wenig, die Bedrohung, die sie darstellten, zu mindern. Nicholas verstand, warum alle Aminte in der Region mobilisiert worden waren, um diese Bedrohung zu bekämpfen. „Du sagtest ‚die im Westen versammelten Streitkräfte'. Der Feind war demnach zahlreicher als nur das?"

„Ja. Eine weitere Streitmacht am östlichen Ufer des Toten Meeres setzte sich aus derselben Menge an Sterblichen zusammen, die von einem Dutzend Ghulen angeführt wurden, unter dem Befehl eines Jüngers des Set namens Zainab Jinnah."

Nicholas hielt inne, eine Gabel voll Obstsalat hing auf halbem Weg zu seinem Mund in der Luft. Eine zweite Streitmacht, die sich aus Ghulen – Vampiren – zusammensetzte? Diese Kreaturen waren mit den Unsterblichen fast so verfeindet wie die Verderbermumien. Die meistgehaßten waren die Jünger des Set, Blutsauger, die den Bruder und Mörder des Osiris verehrten. Nicholas' unsterbliche Artgenossen würden sehr erpicht darauf sein, ein gutes Dutzend Jünger zu vernichten. „Ich verstehe, was du meintest, als du sagtest, sie würden kühner. Könnte allerdings nicht behaupten, daß mir dieser Zainab geläufig wäre."

„Es ist – war – eine Frau. Eine alte Ghulin mit dem Gesicht eines Engels, aber einem Herzen, so schwarz wie das Sets höchstpersönlich", spie Indihar.

Lu Wen kicherte. „Na ja, jetzt nicht mehr. Ich war bei denen, die die östlichen Streitkräfte angriffen. Wir haben sie bei dem Angriff nicht vernichtet, aber sie ist nicht unbeschadet davongekommen. Feuer hat ihr hübsches Gesicht verunstaltet, ehe sie die Flucht ergriff."

„Wir werden sie noch früh genug aufspüren", versprach Indihar.

Früh genug. Für die unsterblichen Aminte war es immer eine Frage des *wann*, keine des *ob*. „Es ist bemerkenswert, daß die Verderbermumien und die Jünger des Set derart gemeinsame Sache machen", sagte Nicholas.

„Ja, denn obwohl sie beide Werkzeuge Apophis' sind, zanken sie sich normalerweise doch untereinander. Wir glauben, sie haben eine Übereinkunft getroffen. Der Verderber könnte sich an Toten dumm und rund fressen, wenn die arabischen Staaten und Israel übereinander herfielen."

„Dabei würden sie unter Umständen sogar Europa und die USA mit hineinziehen."

„Wie sagt noch das Sprichwort: 'Je mehr, desto besser'?" Indihars Miene verfinsterte sich. „Sterbliche richten schon genug Schrecken untereinander an, sie werden das in den nächsten Monaten schon von allein erreichen. Aber die Apepnu sind sich nicht zu fein, die Entwicklung der Dinge notfalls etwas zu beschleunigen."

Nicholas nickte. „Aber was würde für die Jünger dabei herausspringen? Ich kann nicht glauben, daß sie daran interessiert sind, alles so offensichtlich in Aufruhr zu versetzen. Immerhin schadet es ihrer Nahrungsquelle, nicht wahr?"

„Da sind wir uns nicht so ganz sicher", gab Lu Wen zu. „Aber wir glauben, sie haben als Teil einer Bemühung, die als Talaq bekannte Kreatur zu vertreiben und ihre Machtbasis damit zu erweitern, einem Vorstoß in die arabischen Länder zugestimmt."

„Wer?"

"Uns ist unklar, was er ist", sagte Faruq, der aus der unterirdischen Anlage herauskam. Faruq war sterblich, gehörte aber zu einer Handvoll Kultisten, die ihr Leben der Sache der Mumien verschrieben hatten. Er hatte lange Zeit uralte Bücher und moderne Gerüchte studiert und für den Zeitpunkt, an dem die Nachkommen von Osiris wieder auf Erden wandeln, ein Auge auf die Machenschaften Apophis' geworfen. Sein Wissen war selbst unter den weisen Aminte heiß begehrt. Nicholas wußte, daß es die anderen Gruppen innerhalb der Gesellschaft der Mumien – insbesondere die Schemesu-Hor und die Kinder des Osiris – ärgerte, daß Faruq seine Hilfe der Splittergruppe der Eset-A zuteil werden ließ. „Wenn nur die Hälfte dessen, was ich über dieses Thema gehört habe, der Wahrheit entspricht, dann herrscht dieser Talaq seit Staatsgründung insgeheim über Jordanien. Er ist keiner eurer Art, aber auch kein Ghul. Er steht aber auf irgendeine Weise mit den Hashashin in Verbindung, daher kann es sein, daß er einer der Untoten ist." Faruq zuckte mit den Schultern. „Alles, was in letzter Zeit klar geworden ist, ist die Tatsache, daß viele Aktivitäten in dieser Region auf ihn gerichtet sind."

Nicholas legte diese Information zu den Akten. Er hatte von einer Sekte von Vampiren gehört, die man die Hashashin nannte. Von diesem Begriff leitete sich das moderne Wort „Assassine" ab. Sie waren bei den Mumien nicht so verhaßt wie die Jünger des Set, stellten aber trotzdem eine Gefahr für sie dar. Sie waren untote gedungene Mörder, die sich eine Machtbasis im Mittleren Osten geschaffen hatten. Sie waren noch geheimnisvoller und heimtückischer als die Jünger und daher genauso schwer aufzuspüren und zu vernichten. Er bezweifelte, daß er ihnen oder diesem seltsamen Talaq über den Weg laufen würde, da seine Aufmerksamkeit eindeutig auf die Neue Welt gerichtet war, aber es konnte nicht schaden, alles zu wissen, was über sie bekannt war. Wer konnte schon ahnen, wo er sich befinden würde, wenn weitere hundert Jahre vergangen waren?

„Also, die Apepnu hatten sich auf Israel eingeschossen, während diese Zainab und ihre Leute die arabischen Länder im Visier hatten", sagte Nicholas. „Zumindest war das der Plan, bis ihr angestürmt kamt und sie in Grund und Boden rammtet."

„Ja." Indihars Tonfall war emotionslos, aber ihre Augen blitzten ob der Erinnerung. „Im Lauf der Jahrhunderte wurden sie selbstzufrieden und vertrauten in zu großem Maße auf ihre mystischen Fähigkeiten. Wir kamen aus den Wolken herab und nutzten die vom Feind so geschätzte Finsternis, um unsere Annäherung zu verbergen. Sie waren zahlenmäßig überlegen, aber wir sind Aminte. Sie konnten gegen die Macht unserer Hekau nichts ausrichten."

Nicholas hörte ihr mit gemischten Gefühlen zu. Er hatte am Angriff auf das Tote Meer nicht teilgenommen, weil er mit seiner eigenen Aufgabe in Amerika beschäftigt gewesen war – einer Aufgabe, die er dank des Überfalls auf das Tote Meer mit unzureichender Rückendeckung hatte erledigen müssen. Nach dem, was Indihar und Lu Wen gesagt hatten, hatten sie über genug Feuerkraft verfügt. Und da konnten sie keine Mumie entbehren? Wenn sie es getan hätten, dann wäre Nicholas jetzt siegreich statt geschlagen zurückgekehrt. Alles war Politik. Die Eset-A waren in der Regel eine Gruppe, die von den anderen als zu fanatisch in ihrer Jagd nach alten Artefakten angesehen wurde. Die anderen Mumiengruppen arbeiteten mit den Eset-A zusammen, aber über allem lag ein grundlegendes Gefühl gegenseitigen Mißtrauens, und die Ressourcen, die den Aminte und ihren Verbündeten in der Regel zur Verfügung standen, wurden nur selten in gleichem Maße den Eset-A zugeteilt, auch wenn die anderen Mumien etwas anderes behaupten mochten.

Weil Nicholas sich ganz dem Selbstmitleid hingab, verpaßte er beinahe den nächsten Kommentar Indihars. „Einer der Apepnu wurde erschlagen?" Das waren wirklich großartige Neuigkeiten.

„Ich habe es selbst gesehen", sagte Indihar. „Hau-hra wurde getötet, während er mit Senemut kämpfte."

„Also ist Basel so gestorben? Er tötete Hau-hra?"

Indihar nickte und warf einen Blick zurück ins Mausoleum. „Er hat tapfer gekämpft. Während wir seinen Körper zurückholten, floh ein Paar der verfluchten Schnitter mit der Leiche Hau-hras."

Lu Wen runzelte die Stirn. „Hemhemti konnte auch flüchten, eingehüllt in eine Wolke seines eigenen Gestankes."

Wie gut, daß ich nicht der einzige bin, der Fehler macht, dachte Nicholas. Es war ein Überraschungsangriff gewesen, und den Mumien war es trotzdem nicht gelungen, auch nur eine der Verderbermumien gefangen zu nehmen? Da sie Mumien waren, waren sie natürlich ebenfalls unsterblich, daher waren diese verdammten Biester genauso schwer dauerhaft zu töten wie einer der Aminte. Daher versuchten die Aminte jetzt, sie gefangenzunehmen. Zumindest würden die Apepnu in Gefangenschaft keine weiteren Verwüstungen anrichten können, bis man sie vernichten konnte. „Weiß irgendjemand, wie lange es dauern könnte, bis Hau-hra wieder ins Leben zurückkehrt?"

„Leider müssen die Verderbermumien sich nicht dem Gericht der Ma'at stellen, also kürzer als bei uns."

Ma'at war die ägyptische Göttin der Gerechtigkeit, eine gesichtslose Wesenheit, die das natürliche Gleichgewicht durchsetzte. Die Göttin der Gerechtigkeit stand einem Konzil aus zweiundvierzig Richtern vor, die in der Geisterwelt, die die Mumien Duat nannten, lebten. Sie bestimmten, welche unsterblichen Seelen es wert waren, wieder zurückzukehren. Basels Seele war an diesen Ort hinabgestiegen und stand jetzt vor den Richtern der Ma'at. Nicholas hatte dasselbe erst vor kurzem durchgemacht, nachdem er von Maxwell Carpenter getötet worden war. Im Gegensatz zu Basel war er nach einem recht kurzen Aufenthalt in der Duat wiederbelebt worden – es konnten nicht mehr als zehn oder zwölf Stunden gewesen sein. Er wußte, daß das eine erstaunlich kurze Zeit war, wenn man bedachte, daß manche Mumien Wochen – oder in der Regel sogar Monate – warten mußten, bis ihre Seelen genug Kraft gesammelt hatten, um die Barriere, die die Welt der Geister von der der Lebenden trennte, zu durchbrechen und ihren Körper wieder in Besitz zu nehmen. Er wußte nicht, ob diese schnelle Erholung ein Geschenk der Ma'at war. Wenn man bedachte, daß sich Carpenter von seinen eigenen Verletzungen nur wenig später wieder erholt hatte, dann vermutete Nicholas, dies könne durchaus der Fall sein. Was auch immer die Umstände sein mochten, dieselben Grundprinzipien galten auch für Verderbermumien. Auch wenn die Geister der Apepnu nicht vor Ma'at treten mußten, so mußten sie doch ausreichend spirituelle Energie sammeln, um wieder in ihren Leib zurückzukehren. Hau-hra würde zurückkehren, und es mochte nicht lange dauern.

„Nun, das ist Scheiße."

Lu Wen zuckte mit den Schultern und veränderte die Lage des Rucksacks, der auf ihrem Schoß lag. „Die Anführer sind schwer verletzt entkommen. Es wird einige Zeit dauern, bis sie ihre volle Kraft wiedererlangt haben werden."

„Und der Rest der Streitkräfte?" So, wie sich das anhörte, hatte Nicholas keine Ahnung, warum sie sich mit dem Ausgang des Überfalls so zufrieden anhörten.

„Haben wir dezimiert. Bis zum letzten Mann", bestätigte Indihar als Antwort auf die von Nicholas implizierte Herausforderung. „Wir haben sogar die meisten Leichen der Schnitter bergen können, damit wir sie wieder werden vernichten können, sobald sie sich wieder erheben."

„Vielleicht sind ein oder zwei verletzte Untote während des Kampfes entkommen", fügte Lu Wen hinzu, „aber es waren nicht mehr. Der Rest wurde gepfählt und in den Hügeln, in denen wir gekämpft hatten, vernichtet."

„Wir sind außerdem sehr zuversichtlich, daß wir ihren Plänen einen Rückschlag versetzt haben. Bis zu dem Angriff, so sind wir uns sicher, hatten die Apepnu keine Ahnung von unserer Macht. Sie nahmen an, wir seien immer noch nur die Handvoll Unsterblicher, die wir all die Jahrhunderte über waren. Viel zu wenige, als daß wir uns einer ihrer Bemühungen direkt hätten entgegenstellen können. Jetzt kenne sie die Wahrheit."

„Darüber hatte ich auch schon nachgedacht. Die Imkhu fanden nicht, es sei vielleicht klüger, sagen wir mal, zu warten, bis sie ihre Streitkräfte verteilt hatten und die kleineren Gruppen dann nacheinander zu vernichten? Unsere wahre Macht zu verbergen?"

Die Frauen schüttelten den Kopf. „Es gab ein paar Diskussionen", gab Lu Wen zu, „aber wir konnten das Risiko, daß sie sich verteilten, nicht eingehen, und selbst jetzt kennt der Feind nicht unsere wahre Anzahl. Da wir mit solcher Gewalt zugeschlagen haben, sind wir zuversichtlich, daß sie uns für weitaus stärker halten, als wir tatsächlich sind."

„Eine Demonstration unserer Macht läßt den Feind in Zukunft mehr auf der Hut sein", sagte Indihar. „Wenn unsere Gegner glauben, wir seien überall und würden jede ihrer Bewegungen kennen, werden sie zögern und unsicher sein, was die beste Vorgehensweise ist. Sie werden das Selbstvertrauen verlieren, das bisher eines ihrer nützlichsten Werkzeuge war. Wir füllen ihre Herzen mit Furcht und sichern uns so den Sieg."

Nicholas nickte. Vor seiner Wiedergeburt war es seine natürliche Veranlagung gewesen, nur winzige Schritte zu unternehmen. Jetzt aber sah er den Vorteil darin, kühn und entschieden zu handeln. Leider hieß dies aber, daß man nicht immer in der Lage war, Komplikationen zu erkennen, bevor man beinahe über sie stolperte. Der Angriff auf das Tote Meer war dafür ein gutes Beispiel. Wenn die Aminte einen heimlicheren Vorstoß unternommen hätten, wer könnte sagen, ob sie dann vielleicht die Verderbermumien oder diese Vampirin, Zainab, nicht erwischt hätten? Hinterher ist man immer schlauer, heißt es.

„Ich möchte nicht euer Frühstück unterbrechen, Aminte", sagte Faruq, „aber ich habe für euch und Ibrahim einen Flug in den Süden gebucht. Ihr solltet bald aufbrechen, wenn ihr den Flughafen rechtzeitig erreichen wollt."

„Es war mir möglich, die Imkhu letzte Nacht zu kontaktieren, daher erwarten sie eure Ankunft", versprach Indihar, als Nicholas sich verabschiedete. Als er zu einem halbherzigen Dank ansetzte, brachte sie ihn mit einer Geste zum Schweigen. „Ich weiß, daß zwischen uns gespannte Stimmung herrscht. Streite es nicht ab. Du bist nicht der einzige, der in der Lage ist, starke Gefühle zu spüren, schon vergessen? Aber ich bin dir nicht böse und kreide dir deine Fehler nicht an."

„Du sprichst große Worte gelassen aus."

„Du weißt, was ich meine, Ankhotep. Trotz aller Rückschläge gibt Osiris nicht auf. Man mag zwar die Schlacht gewinnen, kann den Krieg aber immer noch verlieren, nicht wahr? Apophis ist nicht unverwundbar, ebenso wenig wie dieser Carpenter. Bleibe Ma'at treu, und du wirst siegen."

Er war sprachlos. Indihar war normalerweise nicht warm und einfühlsam. Er wußte nicht, was er auf ihre aufbauenden Worte sagen sollte. Er räusperte sich und murmelte ein unterdrücktes „Danke."

Lu Wen erhob sich und sagte ihm Lebewohl. Nicholas erinnerte sich in diesem Augenblick an etwas und zog die Figurine Watsons aus seiner Tasche. „Ich habe ihn kaputtgemacht", entschuldigte er sich. „Meinst du, man kann ihn reparieren?"

Sie warf einen kritischen Blick auf die mit Narben und Rissen überzogene Statuette. „Das ist halb so schlimm. Es wird einige Zeit dauern, aber ich kann es reparieren. Wenn du ein klein wenig geschickter darin würdest, diese Dinger herzustellen, könntest du ihn sogar selbst reparieren."

„Ich weiß. Aber ich rechne nicht damit, in nächster Zeit Gelegenheit dazu zu haben."

Lu Wen gab ihm mit einem Lächeln den Hund zurück. „Eines Tages wirst du sie haben. Vielleicht kannst du auf deiner Reise ein wenig üben, die kleineren Schäden zu reparieren."

„Gute Idee. Danke."

„Bitte, Nicholas. Indihar hat recht. Wir werden nicht an einem einzelnen Ereignis gemessen, sondern an den Taten, die wir im Leben vollbringen."

Er mußte lächeln. Für eine Mumie hörte das Leben nie auf, und nur Ma'at konnte das endgültige Urteil fällen.

• • •

Als sie auf ihren Plätzen saßen, gab Nicholas Ibrahim einen Stoß. „Du warst ganz schön still. Was geht dir durch den Kopf?"

„Nichts, Ami- äh, Nicholas."

„Mhm. Also, was ist los? Glaubst du, die nachdenkliche Miene hilft dir, auf Frauen anziehend zu wirken?"

Ibrahim runzelte die Stirn. „Du kannst manchmal sehr seltsam sein, Nicholas."

„Wechsle jetzt nicht das Thema. Wir reden im Augenblick über dich."

„Es ist nichts. Einfach nur... "

Nicholas machte mit der Hand eine ziehende Geste. „Komm schon, du kannst es."

Ibrahim ließ seinen Blick durch die Kabine schweifen. Es war ein Flug am Morgen, so ziemlich am Ende der Touristenzeit. Ein paar Geschäftsleute saßen zwischen Touristen, die vorhatten, einen Tagesausflug zu machen. Er beugte sich näher zu Nicholas und murmelte: „Ich verstehe nicht, warum ich verschont wurde."

„Verschont? In Chicago?"

Ibrahim nickte. „Ich habe mein bestes getan, Kampffertigkeiten zu erlernen, aber meine Begabung ist die Arbeit am Computer. Gamal, Omar oder Duri – die wären jetzt wesentlich hilfreicher für dich als ich. Sie sind erfahrene Krieger."

Nicholas war so sehr mit seiner eigenen Situation beschäftigt gewesen, daß er es nicht einmal in Betracht gezogen hatte, so etwas könnte Ibrahim zu schaffen machen. Mit der Unsterblichkeit ging nicht automatisch die Erleuchtung einher. „Es ist keine gute Idee, so etwas zu denken, Ibrahim. Man erreicht damit nichts, mal abgesehen davon, daß man depressiv wird."

Nach Ibrahims Miene zu urteilen waren ihm Nicholas' Worte keine Hilfe.

„Womit du dich da rumschlägst, nennt man die Schuld der Überlebenden. Du bist froh darüber, nicht gestorben zu sein, aber du haßt dich dafür, daß du so fühlst, weil andere gestorben sind. Es gibt darauf keine einfache Antwort. Versuch, deinen Frieden damit zu machen und mach weiter. Ich fühle mich genauso, nachdem ich zu dem geworden bin, was ich bin. Ich habe viele gute Männer verloren – und nicht nur das, ich bin auch noch der letzte meiner Familie, und das alles nur, weil irgend so ein Freak so scharf auf Rache war, daß er einfach nicht tot bleiben konnte." Er lachte und verdrehte die Augen. „Vielleicht kein gutes Beispiel – ich, meine ich."

Ibrahim räusperte sich. „Du erinnerst dich daran, daß ich sagte, du seiest seltsam, Nicholas?"

„Okay, okay. Ich werde die Klappe halten."

• • •

Mit dem Flugzeug war es nur ein Katzensprung bis nach Luxor. Dort stiegen sie in einen alten Volvo um und machten sich um kurz vor zehn auf den Weg in Richtung Süden. Ibrahim saß am Steuer, was es Nicholas ermöglichte, den Nil zu beobachten und über sein bevorstehendes Treffen mit den ältesten und verehrungswürdigsten seiner Art nachzudenken.

Er hatte bisher noch keinem Imkhu gegenübergestanden. Es gab nicht viele Unsterbliche, aber sie waren auch keine sonderlich verschworene Gemeinschaft. Mit ihrer Wiedergeburt ging eine bestimmte Aufgabe einher, und obwohl selbst die Ewigkeit ihnen nicht verschlossen war, blieb ihnen nicht viel Zeit, um miteinander herumzuhängen und sich zu unterhalten. Nicholas für seinen Teil war nach der Wiedergeburt damit beschäftigt gewesen, mit seinem unsterblichen Wesen zurechtzukommen, die ägyptischen Hekau zu meistern und den vollen Umfang des Konfliktes zu begreifen, in den er hineingezogen worden war. Dieses erste Treffen würde unter mehr als nur ungünstigen Umständen stattfinden. Er fühlte sich wie ein Kind, das auf dem Weg zum Büro des Rektors war. Es gelang ihm nur mit Mühe, seine Aufregung zu verbergen.

Sie überquerten den Nil und erreichten Edfu noch vor Mittag. Die uralte Stätte hatte eine moderne Kleinstadt mit mehr als sechzigtausend Einwohnern hervorgebracht. Das heutige Edfu war angenehm im Grünen an den Ufern des Nils angelegt und diente als Handelszentrum für Getreide, Datteln und Baumwolle. Der Tourismus war aber immer noch die Haupteinnahmequelle – oder besser gesagt, er war es gewesen, bis Horus der Rächer und seine Schemesu-Hor nach Ägypten zurückgekehrt waren. Sie hatten den Tempel des Horus und die Ausgrabungsstätten in seiner unmittelbaren Nähe in Besitz genommen, zu denen auch die uralte Stadt und ihre Nekropole gehörten, und den gesamten Bereich prompt für den öffentlichen Zugang gesperrt. Vermutlich beeinflußt durch Bestechung und die subtile Anwendung von Magie verbot die ägyptische Regierung weitere Ausgrabungen dort. Es entstand einiger Wirbel um Bemühungen, strukturelle Schäden an den hohen Steinmauern des Tempels abzustützen. Gerüchten zufolge sei eine neue, wichtige Ausgrabungsstätte entdeckt worden und werde nun geheim erforscht. In gewisser Weise war das alles richtig.

Eigentlich war der Tempel des Horus für sein Alter in einem hervorragenden Zustand. In der Wüste abseits des Einflusses des Nils gelegen, hatten seine Mauern aus Sandstein im Lauf der Jahrhunderte nur wenig Erosion erlitten. Die hoch aufragenden, in die Mauern gravierten Abbildungen des Horus waren noch beinahe genauso deutlich zu erkennen wie zu der Zeit, als sie während der Ptolemäischen Dynastie, einige Jahrhunderte vor Christi Geburt, angefertigt worden waren. Abnutzung war allerdings unvermeidlich, und so hatte Horus eine kleine Gruppe von Mumien und sterblichen Helfern angewiesen, allen Schaden zu reparieren. Das an sich war schon eine beeindruckende Aufgabe, aber die Aufmerksamkeit des Rächers war auf den Komplex gerichtet, der *unter* der heutigen Stätte lag. Aus der Zeit, die beinahe tausend Jahre vor der Existenz des heutigen Tempels des Horus lag, hatten die Archäologen nur einen sehr geringfügigen Teil der möglichen Funde ans Tageslicht gefördert. Horus war entschlossen, der ursprünglichen Tempelstadt wieder zu ihrem einstigen Ruhm zu verhelfen – zu dem einer Stadt, die passend für den Sohn eines Gottes ist.

Mit den arkanen Hekau, die ihnen zur Verfügung standen, gelangen den Mumien signifikante Fortschritte, und für einen aus der Ferne zusehenden Beobachter sahen sie aus wie ein großes, gut organisiertes Ausgrabungsteam.

Ein Mann hielt den Volvo auf der Straße, die zum Tempel führte, an. Der Kultist der Schemesu-Hor trug die Kleidung des ägyptischen Militärs – und war, soweit Nicholas wußte, sogar Angehöriger der Armee. Nachdem er ihre Identität geprüft hatte, wurden sie durchgewinkt. Die Wache in ihrer kleinen Lehmhütte war typisch für die halbherzigen Kontrollpunkte, die hier in der Region eingerichtet waren. Es gab keine Zäune oder andere Barrieren, die Neugierige fernhielten. Die Wüste erledigte das recht gut von alleine. Nicholas wußte, daß verborgene Verteidigungsmaßnahmen die Gegend ringförmig umgaben, Amulette, die die Schemesu-Hor auf Eindringlinge hinweisen würden. Patrouillen in der Uniform des ägyptischen Militärs, mit weltlichen wie auch übernatürlichen Waffen ausgerüstet, umkreisten ebenfalls die Ausgrabungsstätten.

Während sie auf der mit Schlaglöchern übersäten Straße den letzten halben Kilometer zurücklegten, war Nicholas wieder frustriert über die Entscheidungen, die von Gruppen wie den Schemesu-Hor getroffen wurden. Edfu war eine interessante Festung, aber war es wirklich notwendig, einen alten Tempelkomplex in diesem Umfang wieder herzustellen? Es war aufwühlend, die Relikte aus seinem ersten Leben wieder in ihrem alten Glanz erstrahlen zu sehen, aber wäre es der Sache nicht besser damit gedient gewesen, all diese Ressourcen darauf zu verwenden, den Feind zu bekämpfen? Er hatte ähnliche Anstrengungen unternommen, den Tempel des Echnaton als Stützpunkt in Amerika auszubauen – nur um überrannt, entführt und beraubt zu werden. Der Tempel des Horus war wesentlich besser gesichert, aber Nicholas hatte den Eindruck, die von ihm gelernte Lektion habe durchaus ihren Wert. Wenn er sich traute, würde er den Fall den Imkhu vortragen.

Eine Ansammlung von Zelten und alten Gebäuden aus Lehmziegeln war die Unterkunft der meisten der Bewohner vor Ort. Es war genug von dem alten Komplex des Horus wieder hergestellt worden, daß der Rächer selbst sowie die meisten der Imkhu und eine Reihe jüngerer Mumien dorthin hatten umziehen können. Nachdem sie ihren Wagen neben einem Sammelsurium von Jeeps, Landrovern und einigen Geländewagen geparkt hatten, gingen Nicholas und Ibrahim durch die wiederhergestellten Kammern des Tempels. Die Mauern des Tempels erhoben sich zu beiden Seiten des Eingangs wie zwei große Flügel. Ihre Umrisse waren klar erkennbar, ohne Lücken, die durch verwitterten Sandstein entstanden sein mochten. Die Mauersteine waren wieder so exakt quadratisch wie damals, als sie vor 3000 Jahren aufeinandergestapelt worden waren. Abbilder des Horus erhoben sich als klares Relief aus der Mauer und verwandelten die gelben Steine in Gold. Das Innere des Tempels war nicht weniger beeindruckend, mit all den Säulen, Pylonen und dem inneren Tempel, die genauso wieder hergestellt worden waren, wie sie ursprünglich erbaut worden waren. Es war ein atemberaubender Anblick.

Über dem ganzen Komplex kreiste ein Dutzend Falken im Aufwind. Nicholas vermutete, daß einige von ihnen Schöpfungen wie Sherlock und Watson waren, unermüdliche Wächter, die das Gelände kilometerweit im Blickfeld hatten und auf Eindringlinge achteten. Nicholas klopfte auf die Tasche seiner Hose, in der er die Schnitzereien der beiden Mastiffs hatte. Sherlock war wieder eine Figur, da es das Reisen einfacher machte. Es würde leicht sein, ihn wieder zum Leben zu erwecken. Watson würde warten müssen, bis Nicholas gut genug war, um den Schaden zu reparieren. Ein Symbol, das fliegen konnte, wäre durchaus praktisch. Er war im Umgang mit den Hekau talentiert genug, um ein kleines Tier, etwa einen Vogel, zu schnitzen, aber ihm würde die Gerissenheit seiner Mastiffs fehlen. Er würde Lu Wen bitten müssen, einen für ihn zu schaffen, aber es wäre das Beste, wenn er es selbst täte. Er würde wohl warten müssen, bis er eine größere Meisterschaft in seiner Kunst würde entwickelt haben.

Eine Kultistin der Schemesu-Hor nahm sie in Empfang, kurz nachdem sie die unterirdischen Korridore erreicht hatten, die zu den Kammern, die den Imkhu vorbehalten waren, führten. Sie war eine einfache Frau, deren Gesicht durch den Verlauf der Jahre wettergegerbt war. Nicholas hatte Schwierigkeiten, ihr Alter zu schätzen. Es mußte irgendwo zwischen dreißig und fünfzig liegen. „Nicholas Sforza-Ankhotep?“ fragte sie und neigte leicht den Kopf.

„Ja. Dies ist Ibrahim Rassul."

Sie nickte wieder. „Ich bin Zabeya. Folgt mir. Fürst Meshta möchte euch sofort sehen."

Nicholas bedeutete ihr, voranzugehen und nahm dann seine Oakleys ab, um sich den Schweiß von der Stirn zu wischen. Die Hitze ließ nach, während sie weitergingen, aber Nicholas hörte nicht auf zu schwitzen. Jeder Imkhu war für sich genommen schon beeindruckend, aber Meshta war einzigartig. Der alte Bauer hatte in den Tagen der frühesten Herrschaft des Osiris gelebt. Er war durch das Land Khem gewandelt, noch ehe Horus geboren worden war und war schon seit langem ein loyaler Diener des Osiris. Seine Hingabe an den Herrn des Lebens war so groß gewesen, daß er angeboten hatte, der erste zu sein, der sich dem ursprünglichen Lebenszauber unterzog, um dessen Effektivität zu testen. Meshta, der in seinem ersten Leben ein einfacher Bauer gewesen war, war nun der ranghöchste der Mesektet, der großen Himmelspriester. Diese Mumien unterschieden sich von den anderen durch ihre Fähigkeit, Zeichen in den Sternen zu lesen und die vernichtende Gewalt des Wetters zu kontrollieren. Andere Aminte behaupteten, Meshtas Weisheit käme der der größten Richter der Ma'at gleich, und er konsultiere regelmäßig den Geist des Osiris. Nicholas kam sich klein vor, noch bevor Zabeya sie dem verhutzelten Imkhu vorgestellt hatte.

Meshta hatte bereits ein reifes Alter erreicht, als er das Geschenk der Wiedergeburt erhielt. Er sah aus wie ein drahtiger alter Mann, dessen Haut von vielen Jahren harter Arbeit unter der ungnädigen Sonne Ägyptens dunkel und faltig geworden war. Trotzdem bewegte er sich mit jugendlicher Energie. Die altehrwürdige Mumie trug die einfache Tunika eines Bauern, Hosen aus Baumwolle und Sandalen. Meshta war kaum mehr als 1,50 Meter groß, aber seine Präsenz wirkte wie die eines Riesen. Er durchquerte das Wohnzimmer, in das sie hineingebeten worden waren, und ergriff Nicholas' Unterarme. „Seid gegrüßt, Nicholas Sforza-Ankhotep", sagte Meshta auf Ägyptisch. „Ich bin sehr erfreut darüber, dich zu treffen."

"Meshta", antwortete Nicholas. „Es ist mir eine Ehre, dir gegenübertreten zu dürfen."

Meshta lachte und drückte ihn kurz, ehe er Nicholas wieder losließ und eine abwinkende Geste machte. „In den Augen des Osiris sind wir alle gleich."

Nicholas bezweifelte das, aber er wußte die Ansicht zu schätzen. „Darf ich dir Ibrahim Rassul von den Eset-A vorstellen?"

Meshta nickte grüßend, und Ibrahim gab sich Mühe, vor Ehrfurcht nicht ohnmächtig zu werden. „Zabeya, bring uns ein paar Erfrischungen." Als die Frau aus der Kammer verschwand, bedeutete Meshta Nicholas, doch Platz zu nehmen. Sie gingen zu einem Paar niedriger gepolsterter Sofas hinüber, die einander, von einem polierten Marmortisch getrennt, gegenüber standen. Ibrahim folgte ihnen zögernd und blieb ein paar Meter entfernt hinter Nicholas' linker Schulter stehen.

„Ich bin sehr beeindruckt von dem, was ihr hier geleistet habt", sagte Nicholas. Die Kammer, in der sie saßen, war renoviert worden. Die Wandmalereien leuchteten förmlich vor Farbenpracht, und die Möbel waren zwar neu, aber im alten Design gehalten. Technologie wurde auf subtile Weise dazu verwendet, für weiteren Komfort zu sorgen, ohne die Illusion, man befände sich in den alten Zeiten, zu zerstören. Glühbirnen hingen in einfachen Laternen an der Wand, wo sich früher einmal Fakkeln befunden hatten, und sorgten für ein warmes, gelbes Licht. Nicholas hatte hinter einem Paravent aus Papyrus sogar einen Abzugschacht erspäht, der Teil des Belüftungs- und Klimakontrollsystems war, das dafür sorgte, daß der gesamte unterirdische Komplex recht angenehm war.

„Danke... nun, zuerst einmal muß ich dich fragen: Mit welchem Namen möchtest du lieber angesprochen werden?" Meshta mochte einer der mächtigsten Unsterblichen sein, aber er hatte eine zurückhaltende, großväterliche Art an sich, die Nicholas sich entspannen ließ.

„Normalerweise nennt man mich Nicholas."

Meshta klopfte sich mit den Händen auf die Knie. „Dann werde auch ich dich so nennen. Danke, Nicholas. Wir haben hart daran gearbeitet, den Tempel des Rächers wiederherzustellen. Ähnliche Maßnahmen laufen auch an anderen Orten, die uns wichtig sind. Auch wenn keine davon so weit vorangeschritten sind wie diese, so werden wir doch bald über eine Reihe von Festungen verfügen, die eine Würdigung unseres Ursprungs darstellen, sich aber gleichzeitig auch des modernen Komforts bedienen." Er lachte. „Elektrizität erscheint mir immer noch wie ein Wunder, stell dir das vor! So viel nützlicher als stinkendes Öl und Feuer, nicht wahr?"

„Nun, auch Feuer hat seinen Nutzen."

„Da hast du recht." Meshta wies auf den Tisch, als Zabeya den Raum betrat. Sie trug ein Tablett, auf dem ein Krug, Gläser, Brot und Schalen voller Pasta mit Linsen und würziger Soße standen. Sie stellte das Essen zusammen mit einem Stuhl vor den beiden Mumien ab, schenkte ihnen Wasser ein und verließ den Raum dann mit einer leichten Verbeugung. Meshta dankte der Kultistin als sie ging und bedeutete Ibrahim, sich auf den Stuhl zu setzen. „Komm", sagte er in fließendem Arabisch, „du mußt hungrig sein."

Nicholas war sich nicht sicher, wer von ihnen beiden überraschter war. Die Kultisten spielten eine wichtige Rolle – nur Sterbliche konnten den Lebenszauber durchführen. Er funktionierte nicht, wenn er von irgendeinem übernatürlichen Wesen durchgeführt wurde, selbst dann nicht, wenn es einer der Unsterblichen war. Ohne die sterblichen Verbündeten wären die Mumien nie dazu in der Lage gewesen, ihre Reihen zu stärken. Als solches wurde den Kultisten der nötige Respekt entgegengebracht. Aber sie waren letztlich Sterbliche und dazu verdammt, unter den Aminte den Status Kämpfer zweiter Klasse zu haben. Nicholas hatte einige Mumien getroffen, die die Kultisten als glorifizierte Sklaven behandelten oder sie vollkommen ignorierten. Meshtas Einladung ließ Nicholas sich klein vorkommen, als er sich daran erinnerte, wie er seine Gruppe von Eset-A bei mehr als einer Gelegenheit als selbstverständlich erachtet hatte.

„Ich würde am liebsten über die unterschiedlichsten Dinge mit euch reden", sagte Meshta zu Nicholas und wechselte dabei wieder ins Ägyptische. Er nahm eine der Schüsseln und legte sich einen Löffel Pasta vor. „Aber ich fürchte, das muß auf eine andere Gelegenheit warten. Dem, was Indihar Hentempet gesagt hat nach zu urteilen, hast du Neuigkeiten von größter Wichtigkeit."

Nicholas nickte. „Ich werde dann gleich mal direkt einsteigen." Nach einigen tiefen Schlucken Wasser referierte er seine Mission in Chicago mit der Untersuchung der Gerüchte über das ab-Asar, den Aufbau des Tempels des Echnaton als Stützpunkt für die Mumien, den Überfall durch Maxwell Carpenter und jene mysteriösen Reporter sowie Nicholas' Gefangennahme und anschließende Folter. Er hielt an dieser Stelle kurz inne, die Erinnerungen daran waren noch zu frisch. Er sammelte sich und zwang sich dann dazu, weiterzureden. Er erklärte seine schnelle Wiedergeburt und Flucht sowie seine Rückkehr, bei der er feststellen mußte, daß nur drei seiner Männer noch am Leben waren und sich das Herz in den Händen von Vampiren befand, die es selbst von den „Reportern" gestohlen hatten. Dann kam Carpenters Rückkehr und ihr Kampf auf der Straße vor dem Sears Tower, bei dem das Herz plötzlich von weiter oben auf sie herabgefallen war. Es war beinahe in seiner Reichweite gewesen – dann hatte Carpenter ihn weggestoßen und war damit weggerannt. Nicholas und Ibrahim ergriffen die Flucht, ehe die Polizei eintraf und ließen ein bizarres Bild aus brennenden Fahrzeugen und Körpern, die aus Wolkenkratzern gefallen waren, hinter sich. „Wir haben die Stadt danach so gut es ging abgesucht, aber es war uns unmöglich, den Aufenthaltsort des Herzens ohne die Hilfe des Amulettes, das ich geschaffen hatte, zu lokalisieren; seine Aura ist... sie ist wie ein Sandsturm. Man kann es schon aus großer Ferne spüren, aber je näher man kommt, desto durchdringender wird die Aura der Macht, wodurch man ihren Mittelpunkt nicht feststellen kann. Wie dem auch sei, ich habe gespürt, wie es sich wegbewegte, in Richtung Osten. Als ich feststellte, wohin Carpenter wollte, stiegen Ibrahim und ich in ein Flugzeug und flogen hierher."

Meshta hatte, solange Nicholas gesprochen hatte, nichts gesagt, nur kleinere Bissen zu sich genommen und an dem Wasser genippt, seine dunklen Augen aber immer auf der jüngeren Mumie ruhen lassen. Nicholas kippte in der darauffolgenden Stille ein weiteres Glas Wasser. Reden machte durstig, und das trockene Klima machte alles nur noch schlimmer. Er stellte fest, daß er nicht hungrig war, zwang sich aber zu essen, um nicht unhöflich zu wirken. Einige Seitenblicke, die er, während er seine Geschichte erzählte, Ibrahim zuwarf, zeigten ihm, daß dieser ein ähnliches Problem mit seiner Haltung und seinem Appetit hatte.

„Du bist dir sicher, daß es das Herz des Osiris war, das du gefunden hast?" fragte Meshta.

Nicholas war ob der Frage verwirrt, zwang sich aber, noch einmal darüber nachzudenken, was er wußte, bevor er antwortete. „So sicher, wie ich mir nur sein kann. Ich habe es aus der Kanope, in der es sich befand, nie herausgenommen, aber von den Emanationen her hatte ich keinen Zweifel."

Meshta nickte nachdenklich. „Es war ursprünglich nicht in solch einem Behältnis", murmelte er, als führe er Selbstgespräche. „Aber es war auch nicht klein genug, als daß es hineingepaßt hätte. Aber seit der Zeit des Verrats des Set sind viele Jahrhunderte vergangen. Es gibt kein Gesetz darüber, wie das Herz aufbewahrt werden muß."

Was sollte das heißen: „Aber es war auch nicht klein genug, als daß es hineingepaßt hätte"? Der Behälter war groß genug gewesen, um das Herz eines Pavians darin aufbewahren zu können. Nicholas öffnete den Mund, um zu fragen, aber Meshta kam ihm zuvor.

„Ich dachte, deine Art würde glauben, das Herz sei dieser Stein in Israel."

Nicholas traf das etwas unvorbereitet, dann verstand er. „Die Kaaba? Einige Eset-A glauben das. Vielleicht liegt es daran, daß ich noch vor kurzem ein „Kind des Westens" gewesen bin, daß ich das nicht ganz glauben konnte... ich weiß nicht. Es ist möglich, daß sich in der Kaaba ein anderer Teil des Osiris befindet, aber ich kann dir aufgrund meines Wissens aus erster Hand sagen, daß es nicht das Herz ist."

Meshta schürzte die Lippen und sah in die Ferne, als wäge er die Möglichkeiten ab. „Die Ereignisse, die du beschreibst, sind in der Tat tragisch, aber nicht so schlimm, wie dein Gesichtsausdruck andeutet. Dieses Amulett, das du gemacht hattest, um dem Herz nachspüren zu können. Könntest du davon noch eines herstellen?"

„Leider nicht. Ich habe das erste hergestellt, indem ich einen Teil der Energien, die aus dem Gefäß leckten, in dem sich das Herz befand, eingefangen habe. Ohne das als Grundlage wäre das Amulett kaum mehr als ein Briefbeschwerer." Die eigentliche Herstellung eines solchen Schmuckstücks war nicht weiter schwierig, aber eines, das den Körper des Osiris aufspüren konnte, war ganz und gar keine alltägliche Hekau – ansonsten hätten die Mumien die verschiedenen Körperteile ihres Gottes schon vor langer Zeit aufgespürt.

„Das ist bedauerlich." Meshta erhob sich und ging auf und ab. Er sah dabei immer noch gedankenverloren aus. Nach einer Minute blieb er stehen und sah Nicholas an. Er sah die jüngere Mumie mit einer solchen Intensität an, daß Nicholas unwillkürlich zusammenzuckte. „Gut. Ich muß zugeben, deine Neuigkeiten erfreuen mich nicht, aber es ist klar, daß du nicht alles, was geschah, kontrollieren konntest. Ich werde dafür sorgen, daß die Neuigkeit unter den anderen verbreitet wird, so daß wir uns auf die Ankunft dieses Maxwell Carpenter vorbereiten können. Außerdem werde ich mit den anderen Mesektet sprechen. Wir werden die Himmel nach Hinweisen auf den Weg der Kreatur absuchen. Die Fragmente des Osiris sind selbst mit der stärksten Hekau nur schwer aufzuspüren, aber wir können zumindest den Bereich eingrenzen, in dem wir suchen müssen."

Er seufzte, und der Scheinwerfer seiner Aufmerksamkeit glitt von Nicholas weg. „Schade, daß Fürst Horus mit einer Gesandtschaft nach China aufgebrochen ist. Ihre Macht wäre dabei sehr hilfreich gewesen."

„Nach China? Was tun sie dort?"

Ein Aufblitzen von Stahl drang durch das liebenswürdige Gehabe des Bauern. „Das geht dich nichts an."

„Entschuldige, Meshta." Unsicher darüber, wie er diesen Faux Pas überspielen könnte, sagte er: „Kann ich... etwas tun, um zu helfen?"

„Ich glaube, es ist das Beste, wenn du in den Norden zurückkehrst. Wir werden dich verständigen, wenn es notwendig wird."

Nicholas erkannte eine Zurückweisung, wenn er eine hörte. Der alte Meshta mochte überraschend verständnisvoll sein, aber er war immer noch ein einflußreicher Imkhu, und Nicholas war immer noch ein radikaler Eset-A. Er und Ibrahim neigten den Kopf, bedankten sich und begaben sich zur Tür.

Meshtas Stimme ließ sie im Durchgang noch einmal innehalten. „Ich muß zugeben, daß ich es sehr seltsam finde, daß diese Kreatur so kühn ist, in das Land zu kommen, in dem wir am stärksten sind. Was hofft dieser Maxwell Carpenter damit zu erreichen, von seiner eigenen Niederlage einmal abgesehen?

„Es wird schwieriger werden, ihn zu fassen, als du es dir vielleicht vorstellen kannst, weiser Meshta", sagte Nicholas. „Er hat einen verdammt großen Antrieb. Er will unsterblich werden."

• • •

Meshta hatte Nicholas quasi ins Gesicht gesagt, daß er mit der Jagd nach dem Herzen nichts mehr zu tun haben würde. Die übereifrigen Eset-A hatten mal wieder unter Beweis gestellt, daß sie zu leichtsinnig waren, als daß man sich auf sie verlassen konnte. Nicholas hatte nicht die Absicht, sich zurückzulehnen und nichts zu tun, aber es würde schwierig werden, ohne die Hilfe der anderen Kasten der Aminte etwas zu erreichen – was schon unter normalen Umständen recht schwierig war. Ein Schritt nach dem anderen erschien ihm die beste Möglichkeit. Zuerst einmal würden sie zurück nach Kairo gehen. Es war nicht sonderlich sinnvoll, soweit nilaufwärts in Edfu herumzuhängen. Er hoffte, daß ihm der nächste Schritt einfallen würde, wenn sie wieder in der Stadt waren.

Da er sich nicht mehr so sehr unter Zeitdruck fühlte, befand Nicholas, er und Ibrahim könnten die paar hundert Dollar, die sie der Rückflug gekostet hätte, sparen. Er hörte sich im Komplex in Edfu um und fand eine Mumie, die kürzlich von Kairo aus heruntergefahren war und die bereit war, Mietwagen zu tauschen. Am Nachmittag kletterten Ibrahim und Nicholas in einen Landrover, um die sechshundert Kilometer lange Fahrt in den Norden anzutreten, indem sie dem Verlauf des Nils auf der Straße folgten. Sie sollten in der Lage dazu sein, zumindest ein Drittel der Strekke noch vor Einbruch der Nacht hinter sich zu bringen und den Rest am nächsten Tag zu erledigen. Das war für Nicholas mehr als genug Zeit, um seine Möglichkeiten abzuwägen.

Da Ibrahim des Ägyptischen kaum mächtig war, erklärte ihm Nicholas den Verlauf seiner Unterhaltung mit Meshta, während sie auf der staubigen, sonnenverbrannten Straße dahinfuhren. Als er Ibrahims nachdenkliche Miene bemerkte, kam er zu dem Schluß, daß der Kultist wohl etwas sagen wollte. Er wartete geduldig, daß Ibrahim zu reden begann, aber gut dreißig Minuten verstrichen in Stille. Schließlich sagte Nicholas: „Liegt dir was auf dem Herzen?"

Ibrahim warf ihm einen Blick zu und wandte dann seine Aufmerksamkeit wieder der Straße zu. „Du sagtest, du hattest Fürst Meshta erzählt, der Kompaßskarabäus sei ruiniert."

„Ja. Carpenter hat ihn zertrümmert."

Sie rumpelten über eine Reihe von Schlaglöchern. „Du kannst keinen neuen herstellen?"

„Ich müßte zuerst mehr von der Energie des Herzens einfangen", grummelte Nicholas.

„Könntest du dir nicht aus dem ersten Amulett holen, was du brauchst?"

Nicholas schnaubte. Er hatte darüber nachgedacht, noch etwas von den Resten der Energie des alten Kompaßskarabäus zu verwenden, als sie noch in Chicago gewesen waren, aber es sah aus, als sei es ein hoffnungsloses Unterfangen, und sie hatten dringen nach Ägypten gemußt. „Schwer zu sagen. Ich hab das Ding in eine Schublade im Versteck geworfen, ehe wir Chicago verlassen haben."

„Um ehrlich zu sein", sagte Ibrahim, „habe ich es in meine Taschen gepackt. Ich hielt es für das beste, etwas so wertvolles nicht zurückzulassen, selbst dann nicht, wenn es kaputt war."

"Der Punkt geht an dich", gab Nicholas zu. Das war Ibrahims Art, ihm mitzuteilen, daß er damals nicht gründlich genug nachgedacht hatte, da er so aufgebracht über den Verlust des Herzens gewesen war. Noch ein weiterer in einer Reihe von Fehlern, die er bei der Jagd nach dem Herzen gemacht hatte. Aber wenn sich der Kompaßskarabäus *hier* befand... es bestand eine geringfügige Chance, daß er genug Rückstände der Aura des Herzens daraus würde herausfiltern können, um einen neuen Kompaßskarabäus herstellen zu können. Es gab dafür keine Garantie, aber es war besser, als herumzusitzen und darauf zu warten, daß man etwas davon hörte, daß eine andere Gruppe über Carpenter gestolpert war.

Nicholas stieß einen Freudenschrei aus und begann, auf dem Armaturenbrett des Landrovers herumzutrommeln. „Verdammt! Du könntest uns gerade den Tag gerettet haben, Ibrahim!"

TEIL II:

GEHEIMNISSE UND OFFENBARUNGEN

FÜNF

Beckett warf einen Blick auf das zerschlagene Wesen, das vor ihm saß und dachte über die Sterblichkeit nach. Er hatte sich mit dem Thema schon oft genug auseinandergesetzt, von philosophischen Mutmaßungen bis hin zu praktischem Nachdenken. Diesmal war es eine Mischung aus dem Metaphysischen und dem Physiologischen.

Bei allem, was Recht war, sollte die Kreatur, der er gegenüber saß, keinen Lebensfunken mehr in sich tragen. Nicht einen Funken dessen, was Sterbliche mit ihrer begrenzten Vorstellungskraft als „Leben" definierten, sondern des breiteren Spektrums, eingeschlossen aller übernatürlichen Dinge wie Geister, Zombies und Vampire. Da solche Wesen in der Regel unter dem Begriff „Untote" zusammengefaßt wurden, war „Unleben" vielleicht ein besserer Ausdruck, wenn man die gegebenen Umstände berücksichtigte.

Beckett war daran interessiert herauszufinden, was nötig war, um dieses Unleben aus dem Körper eines Vampirs zu reißen. Feuer und Sonnenlicht waren todsichere Mittel. Ein Pflock durchs Herz konnte einen Vampir zumindest lähmen, wenn er ihn schon nicht auf Anhieb tötete. Auch das Abschlagen des Kopfes ließ wenig Spielraum für Zweifel. Wenn einem keine dieser Möglichkeiten offenstand, konnte man dem Körper immer noch massive Traumata zufügen – wie zum Beispiel ein paar Dutzend Schußwunden, mehrfaches Überfahren oder einen Sturz aus großer Höhe.

Alles ziemlich zutreffend, was das Allgemeinwissen über Vampire anging. Beckett aber verfügte über Wissen aus erster Hand, das sich auf Anomalien in dieser Hinsicht bezog. Das Ding, das nun vor ihm saß, war nur der letzte Beweis dafür, daß es zu jeder Regel eine Ausnahme gab.

Letztlich lief alles auf das Blut und das Alter hinaus. Das Blut eines Vampirs alterte wie die besten Weine: Es wurde mit jedem Jahrhundert, das verstrich, mächtiger. Das Blut diktierte alles, vom Umfang der Kräfte eines Vampirs bis hin dazu, wie schwierig es war, ihn zu vernichten. Beckett, der vom Standpunkt der Untoten her als erwachsen galt, verfügte über bedeutende übernatürliche Macht. Aber selbst mit seiner unnatürlichen Zähigkeit konnte er nicht erwarten, einen Sturz aus dem 73. Stock zu überleben. Im Gegensatz dazu hatte Critias, der Erstgeborene des Vampirclans der Brujah, genau das getan.

Der Untote war an jedem Standard gemessen alt, er hatte den Kuß schon vierhundert Jahre vor Christi Geburt empfangen. Daß Critias nicht ein Klumpen roter Farbe auf dem Asphalt war, nachdem er aus einer solchen Höhe herabgestürzt war, war ein Beweis für die Macht seines Blutes. Daß er nach nur fünf Nächten bereits wieder bei *Bewußtsein* war, war noch wesentlich beeindruckender. Die natürliche Antwort eines Vampirs darauf, so viel Schaden erlitten zu haben, war, in Starre zu fallen. Dieser tranceartige Zustand war tiefer als selbst die todesähnliche Ruhe, die bei den Untoten als Schlaf durchging. So gut wie nichts konnte den Untoten wieder erwecken, bis sein Körper vollends wieder hergestellt war.

Beckett spürte, daß Critias alles in seiner Macht Stehende tat, um dem Ruf jenes heilenden Schlafes zu widerstehen. Der uralte Vampir mußte sich um wichtige Dinge kümmern, bevor er sich der Bewußtlosigkeit hingeben konnte. Deshalb saß Beckett nun auch der vernarbten und gebrochenen Gestalt in einem Sessel gegenüber.

Critias hatte verlangt, daß Beckett zu einer privaten Audienz käme, offensichtlich, um ihm dafür zu danken, daß er das Unleben des Erstgeborenen nach dessen Sturz aus dem Sears Tower, der gerade einmal eine Woche her war, gerettet hatte. Beckett vermutete, dies sei nur ein Vorwand. In den fünf Nächten, die seit dem Vorfall vergangen waren, war die vampirische Gemeinschaft Chicagos förmlich in Raserei geraten. Besonders auffällig waren dabei Critias' Untergebene im Clan Brujah und die gewesen, die seinem größten Rivalen, Khalid al-Rashid, dem Erstgeborenen der Nosferatu, unterstanden. Beide Gruppen durchkämmten die Stadt auf der Suche nach drei Sterblichen und einem Artefakt von unberechenbarer Macht. Von dem schwer verletzten Critias einmal abgesehen hatten die Sterblichen beim Kampf am Sears Tower einen Vampir vernichtet und einen weiteren verletzt. Es war ein krönender Abschluß für ein Jahr gewesen, in dem die selbsternannten „Monsterjäger" fast ein Dutzend Untote im Raum Chicago aufgespürt und vernichtet hatten.

Das Artefakt, das für die ganze Aufregung verantwortlich war, war für Beckett ein Rätsel gewesen, aber er hatte die letzten paar Nächte damit zugebracht, alles herauszufinden, was er konnte, um seine Ignoranz zu heilen. Er war nicht sicher, ob er über das Thema soviel wußte wie Critias oder Khalid. Das war in Ordnung. Beckett vermutete, daß er mehr über die Nebenrollen in dieser Tragödie wußte als sie. Er war in eine interessante Situation hineingestolpert, dessen war er sich sicher.

Es war ein feucht klingendes Keuchen zu hören, als Critias sich räusperte. „Sei gegrüßt. Danke, daß du gekommen bist, um mich zu sehen."

Es war das erste Mal, daß Critias gesprochen hatte, seit Beckett vor zehn Minuten in das Arbeitszimmer geleitet worden war. Beckett war sich nicht sicher, ob der Erstgeborene in einem von Schmerzen durchsetzten Nebel umhergewandert war, über andere Dinge nachgedacht oder ihn einfach nur einem Test unterzogen hatte. Es kümmerte ihn allerdings wenig. Beckett hatte schon für wesentlich unwichtigere Dinge wesentlich länger gewartet.

„Zunächst muß ich mich für meine kürzlich erfolgten Anschuldigungen entschuldigen. Ich hatte mich geirrt, als ich andeutete, die Gangrel machten mit sterblichen Handlangern gemeinsame Sache, um unseresgleichen anzugreifen."

Beckett verbarg sein Amüsement und seine Verwirrung hinter einem höflichen Nicken. Dank Critias' „Irrtum" hatte die gesamte Untotengemeinde Chicagos den Eindruck erhalten, Beckett und seine Gangrelbrüder und -schwestern machten mit den Vampirjägern gemeinsame Sache. Beckett wußte, daß schon der Gedanke lächerlich war, genauso, wie er wußte, daß es sinnlos war, die Sache wieder auszubügeln. Er hatte wichtigeres zu tun als zu versuchen, ein Dutzend fehlgeleiteter Untoter zu belehren. Es war seltsam, daß Critias tatsächlich einen Fehler zugab, insbesondere dann, wenn er noch eine Woche zuvor selbst so fest an die Verschwörung geglaubt hatte.

„Mit frischen Augen betrachtet – " Critias' Witz verwandelte sein Lachen in einen Hustanfall. Beckett gestattete sich ein mitfühlendes Lächeln. Durch die Wucht des Aufpralls waren Critias' Augen aus dem Schädel gerissen worden. Seine regenerierten Augen waren von leuchtendem Blau und funkelten Beckett aus seinem zerstörten Gesicht heraus an. Nachdem er die blutige Spucke mit seiner Linken – die anscheinend das einzige Gliedmaß war, das Critias bewegen konnte, ohne Schmerzen zu spüren – weggewischt hatte, fuhr der Erstgeborene fort: „Mit frischen Augen betrachtet, habe ich nun erkannt, daß jene, die uns jagen, nicht mit Kainiten zusammenarbeiten können. Sie besitzen seltsame, furchteinflößende Fähigkeiten, die zeigen, daß sie keine Hilfe von außen brauchen."

Der Monolog des älteren Vampirs zog Beckett in seinen Bann. Im Verlauf von ein paar Minuten hatte Critias Fehler und Furcht eingestanden und versuchte sich sogar an Witzen. Vielleicht hatte der Sturz dem Vampir ja etwas Bescheidenheit eingebläut. „Ich danke dir, Erstgeborener. Wisse, daß ich dir in der Angelegenheit nicht weiter grolle. Das Unleben ist zu kurz, als daß man aufgrund solcher Mißverständnisse Groll gegeneinander hegen sollte."

Critias warf Beckett einen schiefen Blick zu, der Becketts Gerissenheit würdigte. „Aber das ist nicht der Grund, warum ich dich heute hergebeten habe."

„Oh?" Beckett brachte harmlose Neugier zum Ausdruck.

„Ich habe letzte Nacht mit Khalid al-Rashid gesprochen. Er erklärte, du hättest etwas über den Methusalem in Erfahrung gebracht, der unter dieser Stadt schläft, eine Kreatur von solcher Macht, daß schon sein Erwachen zur völligen Vernichtung Chicagos führen würde. Es interessiert dich vielleicht zu erfahren, daß mir bis vor ein paar Nächten nicht bewußt war, daß dieses Wesen immer noch existiert. Denn dieser Methusalem ist einer, von dem ich annahm, er sei bereits vor zweitausend Jahren bei der Eroberung Karthagos vernichtet worden." Critias beugte sich vor, um die Wichtigkeit seiner nächsten Worte zu unterstreichen. „Er ist der, der mir die Gabe des Unlebens verlieh. Er ist Menelaos, mein Erzeuger und Schöpfer."

Beckett spürte, wie das Tier in seinem Innern gleichzeitig Überraschung, Furcht und Verwirrung verspürte. Er hatte vor ein paar Wochen herausgefunden, daß ein unglaublich alter Vampir unter den Straßen Chicagos schlief – daß er sich bereits lange vor der Gründung der Stadt dort befunden hatte. Er wußte, daß genau diese Kreatur, Menelaos, ihre weitreichenden Kräfte dazu benutzte, die Lebenden und Untoten der Region gleichermaßen zu beeinflussen. Beckett wäre wohl ebenfalls in ihren Bann gezogen worden, wären nicht seine gut ausgeprägten Überlebensinstinkte gewesen. Er war in dem Augenblick, in dem er die Berührung eines mächtigen Geistes gespürt hatte, aus Chicago geflohen. Erst nachdem er sich mit einem Armband bewaffnet hatte, das ihn vor den Sinnen des Methusalems verbarg, war Beckett wieder nach Chicago zurückgekehrt.

Critias war einer der mächtigsten Handlanger Menelaos', obwohl er schon lange ohne Wissen um den Einfluß des Methusalems auf ihn arbeitete. Zumindest hatte Beckett das geglaubt. Beckett konnte sich einen Grund vorstellen, warum Critias die Verbindung zu seinem Erzeuger offenbarte: Der Erstgeborene der Brujah hatte herausgefunden, daß Beckett das Geheimnis Menelaos' in Erfahrung gebracht hatte, und zwar nicht nur, daß die uralte Kreatur existierte, sondern auch den Ort, an dem sie schlief, beschützt durch einen Kader indianischer Krieger, die sich um den Uralten kümmerten, seit dieser vor zweihundert Jahren in Starre gefallen war.

Jeden Augenblick nun würden Vampire ins Studierzimmer stürmen und Beckett in Stücke reißen, um sicherzustellen, daß er das Geheimnis nie jemandem würde preisgeben können. Seine Hände, die vor langer Zeit als Beweis für seine wilde Natur zu haarigen, furchtbaren Klauen entstellt worden waren, umklammerten die Lehnen des Sessels so fest, daß seine Klauen das wertvolle Leder durchdrangen. Seine Nüstern blähten sich, und seine blutroten Augen zuckten auf der Suche nach den Angreifern hinter seiner Brille hin und her. Nur ein Instinkt, der tiefer saß als die archaische Alternative Kampf oder Flucht, hielt Beckett davon ab, sich über den Tisch hinweg auf Critias zu stürzen. Dann verstrich der entscheidende Augenblick. Kein Attentäter kam hinter falschen Wandvertäfelungen hervorgestürzt. Critias blieb, wo er war, still und reglos. Beckett gestand sich ein, daß er womöglich in Paranoia verfiel. Trotzdem aber war Menelaos womöglich die mächtigste Kreatur, der er je begegnet war, und der Aufenthalt in seinem Einflußbereich ließ Beckett sehr auf der Hut sein. Ein Teil von ihm dachte, fortzugehen sei wohl eine gute Idee, aber der größere Rest von ihm konnte nicht gehen, ohne seine Neugier befriedigt zu haben. „Tut mir leid, Critias, aber ich verstehe nicht, warum du mir das erzählst."

„Es dient nicht dazu, dich vor Furcht zu lähmen, bevor man dich vernichtet", lachte Critias abermals, wobei er diesmal den Hustanfall herunterschluckte. „Bitte, entspann dich. Ich hege keinen Groll gegen dich."

Dadurch, daß Critias ihm seinen Schock direkt aufzeigte, verwandelte sich sein Unbehagen in vollkommene Irritation. Beckett zog die Klauen aus dem Leder, legte die Finger gegeneinander und sah Critias über deren Spitzen hinweg an. „Danke für die Klarstellung. Aber du hast meine Frage nicht beantwortet."

„Das ist leicht. Wie du ohne Zweifel bereits vermutet hast, war ich wie viele andere Kainiten in dieser Stadt für eine gewisse Zeit ein unwissender Handlanger Menelaos'."

Frisch wiederhergestellte Nerven am Rande von Critias' Gesicht zuckten, als er die Stirn ob der Erinnerung daran in Falten legte. „Ich wurde beim Sturz vom Sears Tower fast vernichtet – um genau zu sein, hätte ich wohl ohne deine Hilfe dem endgültigen Tod ins Auge gesehen. Aber die schweren Verletzungen, die ich bei dem... Unfall... erlitt, waren nötig, um mich vom Einfluß meines Erzeugers zu befreien."

Interessant. Noch eine Lektion über das Alter und die Macht des Blutes. „Dadurch bist du dir darüber klar geworden, daß Menelaos dich die ganze Zeit über beeinflußte?"

„Genau. Das war bereits so lange der Fall, daß ich bezweifle, ob ich es auf anderem Wege erkannt hätte. Insbesondere deshalb, weil ich glaubte, er sei beim Fall Karthagos vernichtet worden." Sein verzerrtes Gesicht nahm einen Ausdruck an, der einst Sehnsucht gewesen sein mochte. „Das liegt alles Jahrhunderte zurück, aber ich habe erst jetzt herausgefunden, daß er nicht vernichtet wurde."

Die Stille wuchs und wurde unerträglich. Beckett hustete einmal höflich, als es den Anschein hatte, als drifte der Erstgeborene aus dem Hier und Jetzt ab. Critias' Kopf fuhr herum, und er setzte seinen Satz fort, als habe er nie eine Pause gemacht. „Dieser Einfluß erklärt auch, warum ich viele Entscheidungen gefällt habe – zum Beispiel die, überhaupt nach Chicago zu kommen."

„Oder warum du irgendwelchem Nippes aus einem Hochhaus hinterhersprangst, ohne dir Gedanken über die Folgen zu machen?"

Critias nickte. „Scharfsinnig wie eh und je." Er verwendete seinen gesunden Arm, um sich im Sessel aufzurichten. „Kennst du die Bedeutung dieses 'Nippes'?"

Etwas in Critias' Tonfall ließ Beckett wieder wachsam werden. „Khalid sagte, es sei ein ägyptisches Artefakt."

„Ja, aber auch noch viel mehr. Ich weiß nun, daß Menelaos wollte, daß ich für ihn diese Kanope an mich bringen sollte. Sie beinhaltet eine unvorstellbare Macht. Wie du ja weißt, bleibt ein Kainit, der sich aus der Starre erhoben hat, noch eine Weile lang geschwächt, da der Übergang zum vollen Wachzustand seine Kräfte für eine geraume Zeit auslaugt. Für Menelaos würde das bedeuten, daß seine Kontrolle über die, die er beeinflußte, schwächer würde und daß er gegenüber einem Angriff durch seine Rivalin Helena verwundbar würde, bis er seine volle Stärke wiedererlangt hätte." Critias' scharfe Augen bohrten sich in die Becketts. „Eine Kanalisierung der Energien der Kanope würde es Menelaos ermöglichen, mit seiner vollen Kraft zu erwachen, und darüber hinaus würde es ihn unaufhaltsam machen, einem Gott in der Welt der Moderne gleich."

Beckett wartete einen Herzschlag lang und fragte dann: „Was hältst du davon?"

Ein Lächeln verzog die Lippen des Erstgeborenen. „Vor meinem Sturz hätte ich alles in meiner Macht Stehende getan, um es geschehen zu lassen. Jetzt aber erkenne ich die Gefahr, die Menelaos' Erwachen darstellt. Obwohl er mein Erzeuger und Mentor ist, kann ich nicht zulassen, daß er erwacht. Er darf die Kanope nicht bekommen."

„Ich glaube nicht, daß das ein Problem darstellt. So, wie ich das sehe, steht die Kreatur, die das Gefäß hat, nicht unter Menelaos' Bann." Beckett wußte außerdem, daß sich die Kreatur nicht länger in Chicago aufhielt, aber er sah keinen Grund, dieses Detail weiterzugeben, ohne zuerst im Gegenzug dafür eine gleichwertige Menge an Informationen erhalten zu haben. Wenn überhaupt, was davon abhing, wie die Spieler in diesem Drama ihre Standpunkte vertraten.

„Das ist der Grund unserer Unterhaltung. Du weißt, was auf dem Spiel steht. Ich kann mich nicht mal auf meine vertrauenswürdigsten Stellvertreter verlassen, den sie stehen unter Menelaos' Fuchtel. Nur du weißt – "

„Warte mal. Wie kannst du dir sicher sein, daß ich das nicht auch tue?"

„Der Schmerz meiner Verletzungen schärft meine Sinne. Ich nehme Dinge mit einer Klarheit wahr wie seit geraumer Zeit nicht mehr. Ich spüre, daß Menelaos weiß, daß ich verletzt bin, aber ihm ist nicht bewußt, daß ich frei bin. Ich spüre die drückende Last von Menelaos' Einfluß um mich herum. Ich spüre, daß seine Aura um dich herum fließt, dich aber nicht durchdringt, ebenso wenig wie mich. Nur dir kann ich vertrauen, das Artefakt zurückzuholen und es von Menelaos' Klauen fern zu halten." Critias wies auf seinen geschundenen Leib. „Ich würde es ja selbst erledigen, aber... "

„Was ist mit Khalid? Er war es, der mir all das erklärte. Er und ein paar seiner Untergebenen stehen nicht unter Menelaos' Einfluß, und er befindet sich bereits auf der Jagd nach dem ägyptischen Gefäß. Warum überläßt du es nicht ihm, sich um diese Angelegenheit zu kümmern?"

Critias' Augen wurden schmaler. „Weil Khalid trotz seiner Behauptungen genauso eine Kreatur unter Menelaos' Kontrolle ist, wie ich es einst war."

• • •

Beunruhigt fuhr Beckett mit der Hochbahn zum Chicagoer Graceland-Friedhof. Vor einem Monat war er damit beschäftigt gewesen, seine ständigen Studien über den Ursprung der Vampire voranzutreiben. Nun war er in eine Angelegenheit verstrickt, bei der mehrere Vampirclans, uralte Untote, mächtige Artefakte, sterbliche Monsterjäger, die wandelnden Toten und Mumien ihre Finger im Spiel hatten. Seine Nachforschungen über die Kainiten erschienen im Vergleich dazu geradezu alltäglich.

Er war überrascht, welchen Verlauf das Treffen mit Critias genommen hatte. Es war ein interessanter Gegenpol zu der Unterhaltung, die er vor fünf Nächten nach dem Kampf am Sears Tower mit Khalid al-Rashid geführt hatte. Der Erstgeborene der Nosferatu hatte das ägyptische Artefakt verfolgt, nachdem es aus dem 73. Stock des Wolkenkratzers geworfen worden war, während sich Beckett um Critias gekümmert hatte – der sich der Kanope hinterher aus dem Fenster gestürzt hatte. Khalid mußte seine Niederlage eingestehen, als er und Beckett sich einige Nächte später trafen. Das ägyptische Artefakt war verschwunden. Für einen Meister des Sammelns von Informationen mußte das sehr ärgerlich sein.

Beckett empfand Mitleid mit Khalid und entschloß sich, nicht mit den Informationen, die er über das Artefakt hatte, herauszurücken. Es war nie klug, mehr preiszugeben als unbedingt notwendig, und die Dinge waren schon kompliziert genug, so daß Beckett soviel über das Artefakt – und jeden, der damit in Verbindung stand – in Erfahrung bringen wollte, bevor er den nächsten Schritt unternahm.

In der Nacht des Kampfes war Beckett an der Stelle des Aufpralls am Fuße des Sears Towers angekommen, ehe Khalid dort eintraf. Er hatte sofort erkannt, daß das Artefakt verschwunden war. Jemand hatte es von der Stelle, an der es aufgeschlagen war, aufgehoben, nur ein paar Meter von dem blutigen Ende von Critias' Sturz entfernt, und war damit davongelaufen. Beckett wußte, daß nur eine Person den Parkplatz, in dem das Gefäß gelandet war, vor ihm erreicht hatte – von Critias einmal abgesehen, der nach seinem Sturz zu nicht viel mehr in der Lage gewesen war als zu bluten. Diese Person war kein Vampir gewesen, denn die befanden sich alle im Sears Tower. Es war auch kein Jäger gewesen. Alle bis auf zwei dieser Sterblichen waren tot, und einer der beiden hatte das Artefakt überhaupt erst aus dem Sears Tower geworfen.

Khalid war davon ausgegangen, daß es die mysteriöse Mumie, der augenscheinliche Wächter des Artefakts, gewesen sein könnte. Beckett wußte es besser, denn er war der Mumie begegnet, kurz bevor er in Fledermausgestalt auf dem Parkplatz gelandet war. Die Mumie hatte wie ein durchschnittlicher Mensch ausgesehen, aber ihr Geruch war der von etwas... anderem gewesen. Ebenso mußte die Mumie Beckett als das erkannt haben, was er war, denn er war gerade damit beschäftigt gewesen, wieder seine menschliche Gestalt anzunehmen, als sie einander begegnet waren. Aber die Mumie war mehr darauf bedacht gewesen, sich das Amulett wieder zu holen, als mit einem Vampir zu kämpfen. Der Unsterbliche hatte Beckett mit erhobenen Händen umkreist, während ihm sein Gehilfe folgte, und war dann in die entgegengesetzte Richtung verschwunden. Den gerufenen Worten nach zu urteilen, die die Mumie mit ihrem Lakaien gewechselt hatte, schien es, als sei jemand namens Carpenter nur ein paar Augenblicke zuvor mit dem Inhalt der Kanope davongerannt.

In den folgenden Nächten hatte Beckett eine Vielzahl von Telefonaten geführt, einige nur wenigen bekannte Orte im Internet aufgesucht und sich mit seinen weltlichen und mystischen Kontakten unterhalten, um so viel über ägyptische Artefakte und die selbsternannten Jünger des ketzerischen Pharao Echnaton herauszufinden wie möglich. Er hatte Gerüchte, Mutmaßungen und Mythen durchforstet und war schließlich an Fragmente von Legenden über den Diebstahl kurz nach dem Tod des Pharao gekommen. Die Geschichten, die er entdeckte, waren sich uneins darüber, ob der Pharao ermordet worden war oder ob er unter einer Krankheit gelitten hatte – aber alle waren sich darüber einig gewesen, daß die Priester später feststellten, daß ein wertvolles Artefakt aus seinem Palast gestohlen worden war. Das ab-Asar, das Herz des Osiris. Beckett verfolgte noch andere Spuren, um nachzuprüfen, ob sein Gefühl recht behielt, und nach einiger Zeit war er sich sicher, daß er genug herausgefunden hatte, um eine Verbindung zwischen dem gestohlenen Artefakt und dem, was aus der zerbrochenen Kanope herausgenommen worden war, ziehen zu können. Wenn man dem noch Khalids Anspielungen auf ein „Herz" und die Verwicklung der Mumien in die Angelegenheit hinzufügte, dann kam man zumindest auf eine Hypothese, mit der man arbeiten konnte. Seine Quellen waren sich uneins darüber, ob es wirklich ein Teil eines toten ägyptischen Gottes war – Beckett für seinen Teil hatte noch keine schlüssigen Beweise dafür gesehen, daß es überhaupt Götter gab. Wie dem auch sei, es gab keine Zweifel, daß das Herz recht mächtig war. Was es allerdings in Chicago verloren hatte, darüber konnte man nur rätseln.

Er hatte außerdem einiges über die Mumie herausgefunden. Khalid hatte ihm vorher erklärt, daß Sterbliche den Tempel des Echnaton in der Chicagoer Innenstadt – wo die Mumie allem Anschein nach das Artefakt bewacht hatte – angegriffen und dem Unsterblichen das Herz vor der Nase weggestohlen hatten. Nach mehreren langen Stunden der Suche war Beckett sicher, daß die Mumie und ein Mann namens Nicholas Sforza ein und dieselbe Person waren. Dieser Sforza war ein Rätsel. Verbindungen zum organisierten Verbrechen, unter mysteriösen Umständen vor einem Jahr verschwunden – nachdem jeder andere in seiner Familie durch tödliche Unfälle, Überfälle und Selbstmorde gestorben war – und seitdem nicht mehr gesehen worden. Nicht bis zu jener kalten Nacht im März auf dem Dach eines Parkhauses beim Sears Tower.

Damit blieb nur noch Carpenter als Dieb, über den Beckett gar nichts wußte. Was nicht weiter verwunderlich war, wenn man bedachte, daß die einzige Grundlage für die Suche nach Informationen der Bruchteil einer Unterhaltung gewesen war, die zwischen Sforza, der Mumie, und seinem Gehilfen geführt worden war. Statt Zeit mit ergebnislosen Suchen zu verbringen, war Beckett in der Nacht vor dem Treffen mit Khalid zum Parkhaus zurückgekehrt. Er würde nicht zum Wolf werden müssen, um die Spur des Artefakts zu verfolgen, denn seine menschliche Nase war übernatürlich empfindlich genug, um dessen sonderbaren Geruch zu verfolgen. Er bezweifelte, daß er diesen einzigartigen und verwirrenden Geruch je vergessen würde. Es gab keinen Zweifel, daß es sich dabei um etwas aus der Zeit der Pharaonen handelte. Beckett folgte dem Geruch einige Kilometer weit in Richtung Südwesten an den Rand der Fleischereibezirke. Seine Nackenhaare sträubten sich, als er sich einem verdunkelten Lagerhaus näherte. Er wußte nichts über diesen Carpenter, aber die Mumie Sforza schien im Bezug auf den Kerl relativ verzweifelt. Es gab keine Möglichkeit festzustellen, wer – oder was – Carpenter war. Beckett fragte sich, ob er vielleicht einer der Jäger war, der nicht mit den anderen zusammen gefaßt worden war. Das würde allerdings dem Angriff der Sterblichen auf den Tempel des Echnaton und dem eigentlichen Diebstahl des Artefakts spotten. Wenn dem aber so war, konnte dies bedeuten, daß er es nicht nur mit einem einzelnen Mann zu tun bekommen würde, wenn er das Herz einholte. Ganz zu schweigen davon, daß diese Jäger über Fähigkeiten verfügten, die sich als besonders effektiv gegen die Untoten erwiesen hatten.

Beckett hatte nicht die Absicht, dort hineinzuplatzen und gepfählt zu werden. Aber seine Neugier verlangte, daß er sich nicht furchterfüllt zurückzog. Schließlich hatte er ja auch ganz alleine den großen Menelaos zu seinem geheimen Unterschlupf verfolgt und war unbeschadet davongekommen. Was waren eine Handvoll „Monsterjäger“ im Vergleich zu einem Methusalem?

Menelaos blieb Beckett im Sinn, während er sich dem Lagerhaus näherte. Er war vor der Wahrnehmung des Dings durch ein verzaubertes Armband das er trug abgesichert. Sicherlich war er dem Methusalem kein Unbekannter mehr – Menelaos' sterbliche Helfershelfer hätten ihm auch auf wesentlich konventionellere Art nachspionieren können. Auch wenn

Beckett durch das Armband vor übernatürlicher Wahrnehmung geschützt sein mochte, so hatten ihn doch zwei der indianischen Wachen Menelaos' direkt zu Gesicht bekommen: die Wache, die er verletzt hatte, während er in Menelaos' Unterschlupf ein paar Nachforschungen angestellt hatte, und William Decorah. Letzterer war ein Maulwurf im Dienste eines Clansgenossen Becketts, Augustus Klein, gewesen und anschließend von Critias festgehalten worden. Beckett hatte Decorah genug von seinem untoten Blut gegeben, damit er seine Verletzungen heilen und zu den anderen Indianern fliehen konnte, aber Beckett hegte keine Illusionen darüber, daß ihm seine Tat womöglich eine Sonderbehandlung einbringen würde. Er gestattete sich ein Lächeln. Noch ein Grund, die Dinge hier so schnell wie möglich hinter sich zu bringen und weiterzuziehen.

Beckett schüttelte die Gedanken aus dem Kopf, als er roch, daß die Spur des Herzens vom Lagerhaus wegführte. So gesehen war also zu bezweifeln, daß er im Inneren des Gebäudes noch mit Ärger zu rechnen hätte. Ehe er dem Geruch folgte, entschloß sich Beckett, einen Blick ins Innere des Lagerhauses zu werfen. Je mehr er über sein Opfer herausfand, desto besser. Als er sich daran machte, das Schloß zu knacken, fiel ihm das Schimmern eines haarfeinen Sicherheitsdrahtes im Fensterglas auf. Er überlegte einige Sekunden lang hin und her und entschloß sich dann, es durchzuziehen. Er sollte fünf Minuten Zeit haben, den Ort zu durchsuchen, bevor der Sicherheitsdienst hier eintreffen würde – das war mehr als genug Zeit, selbst wenn er sich nicht allzu geschickt anstellte – und wie sich das Spiel entwickelte, fühlte er sich wie der Elefant im Porzellanladen. Er legte seine Dietriche weg und schlug eine Scheibe mit dem Ellbogen ein, entriegelte die Tür und schlüpfte hinein. Das Gebäude war leer, nur ein großer, zweistöckiger Raum mit einem Paar Garagentore auf der Vorderseite und einem Büro, das in die obere linke Ecke eingebaut war. Der durchdringende Geruch des Herzens hing schwer in der Luft. Aber wie die Spur, der er hierher gefolgt war, war auch er ein paar Nächte alt. Ein schneller Blick im Büro zeigte ihm, daß das Lagerhaus leerstand. Als er das spartanisch eingerichtete Büro durchsuchte, bemerkte Beckett Spuren eines zweiten, wesentlich schwächeren Geruchs. Es war schwer, diesen Duft zu isolieren, da der des Artefaktes so ziemlich alles überlagerte, aber schließlich konnte er die Spur zu einem blutigen und zerrissenen Anzug verfolgen, der in einen der unteren Schieber des Schreibtisches gestopft war. Nachdem er daran gerochen hatte, schoß ihm eine Rückblende durch den Kopf.

Er hielt die Kleidung der Gestalt in Händen, der er vor ein paar Wochen in einer Gasse begegnet war. Beckett war damals auf der Spur der Jäger gewesen und über einen schwarzgekleideten Mann gestolpert, eine Gestalt, die nach altem Tod und der Kälte des Grabes stank. Nicht der subtile, aber scharfe Geruch eines Vampirs, sondern der bittere Gestank der ruhelosen Toten. Dieser Carpenter war eine wandelnde Leiche, ein Zombie. Ein Zombie, der eine Art geistigen Zwang benutzt hatte, um Beckett zu verjagen. Ein Zombie, der es gewagt hatte, Beckett seinen Willen aufzuzwingen. Ein Zombie, der mit dem Herzen des Osiris auf der Flucht war.

Beckett hatte sich gefragt, was der Zombie in jener Nacht in der Nähe der Jäger getrieben hatte. Es schien, als sei das Artefakt der Mumien die Verbindung. Vielleicht wußte dieser Carpenter, daß diese Sterblichen den Tempel des Echnaton überfallen würden und hielt sich im Hintergrund, bis seine Chance kam, um das Herz zu stehlen. Beckett vermutete, daß mehr hinter der Geschichte steckte, aber er mußte noch herausfinden, was es war. Es war frustrierend, daß die wandelnde Leiche nicht in der Stadt geblieben war, um seine Fragen zu beantworten.

Als ihm erst einmal klar war, wen – oder besser gesagt, *was* – er da verfolgte, beeilte sich Beckett, weiter der Spur zu folgen. Sie führte so gerade wie die Flugbahn eines Pfeils nach Südosten. Das Hafenviertel machte schon bald deutlich, wohin es Carpenter verschlagen hatte, aber Beckett folgte dem Geruch nichtsdestotrotz bis zu seinem Ende am Pier, wo sich ein massives Containerschiff vor ihm erhob.

Ein Wachmann kam auf ihn zu. Er machte den Eindruck, als sei er nicht sicher, was er mit Beckett anfangen sollte. Der schlanke, muskulöse Körper und die abgetragene Kleidung wiesen auf einen Arbeiter hin, vielleicht einen Hafenarbeiter oder einen Deckshelfer auf der Suche nach Arbeit. Aber Becketts schimmerndes schwarzes Haar und die runde, dunkle Brille deuteten auf einen Kerl hin, der sich unters gemeine Volk mischte. Es folgte eine kurze Unterhaltung, bei der jeder versuchte, den anderen aus der Reserve zu locken. Beckett war der gerissenere von beiden, da er schon ein paar Jahrhunderte mehr Übung hatte. Er erfuhr, was er wissen wollte, während er selbst dem Wachmann keinen Hinweis darauf gab, wer er war oder was er hier tat.

Der Wachmann – dessen Namensschildchen die Aufschrift WALPERT trug – bestätigte ihm, daß an diesen Docks rund um die Uhr Frachter vor Anker lagen, während ihre Ladung gelöscht und verschickt wurde. „Hm, ein Frachter mit dem Namen *Meroe Atlantic* hat vor ein paar Tagen von dieser Anlegestelle abgelegt. Der fährt hier auf seiner regulären Route durch, wissen Sie... sollte sich inzwischen schon auf halbem Weg durch den St.-Lawrence-Strom befinden."

„Wissen Sie, wohin er fährt?" fragte Beckett, obwohl ihn eine Ahnung überkam.

Der Hüne zuckte mit den Schultern und ließ seinen Finger gelangweilt einen Kreis beschreiben. „Verschiedene Firmen fahren auf unterschiedlichen Routen. Die fahren raus zu 'nem anderen Land, tauschen dort ihre Fracht aus und fahren wieder zurück. Ich glaube, die Meroe Global verschifft Fracht in einen oder mehrere arabische Staaten."

„Gehört dazu auch Ägypten?"

Wieder ein Schulterzucken. „Das kann gut sein."

„Fahren die Schiffe von hier ohne Zwischenstops zu ihrem Ziel?"

„Nö, alle Schiffe legen unterwegs in verschiedenen Häfen an. Die nehmen Fracht von hier bis New York, Norfolk oder Charleston mit und schippern dann rüber nach Spanien, Italien, in die Türkei oder vielleicht auch nach Ägypten, wie Sie schon sagten. Dann kommen sie wieder auf derselben Route zurück."

Andere Häfen hieß, daß es längere Zwischenstops waren. Auch das Verladen der Fracht würde Zeit in Anspruch nehmen, und es sollte eine Weile dauern, bis ein Schiff von Chicago an die Mündung des Nils gefahren war. „Auf der regulären Route? Wie lange braucht die *Meroe Atlantic* für ihre Runde?"

Walpert verzog das Gesicht, während er nachdachte. „Ich weiß nicht, wie es mit diesem Schiff so normalerweise ist, aber es gibt da so eine allgemeine Richtlinie für Frachtschiffe. Hin und wieder zurück? Vielleicht zwei Monate, so plus oder minus ein bißchen."

Beckett nickte. Das hieß, die einfache Strecke würde einen Monat, vielleicht etwas weniger, dauern. Das war mehr als genug Zeit, um herauszufinden, was er wissen wollte. Er bedankte sich bei dem Wachmann und lief vom Pier weg, wobei er im Geiste die möglichen Vorgehensweisen durchspielte.

„Hören Sie", rief der Wachmann hinter ihm her. „Wenn Sie Arbeit suchen, kommen sie morgen früh noch mal wieder. Die haben ihre Büros gleich hier drüben."

„Vielleicht werde ich das tun."

„He, Mister. Haben Sie was dagegen, wenn ich frage, warum Sie mitten in der Nacht 'ne Sonnenbrille tragen?"

„Nicht im geringsten", rief Beckett zurück und verabschiedete sich winkend.

• • •

Beckett wurde ins Hier und Jetzt zurückgerissen, als die Hochbahn stotternd zum Halten kam, weil der Fahrer die Bremsen zu stark getreten hatte. Ein kurzer Blick nach draußen auf den Bahnsteig zeigte ihm, daß er noch zwei Haltestellen vor sich hatte, bevor er am Friedhof ankam.

Beckett war selbst überrascht, wie sehr er in der Erinnerung an die letzte Woche versunken gewesen war. So ungern er es auch zugeben mochte, der Zombie namens Carpenter war ihm unter die Haut gegangen. Beckett hatte schon Prinzen und Ahnen gegenübergestanden. Er hatte Schrecken gesehen, die selbst den verderbtesten Vampir in Panik hätten verfallen lassen. Daß eine einzelne erbärmliche wandelnde Leiche ihn mit einem Taschenspieler-Zwang drangekriegt hatte war einer der unangenehmsten Schocks, die er je gehabt hatte.

Und die Überraschungen hielten an. Critias und ihr Gespräch unter vier Augen zum Beispiel. Der Erstgeborene der Brujah, der offensichtlich eine Marionette an den Fäden Menelaos' war, behauptete, er habe die Kontrolle seines Erzeugers dadurch abschütteln können, daß er fast den endgültigen Tod gestorben wäre. Im nächsten Atemzug deutete Critias an, der andere Erstgeborene, sein Rivale Khalid al-Rashid, stünde nicht über dem Einfluß des Methusalems, wie er es vorher noch behauptet hatte. Man mußte kein Genie sein, um zu erkennen, daß jeder von ihnen Beckett in der Hoffnung zu manipulieren versuchte, er werde das Herz des Osiris für den einen von ihnen, nicht aber für den anderen wiederbeschaffen. Selbstverständlich hatte jeder von ihnen Beckett versichert, er sei nur daran interessiert, das Artefakt von Menelaos' Klauen fernzuhalten. Darin waren sich alle einig. Aber Beckett hatte nicht vor, das Ding Critias oder Khalid auszuliefern. Es schien ihm, als sei Critias wieder Herr seiner selbst, aber das machte ihn noch nicht zu einem geeigneten Hüter über die Macht, die das Herz offensichtlich in sich barg, und es gab keine Möglichkeit festzustellen, ob Khalid frei vom Einfluß Menelaos' oder auch nur ein Lakai des schlafenden Halbgottes war. Wenn man all dies berücksichtigte, so kam es Beckett am klügsten vor, die Angelegenheit der Kontrolle ganz außer Acht zu lassen. Es war wohl das beste, wenn das Artefakt an einen Ort gebracht würde, wo es sicher war und niemand an es herankam.

Beckett würde das Artefakt aufspüren, aber nicht, weil seine Zeitgenossen es haben wollten. Er war nicht daran interessiert, Macht und Prestige anzuhäufen. Das überließ er anderen. Seine Leidenschaft galt dem Wissen. Obwohl das Herz ds Osiris Becketts Interesse erregte, tat es dies doch nur auf einer intellektuellen Ebene, nicht als ein Werkzeug, mit dem man Allmacht erlangen konnte.

Das Problem war, daß er zwar wußte, daß der Zombie sich auf dem Weg nach Ägypten befand, nicht aber, wohin er dort wollte oder aus welchem Grund. Beckett hätte Nicholas Sforza gefragt, aber es stellte sich heraus, daß die Mumie sich vor kurzem ebenfalls auf den Weg nach Ägypten gemacht hatte – allerdings per Flugzeug, nicht per Frachtschiff. Er überlegte, die Jäger zu fragen – er erinnerte sich noch an den Geruch der Frau, und es wäre kein Problem gewesen, sie aufzuspüren –, aber seine Instinkte sagten ihm, daß sie keine Ahnung hatte, was vor sich ging. Außerdem hatten sie bei mehr als einer Gelegenheit unter Beweis gestellt, daß sie Vampiren ebenbürtig waren. Beckett war nicht geneigt, auf die Chance zu hoffen, daß sie reden wollten, statt zu kämpfen.

Seine besten Aussichten darauf, eine solide Spur zu finden, war wohl, sich mit der einzigen Gangrel, die er hier in der Gegend kannte und die ihn in erster Linie in diesen Schlamassel hineingezogen hatte, zu unterhalten: mit der uralten Vampirin Inyanga.

• • •

Beckett stieg auf der Sheridan aus und bewegte sich in Richtung des Graceland-Friedhofs. Er hoffte, daß Inyanga sich noch in der Gegend aufhielt. Sie war bekannt dafür, wochenlang durch den Mittleren Westen und die weiten Ebenen östlich der Rocky Mountains zu ziehen. Normalerweise hatte er kein Problem damit, ein oder zwei Wochen mit seinen Unterfangen zu warten, denn für jemanden wie ihn war Zeit lange nicht so wertvoll wie für andere. Die Ereignisse, die sich um das Herz des Osiris drehten, beschleunigten sich aber, und Beckett spürte, daß er rasch handeln mußte, wenn er mit ihnen Schritt halten wollte.

Es kam ihm vor, als habe Inyanga denselben Eindruck gehabt. Er fand sie wartend am Grab Mies van der Rohes, an derselben Stelle, an der er ihr begegnet war, als er vor ein paar Wochen nach Chicago gekommen war.

„Mutter Inyanga“, sagte Beckett und nickte ihr grüßend zu.

Die Alte trat mit der für die älteren Untoten typischen Bewegungsweise einen gemessenen Schritt vor. „Du warst in den letzten Wochen sehr beschäftigt. Was hast du herausgefunden?“

Beckett brachte ihr abruptes Verhalten nicht aus der Ruhe, da Inyanga im Ruf stand, offen zu sprechen. Aber trotzdem, war da nicht noch etwas mehr in ihrem Tonfall... ? Vielleicht hatte das Gespräch über Menelaos ihn paranoid gemacht. Beckett trat an die Seite der alten Gangrel, glich seine Schritte den ihren an, während sie über den Friedhof gingen, und sortierte seine Gedanken dabei. Beckett war nach Chicago gekommen, um mit Inyanga ein Gespräch über ihre Vergangenheit zu führen, damit er dies seinem kollektiven Verständnis der Untoten hinzufügen konnte. Ehe sie mit ihm diese Informationen teilen wollte, hatte sie ihn gebeten, ein paar Nachforschungen über jene Sterblichen anzustellen, die Jagd auf die Kainskinder machten. Solche Gefallen im Austausch von Informationen waren unter Vampiren an der Tagesordnung, und da er selbst an den Sterblichen interessiert war, die seine Art jagten, hatte Beckett dies als Situation angesehen, von der beide profitieren konnten.

Die Nachforschungen über die Jäger hatten zu der Sache mit dem Herzen des Osiris und dem damit einhergehenden Mysterium des Zombies Carpenter, der Mumie Nicholas Sforza und des Methusalems Menelaos geführt. Die Sterblichen wurden sehr schnell zur Randnotiz in einem weitaus umfangreicheren Intrigenspiel, als Beckett versuchte, sich einen Reim auf das sich in der Stadt entfaltende bizarre Melodram zu machen. Letztlich war er deshalb mit der ihm von Inyanga gestellten Aufgabe nicht sonderlich weit gekommen. Er hatte nicht herausgefunden, wo die Sterblichen ihre ungewöhnlichen Kräfte herhatten, die sich als so verheerend gegenüber Kainiten herausstellten. Auch hatte er nicht in Erfahrung bringen können, woher sie soviel über die Gewohnheiten, Stärken und Schwächen der Untoten wußten. Er vermutete, die Antworten würden nicht so ohne weiteres zu finden sein und es würde viel mehr Zeit und Geduld erfordern, als er der Aufgabe bisher gewidmet hatte.

Er war aber nicht hier, um einen Abschlußbericht vorzulegen, sondern wollte Inyangas Hilfe bei der Suche nach dem Herz des Osiris in Anspruch nehmen. Gerüchten zufolge konnte sie mit Geistern sprechen. Beckett war der Meinung, es könnte informativ sein, den Geist eines der Gehilfen Sforzas herbeizurufen. Soweit er es mitbekommen hatte, verfügte die Mumie in der Stadt über eine einigermaßen große Gefolgschaft, von denen einige beim Angriff auf den Tempel des Echnaton gestorben waren, während andere bei einem Gegenangriff auf die Jäger wenig später ihr Leben ließen.

Als er anfing, ihr die Ereignisse der letzten Wochen zu schildern, spürte Beckett wieder, daß mehr an Inyangas Haltung dran sein mochte als nur die zurückhaltende Neugier, die sie bei ihren vorhergehenden Treffen zur Schau gestellt hatte. Es war schwierig, eine Vampirin ihres Alters einzuschätzen. Wie die beiden Erstgeborenen Critias und Khalid existierte Inyanga schon so lange, daß sie ihre Gefühle im Zaum zu halten wußte, und das war es, so erkannte Beckett, was ihn störte. Sollte er nicht in der Lage sein, ihre... Bereitwilligkeit zu spüren? Sogar ihren Hunger spürte er.

Ein böser Verdacht durchfuhr seine verkümmerten Gedärme. Er hörte auf zu reden, als ihm die Gedanken durch den Kopf schossen. Stand auch sie unter dem Einfluß Menelaos'? Beckett hatte diese Möglichkeit einige Nächte zuvor schon in Betracht gezogen, hatte aber damals gedacht, ihre Fähigkeit, sich für längere Zeit weit entfernt von Chicago aufzuhalten und ihr Gespür dafür, daß seltsame Dinge in der Stadt vor sich gingen, wiesen darauf hin, daß sie aus freien Stücken handelte. Aber sie kehrte immer wieder nach Chicago zurück und hatte Beckett zu einer Untersuchung gedrängt, die ihn letztlich zum Herzen des Osiris geführt hatte. Konnte das ein Beweis für Menelaos' Kontrolle sein?

Die Kraft, die zur Manipulation dreier uralter Kainiten nötig war, ganz zu schweigen von mehr als einem Dutzend niederer Kreaturen, war ungeheuer. Beckett spürte, wie die Kälte der Furcht seine seit langem toten Knochen durchströmte, als er sich fragte, wie nützlich genau sein Armband war, das ihn vor Menelaos' Einfluß bewahren sollte.

Da Inyangas durchdringender Blick auf ihm lastete, kam Beckett zu dem Schluß, er könne das Risiko, daß sie – oder irgendeiner von Chicagos Erstgeborenen – unter Menelaos' Kontrolle stand, nicht eingehen.

Bisher hatte er ihr von den Anschuldigungen von Critias, die Gangrel steckten mit den Sterblichen unter einer Decke, und von seiner anschließenden Untersuchung des Ortes des endgültigen Todes des Vampirs Augustus Klein erzählt. Er nahm den Faden seiner Erzählung wieder auf und erzählte ihr, daß er die Jäger von dort bis zu einem in Flammen stehenden Wohnhaus verfolgt hatte. Bei jedem Ort, an den er sie verfolgte, mußte er feststellen, daß ein Angriff stattgefunden hatte und weitere Jäger tot waren. „Schließlich hatte ich vor ein paar Nächten in Erfahrung gebracht, daß Critias die beiden übriggebliebenen Sterblichen in seine Gewalt gebracht hatte. Er hatte sie in seine Büros im Sears Tower bringen lassen, von wo aus sie offensichtlich zu flüchten versuchten. Es mag dich vielleicht überraschen zu erfahren, daß sie Critias schwer verletzten und einen seiner Leute, Graham, töteten, bevor sie flohen."

Beckett erzählte ihr nicht, daß er Menelaos' Versteck gefunden hatte, ebenso wenig, wie er etwas über das Herz des Osiris erzählt hätte. Im Prinzip gehörte keine der beiden Entdeckungen zur Aufgabe, mit der sie ihn betraut hatte.

„Weißt du, warum Critias sie gefangennahm, statt sie gleich zu töten?"

„Ich glaube, er war wie du daran interessiert, ihre Geheimnisse zu ergründen." Es folgte ein Augenblick des Zögerns, als er darüber nachdachte, ob er vermeiden konnte, das Herz zu erwähnen. Er hatte kein Problem damit zu lügen, wenn sich daraus ein Vorteil für ihn ergab. Aber es wäre für Inyanga ein leichtes, auf anderem Wege etwas über die Existenz des Artefaktes herauszufinden – gesetzt den Fall, daß sie nicht sowieso schon darüber Bescheid wußte. Auf die eine oder andere Weise würde sie Beckett nicht freundlich gesonnen sein, wenn sie herausbekam, daß er ihr Informationen vorenthalten hatte. Inyanga mit seinen geschärften Sinnen aus dem Augenwinkel beobachtend fügte er hinzu: „Es scheint, als habe er in ihrem Besitz auch ein Artefakt gefunden, das man das Herz des Osiris nennt."

Inyangas Augen verengten sich. Diese Reaktion war für ihre Verhältnisse extrem heftig. „Ich habe von solch einem Gegenstand vor langer Zeit gehört... was ist daraus geworden? Ist es noch im Besitz von Critias?"

„Nein. Es ging verloren, als den Sterblichen die Flucht gelang. Es ist möglich, daß sie es haben." *Wenn sie irgendwie den Frachter, auf dem sich Carpenter befunden hatte, geentert und es ihm aus den Händen gerissen haben,* dachte Beckett. Dafür bestand eine sehr geringe Chance, aber es war immerhin möglich.

„Was hast du jetzt vor?"

Er konnte Inyanga immer noch nicht einschätzen, daher drückte er sich vage aus. „Ich glaube, die beiden überlebenden Sterblichen könnten aus der Gegend geflohen sein. Sie dürften auch eine interessante Geschichte zu erzählen haben, wenn ich sie finden kann."

Inyangas Kopf neigte sich leicht. „Ich freue mich darauf, von deinen weiteren Entdeckungen zu erfahren."

Beckett nahm dies als Entlassung und wurde zum Wolf. Er begab sich zu der stillgelegten Mühle, die ihm als Unterschlupf diente. Nachdem er zwei Kilometer hinter sich gebracht hatte, änderte er sein Vorhaben und wandte sich gen Süden. Zwei Stunden später war er auf dem Flug nach New York. Er würde gegen halb fünf in LaGuardia landen und sich eine halbe Stunde später sicher unter der Erde aufhalten. Es bestand ein wenig Fehlertoleranz, falls es zu Verspätungen kommen sollte, aber Beckett fühlte sich unwohl bei dem Gedanken, sich so kurz vor Sonnenaufgang an Bord eines Flugzeuges zu befinden.

Er hatte das plötzliche, überwältigende Verlangen verspürt, Chicago sofort zu verlassen. Es war, als befände er sich im Zentrum konvergierender Kräfte, aber ohne klare Vorstellung davon, von wo überhaupt etwas herkam. Die einzigen Dinge, derer er sich sicher war, waren, daß sich Menelaos in Starre befand, daß das Herz des Osiris auf dem Weg nach Ägypten war und daß er nur sich selbst trauen konnte, wenn er sicherstellen wollte, daß der Methusalem das Artefakt nicht in die Finger bekam, um sich damit zu einem Gott auf Erden zu machen.

SECHS

Thea Ghandour hatte Kneifen als Methode, um zu erkennen, ob man träumte oder nicht, lange für blöde gehalten. Sie hatte auch den Ausdruck „Kneif mich, ich glaub', ich träume" einfach nur dumm gefunden. Aber es war das Kneifen an sich, das bei ihr keine Wirkung zeigte. Sie hatte nie Schwierigkeiten damit gehabt zu wissen, wann sie träumte. Um ehrlich zu sein, konnte sie in Träumen oft Dinge so geschehen lassen, wie sie es wollte. Außerdem hätte sie ihr richtiges Leben nie mit einem Traum verwechselt.

Nun ja, bis vor einem Jahr. Nachdem sie dem Schrecken des Übernatürlichen ins Gesicht geschaut hatte, war Thea bereit, alles zu versuchen, um festzustellen, ob sie nicht einfach nur einen langen, schlechten Traum hatte. Nachdem sie sich die ersten paar Male gekniffen hatte, kam sie zu dem Schluß, daß sie von Anfang an Recht gehabt hatte. Alles, was das Kneifen zu Wege brachte, waren Schmerzen, und danach war man auch nicht besser dran als vorher.

Wenn man sich Margie Woleskis benommenen Gesichtsausdruck so ansah, kam Thea zu dem Schluß, daß sich ihre Freundin noch im Stadium des „alles Ausprobierens" befand. Wenn Thea es Margie hätte ersparen können, der nackten Wahrheit ins Gesicht zu blicken, die sich hinter der Fassade der Welt verbarg, hätte sie es getan. Aber nun, da der Schaden angerichtet war, war Thea der Meinung, es sei wohl das beste, es einfach durchzusprechen. Das war es auch, was Thea in den letzten Tagen versucht hatte, aber Margie war nicht in der Stimmung dazu. Relativ gesehen reagierte sie zumindest. Sie merkte, wenn sie angesprochen wurde. Sie aß, was man ihr vorsetzte, und wusch sich, wenn man sie unter die Dusche stellte, während das Wasser lief. Aber Margie sprach nicht und verbrachte ihre wachen Momente damit, vor sich hin zu starren. Auf die Wand, aus dem Fenster, es machte für sie keinen Unterschied.

Nachdem Thea sich von Anfang an Sorgen machte, wurde sie nun langsam verzweifelt. Margie war nur ein paar Schritte davon entfern, ein Gemüse zu sein. Sie brauchte Hilfe.

„Ich streite mich nicht mit dir, Thea“, sagte Jake Washington, der von seinem Laptop aufsah. „Aber wir können sie nirgends anders hinbringen. Zumindest nirgends hier, und schon gar nicht jetzt.“

„Sie ist nur eine unschuldige Zuschauerin, Jake“, antwortete Thea, in deren Stimme ihre Gefühle mitschwangen. „*Wir* sind die Monsterjäger, *wir* sind diejenigen, nach denen sie suchen.“

„Du weißt, daß das nicht wahr ist. Die Verrotteten halten die Augen genauso nach Margie auf wie nach dir und mir. Sie hatten sie entführt, um uns zum Reden zu bringen. Was läßt dich glauben, sie würden es nicht noch einmal tun? Oder vielleicht vergessen, daß sie eine Geisel ist? Sie hatte einen Platz in der ersten Reihe, von dem aus sie die Vampire in Aktion sehen konnte. Glaubst du, sie werden das ignorieren?“

Thea kniff sich in den Nasenrücken und bekämpfte den Drang, in Tränen auszubrechen. Jake hatte recht. Sie wußte, er hatte recht. Sie hatte sich das gleiche gesagt. Es zerriß sie innerlich, Margie in so einem erbarmungswürdigen Zustand zu sehen, und alles war ihre Schuld. „Wir aber können nicht einfach gar nichts tun. Wir verstecken uns jetzt schon seit vier Tagen bei diesem Freund Lupes. Sie haben es langsam satt, daß wir hier sind. Ich drehe hier noch durch. Margie geht es nicht besser, und du verbringst den ganzen Tag vor dem verdammten Computer!“

Jake seufzte. „Ich habe mit anderen Leuten im Jäger-Netz gesprochen. Nach Hilfe gesucht – für uns und Margie.“

„Und?“ Thea legte die Stirn in Falten. „Was hast du in Erfahrung gebracht?“

„Nicht soviel, wie ich gehofft hatte“, gab Jake zu, wobei er dem Compaq einen enttäuschten Blick zuwarf. „Die Leute waren daran interessiert, was mit den Vampiren geschehen ist – denen, die uns als Geiseln im Sears Tower festhielten, statt uns gleich umzubringen und die Margie als Hebel benutzten, um herauszufinden, wer wir waren... “

„Du hast ihnen also auch erzählt, daß sie vor uns genauso zitterten wie wir vor ihnen?“

„Ja, das fanden sie großartig. Auch wenn das Wissen darüber, daß wir den Monstern Angst einjagen, nur ein schwacher Trost für den Verlust der restlichen Van-Helsing-Brigade ist.“

Thea fühlte sich, als würden noch einmal 50 Kilo zum Gewicht der Schuld, die bereits auf ihnen lastete, hinzuaddiert. „Das wär's soweit.

Hast du irgend etwas über den Tempel des Echnaton, diese Ägypter oder Nicholas Sforza gefunden?"

„Nichts, was über das hinausgeht, was wir bereits wußten. Echnaton ist irgend so ein obskurer Gott, die Ägypter, die uns angriffen, sind möglicherweise Teil davon, und ich habe immer noch nicht herausbekommen, wie Sforza zu der ganzen Sache paßt."

„Während des Angriffes haben sie was gesagt – haben irgend etwas wegen des Herzens geschrieen, das ich aus dem Sears Tower warf, und wollten wissen, wo der... verdammt, was war es?"

„'Aminte', nicht war?"

„Sehr scharfsinnig, Jake." Sie gönnte ihm ein Lächeln, das erste seit Tagen. „Weißt du, mir ging viel durch den Kopf. Also, hast du dazu irgend etwas?"

„Vieles, das nicht sonderlich was taugt, aber etwas interessantes. Ich habe über dieses Amin-te nachgedacht. Amin... Amen.... Die Leute sagen A-M-E-N zum Abschluß eines Gebetes, nicht wahr? Aber es ist gleichzeitig auch eine von einigen wenigen Möglichkeiten, den Namen eines ägyptischen Gottes auszusprechen – weißt du, dieser Amon-Ra? Einige glauben sogar, daß daher dieser ganze Brauch kam. Ich glaube, es kommt häufiger mit einem 'O' oder 'U' vor."

„Immer wieder dieser ägyptische Kram." Thea hatte sich darüber schon seit einiger Zeit Gedanken gemacht, aber es klang zu weit hergeholt, um es laut auszusprechen – selbst wenn man bedachte, in was sie verwickelt waren. Sie beschloß, es vorsichtig anzugehen. Vielleicht konnte sie Jake dazu bringen, es zuerst zu sagen. „Wußtest du, daß Sforza ägyptischen Schmuck trug, als wir ihm das erste Mal im Tempel begegneten?"

Jake nickte. „Du sagtest, er habe sich ein paar seltsame Zeichen auf die Brust gemalt, nachdem Romeo auf ihn geschossen hatte."

Thea spürte, wie sie der Schwindel überkam. Romeos Tod war noch nicht lange her. Seine Erwähnung erinnerte sie an den Hurensohn, der ihn getötet hatte, den, der diesen ganzen Alptraum überhaupt begonnen hatte. „Maxwell Carpenter. Erinnerst du dich daran, wie Carpenter diesen Kerl entführte? Der zerbrochene Sarkophag in Sforzas Büro? Gibt einem zu denken, nicht?"

Sie starrten einander an. Nach ein paar Sekunden überraschte Thea sich selbst, als sie in albernes Gelächter ausbrach. Ein verwirrtes Lächeln huschte über Jakes Gesicht. „Was ist?" fragte er mit einem Kichern.

„Du denkst dasselbe wie ich!" warf Thea ihm vor. Das Gelächter hatte einen Hauch von Hysterie, aber es fühlte sich großartig an. Sie hatte so etwas gebraucht, irgend etwas, das die Spannung, die sich seit viel zu langer Zeit in ihr aufgestaut hatte, löste. Sie seufzte und zeigte auf Jake. „Du denkst an 'Mumien', wolltest es aber nicht aussprechen, weil es zu seltsam klingt."

Jakes Lächeln wurde breiter. „Vielleicht nicht, weil es *seltsam* klingt. Ich bin nur nicht sicher, weißt du? Ich meine, sieh dir doch nur mal das Jäger-Netz an, da hat noch keiner was von Mumien geredet, und wenn man nur mal ein wenig drüber nachdenkt, dann ist eine Mumie doch auch nur ein anderes Wort für Zombie, oder? Ein Toter, der wieder aus dem Grab gekrochen ist, nicht wahr?"

„Mmmhmm", erwiderte Thea, die Lippen nachdenklich geschürzt. Es war zwar kein direktes Handeln, aber ihre Diskussion vermittelte ihr das Gefühl von Aktivität, oder davon, daß *sie etwas taten*, ein Gefühl, das sie schon seit langem vermißt hatte. „Mumien kommen wieder, oder?"

„Klar, in den alten Filmen zumindest. Aber nach dem zu schließen, was wir bisher herausgefunden haben, glaube ich nicht, daß sie sich sonderlich von unserem typischen Verborgenen unterscheiden."

„Ich *habe* keinen typischen Verborgenen."

„Du weißt, was ich meine. Einem Verborgenen wie Carpenter", stellte Jake klar. Die Heiterkeit verschwand aus seinem Gesicht. Carpenter würde für beide noch lange ein wunder Punkt sein. „Romeo hat uns nie erzählt, was er bei Sforza gesehen hat, oder? Ob der Kerl, nun, überhaupt ein *Kerl* war oder ein Verrotteter oder so."

Thea verzog das Gesicht und schüttelte den Kopf. „Hatte nie... hatte nie Gelegenheit dazu."

„Etwas an dem Kerl klingt anders, wie ein Zauberer... nun, wie seltsam hört sich *das* jetzt an? Aber ich weiß nicht. Wenn es wirklich eine Verbindung nach Ägypten gibt – und wenn man die momentane Beweislage betrachtet, würde ich sagen, dem ist so –, dann ergibt es für mich mehr Sinn zu sagen, Sforza sei eine Art Verrotteter." Jake sprach langsam, während er die Sache logisch anging. „Denk mal an die Umstände, die mit seinem Verschwinden einhergingen: Das paßt ebenfalls. Verschwand unter mysteriösen Umständen – sein Tod? Carpenter machte Jagd auf seine gesamte Familie. Vielleicht hat er auch Nicholas Sforza erwischt. Wenn man mal davon absieht, daß Sforza genauso wiederkam, um Rache zu nehmen, wie Carpenter – und wenn irgend jemand weiß, wozu ein Zombie in der Lage ist, dann ist das Maxwell Carpenter. Also schickt er uns als Kanonenfutter, statt selbst loszustürmen und mit einem untoten Kollegen und dem coolen, auf mystische Weise geschützten Versteck, daß der sich zusammengebastelt hat, fertig zu werden."

„Das ergibt Sinn." Trotzdem konnte Thea all das nicht mit dem vereinbaren, was geschehen war. „Aber das beantwortet nicht all unsere Fragen. Ich bleibe immer wieder bei der Verbindung zu Ägypten hängen. Sforza ist Italiener. Italo-Amerikaner. Wie auch immer. Wenn er sich von den Toten erhoben hat wie jeder gewöhnliche Zombie, wozu braucht er dann Tempel, mordlüsterne Kultisten und verdammt mächtige ägyptische Artefakte?"

„Ich weiß auch nicht, warum er so kulturübergreifend ist - und das Herz, hinter dem sowohl diese Kultisten als auch die Vampire her waren... " Er zuckte mit den Schultern. „Du sagtest, es hätte eine Art von Macht ausgestrahlt?"

„Und etwas mit meiner Wahrnehmung angestellt. Als ich gegen den Vampir kämpfte, konnte ich vier oder fünf seiner nächsten Bewegungen vorhersagen. Als sei mein sechster potenziert worden."

„Junge, Junge. Das könnte fast alles bedeuten."

“Das klingt ja fast so, als würdest du jeden Tag etwas über seltsame Artefakte hören."

„In letzter Zeit ja. Ich meine, wir haben keine Möglichkeit festzustellen, was dieses so genannte 'Herz' wirklich ist."

Thea lächelte. „Hört sich so an, als müßten wir noch ein paar weitere Nachforschungen über diese Mumien-Sache anstellen"

„Und mit ‚wir' meinst du ‚ich'."

„Hey, du bist doch derjenige mit dem Computer. Alle meine coolen Spielsachen sind in meiner Wohnung." Es ging ihr durch den Sinn, daß ihr Laptop wohl das einzige Spielzeug war, das ihr noch blieb (wenn man mal die Geräte außer acht ließ, die nur dem Zweck der Unterhaltung dienten, wie ihr DVD-Player und die Stereoanlage). Sie hatte ihr Mobiltelefon, ihren Palmtop und ihre Taucheruhr im Lauf des letzten Monats im Kampf gegen die Untoten verloren, und soweit sie wußte, hatten die Vampire ihre Wohnung geplündert und den Rest von dem Zeug mitgenommen. Sie hatte keine Ahnung, in welchem Zustand ihre Wohnung war. Wenn man mal davon absah, daß sie am Tage nach ihrer Flucht von Jakes Unterkunft zu ihrem momentanen Versteck gereist waren, waren sie schon seit Tagen nicht mehr vor der Tür gewesen.

Im großen und ganzen war der möblierte Keller Harold Caseys im Vorort von Oak Lawn auch kein schlechter Ort. Casey war Veterinär und Teil eines lockeren Netzwerkes von Jägern, mit denen Jakes Bekannte Guadalupe Droin im Süden Chicagos zusammenarbeitete. Die Jäger des Südens waren keine so zusammenhängende Gruppe, wie es Theas Team im Norden gewesen war. Lupe und Howard gehörten zu einem Dutzend Leuten, das die gesamte Gegend abdeckte, von Aurora im Westen bis nach Gary in Indiana im Osten. Nicht, daß „Norden" und „Süden" irgendwelche festen Grenzen gewesen wären; die Bezeichnungen bezogen sich vielmehr auf die Gegenden, in denen die Jäger wohnten. Madison Street teilte Chicago horizontal und schuf damit einen praktischen Bezugspunkt, was die Patrouillen anging. Die zwei Jägergruppen sahen dies allerdings nicht als formale Barriere. Wenn die Jagd nach Oak Lawn oder zur Universität von Chicago führte, trat Thea den Job nicht an Lupe ab. Sie setzte die Leute der Jäger des Südens womöglich davon in Kenntnis und bat sie um Hilfe, aber es gab keinen Grund, gierig zu werden. Chicago wimmelte nur so von Monstern.

So war es zumindest früher gewesen, ehe der Rest der Van-Helsing-Brigade getötet worden war.

Mit dem Rücken zur Wand hatten sich Thea und Jake natürlich an die Jäger des Südens gewandt. Der Unterschlupf im Haus des Veterinärs war nur eine Kurzzeitlösung, ein Ort, an dem man sich neu formieren und entscheiden konnte, wie es weitergehen sollte. Die angespannte Situation wurde noch komplizierter – Thea und Lupe kamen nicht miteinander aus, und Casey schien es auf Thea abgesehen zu haben. Außerdem sollte der Veterinär am Wochenende Besuch von seinen Kindern bekommen. Sie mußten bis Freitag einen anderen Unterschlupf finden.

Es war jetzt eine Woche her, daß sie von den ägyptischen Kultisten angegriffen und von den Vampiren festgehalten worden waren. Vor knapp vier Wochen waren sie das erste Mal Carpenter begegnet und zu Marionetten in seinem Spiel geworden. Ein Monat. Romeo, Parker, Carl, Lilly, Dean, Wayne, Deans Freund – vor einem Monat waren sie alle noch am Leben gewesen. Vor einem Monat war Theas beste Freundin noch dabei ihr Examen zu machen. Vor einem Monat hatte Theas Welt noch den Hauch von Sinn ergeben. Es kostete sie einige Mühe, ihre Gedanken von der Vergangenheit loszureißen. Es bringt nichts, der Vergangenheit nachzutrauern. Konzentrier dich auf die Zukunft. „Ich glaube, das zu prüfen sollte nicht allzu schwer werden, Jake. Hört sich an, als hättest du schon Nachforschungen angestellt."

„Nicht so viel, wie du vielleicht glaubst. Ich habe mich mehr auf Nachforschungen gestützt, die ich früher mal angestellt habe, Zeug, das ich über die Verrotteten allgemein herausgefunden habe. In den letzten Tagen war ich so damit beschäftigt, den Tempel des Echnaton, Vampire und was sonst noch zu überprüfen… à propos." Jake warf Thea einen Blick zu. „Es gibt da eine Sache, die mich schon seit längerem quält."

„Nur eine?"

„Haha. Nein, es geht um den Tempel und deine Mutter."

Thea runzelte überrascht die Stirn. Sie war so damit beschäftigt gewesen, vor den seltsamen Kultisten zu flüchten, Vampire zu bekämpfen und sich Sorgen um Margie zu machen, daß ihr die bizarre Reaktion ihrer Mutter auf den Tempel des Echnaton schon entfallen war. „Gut, schieß los."

„Du sagtest, sie ist ausgerastet, als du den Tempel erwähntest, richtig?"

„Ja. Sie hat es überspielt, aber das konnte man nicht übersehen. Irgend etwas an dem Ort hat sie verärgert." Theas Blick richtete sich in die Vergangenheit, als sie versuchte, sich ins Gedächtnis zu rufen, was Newa Ghandour gesagt hatte. „Sie schien darüber entsetzt, daß ich zu dem Tempel gehen wollte, aber sie wollte mir nicht sagen, warum."

„Glaubst du nicht, daß sie vielleicht gewußt haben könnte, was geschehen würde?"

„Meinst du, sie hat eine Vision gehabt?" Thea verzog das Gesicht. „Niemals. Mama ist nicht psychisch begabt. So weit ich weiß, bin ich die einzige in meiner Familie, die so etwas kann."

Jake spielte ein wenig mit der Schräge seines Laptopschirms herum. „Ich hatte mehr gedacht, sie hätte vielleicht gewußt, wer – oder was – sich dort befand."

„Du meinst, so was wie zu wissen, was eine Mumie ist? Oder was sich in der Kanope befand? Das Herz, auf das jeder so scharf war?"

„So etwas, ja."

Thea setzte sich auf, Entschlossenheit blitzte in ihren Augen auf. „Weißt du was? Ich glaube, es ist an der Zeit, daß wir es herausfinden."

• • •

Thea wollte, daß Jake mitkam. Sie war eine recht gute freie Journalistin, die sogar das Potential hatte, groß rauszukommen. Wenn sie genug Zeit, Erfahrung, Hingabe und Durchhaltevermögen hatte – und nicht zwischendurch von einem der Bösen ausgeknipst wurde –, dann konnte sie sich einen Namen machen. Aber wenn es darum ging, ihrer Mutter gegenüberzutreten, fiel sie wieder in kindliche Verhaltensmuster zurück. Trotz all ihrer Differenzen und Theas rebellischen Benehmens hatte sie sich über all die Jahre einen Kern des Respekts (und der Furcht) für ihre Mutter bewahrt. Obwohl sie sauer auf Newa Ghandour war, war Thea nicht sicher, ob sie die harten Fragen würde stellen können.

Jakes Anwesenheit würde ihr dabei helfen, die Nerven zu behalten, sich zusammenzureißen, das Ziel im Auge zu behalten oder welches Klischee man auch immer dafür heranziehen mochte, es zu erfüllen. Jake fühlte sich unwohl bei dem Gedanken, in etwas hineingezogen zu werden, das aussah, als könnte es nur in einem Familienkrach enden, aber er versprach trotzdem, ihr den Rücken zu stärken.

„Aber was machen wir mit Margie?“

„Ich glaube, wir sollten sie mitnehmen“, sagte sie.

Jake sah sie über den Rand seiner Brille hinweg an. „Bist du sicher, daß das eine gute Idee ist?“

„Wir müssen sie im Auge behalten oder dafür sorgen, daß es ihr wieder besser geht und verhindern, daß sie in Schwierigkeiten gerät.“ Thea setzte sich neben Margie auf das alte Sofa, das dem Tisch gegenüber stand.

„Das ist ok, aber wird deine Mutter nicht ausrasten, wenn sie Margie in diesem Zustand sieht?“

„Sie und Mama kommen recht gut miteinander aus“, sagte Thea und legte einen Arm um Margie. Sie erwiderte die Umarmung mit einem zögerlichen Drücken. Dann legte sie den Kopf auf Theas Schulter, ihr Blick schien immer noch in weiter Ferne zu schweifen. „Vielleicht hilft es Margie, wieder zu sich zu kommen. Ich habe so das Gefühl, sie versucht es. Sie ist im Augenblick nur zu verängstigt, um die letzten Schritte selbst zu gehen.“ Dabei blieb Theas Hoffnung, daß ihre Mutter vielleicht *doch* etwas wußte, aber nicht darüber reden wollte und daß Margies Zustand dabei eine zusätzliche Hebelwirkung haben könnte, unausgesprochen. Mit feuchten Augen sah sie Jake an. „Wir müssen alles versuchen, was in unserer Macht liegt, um ihr zu helfen.“

„Ja, gut. Wir müssen aber dennoch bis morgen einen neuen Unterschlupf finden.“

Thea nickte. „Ich glaube, es wäre das Beste, erst einmal fürs Wochenende in einem Hotel unterzukommen. Das ist nett und anonym und wir brauchen uns keine Sorgen darüber zu machen, daß uns jemand auflauern könnte.“

Jake sah von der ganzen Idee nicht begeistert aus. Hotels kosteten Geld, und Thea war blank. Jake hatte eine ansehnliche Summe Geldes auf der Bank, von einem Unfall, den er vor ein paar Jahren erlitten hatte, aber er lebte schon seit geraumer Zeit davon, und dieser Vorrat würde auch nicht ewig anhalten. „Wir müssen uns dennoch eine Langzeitlösung einfallen lassen. Ich meine, ich bin ja früher umhergewandert und habe anderen Gruppen von Jägern geholfen. Nicht, daß ich damit hier so viel Erfolg hatte.“ Jake schnaubte und lachte humorlos. „Es heißt aber auch nicht, daß ich hier weggehen werde, bevor ich geholfen habe, das alles wieder zu richten.“

„Ich glaube nicht, daß man das je wieder wird richten können.“

„Du weißt, was ich meine. So gut, wie wir es richten können. Aber es wird länger als ein Wochenende dauern, und wir können nicht ewig von Ort zu Ort springen."

„Ja. Wir sind clever. Wir finden schon eine Lösung."

Dabei beließen sie es für den Augenblick. An diesem Abend brachte Howard Casey – von dem Thea der Meinung war, er finde Gefallen an seiner zweiten Runde Junggesellendasein, was anhand der vielen Spieltische und der teuren Unterhaltungsgeräte in seinem Keller offensichtlich war – chinesisches Essen mit nach Hause. Lupe Droin kam auch vorbei, und sie hatten ein nettes gemeinsames Abendessen einer typischen kaputten Jägerfamilie. Das Essen war eine einfache amerikanische Interpretation chinesischer Gerichte, aber die Verbindung war genug, um bei Thea schmerzhafte Erinnerungen an Romeo Zheng hervorzurufen. Sie stocherte nur in dem Kung Pao auf ihrem Teller herum. Margie schien das Essen zumindest zu genießen, denn sie ging genug aus sich heraus, um einen Mu-Errh-Pilz auf einem Teller auf der anderen Seite des Tisches aufzuspießen. Solche Momente gaben Thea die Hoffnung, daß Margie sich nur in einem anhaltenden Schockzustand befand und sich nicht dauerhaft in sich selbst zurückgezogen hatte; professionelle Hilfe hätte die Genesung ihrer Freundin sicherlich beschleunigt, aber Thea konnte das Risiko nicht eingehen, die Aufmerksamkeit der Untoten zu erregen. Die Verrotteten suchten sicherlich nach solchen Dingen. Sie mußte hoffen, daß ihre augenblickliche Vorgehensweise Margie in die Lage versetzen würde, sich ohne bleibende Schäden wieder zu erholen.

Während des Essens erklärten Jake Howard und Lupe ihren Plan. Der Veterinär wurde dank dieser Neuigkeit etwas lebhafter und war sichtlich darüber erleichtert, sein Haus wieder für sich zu haben. Thea verkniff sich einige angemessene Kommentare. Dieser Typ hätte auf der Jagd sein sollen, wie der Rest der anderen, aber er regte sich mehr über ein paar Penner auf als über die Monster, die ein halbes Dutzend Jäger getötet und Theas Freundin in einen emotional angeschlagenen Zustand versetzt hatten. *Ach, scheiß drauf,* dachte sie. *Wenn er es mehr auf die alleinstehenden Frauen abgesehen hat, die ihre Tiere zum Flohbad zu ihm bringen, dann will ich auch nicht, daß er mir den Rücken deckt.*

Lupe hielt den Plan für vernünftig, schien aber skeptisch, ob er etwas nützen würde. „Du hast selbst gesagt, du wärst dir nicht sicher, ob die Eindrücke, die du vom Tempel hast, Erinnerungen waren oder einfach nur ein Déjà Vu", sagte sie zu Thea, bevor sie sich eine Gabel voll süß-saurem Schweinefleisch einschob.

„Und wie erklärst du dir die Reaktion meiner Mutter?" Thea versuchte, sich nicht von Lupe ködern zu lassen – den das *mußte* es sein, was diese Frau da machte –, aber sie konnte sich die Antwort nicht verkneifen. Lupe wußte, wie sie ihr unter die Haut gehen konnte.

„Vielleicht sorgt sie sich einfach um dich." Lupe zuckte mit den Schultern. „Es steckt nicht hinter allem ein tieferer Sinn, weißt du."

„Ich *weiß*, Lupe." Nachdem sie bis fünf gezählt hatte (Thea hatte nicht die Geduld, bis zehn durchzuhalten), fuhr Thea fort: „Sieh mal, du kennst doch meine Mutter und weißt, wie reserviert sie immer ist und wie sie alles unter Kontrolle hat. Sie redet nie über Gefühle oder ihre Vergangenheit. Ihre Reaktion war total untypisch. Da steckt mehr dahinter."

„He, wir wissen, daß nichts dabei rauskommen könnte." Jake sprang wieder als Diplomat ein. „Aber wir werden erst sicher sein, wenn wir es überprüft haben, nicht wahr?"

Thea konnte sich des Eindrucks nicht erwehren, daß das Nicken um den Tisch herum mehr eine Art Entlassung denn Zustimmung war.

• • •

Thea hielt es für ungefährlich, im Tageslicht mal kurz bei ihrer Wohnung vorbeizufahren. Es bestand kein Grund zu der Annahme, die Bösen hätten ihre Wohnung sechs Tage nach dem Kampf im Sears Tower immer noch unter Beobachtung. Kein Grund, mal abgesehen davon, daß die verdammten Bastarde sich als hinterhältig und geduldig erwiesen hatten. Es stand von vorneherein fest, daß die Untoten jemanden das Haus würden beobachten lassen – während des Tages vermutlich einen Renfield, der auf der Lohnliste der Vampire stand. Thea hoffte, der, der dazu verdonnert worden war, würde gelangweilt und nachlässig sein, nachdem eine Woche lang nichts gewesen war.

Die anderen waren der Ansicht, es sei das Risiko nicht wert, nur um ein paar Klamotten und Haushaltsgegenstände für sie und Margie zu organisieren. Thea wies sie darauf hin, daß es auch gut möglich sein könnte, ihren Computer und die Waffen, die sie nach dem Überfall auf den Tempel des Echnaton dort verstaut hatten, wieder zu beschaffen (sofern sie noch da waren). Da sie auf dem Laptop alle relevanten Notizen gespeichert hatte und Schußwaffen bei der Jagd immer willkommen waren, gaben die anderen klein bei.

Am nächsten Morgen verabschiedete sie der gute Tierarzt in einem Tonfall, dem es kaum gelang, die Erleichterung darüber zu kaschieren, daß er sie nun endlich los war. Was Thea anging, so beruhte das Gefühl auf Gegenseitigkeit. Lupe kam in ihrem Taxi angefahren, und Jake sprang auf den

Beifahrersitz, während Thea mit Margie hinten hineinschlüpfte. Der State Highway 50 ging in die Chicago Avenue über, und von da aus ging es geradeaus in die North Avenue. Sie wandten sich nach rechts, und Thea dirigierte Lupe zu ihrem Block im Wicker Park. Während sie durch den frühmorgendlichen Verkehr fuhren, wuchs die Anspannung, als sie sich der Wohnung näherten. Für Thea war es frustrierend, daß sie trotz all der Anstrengungen, die sie unternommen hatte, um ihren Unterschlupf geheim zu halten, dort doch vom Feind aufgespürt worden war. Dank Margie. Nicht, daß Thea ihrer Freundin Vorwürfe machte. Margie hatte unter dem Einfluß eines Vampirs gestanden, hypnotisiert, um seinen Wünschen Folge zu leisten. Thea war zumindest beruhigt zu wissen, daß sie und Jake dem Kerl zu einem tödlichen Sturzflug vom Sears Tower verholfen hatten.

Margie hob den Kopf, als sie durch Wicker Park fuhren. Die vertraute Umgebung schien ihr gut zu tun. Thea spielte mit dem Gedanken, sie mit nach drinnen zu nehmen, aber es gab keine Möglichkeit vorherzusagen, ob sie auf Schwierigkeiten stoßen würden, und es kam nicht in Frage, ihre beste Freundin wieder in Gefahr zu bringen. Statt dessen fuhr Lupe mit ihrem Taxi an den Bordstein und ließ Thea und Jake wie zwei normale Fahrgäste aussteigen. Das Taxi fuhr mit einer sehr verwirrt dreinblickenden Margie auf dem Rücksitz wieder los. Der Plan war, innerhalb von fünf Minuten drinnen und wieder draußen zu sein. Wenn es Ärger gab, würde Jake das Taxi mit dem billigen Handfunkgerät aus dem Radio Shack, das Lupe ihm gegeben hatte, rufen. Es hatte nur eine Reichweite von ein bis zwei Kilometern, aber Lupe würde ein paar Blocks entfernt mit dem Zwilling des Funkgeräts in der Hand parken.

Es war ein trockener, kalter Tag, der versprach, daß bald der Frühling kommen würde. Thea, die im Mittleren Westen aufgewachsen war, wußte, daß das etwa so wahrscheinlich war wie ein Junkie, der versprach, nie wieder Drogen zu nehmen. Sie konnten mit noch mindestens einem großen Schneesturm rechnen, der vielleicht ein paar Tage nach dem Frühlingsanfang kommen würde. Trotzdem war es ziemlich hell draußen, und Thea genoß das helle Sonnenlicht und die kalte Luft. Sie ließ ihren Blick über die Gegend schweifen und beobachtete auch genau die plastikbedeckten Fenster des ausgebrannten Herrenhauses auf der gegenüberliegenden Straßenseite. Selbst mit ihrem sechsten Sinn konnte sie nichts ungewöhnliches finden.

Sie gingen hinein, Thea voraus. Die Treppe war frei, aber sie rechnete nicht damit, daß ein Kerl hier auf der Treppe kampierte. Nachdem sie Jake zugenickt und er seine Bereitschaft signalisiert hatte, schloß Thea auf und schlüpfte nach drinnen. Sie war sich nicht sicher, was sie erwartete – eine Schlägertruppe, Vampire, denen das Tageslicht nichts ausmachte oder vielleicht einen Zettel mit der Aufschrift BUH! Was sie drinnen erwartete, mochte nicht gefährlich sein, aber es handelte sich doch um eine Überraschung.

Ihre Wohnung war ein Sauhaufen. Die Möbel im Wohnzimmer waren bedeckt mit der Daunenfüllung eines Dutzends Kissen. Der Fernseher glotzte Thea vom Boden aus an, sein Bildschirm war eine zertrümmerte Anklage. Dem Videorekorder und dem DVD-Player ging es nicht viel besser, da ihre metallenen Hüllen wie die Schalen einer Frucht abgeschält und die Innereien zu einem Gewirr von Schaltkreisen und Drähten zertrümmert worden waren. Die Stereoanlage lag zu einem flachen Haufen Metall und Plastik zerdrückt neben dem Küchentresen auf dem Boden. Bilder waren von den Wänden gerissen, ihre Rahmen zerlegt und das Glas zu einem gefährlichen Konfetti zertrümmert. Die Pflanzen waren auch nicht ungeschoren davongekommen, und überall lagen Klumpen von Blumentopferde und Pflanzenüberreste.

In der Küche sah es nicht besser aus. Der Kühlschrank war aus der Wand gerissen worden und lag nun im Flur, der zu den Schlafzimmern führte. Die Heizplatten des Herdes waren herausgerissen und durch die Gegend geworfen worden. Die Mikrowelle, die Brotschneidemaschine, die Kaffeemaschine und andere Küchengeräte waren als undefinierbarer Haufen von Müll über die Arbeitsflächen verteilt. Löcher waren in die Wände geschlagen worden, enthüllten Latten und Mauerwerk und gaben einen guten Einblick ins Klo, das sich neben der Küche befand. Im Flur gab es noch weitere Schäden dieser Art: Bilder, die über den Boden verteilt und Löcher, die in Wände geschlagen worden waren.

Wenn man den Umfang des angerichteten Schadens berücksichtigte, mußte die Plünderung der Wohnung einen Heidenlärm gemacht haben. Sie war überrascht, daß niemand die Polizei gerufen hat. Die Bullen hätten wahrscheinlich alles mit Absperrband gesichert. Aber andererseits hatten die Bösen sicher auch die Polizei auf ihrer Lohnliste und sich schon um all das gekümmert. Es war schwer zu sagen, wann die Verwüstung genau stattgefunden hatte, aber Thea nahm an, daß es geschehen war, nachdem Graham Margie entführt hatte. Sie bahnte sich einen Weg durch die Trümmer und machte für Jake die Tür frei, damit er eintreten konnte.

„Geh schon mal vor und hol Margies Sachen", sagte sie und deutete auf die Tür neben dem Badezimmer. „Vielleicht haben sie nicht all unsere Kleider zerfetzt. Irgendwas bequemes, ein paar Pullis, Schuhe und einen Mantel."

Jake nickte. „Hat sie einen Koffer?"

„Sollte sie. Schau mal im Wandschrank im Flur nach, falls in ihrem Zimmer keiner ist." Thea ging den Flur entlang und machte dabei einen Bogen um Scherben und Teile der Wand. „Ich werde in meinem Zimmer mein Zeug zusammensuchen."

Eine Vorahnung überkam Thea, als sie gerade die teilweise offen stehende Tür zu ihrem Schlafzimmer aufstoßen wollte. Die Hand nur wenige Zentimeter vom Holz der Tür entfernt, konzentrierte sie sich auf das Gefühl. Es unterschied sich geringfügig von dem, was sie sonst immer spürte, wenn sie einem Monster gegenüberstand, vermittelte ihr aber nichtsdestotrotz dasselbe Gefühl der Möglichkeiten, die vor ihr lagen. Der leichte Teil war zu erkennen, daß in dem anderen Zimmer Gefahr auf sie lauerte. Schwieriger war es, die richtige Entscheidung zu treffen. *Was war es, eine Bombe? Ein Typ? Ja. Jemand ist hinter der Tür.* Er mußte sie beide reden gehört haben, daher konnte Thea ihn nicht überraschen. Die Gefahr wuchs schlagartig – *er kommt!* –, und Thea wußte plötzlich, was sie zu tun hatte.

Sie trat einen Schritt zur Seite und riß einen Läufer vom Boden des Flurs hoch. Im selben Augenblick schwang die Tür zum Schlafzimmer auf, wobei sie Luft nach drinnen wirbelte und dabei das Glas und den Mörtelstaub mit sich nahm. Der Dreck war ungefährlich, aber der Mann, der aus der Tür trat, zuckte reflexartig zusammen, fluchte und versuchte, seine Augen mit seiner linken Hand zu schützen. Thea warf den Teppich gleich hinterher, und noch während der Kerl danach schlug, um sein Sichtfeld wieder frei zu bekommen, wirbelte Thea zur anderen Seite des engen Flurs herum. Sie ging in die Hocke, um einen gezielten Tritt gegen das Brustbein des Mannes zu landen, wobei der Angriff die Wirbelsäule des Mannes um 15 Zentimeter verfehlte. Der Tritt schleuderte ihn nach hinten über das Bett, und er landete auf dem Fußboden.

Thea stürzte nach vorn, als der Mann sich bemühte, wieder auf die Beine zu kommen, um Atem rang und eine Maschinenpistole mit einem aufgeschraubten großen Schalldämpfer hob. Sie war mit zwei Schritten auf dem Bett und stand genau vor dem Kerl – er durfte keine Gelegenheit bekommen zu zielen. Ihre linke Faust landete mit ihrem vollen Körpergewicht dahinter in seinem Gesicht. Thea hoffte, das warme Leuchten ihrer Tätowierung auf der Hand zu spüren, aber es kam nicht viel mehr dabei heraus als ein solider Schlag. Das bewies, daß der Kerl sterblich war, denn ihre

Tätowierungen reagierten mit intensiven Lichtblitzen und Wärme, wenn sie mit dem Übernatürlichen in Kontakt kamen. Diese Erkenntnis ließ sie einen Moment zögern – sie wollte diesen Kerl nicht umbringen, wenn sie es vermeiden konnte. Er nutzte diesen Moment und schwang seine Waffenhand scharf nach oben – nicht, um zu schießen, sondern um Thea an der Rückseite des Knies zu erwischen und umzuwerfen.

Sie fiel aufs Bett und rang um Hebelkraft, noch während der Mann über ihr ausholte. Eine Hand ergriff die Seite ihres Kopfes, wobei der Daumen schmerzhaft gegen den Kieferknochen drückte, während die andere Hand ihr die Maschinenpistole unters Kinn drückte. Thea versuchte, sich zu wehren, aber er war zu stark. Sie versuchte, ihn aus dem Gleichgewicht zu bringen, war aber zu tief in die weiche Matratze eingesunken, und ihre Gliedmaßen hatten sich in den schweren Tüchern verheddert.

„Netter Trick", sagte der Mann nur Zentimeter von ihrem Gesicht entfernt. „Dachtest, ich hätte Glas ins Auge bekommen. Jetzt – "

„Hey!" rief Jake in der Tür, als er die Sig Sauer 9mm Automatikpistole zog, die Lupe ihm geliehen hatte.

Der Mann reagierte blitzschnell und schwang die schallgedämpfte Maschinenpistole – eine H&K MP5, wie Thea anhand der Buchstaben auf der Seit erkennen konnte, als sie einen Zentimeter vor ihrem Auge in der Luft zum Stehen kam – herum. Thea erkannte, was vorhatte und bäumte sich mit Hüfte und Schultern auf, um den Mann aus dem Gleichgewicht zu bringen. Seine linke Hand drückte so stark, daß Thea nicht atmen konnte. Die Maschinenpistole stotterte wie ein verklemmter Toaster und spie zischende Hülsen aus, die über ihre Stirn flogen und ihr Haar ansengten. Sie ignorierte den Schmerz, so gut sie konnte und zog ein Knie an, um dem Mann in die Eier zu treten. Er fiel nach vorn und landete mit dem Bauch auf ihrem Gesicht. Unter einem 125-Kilo-Schläger begraben hörte Thea seinen Schmerzensschrei wie ein entferntes Grollen. Thea stemmte sich wieder mit den Beinen gegen ihn, kämpfte dabei gegen die weiche Matratze und den Mangel an Sauerstoff an und brachte ihre Hüften mit einer unbeholfenen Rolle auf den Rücken des Kerls. Sie bewegte sich rückwärts wie eine Krabbe, um sich zwischen seinen um sich schlagenden Armen zu positionieren und sein Gesicht nach unten zu drücken, indem sie sich auf seinen Hinterkopf setzte.

Thea hatte Schwierigkeiten, dort zu bleiben, wo sie war, als er mit seinen Beinen nach vorne wirbelte. Er war viel zu stark, als daß sie ihn unter Kontrolle halten konnte, daher zielte sie mit einer Reihe harter Schläge auf seine Nieren. Die ersten beiden waren vermutlich schon genug, wenn man nach seinen unterdrückten Schreien urteilen konnte, aber Thea schlug weiter zu, nur um sicher zu gehen.

Dann mischte sich Jake ein, zog sie von ihm herunter und beruhigte sie. Ihr fiel auf, daß sie keuchte und Atemnot hatte. *Fühlt sich an, als sei dieser Bastard mir auf den Hals gefallen*, dachte sie. Ihre Atmung begann sich zu normalisieren, nachdem sie sich ein wenig vornüber gebeugt und den Hals massiert hatte. Das Schlucken schmerzte, aber immerhin war sie am Leben.

Inzwischen hatte Jake den Mann entwaffnet und ihn dazu gebracht, sich auf die Matratze zu setzen, die Beine wie ein V ausgestreckt und nach vorn gelehnt, die Hände an den Waden. Thea lachte über seine Haltung, keuchte aber, als beim Lachen etwas in ihrem Hals zu ziehen begann. Jake zuckte verlegen mit den Schultern. „Ich glaube, wenn er so dasitzt, wird er keine Tricks versuchen können."

Sie nahm die MP-5, die Jake ihr gab, während sie mit der anderen Hand ihre Seite abtastete. Die Schußwunde, die sie vor einer Woche erlitten hatte, tat weh, aber es sah aus, als habe der Ringkampf sie nicht noch weiter verschlimmert. *Noch etwas, das auf meine Liste der Schmerzen und Wehwehchen kommt.* „Meinst du – au, verdammt, tut das weh... " Ihre Stimme hörte sich an wie Schmirgelpapier. In einem weicheren Tonfall, der ihren Hals schonen sollte, versuchte sie es erneut. „Meinst du, jemand hat die Schüsse gehört?"

„Schwer zu sagen. Auch Waffen mit Schalldämpfer machen Geräusche, aber das sieht mir wie ein stabiles altes Haus aus." Jake ließ seine Hand über die gezackte Linie der Einschußlöcher in der Mauer, die Theas und Margies Schlafzimmer voneinander trennte, gleiten. „Es ist ein wenig Arbeit erforderlich, das zu reparieren, aber zumindest müssen wir uns keine Sorgen darum machen, daß die Kugeln auf die Straße fliegen und jemanden treffen könnten. Vielleicht haben wir Glück, aber ich glaube, wir sollten kein Risiko eingehen."

„Gute Idee. Ich wünschte, wir hätten die Zeit, dem Kerl ein paar Fragen zu stellen, aber ich glaube, es ist besser, wenn wir verduften. Schnapp dir, was du kannst, wir verschwinden hier." Welcher Zorn auch immer für die Verwüstung im Wohnzimmer verantwortlich gewesen war, er war ein wenig abgeklungen, als er in ihrem Schlafzimmer angelangt war, daher mußte sie nur mit kleineren Problemen zurechtkommen, wie zum Beispiel den herausgerissenen Schubladen des Kleiderschranks und den überall wie von einem Wirbelsturm verstreuten Kleidungsstücken. Unterschied sich nicht sehr vom Normalzustand.

Sie nahm ihren Rucksack aus dem Wandschrank und warf eine Auswahl Klamotten hinein. Aus einer Schachtel auf dem Regal holte sie die wenigen Fotos, die sie von sich und ihrer Mutter hatte, hervor, sowie ein Paket Liebesbriefe ihres ersten Freundes und die American Express-Karte für „Notfälle", die ihre Mutter vor Jahren für sie beantragt hatte. Nachdem sie die Sachen in eine Seitentasche gestopft hatte, stellte sie den Rucksack an der Tür ab. „Such Margies Sachen zusammen, Jake. Du hast eine Minute. Ich behalte den Kerl so lange im Auge."

Jake rannte den Flur entlang wieder zurück in Margies Zimmer. Thea trat an den Rand des Bettes und richtete die MP direkt auf die Brust des Mannes. Obwohl er offenbar Schmerzen von den Nierenschlägen – gegen die das vornüber gebeugte Sitzen nicht eben half – hatte, war er auf der Hut und beobachtete sie, so gut er konnte.

„Wie heißt du?" fragte sie.

Er lächelte und schüttelte den Kopf, antwortete aber: „Earl."

„Gut, Earl. Wo sind mein Laptop und die Tasche voller Waffen, die hier drin waren?"

„Was glaubst du denn?"

Thea nickte. Sie hatte sich das bereits gedacht. „Richtig. Hör zu, wir werden dich in Ruhe lassen, wenn du nicht versuchst, uns zu folgen. Ich will dich nicht töten, aber ich werde es tun. Verstanden?"

Earl sah sie nur an. *Ein zäher Bursche. Gut.* „Okay, Earl, ich will, daß du dich so weit nach vorn beugst wie möglich und deine Handgelenke zwischen deine Füße bringst." Der große Mann mußte seinen Kopf senken, um sich vollständig strecken zu können, daher blieben Thea weitere undurchschaubare Blicke erspart. „Jake! Wie weit bist du?"

Jake kam eine halbe Minute später zurück, wobei er einen Pulli in einen kleinen Samsonite-Koffer stopfte. „Leg ihn um, wenn er sich bewegt", sagte Thea. Sie steckte die MP-5 in das ungewöhnliche Halfter, das die Tragegurte ihres Rucksacks bildeten, und zog ein Bungie-Seil aus einer Seitentasche. Sie ging vorsichtig zu Earl hinüber. Obwohl er komplett gebeugt und so sehr in die Matratze eingesunken war, daß er nicht genug Hebelwirkung für einen Angriff haben würde, konnte er sich immer noch zurückfallen lassen und sie mitziehen. Sie verließ sich darauf, daß er dachte, Jake würde schießen. Thea hakte ein Ende des Seils an einem der Pfosten des eisernen Bettgestells ein, wickelte es in einer liegenden Acht eng um seine Handgelenke, wieder zurück durch den Rahmen und zog es anschließend fest hinunter, um das andere Ende des gedehnten Seils am Rahmen unter dem Bett einzuhaken. Mit einiger Anstrengung würde Earl freikommen können, aber er würde lang genug brauchen, damit ihnen ausreichend Zeit zur Flucht blieb.

Aber bevor sie die Wohnung verließ, wollte Thea versuchen, irgend etwas aus dem Kerl herauszubekommen. Sie und Jake tappten für ihren Geschmack viel zu sehr im Dunkeln. „Hör mal, Earl, du kannst sicher sehen, daß wir nichts gegen dich haben, also arbeite doch ein wenig mit uns zusammen, und du wirst hier mit einer weißen Weste wieder herauskommen."

„Ich werde dir gar nichts sagen, Frau", antwortete Earl mit gedämpfter Stimme, da sein Gesicht gegen seine Knie gedrückt war.

„Nein? Und doch bist du hier, um uns wieder einzufangen und uns die Eingeweide herauszunehmen. Doppelmoral, findest du nicht?"

„Haha. Wirklich witzig." Es folgte eine Pause, in der Jake sie beschwor zu verduften. „Na gut. Ich werde dir was erzählen, Süße. Jetzt macht es sowieso nichts mehr aus, ihr wißt schon zuviel, als daß ihr weiterleben dürftet."

Thea lief ein Schauer über den Rücken. „Wen meinst du?"

„Was? Euch alle, du blöde Kuh. Dich, deinen Kumpel hier, die blonde Tussie, den ganzen Rest von euch, wer auch immer noch davon übrig ist."

Thea sah den Mann mit offenem Mund an. Sie und Jake, das konnte sie verkraften, aber sie hätte nicht gedacht, daß sie auch hinter Margie her waren. Hatte es nicht denken *wollen*. Natürlich, es ergab in jeder Weise Sinn. Margie war eine Zeugin. Unter anderen Umständen hätten sie sie vielleicht abgeschrieben – wer würde schon etwas glauben, das sich wie eine Geschichte im Drogenrausch über Vampire im Sears Tower anhörte? Aber sie hatte mit den Jägern in Verbindung gestanden, und jetzt war ihr klar, daß die Bösen wirklich auf Rache sannen. Das Leben ihrer besten Freundin war ruiniert, und alles nur wegen ihr. Es sei denn... es war eine abwegige Chance, aber vielleicht würde es funktionieren. Thea holte Luft und ließ sich vom Zorn überwältigen.

„Weißt du, wer von uns noch übrig ist? Nur wir! Es gibt keine „blonde Tussie" mehr! Dein blutsaugender Freund Graham hat meine beste Freundin ermordet, du Arsch!" Sie stürzte sich auf ihn und schlug ihn in die Seite und ins Gesicht. „Sie hat nie jemandem etwas getan, und ihr habt sie getötet!"

„Thea!" rief Jake und griff nach ihren wild um sich schlagenden Armen. „Himmel noch mal, komm. Wir müssen *weg*."

„Lauft nur", lachte Earl und leckte sich etwas Blut von den Lippen. „Danke für die Information, Süße. Ich werde sie sicher weitergeben."

Thea ließ sich wegzerren. „Du wirst noch etwas weitergeben. Sag deinen Meistern, sie war die letzte. Ich würde mich nach einem neuen Job umsehen, Earl. Deine Chefs werden schon bald nicht mehr im Geschäft sein."

Earls herzhaftes Gelächter folgte ihnen aus der Wohnung hinaus und die Stufen hinunter.

• • •

Jake hatte das Walkie-Talkie in der Hand, sobald ihnen die Flucht geglückt war. Das Taxi kam auf sie zugeschossen, als sie gerade die Treppen auf der Vorderseite herunterkamen. Thea und Jake verschwendeten keine Zeit, sondern warfen ihr Gepäck hinten auf den Boden und schlüpften hinein. „Wie ist es gelaufen?“ fragte Lupe, als sie in westlicher Richtung die North Avenue entlangfuhren.

„Die Verrotteten hatten einen Typen auf die Lauer gelegt, der in Theas Zimmer auf uns gewartet hat.“

„Was ist passiert?“

„Seine Waffe ging los, als wir ihn ausgeknockt haben“, sagte Thea und grübelte einige Sekunden lang über die MP-5 nach, bis sie herausgefunden hatte, wie man den Schalldämpfer abnahm. Sie nahm das Magazin heraus und zog den Schlitten, bevor sie alles wieder in ihren Rucksack stopfte. „Wir haben ihn verschnürt und dagelassen.“ Ein strenger Blick Lupes im Rückspiegel sprach Bände darüber, was sie davon hielt. „Was? Hätten wir ihn töten sollen? Er mag für die Untoten arbeiten, aber er ist immer noch ein Mensch.“

„Entspann dich, Schwester“, sagte Lupe und bog rechts ab. „Ich wünschte nur, ihr hättet ein paar mehr Antworten aus ihm herausbekommen.“

„Ich auch“, sagte Jake. Thea versuchte, sich seine Gründe dafür vorzustellen, einen Diener der Untoten auszuquetschen und kam zu dem Schluß, daß sie von denen Guadalupe Droins grundverschieden waren. „Aber trotzdem haben wir genug erfahren, um herauszufinden, daß die Verrotteten nicht länger daran interessiert sind, mit uns zu *reden*.“

Lupe nickte und konzentrierte sich darauf, eine Schleife zu fahren, um etwaige Verfolger abzuschütteln und sie aus nördlicher Richtung zum Haus Newa Ghandours in Gold Coast zu bringen. Jake steckte die Sig Sauer wieder in die Jacke und starrte gedankenverloren aus dem Fenster.

„Was sollte das mit Margie?“ fragte Jake nach ein paar Minuten. „Hast du versucht, sie auf eine falsche Fährte zu locken?“

„Ich habe es versucht, ja.“ Thea klopfte ihrem Freund auf den Rücken und erklärte es Lupe. „Sie wollten auch sie. Eine Zeugin. Wenn sie glauben, sie sei tot, machen sie sich vielleicht nicht mehr so viele Gedanken um sie.“

Sie hatte die Show, die sie Earl geliefert hatte, nicht groß spielen müssen. Das Trauma, unter dem Margie litt, hatte Thea zu gewalttätigen Gedanken angeregt, zu denen sie sich vorher nie in der Lage gesehen hätte. So überzeugend sie auch gewesen sein mochte, es gab keine Möglichkeit festzustellen, ob der Kerl und seine Meister es glauben würden. Aber sie hatte es versuchen müssen. Es war das Mindeste, was sie für Margie tun konnte.

20 Minuten später hatten sie das Haus von Theas Mutter erreicht. Es war Teil einer Reihenhaussiedlung mit passabler Aussicht auf den Lakeshore Drive und Lake Michigan. Es war ein Freitag Mittag. Thea wußte, daß ihre Mutter noch für weitere acht Stunden dem nachging, was Marketingdirektoren so den ganzen Tag über machten. Newa Ghandour war Mitte Sechzig, aber arbeitete immer noch fünfzig bis sechzig Stunden bei dem Pharmakonzern Panflex. Jake hatte sich gewundert, warum sie so früh hier auftauchten, ganz zu schweigen davon, daß sie unangekündigt kamen. Sie konnten sonst nirgends hin, und Thea dachte, es sei das beste, direkt zu ihrer Mutter zu gehen, anstatt herumzurennen, ein Zimmer zu mieten und anschließend zu ihrer Mutter zu gehen. Sie wollte sich Zeit nehmen, um sich vorzubereiten. Sie würden danach immer noch ein Taxi zu einem Hotel nehmen können.

Theas Schlüssel brachte sie ohne Schwierigkeiten hinein, aber ein kurzer Moment der Panik überkam sie, als sie sich an den Code des Sicherheitssystems zu erinnern versuchte. Sie brachte Margie dazu, sich auf die Couch zu setzen, während Jake ihr mit den Taschen folgte und Lupe wegfuhr, um zu ihrer Route zurückzukehren, nachdem sie noch ein letztes Mal gewinkt hatte.

Jake verbrachte den Nachmittag über seinen Computer gebeugt mit Nachforschungen, während Thea sich um Margie kümmerte. Sie konnte bei ihrer Freundin eine merkliche Verbesserung feststellen. Sie war schon früher des öfteren in der Wohnung gewesen, und es war offensichtlich, daß die vertraute Umgebung eine beruhigende Wirkung auf sie hatte. Thea konnte nur ahnen, wie angenehm das Haus von Margies Eltern wirken mußte. Aber wenn sie Margie in diesem Zustand nach Hause brachten, würde das nur unangenehme Fragen aufwerfen. Fragen, deren Antworten die Atmosphäre nicht sonderlich verbessern würden.

Thea ging davon aus, daß sie ein ähnliches Unbehagen spüren würde, wenn sie in ein paar Stunden ihrer Mutter gegenüberstehen würde.

• • •

Eines mußte Thea ihrer Mutter lassen – nach Hause zu kommen und die eigene Tochter, die bereits vor Jahren ausgezogen war, mit ihrer besten Freundin, die sich in einem Zustand der totalen Abwesenheit befand, mal ganz zu schweigen von einem schwarzen Knaben, der wohl kaum zwanzig Jahre alt war und den man noch nie zuvor gesehen hatte im Haus vorzufinden, hätte bei den meisten Eltern zu verständlicher Verblüffung geführt.

Aber Newa war nicht leicht aus der Fassung zu bringen (mal abgesehen von ihrem Ausbruch in bezug auf den Tempel des Echnaton). Als sie an jenem Abend ihre Wohnung betrat, blieb sie wie angewurzelt stehen, als sie Thea und Margie auf dem Sofa sitzen und fernsehen sah, während Jake am Eßtisch saß und an seinem Laptop arbeitete. Nachdem sie die unerwartete Situation in sich aufgenommen hatte, sagte sie einfach nur: „Was ist los?"

„Hallo, Mama. Schön, dich zu sehen." Thea umrundete das Sofa und lehnte sich gegen dessen Rückenlehne, wobei sie die Haltung ihrer Mutter nachahmte. Sie winkte Jake herbei und fuhr fort: „Mama, das ist Jake Washington. Jake, das ist meine Mutter, Newa Ghandour." Jake lächelte und murmelte ein Hallo, unsicher, wie er die Frau begrüßen sollte, in deren Haus er eingedrungen war. Was Margie anging, so war sie in *Über den Dächern von Nizza* auf AMC vertieft und sich Newas Ankunft gar nicht bewußt.

Obwohl ihre Schönheit mit der Zeit verblaßt war, war Newa immer noch eine gutaussehende Frau. Sie war breit gebaut, und ihr Gesicht zeigte die Linien von Alter und Entschlossenheit, aber sie hatte sich ihre gesunde, karamellfarbene Haut und das leuchtend schwarze Haar ihrer Jugend bewahrt. Newa bedachte Jake mit einem höflichen „Freut mich" und konzentrierte sich dann auf Thea. „Du hast Schrammen am Hals. Ist alles in Ordnung?"

„Mir geht es gut. Aber es gibt ein paar Dinge, über die wir reden müssen."

Ihre Mutter wog das ab, ehe sie erneut nickte. „Ich werde uns Abendessen machen."

Jake warf Thea einen Blick zu und wunderte sich über die seltsame Förmlichkeit zwischen ihr und ihrer Mutter. Mit einem Schulterzucken und einem raschen Lächeln deutete sie an, daß dabei kein großer Unterschied zu ihrem normalen gegenseitigen Verhalten bestehe.

Sie ließen Newa in der Küche allein. Selbst unter normalen Umständen zog Theas Mutter es vor, allein zu arbeiten, wenn sie Essen zubereitete. Kochen war ihr großes Hobby, und wenn jemand anders dabei herumstand, brachte das ihre kreativen Energien durcheinander. Es war bezeichnend für ihr Verhältnis zueinander, daß Thea Schwierigkeiten damit hatte, Wasser zu kochen, ohne es zu verbrennen.

Jake packte den Laptop weg und gesellte sich zu den Frauen im Wohnzimmer. Thea sah fern und beobachtete dabei Margie. Neue Hoffnung erwachte in ihrer Brust. In den wenigen Stunden, die sie nun in der Eigentumswohnung waren, hatte sich Margie bereits dramatisch entspannt. Sie war in ihrer typischen Fernsehhaltung an das Sofa geschmiegt, wobei ihre Füße wie die Pfoten einer Katze Theas Hüfte kneteten und sie bei den lustigen Stellen des Films lachte. Wenn man davon absah, daß sie nicht sprach – Margie liebte es, Bemerkungen über das zu machen, was sie sah, von den Schauspielern über die Sets bis hin zu dem, was sich der Drehbuchautor wohl bei einem bestimmten Dialog gedacht haben mochte –, hätte man sie beinahe wieder für die Alte halten können.

Als sie Geschirr klappern hörte, sprang Thea auf und deckte den Tisch. Jake wollte ihr helfen, aber sie winkte ab und bedeutete ihm, sitzen zu bleiben. Einige Minuten später servierte Newa einen improvisierten Schmortopf. Ihr fiel auf, wie Thea Margie an den Tisch führte, sagte aber nichts. Statt dessen fügte sie Margies stilles Erdulden zu den Rätseln hinzu, mit denen sie heute konfrontiert worden war.

Der Großteil des Abendessens war von Stille überschattet. Thea und ihre Mutter pflegten wichtige Gesprächsthemen bis nach dem Essen aufzuheben. Beiden ging viel durch den Kopf, daher waren Versuche, Smalltalk zu betreiben, zum Scheitern verurteilt. Jake fühlte sich wie ein Fremder in einem unbekannten Land. Er war nicht eben extrovertiert, daher schwieg er, mal abgesehen davon, der älteren Ghandour Komplimente über das Essen zu machen. Margie schien zufrieden damit, das Essen genießen zu können und setzte den Trend zur Stille fort.

Dieser Tanz ging bis zum Kaffee nach dem Essen weiter. Thea war fast bereit anzufangen, als ihre Mutter die Initiative ergriff. Sie sah Jake zu ihrer Linken an und ließ dann ihren Blick über Margie zu Thea schweifen. „Nun gut, Thea. Ich nehme an, ihr seid im Zusammenhang mit dem Bericht über den Angriff auf den Tempel des Echnaton, den ich gesehen habe, hier."

Thea wußte, daß sie nicht hätte überrascht sein sollen. Sie hatte ihre Mutter über den Tempel befragt, und am nächsten Morgen hatte es dort ein Massaker gegeben. Newa Ghandour war nicht dumm. Sie mußte ja vermuten, daß da irgendeine Verbindung bestand. Thea nahm an, sie hätte vielmehr überrascht darüber sein sollen, daß ihre Mutter ruhig und gefaßt blieb, während sie solch eine kritische Frage stellte.

„Du hast recht, Mama. Aber vielleicht nicht so, wie du denkst." Es entstand eine Pause, als Thea nachdachte. Wenn ihre Mutter dachte, ihre Tochter gehöre zu einer gewalttätigen Randgruppe, dann *würde* es so sein. Theas Aufgabe war es, so gut es ging ein paar Antworten aus ihrer Mutter herauszubekommen, ohne den vollen Umfang des Wahnsinns, in den sie und Jake verwickelt waren, preiszugeben. Nach stundenlanger Diskussion waren sie auf keine Erklärung gekommen, die nicht in irgendeinem

Maße verrückt klang. Thea hatte dabei noch die vernünftigsten gehabt und hoffte, davon ausgehend ihre Mutter über den Tempel befragen zu können, bevor Newa Gelegenheit hatte, irgendwelche gravierenden Fehler in ihrer Geschichte zu entdecken. „Na gut, hör zu. Jake und ich stellten vor einer Weile Nachforschungen über etwas an, über eine Gruppe – ich glaube, man könnte sie eine Geheimgesellschaft nennen –, die – "

„Der Kult der Sonnenscheibe", fiel ihr Newa ins Wort.

Sie war aus dem Konzept, noch ehe sie überhaupt richtig angefangen hatte. Thea konnte ihrer Mutter nur einen überraschten Blick zuwerfen.

Newa Ghandour warf einen Blick in ihre Tasse und hob dann den Kopf. Um ihre Augen herum zeichnete sich große Müdigkeit ab. „Ich hatte gehofft, dich vor all dem schützen zu können, aber ich muß feststellen, daß das nicht geht. Einer der Aton-u hat dich gefunden und dir von unserer Vergangenheit erzählt, oder?"

Eigentlich hatte Thea „Geheimgesellschaft" als Metapher für die Untoten verwendet. Da Theas Mutter nun allerdings enthüllte, was sie wissen wollten, hielt sie es nicht für nötig, das Mißverständnis zu korrigieren. „Aton-u. Das ist nicht Arabisch."

„Nein, es ist Ägyptisch. Aton-u, die Kinder Atons. Der Kult der Sonnenscheibe. Er wurde vor langer Zeit gegründet, zu Zeiten der Dynastien Ägyptens. Seine Mitglieder verehrten einen ketzerischen Gott und wurden deshalb verfolgt. Sie tauchten unter und überlebten. Selbst als die anerkannten Götter Ägyptens ins Reich des Mystischen übergingen – das ihr eigentlicher Ort ist -, wurde die Verehrung des Aton fortgeführt. Im Laufe der Zeit kam der Kult wieder ans Licht und gründete sich neu als etwas, das den Freimaurern ähnelte. Aber der Klüngel führte insgeheim seine Verehrung Atons fort."

„Ooookay. Also, woher weißt du das alles?"

Newa öffnete den Mund, runzelte dann aber die Stirn. „Du solltest das wissen, warum hat denn sonst die Gewalt gegen den Tempel stattgefunden?"

„Das waren wir nicht", beteuerte Thea beinahe wahrheitsgemäß. „Wie ich schon sagte, wir verfolgten eine Spur. Wir steckten mittendrin, als überall die Hölle losbrach. Um ehrlich zu sein, Mama, hab ich keine Ahnung, was du da mit der ganzen Sache zu tun hast."

Newa Ghandour unterzog ihre Tasse einer genauen Prüfung. Es verging gut und gern eine halbe Minute, in der die einzigen Aktivitäten die Gedanken, die sich einen Weg über das Gesicht der alten Frau bahnten und Jake, der mit seinem Stuhl herumspielte, waren. Schließlich hob Newa mit einem tiefen Seufzen den Kopf und richtete ein gequältes Augenpaar auf Thea. „Ich gehörte dazu."

SIEBEN

In der kommenden Woche mochte Frühlingsanfang sein, aber der Winter hatte die Stadt trotzdem noch fest im Griff. Die Sonne sank am späten Nachmittag, als Beckett sich bereits aus der Umarmung der Erde herausarbeitete. Am westlichen Horizont konnte man noch einen Hauch von Lachsfarben und Violett erkennen, als er aus seiner Ruhestätte hinter einigen Wartungshütten am La-Guardia-Flughafen trat. Seine anhaltende Paranoia ließ den Schluß zu, daß das Gefühl aus seiner Flucht aus Menelaos' alles durchdringender Aura resultierte. Es kam erfrischt und mit einem neuen Ziel vor Augen aus dem Schatten hervor. Er bezweifelte, daß es daran lag, daß er den Tag in von Smog, Ruß und Öl aus tausenden und abertausenden von Flugzeugen, die auf dem Flughafen starteten und landeten, getränkter Erde verbracht hatte.

Er ging zum Taxistand und ließ sich mit Hilfe einer Regionalkarte zu den New Yorker Büros der Firma Meroe Global Shipping in Red Hook fahren. Beckett verfügte über etwas Erfahrung mit Trans-Atlantik-Reisen. Üblicherweise buchten Untote Plätze im Frachtraum von Schiffen oder Flugzeugen, um lange Strecken hinter sich zu bringen. (Die beiden Flüge, die er vor kurzem als Passagier durchgeführt hatte, waren aus Notwendigkeit erfolgt und nicht, weil er es so vorgezogen hätte. Er fühlte sich unwohl dabei, in so großer Höhe auf einem Stuhl festzusitzen, ungeschützt gegen die Gefahr des Sonnenlichts. Wenn man sich in einem Frachtcontainer aufhielt, war es nicht weiter tragisch, wenn der Flieger eine Verspätung oder Umleitung hatte, die dazu führte, daß die Passagiere nicht vor Sonnenaufgang aussteigen konnten.) Er war mit dem St-Lawrence-Strom nicht sonderlich vertraut, aber er hatte eine gute Vorstellung von der Seefahrt. Nach seiner Schätzung würde ein großes Frachtschiff drei bis fünf Nächte brauchen, um die Strecke von Chicago bis nach New York zurückzulegen. Die *Meroe Atlantic* würde innerhalb der nächsten 24 Stunden in New York einlaufen, wenn sie nichts bereits vor Anker lag. Selbst wenn sie schon am Vortag eingelaufen sein sollte, würde sie doch einige Zeit im Hafen liegen, um Fracht zu transferieren. Wie dem auch sei, der Zombie Carpenter und das Herz des Osiris befanden sich ganz in seiner Nähe.

Die Docks erstreckten sich entlang der Küsten von New York und New Jersey über viele Kilometer. Das Herz inmitten dieses Durcheinanders ausfindig zu machen würde nicht leicht sein und würde Zeit in Anspruch nehmen, die Beckett nicht zur Verfügung stand. Daher entschloß er sich, es bewaffnet mit dem Namen der Schiffahrtsgesellschaft und des Containerschiffes, auf dem sich seine Beute befand, auf die leichte Tour zu machen. Es war ein Leichtes gewesen, die Nummer von Meroe Global herauszubekommen und deren Adresse von der automatischen Ansage, die er nach seiner Ankunft in La-Guardia am Morgen angerufen hatte, abzuhören. Der schwierige Teil stand jetzt ihm bevor – in die Büros zu gelangen und die Route der *Meroe Atlantic* sowie ihren momentanen Liegeplatz herauszufinden. Sie würde keinen zugewiesenen Liegeplatz haben, wenn sie den Hafen noch nicht erreicht hatte, aber das würde dann auch noch recht einfach in Erfahrung zu bringen sein.

Es war bereits nach fünf, als er sich den Büros von Meroe Global näherte. Sie waren noch geöffnet, also würde Beckett einige Stunden warten müssen, wenn er einbrechen und ungestört nach Informationen suchen wollte. Er hatte so eine Ahnung, daß die Zeit drängte – und außerdem wußte er nicht, wo sie solche Akten aufbewahren würden –, daher ging er einfach nach drinnen und fragte sich nach einem Angestellten durch, der ihm würde weiterhelfen können.

Der Mann hatte den kräftigen Körperbau eines Hafenarbeiters, aber die zwanzig zusätzlichen Kilo um seinen Bauch herum zeigten, daß er schon vor Jahren Schiffe gegen einen Schreibtisch getauscht hatte. Ein billiges Namensschild auf dem Schreibtisch verriet, daß sein Name WALTER ZACKOWICZ war. Beckett mochte die Angewohnheit der Sterblichen der Moderne, ihren Namen so auffällig zu präsentieren. Aus irgendeinem Grund fragten sie, wenn sie ihren Namen so ausstellten, im Gegenzug nur selten nach seinem. Beckett zog Anonymität vor.

„Kann ich Ihnen helfen?" fragte Zackowicz. Der Mann warf einen müden Blick in seine Richtung, wobei er die Brauen in einer Mischung aus Neugier und Irritation zusammenzog – ohne Zweifel neugierig wegen der Sonnenbrille und seiner bleichen Hautfarbe und irritiert darüber, sich noch mit so etwas herumschlagen zu müssen, wo er doch schon in Kürze Feierabend hatte. Beckett konnte wetten, daß der Mannes sich gedanklich schon auf den Burger, die Zwiebelringe und zwei oder drei Bier eingestellt hatte, die er zum Abendessen zu sich nehmen würde. So abgelenkt, wie der Kerl war, sollte es nicht schwer sein, das in Erfahrung zu bringen, was er wissen wollte.

„Ich suche nach einem Schiff Ihrer Firma", sagte Beckett.

„Warum?" Walter Zackowicz war kein Mann großer Worte.

„Ein Kumpel von mir arbeitet darauf", improvisierte Beckett, wobei er die abgehakten Sprachmuster und den aggressiven Tonfall annahm, der, soweit er sich erinnerte, an der Ostküste weit verbreitet war. Er ließ sich in den Plastikstuhl, der neben dem Schreibtisch stand, fallen und deutete auf die Docks. „Ich kann mich noch dran erinnern, daß es irgendwann in der Stadt ankommen soll. Habe mir gedacht, ich könnt ihn mal wieder treffen, und wir könnten einen heben gehen."

„Verarsch mich nicht, Kumpel", sagte der Mann nach einem Augenblick, wobei sein Gesicht die typische Miene des Argwohns zeigte. „'s gibt niemanden, der hier reinkommt, weil er sich wieder mit 'nem alten Kumpel treffen will, der auf einem unsrer Pötte arbeitet." Ehe Beckett etwas sagen konnte, fuhr Zackowicz fort: „Also, was is'? Dieser „Kumpel" schuldet dir noch Geld, vermute ich."

Beckett mußte lachen. „Okay, ertappt."

„Mhm. Glaub ja nich', daß ich dir sagen werde, wo du 'nen Kerl finden kannst, nur damit er 'ne Tracht Prügel bekommt und nich' weiter für uns arbeiten kann."

"Ich such' nicht nach Ärger", antwortete Beckett mit einem Schulterzucken. Er holte einen oft benutzten Zwanziger aus seiner Jacke hervor und legte ihn auf den Tisch. „Ich will ja nicht euer Unternehmen stören, will nur haben, was mir zusteht."

Zackowicz sah den Schein an, schürzte die Lippen, klopfte anschließend mit den Händen auf den Tisch und schob seinen Stuhl zu einem Computerterminal hinter ihm hinüber. Der Zwanziger verschwand dabei. „Wie ist denn der Name von deinem 'Kumpel'?"

„Hm, ich kenne ihn nur als Joey", sagte Beckett. „Warum ich Probleme habe, ihn ausfindig zu machen, willst du wissen? Ich weiß, daß er sich auf der *Meroe Atlantic* befindet, die von Chicago aus reinkommt."

Der andere gab ein nichtssagendes Grunzen von sich, und man hörte das Klappern der Tasten. „Ja, klar. Ist vor etwa sechs Stunden reingekommen.“ Zackowicz schob seinen Stuhl wieder zum Schreibtisch hinüber und schrieb den Liegeplatz auf. Er schob das Papier zu Beckett hinüber und legte es an die Stelle, an der sich einen Augenblick zuvor noch der Zwanziger befunden hatte. „Ich weiß, daß du Rechnungen zu bezahlen hast, aber das müssen wir auch. Klar?“

Beckett nickte und unternahm keinen Schritt, das Papier an sich zu nehmen, bis der Sterbliche nicht der Meinung war, daß er seinen Punkt klar gemacht hatte und seine Hand davon wegnahm. Er schob die Adresse in die Tasche, stand auf und dankte Zackowicz.

„Hey, Kumpel, 'n kostenloser Hinweis“, sagte der Mann, als Beckett sich der Tür zuwandte. „Sonnenbrille bei Nacht zu tragen läßt einen nicht cool wirken. Siehst dabei eher aus wie ein Schwuler.“

„Danke für den Tip“, antwortete Beckett mit einem Lächeln und fragte sich, was Walter Zackowicz wohl sagen würde, wenn er sehen könnte, was hinter der Sonnenbrille verborgen war.

• • •

Beckett rannte sehr schnell. Die Docks brodelten vor Aktivität, obwohl es schon Nacht wurde. Die meisten Arbeiter waren zu sehr mit ihrer Arbeit beschäftigt, und er war zu schnell wieder aus ihrem Sichtfeld verschwunden, als daß sie sein Vorbeirennen bemerkt hätten. Bei seiner momentanen Geschwindigkeit hätte er für einiges Aufsehen gesorgt, aber Sterbliche waren gut darin, eine Erklärung für so ziemlich alles zu finden. So gesehen war es unnötig, sich darum Sorgen zu machen.

Er kam an einer Reihe gigantischer Schiffe vorbei, deren Besatzung sich auf ihnen entlang bewegte wie ein Fliegenschwarm auf der Haut eines Elefanten. Es gab hier und dort eine Lücke, einen freien Liegeplatz, der auf die Ankunft eines großen Containerschiffes und seiner Fracht wartete. Der Arbeitslärm ließ nach, als die Leute der Tagschicht Feierabend machten, aber in einem Hafen, der so geschäftig war wie dieser hier, hörte das Arbeiten nie auf.

Vor sechs Stunden. Das Herz war hier, nicht mehr als ein oder zwei Kilometer entfernt. Es würde mindestens noch einen Tag dauern, bis die *Meroe Atlantic* den Hafen verlassen würde. Der Zombie versteckte sich womöglich in einem unbenutzten Teil des Frachtraums des Schiffes und wartete darauf, daß das Schiff ablegte. Beckett konnte innerhalb von 30 Minuten eindringen, Carpenter ausschalten und mit dem Artefakt wieder verschwinden. Mehr als genug Zeit. Aber sein Instinkt sagte ihm, daß die Zeit immer noch ein wichtiger Faktor war.

Während er sich so schnell bewegte, wurde sich Beckett seines stärker werdenden Hungers bewußt. In den letzten Nächten war er mit der einen oder anderen Sache beschäftigt gewesen und hatte vergessen, Blut zu trinken. Auch wenn er mehr als eine Woche ohne Blut auskommen konnte, zog er es vor, alle paar Tage zu trinken. Eine regelmäßige Nahrungsaufnahme sorgte dafür, daß er nie in geschwächtem Zustand erwischt wurde. Trotzdem ging er davon aus, daß er stark genug sein würde, um Carpenter zu stellen. Zombies konnten, was reine Kraft anging, ernstzunehmende Gegner sein, aber ihnen fehlte die Vielfalt von Kräften, die einem Vampir zur Verfügung stand. Ein Kainit wie Beckett verfügte über eine Reihe von Disziplinen, auf die er zurückgreifen konnte. Der Zombie hatte ein beunruhigendes Talent für Beherrschung bewiesen, aber Beckett konnte das ausgleichen, indem er Blickkontakt vermied. Dennoch hätte er sich zuversichtlicher gefühlt, wäre frisches Blut durch seine Adern geflossen.

Aber daran konnte man jetzt nichts mehr ändern. Einige Dutzend Meter von ihm entfernt zeichnete sich ein massiver Rumpf gegen den Nachthimmel ab, der sich kaum von den anderen unterschied, wenn man von dem am Bug aufgemalten Namen absah. Die *Meroe Atlantic*. Frachtcontainer stapelten sich wie Bauklötze eines kleinen Kindes gut sechs Meter hoch auf dem Deck. Arbeiter liefen auf der Brücke entlang, und ihre Silhouetten zeichneten sich vor der Innenbeleuchtung ab. Das war die einzige Aktivität, die Beckett sehen konnte. Der Frachttransfer sollte wohl erst am nächsten Tag beginnen. Das sollte es Beckett ermöglichen, frei auf dem Schiff umherzulaufen und das Herz zu jagen.

Als er sich der Gangway näherte, nahm er den unverwechselbaren Geruch des Artefakts wahr. Er kam allerdings nicht vom Schiff – statt dessen führte die Spur weiter die Docks entlang. Der Geruch war schon Stunden alt.

Beckett folgte der Fährte schnell wie ein Blitz, wobei ihn jeder seiner Sprünge näher an seine Beute heranbrachte. Während er rannte, fragte er sich, warum Carpenter den Tanker verlassen hatte. Wollte er Sehenswürdigkeiten besuchen, während er darauf wartete, daß das Schiff wieder ablegte? Folgte Beckett überhaupt noch dem Zombie? Der Geruch des Herzens war für seine menschliche Nase so stark, daß er jeden anderen überlagerte. Er hielt es für möglich, daß jemand anders das Herz nun im Besitz hatte. Khalid hatte erklärt, jeder, der etwas Übernatürliches wahrnehmen konnte, könne die Schwingungen der Aura des Herzens spüren. Beckett verfügte nicht über diese Gabe, aber er wußte, daß sich viele, die so etwas beherrschten, im Big Apple aufhielten. Es würde die Lage komplizieren, wenn irgend eine lokale Gruppierung das Artefakt gespürt hatte und es holen gekommen war – und das war noch harmlos ausgedrückt.

Vermutungen würden ihm aber nichts bringen. Das beste war zu sehen, wohin die Fährte führte und je nachdem, wer das Artefakt hatte, geeignete Schritte einzuleiten, sobald er einen besseren Überblick über die Situation hatte.

Der Geruch verlief einen knappen Kilometer parallel zu den Docks. Beckett bewegte sich nun langsamer als zuvor – etwa so schnell wie ein Sterblicher, der schnell joggte –, aber sogar so schoß er erst mal an der Spur vorbei, als der Geruch eine plötzliche Wende einlegte. Er eilte zurück und spürte, daß das Herz einen Pier entlanggetragen worden war. Verwirrt trottete Beckett hinterher. Der Liegeplatz war leer, wohin also führte die Spur?

Dann bemerkte Beckett das Wasser. Es bewegte sich in gleichmäßigen, sanften Wellen... Kielwasser. Er legte einen erneuten Geschwindigkeitsschub ein und erreichte einen Augenblick später das Ende des Piers. Als kein vor Anker liegendes Schiff ihm mehr die Sicht versperrte, konnte er es sehen: Etwa hundert Meter entfernt fuhr ein großer, kastenförmiger Frachter – die NORTH LLORCA, wie es auf ihrem Bug stand – und dampfte in Richtung des Kanals, der auf das offene Meer hinausführte. Ein Knurren entwich Becketts Lippen. Er rannte mit Höchstgeschwindigkeit wieder den Pier entlang zurück und um ihn herum zum zweiten Pier in dieser Richtung. Es rannte noch schneller, näherte sich der Grenze seiner Leistungsfähigkeit. Am zweiten Pier rannte er die Gangway hinauf und sprang auf den nächstgelegenen Frachtcontainer. Eine Handvoll Deckarbeiter sahen einen verschwommenen Schatten, der auf den Containern entlang zum Bug flitzte und dort über die Bordwand sprang.

Es war ein gewaltiger Sprung, aber er deckte nur die halbe Entfernung zu dem abfahrenden Frachtschiff hinüber ab. Er wäre wohl in die eiskalten Wasser des New Yorker Hafens gestürzt, aber noch im Sprung zwang er seinen Körper, sich zu verwandeln. In Sekunden hatte Beckett die Gestalt einer Fledermaus angenommen, die in Richtung Schiff flog. Es war ein gefährliches Spiel, vor den Augen der Lebenden übermenschliche Taten zu vollbringen. Es waren einige Rufe der Überraschung und Verwirrung zu hören, als er sprang, aber er vertraute darauf, daß seine Geschwindigkeit und die Dunkelheit, die über dem Hafen lag, ausreichen würden, um seine Bemühungen verborgen zu halten.

Da die *North Llorca* gerade erst abgelegt hatte, hatte sie im Kanal noch nicht allzu viel Fahrt gewonnen. Sie dampfte so schnell voran, wie ein Mann rennen konnte. Becketts Sprung hatte ihren Vorsprung verkürzt, und es dauerte auch nicht lange, bis er über dem riesigen Deck des Containerschiffes flatterte, das mit vier- bis fünffach übereinander gestapelten Containern vollgestellt war. Er nahm an, daß sich auf der Brücke, die sich mittschiffs über dem Deck erhob, Leute befanden, aber sein natürliches Sonar konnte keine weiteren Bewegungen an Deck feststellen. Das ergab Sinn. Die Container standen an Deck eng beieinander und waren festgezurrt, wodurch man kaum Spielraum für Bewegungen hatte. Die Besatzung würde nur selten aus dem zentral gelegenen Bereich herauskommen, dachte sich Beckett, und schon gar nicht in einer so kalten Nacht. Er steuerte an einer Stelle auf das Heck zu, an der die Container nicht so hoch aufgestapelt waren. Er nahm wieder menschliche Gestalt an und ließ sich geräuschlos auf den Container fallen.

„Nun, das war mal ein höllisch guter Trick“, sagte eine kalte Stimme.

Beckett drehte sich um und hörte, wie eine Pistole entsichert wurde. Vor ihm trat ein Mann aus den Schatten eines in der Nähe stehenden Containers, der wie ein Kauffahrer aus einer lange vergangenen Zeit wirkte. Er trug Arbeitsstiefel, Latzhosen, einen dicken, wollenen Rollkragenpullover, Handschuhe, einen Marinemantel und eine passende Mütze. Beckett erkannte das schmale Gesicht, das dunkle Haar, die spöttischen Lippen und die Augen, die mit einem jenseits des Todes geborenen Wissen glühten. „Maxwell Carpenter.“

Die Augenbrauen des Zombies hoben sich überrascht. „Mein Ruf eilt mir voraus. Und wer sind Sie?“

„Sie können mich Beckett nennen“, sagte er und ignorierte die Automatikpistole, die mit lässigem Selbstvertrauen auf seinen Kopf gerichtet war. „Ich hätte erwartet, daß Sie sich irgendwo im Frachtraum aufhalten würden.“

„Ich war noch nie in New York“, antwortete Carpenter und nickte über seine Schulter hinweg, ohne Beckett aus den Augen zu lassen. „Dachte mir, ich werfe mal einen Blick auf die Skyline.“

Manhattans markante Silhouette erhob sich hinter Carpenter, Millionen von Lichtern, die in der Nacht glitzerten. Der Zombie mußte an der Ecke eines Containers gestanden haben und war so unbewußt vor Bekketts Sonar abgeschirmt gewesen. Nicht auf Nummer sicher zu gehen, bevor er die Gestalt wandelte war ein Fehler, den ein Vampir machen mochte, der sein Unleben gerade neu entdeckte. Statt sich selbst zu schelten, fokussierte Beckett seinen Zorn auf einen Racheplan.

„Ich habe eine gute Vorstellung davon, warum Sie vorbeigeschneit sind", sagte Carpenter, „und Sie kamen sicher nicht auf ein Schwätzchen vorbei. Lassen Sie mich uns beiden Ärger ersparen. Sie werden nicht bekommen, weswegen Sie gekommen sind, also warum ersparen Sie sich nicht einen Arschtritt und verschwinden wieder in dem Loch, aus dem Sie hervorgekrochen sind?"

Beckett vermied es, den Zombie direkt anzusehen, daher wußte er nicht, ob das Ding einen Befehl in seinen Vorschlag eingebaut hatte. Solange man mit ihm reden konnte, entschloß sich Beckett, wollte er mal sehen, ob Vernunft und Überzeugungskraft sich nicht doch als nützlich erweisen könnten. „Ich weiß nicht, was Sie mit dem Herzen vorhaben, aber Sie müssen wissen, daß Sie keinen Erfolg haben werden. Das Herz ist ein Leuchtfeuer für alles Übernatürliche. Sie können nicht damit rechnen, es noch viel länger zu besitzen."

„Was soll ich dazu sagen? Ich bin ein Glückspilz."

Vernunft und Überzeugungskraft schienen kein Garant für Erfolg zu sein. Beckett sah keine andere Möglichkeit, als auf Gewalt zurückzugreifen. Es schien, als sei Carpenter der gleichen Meinung, denn er schoß im selben Augenblick, in dem sich Beckett zu bewegen begann. Die Kugel riß einen Fleischfetzen aus seiner Schulter, als er sich zur Seite warf. Den brennenden Schmerz der Wunde ignorierend sprang Beckett auf einen Container und duckte sich aus dem Blickfeld des Zombies. Die Pistole war nur ein Störfaktor, aber Beckett konnte sich nicht mit dem Gedanken anfreunden, zusammengeschossen zu werden. Er bewegte sich im Kreis und sprang leichtfüßig von einem Container zum anderen in der Hoffnung, aus einem toten Winkel heraus angreifen zu können.

Den eiligen Schritten nach zu urteilen war Carpenter nicht gewillt, ein stationäres Ziel abzugeben. Der Geruch des Herzens lag über der ganzen Gegend, wodurch es unmöglich war, genau festzustellen, wo sein Gegner war. Den Geräuschen folgend rannte Beckett los. Ein Lichtstrahl durchschnitt die Dunkelheit wie ein Speer und ließ ihn kurz innehalten. Es war nicht das Feuer der Sonne, aber seine Instinkte befahlen ihm, Licht zu meiden. Gedankenschnell rollte er sich an der Seite eines Containers hinab, als der Suchscheinwerfer auf der Brücke über die Stelle strich, an der er eben noch gestanden hatte. Beckett war überrascht, daß die schlechten Ohren der Sterblichen den Schuß über das Stampfen der Dieselmotoren des Schiffes hinweg gehört hatten. Er vermutete, daß Carpenter ebenfalls versuchte, eine Entdeckung zu vermeiden – Schiffsbesatzungen hielten im allgemeinen nicht viel von blinden Passagieren – und benutzte den Suchscheinwerfer zu seinem Vorteil. Er schlüpfte um Container herum, um sich dem Zombie aus der entgegengesetzten Richtung zu nähern. Währenddessen konzentrierte er sich darauf, die Fleischwunde in seiner Schulter wieder zu schließen.

Der Suchscheinwerfer machte einen weiteren Schwenk über das Deck und schaltete sich dann ab, kurz bevor er Beckett an der Backbordseite streifte. Er spitzte die Ohren, um das Kratzen der Stiefel oder einen anderen markanten Hinweis auf Carpenters Aufenthaltsort zu hören. Nichts. Sie konnten dieses Katz-und-Maus-Spiel stundenlang treiben, aber Beckett wollte das Herz bergen, bevor das Schiff die offene See erreichte. Eine Idee kam ihm. Er ließ sich in eine kurzzeitige Trance versinken und entsandte einen dringenden Ruf... dann lehnte er sich zurück und wartete.

Minuten vergingen. Er nutzte die Zeit, steckte Sonnenbrille und Handschuhe in die Tasche, zog seine Stiefel aus und stellte sie beiseite. Seine Füße hatten Klauen, die genauso hinterhältig waren wie die seiner Hände. Sekunden später hörte er einen überraschten Aufschrei über das Dröhnen der Motoren der *North Llorca* hinweg. Beckett bewegte sich blitzschnell und folgte der Stimme, die kurz darauf zu fluchen begann. Als er über den letzten Container in der Reihe auf der Steuerbordseite hinwegsprang, hätte er sich keine bessere Gelegenheit wünschen können. Der Zombie stand zwei Meter von ihm entfernt, sah in die andere Richtung und trat und schlug auf eine Ansammlung von Tieren ein, die quiekten.

Beckett konnte ein triumphierendes Knurren nicht unterdrücken, als er sprang und mit den Krallen zuschlug. Sie rissen tiefe Furchen in Form eines makabren X in Carpenters Rücken. Der Zombie schrie auf, als er nach vorn taumelte. Beckett war über dem toten Ding, noch bevor es sich umdrehen konnte und trat mit seinen Füßen zu, um es umzuwerfen und mit seinen vier Klauen weitere Stücke herauszureißen. Die Pistole schwang herum, und Beckett erwischte sie so hart, daß sie in einem glitzernden Bogen in Richtung Ufer flog, bevor sie ins Hafenbecken stürzte. Kleidung wurde zerfetzt und totes Fleisch in Streifen gerissen, als Becketts Krallen bis auf die Knochen vordrangen. Ein Sterblicher wäre schon zum dutzendsten Mal gestorben. Beckett war davon ausgegangen, daß nicht einmal ein Zombie dieser Menge Schaden würde widerstehen können. Aber Carpenter rang immer noch mit ihm, wobei die starken Arme des Zombies um sich schlugen, als er versuchte, einen guten Treffer zu landen.

Dann sah er ein Glitzern wie das eines Ölteppichs, und etwas zuckte durch Becketts Blickfeld. Er hatte den Eindruck von leuchtend heller Dunkelheit, dann erblühte eine furchtbare, qualvolle Kälte von seiner Brust bis zur Innenseite seines Arms. Er schrie vor Schmerz und Überraschung auf und fuhr zurück. Er sah, daß sein Arm von einer Klinge aufgeschlitzt worden war, die so scharf war, daß sie bis zum Knochen durchgedrungen war – und sogar *in* den Knochen geschnitten hatte. Die Haut war aufgerissen, Sehnen und Muskeln weggerissen. Er versuchte, die Wunde zur Heilung zu zwingen, aber das war keine gewöhnliche Schußwunde. Etwas Übernatürliches hatte ihn geschnitten. Beckett konnte seinem Fleisch nicht allein durch seine Willenskraft befehlen, sich zu schließen. Das Tier in ihm kam zum Vorschein und überwand den Schmerz mit einem alles andere überbietenden Verlangen – das Ding zu vernichten, das den Schmerz verursacht hatte.

Beckett stürzte sich erneut auf Carpenter, wobei er den linken Arm eng an den Körper preßte, als er mit dem rechten ausholte. Der Zombie bewegte sich nach seinem Glückstreffer zu Becketts linker Seite und zwang ihn, sich zu drehen und seine geschwächte Seite zu schützen. Trotz der schockierenden Verletzungen, die das Ding schon erlitten hatte, bewegte es sich wie zuvor. Beckett sah das seltsame Glitzern wieder und konnte sich gerade noch rechtzeitig zur Seite werfen. Es war ein dumpfes Dröhnen zu hören, und Funken stoben, als die Waffe den oberen Teil des Metallcontainers, auf dem sie kämpften, abhackte. Der verheerende Schlag stellte sich als Finte heraus – Carpenters Linke schoß vor und packte Beckett.

Mit einer Kraft, die der Becketts in nichts nachstand, zerrte Carpenter ihn am Kragen hoch und warf ihn an der Seite hinunter. Becketts Füße schossen nach vorn und fuhren über das Gesicht des Zombies, wobei sie die Haut zerrissen und den Knochen trafen. Dann flog er durch die Luft und fiel in den Kanal. Der Schock des kalten Wassers brachte Beckett wieder zur Vernunft. Immer noch seinen verletzten Arm haltend kämpfte er sich an die Oberfläche. Er trat Wasser, so gut er konnte und versuchte, einen guten Blick auf die sich entfernende *North Llorca* zu erhaschen. Der

Zombie hatte ihn mit seiner bloßen Zähigkeit und dem schmerzhaft Schnitt überrascht. Aber konnte er die Wunden, die Beckett ihm zugefügt hatte, überleben?

Er erblickte eine Gestalt, die sich darum bemühte, auf die Oberseite der letzten Containerreihe zu klettern und ihren ausgestreckten Mittelfinger in seine Richtung hielt. Das war Antwort genug.

• • •

Becketts Körper schrie nach Blut, als er sich durch das eiskalte Wasser ans Ufer kämpfte. Er fiel zwei Hafenarbeiter an, die das Pech hatten, nach ihrer Schicht in seine Nähe zu trotten, aber selbst das Blut zweier erwachsener Männer reichte nicht aus, um die furchtbare Wunde, die der Zombie ihm beigebracht hatte, zu heilen. Er würde Zeit brauchen, Zeit und Ruhe.

Blutüberströmt und mit durch die schreckliche Wunde brennendem Arm und Brust warf Beckett die beiden Körper auf die Rückbank des mitgenommenen Lincoln Continental, auf den sie zugegangen waren, und fuhr ihn weg. Er fuhr in nördlicher Richtung, in den Staat New York hinein. Dort hatte er vor hundert Jahren unweit des Stillwater-Reservoirs eine Hütte gebaut. So voller Blut, wie er war, mit offensichtlichen Krallen an Händen und Füßen und blutrot leuchtenden Augen bemühte sich Beckett, Wohngebiete, die auf dem Weg lagen, zu umfahren. Er fuhr durch Seitenstraßen und bog schließlich auf einen Wartungsweg ab. Nachdem er die Hafenarbeiter ins Gebüsch gezerrt hatte, wo sich Aasfresser an ihnen würden laben können, ließ er den Continental stehen und achtete darauf, keine Spuren zu hinterlassen, während er durch die Wälder ging. Die Hütte befand sich etwa 15 Kilometer entfernt auf einem Felsvorsprung, der sich weitab der nächsten Straße befand und den man nur über Wildpfade erreichte. Dort würde er sicher sein, würde sich ausruhen können und entscheiden können, was er tun sollte...

Becketts Gedanken schweiften ab. Sicher wovor? Er bemerkte, daß er ein Gefühl empfand... vielleicht nicht gerade Gefahr, sondern vielmehr große Beunruhigung. Nichts, worauf er mit dem Finger hätte deuten können, sondern vielmehr einen Hauch des Unwohlseins, aber Beckett hätte nicht so lange überlebt, wenn er nicht auf diese schwächsten seiner Instinkte gehört hätte.

Seine Hütte würde noch ein Weilchen warten können, er mußte zuerst einen Anruf tätigen. Er begab sich in die Stadt Big Moose und kontaktierte seinen Finanzberater, Manfred von Reis von der Witz-Kohn-Bank in Genf. Beckett hatte von Reis vor ein paar Wochen angewiesen, nach Satellitentelefonen Ausschau zu halten, damit Beckett auch fernab der Zivilisation würde kommunizieren können. Der Finanzberater war der Meinung gewesen, das neue Motorola 9505-Iridium entspräche am ehesten seinen Anforderungen, da es zum Sprechverkehr, zum Anfunken von Piepern und sogar zum Datentransfer in den meisten Gegenden auf der Welt in der Lage war. Beckett wies von Reis an, ihm eines davon zusammen mit einem halben Dutzend zusätzlicher Batterien sowie ein paar Ladegeräten zu seinem Postfach im nahen Carthage zu schicken. Der Schweizer Banker war weitaus ungewöhnlichere Wünsche seiner Kundschaft gewohnt und versicherte Beckett, er werde sich darum kümmern.

Beckett begab sich zu seiner Hütte zurück und bandagierte seine Wunde mit Hilfe eines alten Erste-Hilfe-Kastens, den er für die seltenen Fälle aufbewahrte, wenn er eine Wunde erlitt, die sein Blut nicht heilen konnte. Die nächsten paar Tage und Nächte verbrachte er in einem sich hinziehenden Schmerzensschleier. Die Sonne zwang ihn zu schlafen, aber der Schmerz hielt ihn davon ab, vollständig in den Schlaf zu sinken. Er erwachte am Abend, und der Rand der Wunde hatte sich mit seiner schmerzenden Kälte in sein Gedächtnis eingegraben. Er verwandelte sich in einen Wolf, um leichter jagen zu können. Selbst mit nur drei funktionierenden Beinen konnte er Rotwild und andere Tiere erlegen, von denen er sich ernährte. Er stürzte das Blut hinunter und zwang es in die Wunde hinein, in der Hoffnung, die Menge würde ausreichen, um die Verletzung zu überwinden. Egal aber, wieviel er auch trank, Beckett fand heraus, daß er die Heilung nicht beschleunigen konnte.

In der dritten Nacht gestand er sich selbst ein, daß es Wochen, möglicherweise sogar Monate dauern würde, bis er sich ganz erholt hatte. Zumindest war die Verletzung jetzt nur noch ein dumpfer Schmerz, und er fühlte sich klar genug im Kopf, um nach Carthage gehen und sein Paket abholen zu können. Die Stadt war 45 Kilometer von seiner Hütte entfernt. Vor Jahren hatte er dort ein großes Schließfach gemietet, falls er sich einmal wichtige Gegenstände würde schicken lassen müssen. Das Hauptpostamt war geschlossen, aber der Bereich mit den Schließfächern war rund um die Uhr geöffnet. Er erreichte Carthage in Wolfsgestalt in ein paar Stunden, aber seine Rückkehr zur Hütte dauerte wesentlich länger. Das Paket, das er aus seinem Postschließfach herausholte, war zu groß, als daß er es bei seiner Verwandlung hätte in sich aufnehmen können, daher war er gezwungen, es in seiner menschlichen Gestalt zu tragen. Beckett war, was die Metaphysik hinter diesen Verwandlungen anging, kein Experte. Er konnte keine genaue Erklärung dafür abgeben, warum seine Kleidung und kleineren Habseligkeiten bei ihm blieben, wenn er in eine seiner Tiergestalten oder die Nebelform wechselte, während größere Gegenstände blieben, wie sie waren. Ihm reichte es zu wissen, daß es funktionieren würde. Daher schleppte er sich durch den alten Schnee zur Hütte zurück und erreichte sie kurz vor Sonnenaufgang.

In der nächsten Nacht las er die Bedienungsanleitung des Motorola. Das Gerät erwies sich als leicht zu bedienen und sah aus und funktionierte wie ein normales Handy. Es gab sogar einen Anschluß für einen Computer, um online Daten zu senden. Beckett beglückwünschte von Reis zu seiner Wahl. Das Telefon, zwei Reservebatterien und ein Ladegerät für die Steckdose würden in die Lederjacke passen, die er nun anstelle derer aus Schafsleder trug, die bei dem Kampf mit dem Zombie ruiniert worden war. Sobald er sich vertraut genug mit den Funktionen des Telefons fühlte, machte er seinen ersten Anruf.

Die Verbindung wurde erfreulich schnell aufgebaut. Er war nahe genug an der Zivilisation, daß das Motorola sich seine Verbindung über die regulären Handy-Netze suchte. Eine rauhe Frauenstimme mit einem Anflug von Humor nahm den anderen Hörer nach dem dritten Klingelzeichen ab.

„Guten Abend, Nola. Beckett hier."

“Zweimal diesen Monat", antwortete Nola Spier, wobei ihre Worte von Wärme durchdrungen waren. Sie war eine Sterbliche, eine Magierin, die Beckett schon seit längerem kannte und die er das erste Mal in L. A. während der Großen Wirtschaftskrise getroffen hatte. Nola gehörte zu denen seiner rund um die Welt verteilten Kontakte, denen er am meisten vertraute. „Wem oder was verdanke ich das Vergnügen?"

„Ich rufe wegen des Armbands an, das du mir gegeben hast."

„Du hast da einen interessanten Unterton in der Stimme. Stimmt etwas nicht?"

„Ich glaube nicht." Beckett sah sich ein Armband aus geflochtenem Silber an, das mit schimmernden Steinen besetzt war und das er um sein linkes Handgelenk trug. „Nein, ich bin nur neugierig darauf zu erfahren, was wohl nötig wäre, um die Aura zu durchbrechen, die es erzeugt."

„Etwas ziemlich Mächtiges, nehme ich an. Du wolltest, daß ich dir etwas schaffe, das dich vor übersinnlicher Wahrnehmung schützt. Dieses Armband sollte das können – zumindest noch für einen weiteren Monat. Es sollte gegen die meisten außersinnlichen Fähigkeiten funktionieren."

„Von was für einem Maßstab reden wir?"

„In dieser Hinsicht gibt es so etwas wie einen Standard nicht", gab Nola zu. „Du wolltest etwas Starkes, daher habe ich es so geschaffen, daß es alles übertrumpfen kann, dem ich bisher begegnet bin. Aber das heißt nicht, daß es dort draußen nicht doch noch etwas gibt, das in der Lage sein könnte, durch die Aura des Armbandes hindurchzusehen. Wenn es aber dort draußen so etwas gibt, dann ist es unglaublich mächtig."

Beckett nickte. Nola hatte im Laufe der Jahre ein gewaltiges mystisches Wissen angesammelt und neigte nicht zur Übertreibung. Er vertraute ihr. „Ich danke dir."

„Keine Ursache." Nach einer kurzen Pause sagte Nola: „Hört sich an, als gäbe es da noch was. Wenn ich irgendetwas tun kann… "

Für Wesen, wie sie es waren, war Wissen Macht, und selbst die stärkste Bande konnten durch unvorhersehbare Umstände zerschlagen werden. Beide verstanden und akzeptierten, daß selten mehr als nur das notwendigste preisgegeben wurde. Beckett hatte die letzten Tage damit zugebracht, mit sich selbst zu ringen, ob es eine objektive Möglichkeit gab zu beurteilen, wo er in den Ereignissen der letzten Zeit stand. Er mußte zugeben, daß das jetzt wohl nicht mehr im Bereich des Möglichen war. Er mochte gut beraten sein, ein wenig Vertrauen in jemanden zu setzen. Wenn auch ein Vertrauen, das durch den Instinkt gemäßigt wurde. Nola war für eine Kreatur wie ihn das, was einem Freund am nächsten kam, und tief in seinem Innern spürte er, daß er sich ihr anvertrauen konnte – es sogar mußte, wenn er irgendeine Hoffnung haben wollte, den Tumult um sich herum wieder in den Griff bekommen zu können. Er würde das Risiko eingehen müssen. Nachdem er Luft geholt hatte, erklärte er seine Entdeckung einer starken Macht unter den Straßen einer Großstadt und das uralte Artefakt, mit dem sie hoffte, sich aus ihrem langen Schlaf erheben zu können. Er blieb vage, vermied es, die beteiligten Parteien zu benennen oder gar zu bestätigen, daß er von den Untoten redete. Nola wußte es wahrscheinlich sowieso, aber solche Details waren der Kern der ganzen Angelegenheit.

Er hörte der kristallklaren Stille der digitalen Verbindung zu, während Nola sich seine Erzählung durch den Kopf gehen ließ. „Es läuft auf folgendes hinaus, es sei denn, ich liege total falsch: Du fragst dich, ob jener schlummernde Riese seine Haken in dir haben könnte, obwohl du Vorsichtsmaßnahmen dagegen ergriffen hast."

„Oder einen Weg sucht, seinen Fuß in die Tür zu bekommen."

„Das ist schwierig, Beckett. Wir beide wissen, daß das Eindringen in den Geist anderer auf diese Weise – subtil und heimlich – sehr viel Zeit und Raffinesse in Anspruch nimmt. Meine erste Antwort wäre, daß du dank des Amuletts sicher bist. Aber... normalerweise behältst du einen kühlen Kopf. Immer. Dem Typen hinterherstürmen, der das Artefakt hat? Dieses 'Herz'? Etwas daran... "

„Paßt nicht."

„Es hat einen Hauch von Leichtsinn."

Beckett dachte an Critias und seinen gedankenlosen Sprung aus dem Sears Tower, als er hinter dem Herz des Osiris her war. „Was denkst du?"

Nola seufzte schwer in den Hörer. „Vielleicht hast du mich so mit deiner Paranoia angesteckt, daß ich zu sehr darauf achte, aber... okay, hör mal. Du sagtest, dieses Artefakt *entferne* sich von dem Ort, an dem die Kreatur begraben ist? Zu dem Ort, wo es ursprünglich herkam?"

„Ja."

„Nun, ich würde sagen, das ist nur gut und richtig, oder? Siehst du wirklich irgendeinen Grund, dich noch weiter da mit hinein ziehen zu lassen?"

„Aber es besteht die Möglichkeit – "

„Ja, es besteht immer die Möglichkeit. Seit ich dich kenne, Beckett, hast du dir immer deinen eigenen Weg gesucht, warst niemandem verpflichtet. Ich glaube, wenn du irgendeinen Zweifel hast, daß du die beste Wahl für dich selbst triffst... " Ihre Stimme verlor sich in einem weiteren Seufzen. „So gesehen ist das alles nur Gerede. Es gibt einen einfachen Weg herauszufinden, ob du noch Herr deiner Selbst bist."

„Der wäre?"

Nola Spier lachte. „Versuch einfach, nicht weiter diesem Herzen hinterherzujagen."

Beckett lächelte und dankte ihr für ihre Hilfe. Er legte das Handy weg und zupfte an dem silbernen Armreif herum, während er über uralte Beeinflussungen und freien Willen nachdachte.

Er wurde leicht durch Rätsel gefesselt, aber er gestattete es sich nicht, sich von ihnen verführen zu lassen. Aber vor kurzem war er in die Machenschaften um einen uralten Untoten und seine rastlosen Bemühungen, an ein Artefakt von ungeahnter Macht heranzukommen, verstrickt worden, in die darüber hinaus sterbliche Jäger, ein mächtiger Zombie und eine der seltenen unsterblichen Mumien verwickelt waren. Er war zuversichtlich, immer noch Herr seiner Selbst zu sein, wie Nola Spier es ausgedrückt hatte. Aber trotz allem war er hier, litt an einer Wunde, die ihn leicht hätte vernichten können, und das alles nur wegen eines Gegenstandes, der rein gar nichts mit seinen Forschungen oder der Aufgabe, die er von Inyanga angenommen hatte, zu tun hatte. Das Herz des Osiris befand sich auf halbem Weg über den Atlantik, auf dem Weg in ein Land, das von zahllosen Kreaturen bevölkert wurde, die wesentlich älter und mächtiger waren als er selbst. Es war kaum vorherzusagen, in wessen Händen sich das Herz befinden würde, wenn er sich wieder vollständig erholt hatte. Es schien aber wahrscheinlich, daß es eine Macht sein würde, die nicht beabsichtigte, es Menelaos zu geben.

Er schüttelte amüsiert den Kopf. Er mochte vielleicht nie in Erfahrung bringen, ob er frei von Menelaos' Einfluß war, aber er kannte sich selbst gut genug. Andere konnten um die Kontrolle über das Herz des Osiris streiten. Beckett würde seinen eigenen Weg in die Zukunft gehen.

ACHT

„Mein Mann", sagte Newa Ghandour, „dein Vater, hat mich mit dem Kult der Sonnenscheibe in Verbindung gebracht, als ich noch ein Mädchen war. Ich wäre vielleicht immer noch dabei, wärst du nicht gewesen."

„*Ich?* Was? Warum?" Thea hatte Schwierigkeiten, die Seltsamkeiten, die ihr ihre Mutter offenbarte, zu verarbeiten und vermutete, daß es sich dabei nur um die Spitze eines äußerst bizarren Eisbergs handelte.

„Ich war eine verwirrte junge Frau, als ich deinen Vater traf. Er war ein gutaussehender Mann mit mysteriösem, weltmännischen Getue. Ich fühlte mich zu ihm hingezogen – und bald auch in sein Leben. Zu Anfang schienen die Aton-u nicht mehr zu sein als eine unterhaltsame Ablenkung, so etwas wie ein obskures Stück Kultur aus unserer Vergangenheit, verstehst du? Aber es wurde zu einem immer größeren Teil meines Lebens. Mit der Zeit vergaß ich die Lehren des Islam zugunsten der Ketzerei Echnatons. Zu jener Zeit war nichts Schlimmes dabei. „Erbärmlich" wäre vielleicht das bessere Wort dafür. Wir gaben uns dem hin, was wir für jahrtausendealte Geheimnisse hielten – aber von dem ich nun vermute, daß es nur durch Drogen hervorgerufene Wahnvorstellungen des Hohepriesters waren. So ging es weiter, bis... ich weiß nicht mehr, wie lange. Dann wurde ich schwanger." Newas Körper wurde immer gebeugter, da sie sich, während sie sprach, beschämt zusammensinken ließ und ihre Fingernägel abwesend auf der Tasse in ihren Händen herumtippten. Aber als sie von ihrer Schwangerschaft sprach, kehrte ein gewisses Maß an Stärke in sie zurück. Newa richtete ihre leuchtenden, von Traurigkeit gezeichneten Augen auf ihre Tochter. „Als du geboren wurdest... meine Tochter, dieses neue Leben dort in meinen Händen! Ich erkannte, daß wir nichts weiter waren als Narren, die mit tiefgehenden Mysterien herumspielten – und ich war keinen Deut besser. Ein charmanter, charismatischer Mann hatte mich vom Glauben an Allah weggelockt, mich von der geistigen Klarheit dazu gebracht, an diesem Wahnsinn teilzunehmen.“

Thea spürte Jakes Blick. Ein flüchtiger Seitenblick zeigte ihr, daß seine Stirn in Falten lag und seine Augen intensiv dreinblickten, während er alles in sich aufnahm. Margie saß am anderen Ende des Tischs, ihre Hände spielten mit der Porzellantasse. Sie sah, was die Unterhaltung anging, recht gelangweilt aus.

„Irgend etwas paßt da nicht zusammen. Mein Vater hat dich hier reingezogen? Was hatte ein amerikanischer Soldat mit einem ägyptischen Kult zu tun?“

Newa schüttelte den Kopf. „Ich habe dich getäuscht. Dein leiblicher Vater war ein Kairoer wie ich. Ich habe ihn zurückgelassen, als ich dich aus Ägypten wegbrachte.“

“Was?“ Thea hatte den Eindruck, alles zu verlieren. Innerhalb weniger Minuten fand sie heraus, daß ihre Vergangenheit eine Lüge war. „Mich aus Ägypten *weggebracht*? Ich bin *hier* geboren. Dieser Tempel da in der Innenstadt... wovon redest du?“

Wieder die gleichen traurigen Augen. „Ich hatte nicht gewußt, daß es einen Tempel des Kultes in Chicago gab, bis ich es Jahre nach unserer Ankunft herausfand. Der, zu dem dein Vater gehörte, befand sich in Ägypten. Und du... bist in Ägypten geboren.“

„Warum... was zum Teufel?“ Thea schnappte ein paar Sekunden lang nach Luft, während ihr Hirn auf Touren kam. „Was willst du damit sagen? Alles, was ich weiß, ist eine gottverdammte *Lüge*? Was – “

„Zeig mehr Respekt!“ Newas Tonfall, in dem sich Schock, Zorn und Scham vermischten, hätte selbst einen Heiligen sich schämen lassen. Ihre Faust schlug so fest auf den Tisch, daß die Tassen einen Sprung machten und Kaffee auf die Untersetzer tropfte. Newa wurde normalerweise nicht körperlich aktiv, was das ganze nur noch verwirrender machte. „Wie kannst du es wagen, in mein Haus zu kommen und so mit mir zu sprechen?“

Dann fingen sie beide an zu schreien, als sich zwanzig Jahre zurückgehaltenen Ärgers in einem kurzen Augenblick die Bahn brachen. Eine Stimme durchschnitt das Chaos, stark und so voller Zorn, daß sie dem Geschrei der beiden gleichkam. „Hört auf! Hört auf!“

Thea drehte sich um und sah Margie so rasch aufspringen, daß ihr Stuhl umkippte. Sie zitterte wie ein neugeborenes Fohlen, und Tränen liefen ihr die Wangen hinunter. „Genug!“ rief Margie, „hört einfach auf damit!“

Sie rannte aus dem Zimmer, ehe jemand reagieren konnte. Jake war einen Sekundenbruchteil später auf den Beinen. „Ich werde nach ihr sehen“, sagte er.

Obwohl sie nicht weniger um Margies Zustand besorgt war, war Thea noch immer erregt wegen des Gefühlsausbruchs. Das waren die ersten Worte, die ihre beste Freundin seit einer Woche gesprochen hatte. Zum ersten Mal seit viel zu langer Zeit schien Margie wieder voll da zu sein. Sie war noch traumatisiert, aber sie war nicht mehr geistesabwesend.

In der anschließenden Pause sagte Newa in einem wesentlich ruhigeren Tonfall: „Ich behaupte nicht, die richtigen Entscheidungen getroffen zu haben. Ich verstehe deine Wut, Thea, aber das gibt dir *nicht* das Recht, Gebrauch von solchen Worten zu machen.“

Thea nickte. Sie wollte Margie hinterhergehen, sicherstellen, daß sie sich nicht wieder in sich zurückzog. Aber das würde warten müssen. Hier warteten noch häßliche Geheimnisse darauf, ergründet zu werden. Jake sollte in der Lage sein, sich um Margie zu kümmern. Er konnte gut mit so etwas umgehen... und war wahrscheinlich froh darüber, nicht zum Zuschauer der Zankerei zwischen Thea und ihrer Mutter zu werden. Mehr auf ihre Ausdrucksweise achtend sagte Thea: „Ich verstehe nicht. Warum solltest du mich anlügen? Was hat es damit auf sich, daß mein Vater beim Militär war?“

“Ich hatte einen Soldaten getroffen, nachdem ich mit dir aus dem Tempel geflohen war. Wir... kamen einander näher und gingen gemeinsam nach Amerika, wo wir heirateten.“ Erneuter Schmerz flackerte in Newas Gesicht auf. „Aber das änderte sich bald. Er... hat mich geschlagen, und ich wollte es *nicht* tolerieren, daß meine Tochter oder ich unter dem Willen von irgend jemand anderem zu leiden hatte.“

„Mama, ich schwöre... und ich dachte, *ich* hätte einen schlechten Geschmack, was Männer angeht. Du kamst von einem Kerl, der vollkommen verrückt war zu einem, der dich geschlagen hat? Wie konntest du nur so dumm sein?“

Newas Augen blitzten, aber sie putzte Thea nicht noch einmal herunter. „Dein Vater war gefährlich charismatisch, und ich war damals schwach. Der Soldat... es war anders. Er war nicht immer so.“

„Ich nehme an, daß das auch der Grund dafür ist, warum du mir nie seinen Namen gesagt hast. *Ihre* Namen, sollte ich wohl sagen“, murmelte Thea, während ihre Erinnerungen revoltierten. Etwas in dem Zögern, als sie über den US-Soldaten sprachen... wenn der Teil darüber, daß ihr Vater Soldat gewesen war, in gewisser Weise zutraf, dann gab es vielleicht auch bei anderen

Details Verbindungen zur Wahrheit. „Es war eine Schwangerschaft, oder? Du wurdest schwanger, und daher habt ihr geheiratet. Aber etwas ist mit dem Kind geschehen, und das hat die Lage verändert. Oder?"

„Du bist eine gute Journalistin." Newa massierte sich den Nacken. „Ja, ich hatte eine weitere Tochter, nachdem wir nach Amerika gezogen waren. Es war eine komplizierte Schwangerschaft, und sie war eine Frühgeburt. Sie lebte nicht lange. Es war zu viel für ihn… darum verließ ich ihn."

„Ich erinnere mich nicht daran."

„Du warst kaum ein Jahr alt. 14 Monate. Ich hatte nicht die Kraft, dir davon zu erzählen, als du älter wurdest."

Ein seltsames Detail schoß ihr durch den Kopf. „Warte. Wie kommt es, daß ich eine amerikanische Geburtsurkunde habe, wenn ich doch in Ägypten geboren worden bin?"

Newa warf ihr einen noch gequälteren Blick zu als vorher. „Du… ich habe… "

Eine schreckliche Vorahnung überkam Thea. „Du hast die Geburtsurkunde deiner anderen Geburt benutzt! Ich hatte die ganze Zeit die Geburtsurkunde meiner toten Schwester! Hast du mir denn *je* die Wahrheit gesagt?"

Thea wartete nicht auf eine Antwort, bevor sie aus dem Wohnzimmer hinauslief.

• • •

Sie fand Jake vor der Badezimmertür im ersten Stock.

„Margie ist dort drin und weint", sagte Jake. „Wir haben geredet, aber sie will mich nicht reinlassen."

„Wie geht es ihr?"

„Ziemlich durcheinander – was bei all den Ereignissen der letzten Zeit nicht überrascht. Aber ich glaube nicht, daß sie, du weißt schon… "

Thea nickte. Margie war niemand, der an Selbstmord dachte. Sie klopfte. „He, Margie? Ich bin's. Kann ich hereinkommen?"

Ein schniefendes Murmeln erklang durch die Tür.

„Wenn du mir sagen willst, ich soll mich zum Teufel scheren, dann kann ich dich nicht hören, Schätzchen", sagte Thea. „Mach auf, damit du mir zumindest ins Gesicht schreien kannst, ja?"

Nach ein paar Sekunden hörten sie den Schlüssel im Schloß, und die Tür öffnete sich einen Spalt weit. „Ich übernehme das", murmelte Thea zu Jake, bevor sie hineinschlüpfte.

Das Badezimmer im Flur war mit einem Waschbecken, einer Toilette und einer Dusche mit gläsernen Wänden ausgestattet. Margie saß auf dem geschlossenen Toilettendeckel und hielt eine halbe Rolle Klopapier in der Hand, das sie benutzte, um sich das Gesicht abzutupfen. Ihr fiel auf, daß Margie vor der offenen Tür zurückschreckte, daher schloß Thea sie und setzte sich auf den Fußboden. Sie saß mit dem Rücken zur Dusche und schenkte ihrer Freundin ein entschuldigendes Lächeln.

„Der ganze Wahnsinn, den du durchmachen mußtest, tut mir leid, Margie. Du hast ja keine *Ahnung*, wie sehr. Es ist alles meine Schuld."

„Ja, das ist es", sagte Margie, wobei sie ein heldenhaftes Schnauben ausstieß, als sie sich die Nase putzte. „Ich hab das Gefühl, ich bin im Film – und das nicht auf die positive Art."

Thea nickte. Sie hatte oft dasselbe Gefühl. „Wie geht es dir? Du hast mir eine Weile lang ganz schön Angst gemacht."

„Gut! Du hast *mir* auch eine Weile ganz schön Angst gemacht und mich geärgert. Mir geht es gut, soweit man das in diesem ganzen Alptraum hier sagen kann." Margie richtete ihre von Tränen geröteten Augen auf ihre Freundin. „Ich verstehe es einfach nicht. Ich verstehe nicht, worum es hier geht. Warum ich? Warum du? Warum das alles? Und jetzt auch noch deine Mutter? Hat das etwas mit deiner Familie zu tun?"

„Ich wünschte, ich könnte es dir sagen, Schatz. Ich tappe genauso im Dunkeln wie du." Thea nahm Margies Hände und sah ihre Freundin mit ernster Miene an. „Ich weiß nicht, worum sich das alles dreht. Das einzige, was ich weiß, ist, warum ausgerechnet du: nur, um mich in die Finger zubekommen."

„Habe ich ein Glück."

Thea drückte ihre Hände. „Ich weiß, und es tut mir leid. Ich habe getan, was ich konnte, um dich zu schützen."

Margie zog ihre Hände wieder zurück und wischte sich die Nase. „Du klingst ja wie deine Mutter."

Das vermittelte Thea eine bessere Vorstellung davon, was Margie im Augenblick ihr gegenüber empfand – und wie ihre Mutter sich wohl fühlte. Es war viel zu verdauen, vielleicht zu viel, als daß ihre Beziehung zueinander dabei würde intakt bleiben können. Thea fühlte sich schrecklich, weil Margie von Vampiren gefaßt worden war, aber ihr fiel nichts ein, das sie hätte tun können, um die Wahrheit ans Licht zu bringen. Egal, zu welchem Zeitpunkt sie die Gelegenheit ergriffen hätte, Margie hätte wohl geglaubt, ihre beste Freundin sei vollkommen durchgeknallt. Nur dadurch, daß sie die Wahrheit selbst gesehen hatte, hatte sie es ihr verständlich machen können. *Ja, sieh nur, wie das geklappt hat.*

„Du hast recht. Ich habe Scheiße gebaut. Ich weiß nicht, wie ich das je wieder gutmachen kann, aber ich werde tun, was in meiner Macht steht."

„Kannst du die Zeit zurückdrehen? Nein? Dann solltest du mich vielleicht nur für eine Weile alleine lassen, in Ordnung?"

• • •

Thea war nicht in der Stimmung, wieder ihrer Mutter gegenüberzutreten, daher zog sie sich in ihr altes Schlafzimmer zurück. Newa hatte es zu einem zweiten Gästezimmer umgebaut, nachdem Thea vor ein paar Jahren ausgezogen war. Von den Abmessungen des Raumes abgesehen fehlte es dem Zimmer an der vertrauten Intimität. Da allerdings der Rest ihrer Sachen nur Schrott war, würde Thea nehmen müssen, was sie kriegen konnte.

Jetzt war alles zum ausgewachsenen Wahnsinn geworden, und es gab keine Hoffnung mehr, daß es je wieder normal sein würde. Aber selbst das war noch nicht einmal das Schlimmste. Thea war daran gewöhnt, daß ihr Leben nicht normal war. Daher konnte man die augenblicklichen Umstände eher als einen etwas extremeren Verlauf sehen. Im Dunkeln auf dem Bett liegend und dem fernen Brummen des Straßenverkehrs auf dem Lakeshore Drive lauschend erkannte Thea, daß das schlimmste war, nicht zu wissen, was als nächstes kommen würde.

Sie war niemand, der detaillierte Pläne schmiedete. Sie hatte ihr Leben lang meist darauf vertraut, intuitiv zu wissen, was als nächstes zu tun sei. Die Kräfte, die bei der Jagd geweckt wurden, mochten auch nur ein außerordentlich geschärfter Aspekt dieses Selbstvertrauens sein. Wie dem auch sei, sie konnte den großen Zusammenhang erkennen und die nächsten paar Schritte in ihrem Leben entsprechend planen. Zumindest bisher.

Leute, die ihr nahestanden, starben, andere wurden von Mächten, die sich jenseits ihrer Kontrolle befanden, manipuliert. Ihre Vergangenheit stellte sich als Lüge heraus, ihre Mutter als völlig Fremde. Es gab nichts, woran man sich halten konnte, nichts, das man als Anker nutzen konnte, keinen festen Standpunkt, von dem aus man Sinn in den ganzen Rest bringen konnte.

Sie ließ ihre Gedanken für unbestimmte Zeit kreisen. Irgendwann begann sie zu dösen und wurde später von einer ruhigen Stimme geweckt.

„Thea? Bist du da?"

„Hmm? He, Jake. Was gibt's?"

"Habe mich gefragt, was mit dir geschehen ist." Die Silhouette, die sie im schwachen Licht der Straßenlaternen erkannte, wurde zu Jake, der sich den Weg zu einem Stuhl in der Nähe des Tisches am Bett ertastete. „Muß wohl eingedöst sein."

„Anscheinend. Wie spät ist es?" Der Wecker stand so, daß sie nur die Andeutung einer Reihe roter vertikaler Striche erkennen konnte.

„Kurz nach elf."

Das machte Thea vollends wach. „So spät schon? Wir sollten uns aufmachen und einen Ort suchen, an dem wir uns verstecken können."

„Um ehrlich zu sein, ist das einer der Gründe, warum ich mit dir reden wollte." Es schien, als sei Jake etwas zappelig, aber das konnte man in dem schwachen Licht nur schwer erkennen. „Deine Mama hat gesagt, wir können hier bleiben, wenn wir wollen."

„Was? Warte mal einen Moment." Thea rutschte zur Bettkante und schaltete das Licht ein. Jake erschien im warmen Licht der Lampe und sah ein wenig beschämt aus.

„Als wir beide dasaßen und uns unwohl fühlten, sind wir ins Gespräch gekommen. Ich kam zu dem Schluß, es sei wohl das Beste, wenn wir ihr irgendeine Erklärung für das, was vor sich ging, geben würden. Außerdem wollte ich verstehen, was sie vorhin gesagt hatte. Wie dem auch sei, am Ende hat sie uns angeboten, die Nacht hier zu verbringen."

Thea warf Jake einen vernichtenden Blick zu. „Worüber genau habt ihr beide da gesprochen?"

„He, laß es nicht klingen, als sei ich plötzlich der Feind hier. Ich versuche nur, mir eine bessere Vorstellung über deine Familie zu verschaffen, das ist alles. Hör mal, Thea, sie weiß, daß sie Scheiße gebaut hat, große Scheiße, meine ich."

Der Schmerz schoß in Thea empor wie Lava durch eine Erdspalte. „Verstehst du überhaupt, was sie *getan* hat, Jake? Ich meine – "

„Ich habe eine recht gute Vorstellung davon. Deine Mama ist an einen Kult geraten, aber ihr wurde die Situation klar, als sie eine Tochter gebar. Daher hatte sie ihre Sachen gepackt, ist abgedampft und hat sich an den erstbesten Kerl drangehängt, den sie getroffen hatte und von dem sie der Meinung war, er könne sie beschützen. Emotional, wenn nicht noch auf andere Weise. Sie gingen nach Amerika. Das war eine Chance für sie – und ihre Tochter –, ein neues Leben anzufangen. Dann wurde sie wieder schwanger, aber diesmal klappt es nicht, und ihr Ehemann wird zu einem echten Arschloch. Aber sie konnte sich auf niemand anderen verlassen, um ihre Tochter zu beschützen, daher nahm sie es selbst in die Hand. Sie verließ den Kerl und nahm ihr Kind mit. Sie fing von vorne an, versuchte, ihre Vergangenheit hinter sich zu lassen und erfand eine Geschichte, um ihre Tochter vor den Fehlern, die sie gemacht hatte, zu bewahren." Er machte eine Pause und erwiderte ihren stechenden Blick mit einem

Schulterzucken. „Hätte sie dir die Wahrheit sagen sollen? Ich weiß nicht. Vielleicht. Irgendwann sicher. Verstehe ich, warum sie es tat? Ja. Ich verteidige nicht, was sie getan hat, Thea. Ich versuche nur, es zu begreifen."

Thea verzog das Gesicht, schloß die Augen und versuchte erfolglos, aus Newa schlau zu werden. „Es wirkt alles so verrückt."

"So ungefähr wie die Monsterjagd, wie? Ich glaube, es war bezeichnend, daß sie so offen geredet hat, insbesondere noch vor anderen Leuten. So etwas braucht Mut. Auf die Gefahr hin, daß mir gleich der Kopf abgebissen wird, würde ich sagen, deine Mutter liebt dich." Jake schlug ein Kreuz. „Hör auf, mir den bösen Blick zuzuwerfen, Himmel nochmal."

„Hrmph. Erwarte nicht von mir, daß ich mich jetzt gleich wieder mit ihr vertrage. Sie muß immer noch für einiges Rede und Antwort stehen."

„Das mit ihr zu klären liegt dann an dir", sagte Jake mit einem weiteren Schulterzucken. „Hör mal, ich weiß, daß das jetzt nicht gerade dein bevorzugtes Gesprächsthema ist, aber wir sollten einige Dinge durchsprechen, die uns dabei helfen könnten zu entscheiden, ob wir hier bleiben sollen oder nicht. Ich persönlich bin der Meinung, daß es dir und Margie nur gut tun würde, aber was soll's." Thea seufzte. „Gut. Was?"

„Es klingt so, als sei der Kram, den deine Mutter durchgemacht hatte, einfach nur eine Verkettung unglücklicher Umstände und dummer Fehler. Nachdem ich noch ein bißchen mit ihr gesprochen hatte, hatte ich nichts gehört, was sich danach angehört hätte, als sei sie mit dem Übernatürlichen in Berührung gekommen. Die Kultisten, mit denen sie in Kairo herumhing, fabrizierten nur hohles Geschwätz, glaube ich. Ich habe sie glauben lassen, das, worauf wir bei dem Tempel hier gestoßen sind, sei in dieselbe Richtung gegangen. Ich weiß nicht, ob sie glaubt, daß wir von dem, worum es bei dem Kampf ging, nichts wissen, aber ich bin mir ziemlich sicher, daß sie nicht glaubt, wir steckten dahinter. Sie hatte die Sache mit den weißen Rassisten, die von den Medien dafür verantwortlich gemacht wird, zur Sprache gebracht und nichts gesagt, das dem widerspräche."

"Womit du auf deine subtile Art sagen willst, daß Mama keine Spionin für die Bösen ist, die uns bei erstbester Gelegenheit ihren Meistern ausliefern würde."

Jake murmelte seine Zustimmung.

Thea ließ sich wieder aufs Bett fallen und versuchte, sich zu sammeln. „Gut. Wir können bleiben. Zumindest heute."

„Ich habe auch mit Margie gesprochen. Sie ist jetzt wieder aus dem Bad raus, es scheint ihr gut zu gehen. Nun, auf jeden Fall besser. Mehr wie damals, als ich sie traf, als du vor ein paar Wochen im Krankenhaus warst." Seine Lippen bildeten eine dicke Linie. „Sie ist immer noch durcheinander, aber ich glaube nicht, daß sie wieder rückfällig werden wird. Trotz all des Geschreis und so glaube ich, es täte ihr gut, hier zu sein."

Thea rollte sich zur Seite und stützte ihren Kopf mit der Hand ab, um Jake anzusehen. Die Bewegung dehnte ihren Unterleib, und Schmerz flackerte dort auf, wo sie verletzt worden war. Es war nicht schmerzhaft, mehr ein Ziehen. Fühlte sich an, als würde es gut verheilen. „Wir müssen mehr mit ihr reden, sicherstellen, daß sie in Ordnung ist und herausfinden, was sie gesehen hatte."

„Ich habe versucht herauszubekommen, was sie erfahren hat, als... nun, als sie sie hatten."

Er schürzte die Lippen und atmete aus. „Es ist alles verschwommen. Als habe sie unter Drogen gestanden oder geträumt. Sie weiß, daß sie sich in Gefahr befunden hat und erinnert sich daran, wie wir sie beschützt haben. Aber sonst nichts, was uns weiterhelfen könnte."

„Wenn es ihr nicht schlimmer geht als so, dann werde ich das übernehmen", sagte Thea mit einem schwachen Lächeln. „Glaubst du, ihre lükkenhafte Erinnerung hat irgend etwas mit dem Einfluß des Vampirs zu tun?"

„Könnte auch ein Schutzmechanismus ihrer selbst sein, der das Trauma unterdrückt."

„Nun, ich will es nicht übertreiben, indem ich versuche, Details aus ihr herauszubekommen, Jake. Margie muß nicht noch weiter da mit reingezogen werden."

„Stimmt. Also, glaubst du, dieser Typ, Earl, hat mir die ganze Geschichte mit Margies Tod abgekauft?"

„Ich denke schon. Du wirktest sehr glaubwürdig." Als Thea ihn anstarrte, lachte Jake. „Ich nehme mal an, du fragst dich, ob es irgend etwas nützt, nicht war?"

„Sie vermuten ganz recht, Sir."

Jake blickte nachdenklich drein. „Basierend auf meinen Beobachtungen des Verhaltens der Verrotteten in den letzten Jahren möchte ich das mit einem entschiedenen Vielleicht beantworten. Ihre eigentliche Aufmerksamkeit ist auf uns gerichtet. Sie ist einfach nur dazwischengeraten. Ich kann mir nicht vorstellen, daß sie sich die Mühe machen werden, deine Geschichte zu überprüfen, wenn sie uns nachjagen müssen. Der, der sie verführt hat, würde es vielleicht, aber der wurde vernichtet."

„Soll er doch zum Teufel gehen."

„Der eigentliche Knackpunkt ist, was es mit Margie machen wird. Wird sie ihr altes Leben wieder aufnehmen können und so. Verstehst du?"

Thea verstand nur zu gut. Sie hatte über kaum etwas anderes nachdenken können, nicht einmal über die noch nicht sehr lange zurück liegenden Offenbarungen Newas. „Und?"

„Schwer zu sagen." Jake zuckte die Achseln. „Mal davon abgesehen, wie gut sie sich erholt, ist die Frage, ob jemand darauf wartet, daß sie sich wieder blicken läßt."

„Ja. Scheiße, Mann. Uns muß einfach etwas einfallen. Sie verdient es nicht, daß ihr Leben von so etwas zerstört wird."

„Dem stimme ich zu. Ich kann mich mal im Jäger-Netz umsehen, ob jemand nützliche Informationen für uns hat. Ansonsten wäre das einzige, was mir noch einfällt, die Vampirin zu jagen, die davongekommen ist – Sylvia? Sie und alle anderen in ihrer Gruppe oder ihrem Klüngel oder wie auch immer sie ihre Gangs nennen."

„Ja, richtig. Die Schlampe."

Jake verzog einen Mundwinkel. „Weißt du was? Du fluchst sehr oft."

Sie lachte. „Ja? Vielleicht hast du recht. Könnte vielleicht mit meiner Auflehnung gegen meine Mutter zusammenhängen."

„Egal. Ist mir nur aufgefallen, wo wir so oft miteinander rumhängen."

„Ja nun, es ist nicht so, daß ich damit aufhören würde, nur weil du prüder Kerl es angesprochen hast."

• • •

Thea verbrachte eine ruhelose Nacht damit, immer nicht mehr als ein paar Minuten am Stück zu schlafen. Die Konfrontation mit ihrer Mutter war in einer völlig anderen Richtung verlaufen als geplant. Da noch die Möglichkeit hinzu kam, Margies Leben ruiniert zu haben, fiel es Thea schwer, überhaupt Schlaf zu finden.

Kurz nach zehn kam sie in die Küche gewankt und fand dort Jake und Margie vor, die sich bei einem Frühstück aus Kaffee, Saft und Karottenkleie unterhielten.

„Guten Morgen", sagte sie zu niemand bestimmten. Jake murmelte eine Antwort, während Margie Orangensaft nippte.

„Deine Mutter ist vor einer Weile einkaufen gegangen", sagte Jake. „Glaube nicht, daß sie sich sonderlich wohl dabei gefühlt hat, heute morgen mit uns herumzusitzen."

„Ja, habe ich mir schon gedacht", antwortete Thea und nahm sich eine Schüssel voller Cornflakes und etwas Kaffee. „Darum bin ich auch erst jetzt runtergekommen. Habe gewartet, bis ich die Garagentür habe gehen hören.“

Sie trug ihr Frühstück an den Küchentisch und setzte sich Margie gegenüber, mit Jake zu ihrer Linken. Thea war zu dem Schluß gekommen, daß die einzige Hoffnung darauf, ihre Beziehung zu Margie wieder in alte Bahnen zu bringen, darin bestand, so offen und ehrlich mit ihr umzugehen wie möglich. *Jetzt wäre dafür genau der richtige Zeitpunkt.* Ohne große Vorrede sagte sie: „Margie, ich möchte mich für all das, in was ich dich mit hineingezogen habe, entschuldigen. Du hattest die Wahrheit von Anfang an verdient, egal, wie verrückt sie sich angehört hätte. Ich weiß, daß eine Entschuldigung dich nicht einmal annähernd für all das entschädigt. Um ehrlich zu sein, weiß ich nicht, ob überhaupt irgend etwas das kann. Aber von nun an werde ich alles tun, was in meiner Macht steht, um dir dein Leben wieder zurückzuholen.“

Thea zitterte vor Mühe, als sie ihrer Freundin in die Augen blickte, während sie all das in einem vernünftigen Tonfall aus sich herausfließen ließ. Sie hatte nicht wirklich einen Willen, der stark genug war, um ruhig dazusitzen, während sie auf Margies Antwort wartete, daher aß sie einen großen Löffel Cornflakes und spülte ihn mit einem Schluck Kaffee hinunter. Als sie wieder aufsah, saß Margie immer noch in derselben Haltung und mit einem auf halbem Weg zum Mund erhobenen Saftglas da. Thea spürte, wie Jake zwischen ihnen beiden hin- und herblickte.

Nach ein paar Augenblicken, die ihr wie eine Ewigkeit vorkamen, regte sich Margie wieder und räusperte sich. „Ich habe ein wenig nachgedacht, seit... jener Nacht. Ich erinnere mich nicht an viel, aber ich kann auch nicht von der Hand weisen, was geschehen ist. Jake hat mir dabei geholfen, mir ein paar Dinge zusammenzureimen – nicht, daß das Begreifen es irgendwie rationaler machen würde. Ich glaube, ich weiß jetzt genug, um zu begreifen, daß ich damit nichts zu tun haben möchte. Aber ich werde auch nicht hier sitzen bleiben und Opfer sein. Ich bin immer noch sauer auf dich, aber ich kann dir nicht die Schuld für alles geben.“

Thea erwiderte Margies Lächeln und sackte über ihrem Kaffee zusammen, bis sie sich wieder im Griff hatte. Sie hatten sich dem Normalen noch nicht einmal angenähert, aber es war immerhin ein Anfang. Jetzt, da sie wußte, daß Margie gewillt war, die Dinge – nicht nur das Chaos der Untoten, sondern auch ihre Freundschaft – wieder zu richten, fiel einiges von Thea ab, das ihr seit Wochen schon auf dem Herzen lag. Margie stand Thea näher als irgend jemand sonst. Der Verlust ihrer Freundschaft hätte sie vernichtet.

„Das war eine Sache, jetzt bleibt noch eine andere“, murmelte Thea, während sie einen Löffel voll Cornflakes zu sich nahm.

„Was denn?“ fragte Jake.

„Hab nur laut gedacht. Wenn es dir jetzt besser geht, Margie, und du mir nicht den Kopf abreißen willst, wäre es vielleicht das Beste, wenn wir uns einen neuen Unterschlupf suchen, von dem aus wir unsere nächsten Schritte planen können.“

„Oh Junge“, antwortete Margie. „Ich kann das... was du kannst nicht machen. Ich will so nahe wie möglich wieder an die Normalität herankommen.“

„Ich weiß, Margie“, sagte Thea, während Jake nickte. „Glaub mir, wir täten selbst nichts lieber als das. Aber ich wollte damit nicht sagen, daß du durchs Land würdest ziehen müssen wie in *Auf der Flucht*. Es ist einfach nur so, daß sich dieser Ort für mich nicht im Entferntesten wie ein Zuhause anfühlt, dank der Knüller, die Mama mir gestern Abend an den Kopf geworfen hat. Ich kann nur ahnen, wie unwohl ihr euch fühlen müßt.“

„Warte“, fiel ihr Jake ins Wort, gerade als Margie etwas sagen wollte. „Es ist nicht an mir, so etwas zu entscheiden, aber willst du nicht versuchen, die Sache mit deiner Mutter ins Reine zu bringen?“

Thea seufzte. „Ich weiß es nicht. Nun gut, vielleicht – wahrscheinlich –, aber nicht gerade jetzt. Es ist im Augenblick einfach zu viel auf einmal los. Wenn jetzt noch Mama dazukäme, wäre das vermutlich nur der sprichwörtliche Tropfen, der das Faß zum Überlaufen brächte. Außerdem habe ich Margies Leben ruiniert. Ich würde es vorziehen, nicht auch noch meine Mutter in das alles hineinzuziehen.“

Sie nickten verständnisvoll. Während der darauf folgenden Stille aß Thea die letzten Cornflakes und schenkte sich Kaffee nach. Als sie sich wieder setzte, fragte Margie: „Gibt es irgendeinen Grund dafür, warum ich nicht einfach nach Hause gehen kann? Nicht in die Wohnung – zumindest nicht gleich –, sondern vielmehr heim zu meiner Familie und an die Uni. Ich muß meine Laborarbeit machen.“

Thea sah Jake an, der nur mit den Schultern zuckte. „Sie hat mich das schon vorhin gefragt, und ich glaube, das dürfte in Ordnung sein. Nach dem zu urteilen, was sie mir erzählt hat und wie eure Wohnung aussah, hat Graham sie in Stücke geschlagen, weil er sauer auf dich war. Es sah nicht aus, als hätte jemand sie durchsucht. Margies Brieftasche und ihr anderes Zeug lagen noch in ihrem Zimmer, daher glaube ich nicht, daß sie wissen, wo ihre Familie wohnt oder daß sie an ihrer Promotion arbeitet, und wenn sie Margie für tot halten, nun... “

„Ja, das macht Sinn. Wir könnten dich zu deiner Familie bringen, statt dich durch die Gegend zu schleifen." Thea lächelte reuevoll. „Ich schätze, ich habe einfach nur Angst, dich aus den Augen zu lassen. Ich will sicher gehen, daß du außer Gefahr bist."

„Ich bin erwachsen, Thea. Ich kann auf mich selbst aufpassen."

„Ich behaupte nicht, daß du das nicht kannst. Es ist nur so, daß die Situation eine vollkommen andere ist. Es gibt Ärger da draußen, der nur darauf wartet, dich anzuspringen."

Ehe Margie etwas darauf antworten konnte, sagte Jake: „Das bringt mich zu dir und deinem Leben hier, Thea."

„Du meinst, ob ich die Dinge wieder hinbiegen kann." Thea rieb mit einem Fingernagel über einen Kratzer im Tisch. „Unsere Gesichter sind noch nicht überall in den Nachrichten aufgetaucht, daher glaube ich, daß ich es oberflächlich betrachtet könnte. Aber realistisch gesehen würde ich sagen, daß mein Leben – zumindest in Chicago – beendet ist. Die Bösen wollen mich tot sehen. Das ergibt auch Sinn, wenn man bedenkt, daß wir diese beiden Vampire, Critias und Graham, vernichtet und Sylvia verletzt – und, falls wir soviel Glück hatten, vielleicht sogar ebenfalls vernichtet – haben. Mir gefällt die Idee nicht, von hier wegzugehen, aber wenn ich hierbleibe, bringe ich damit nur die Leute, die mir etwas bedeuten, in Schwierigkeiten."

„Daran habe ich auch schon gedacht."

„Also, was nun?" Margie schürzte die Lippen und legte die Stirn in Falten. „Wollt ihr einfach davonlaufen?"

Jake stocherte mit einem Löffel in seinen mittlerweile aufgeweichten Cornflakes herum. „Wir werden die Aufmerksamkeit der Verrotteten – der Vampire – auf uns lenken und dafür sorgen, daß sie *wissen*, daß wir davonlaufen. Sie werden uns erst in Ruhe lassen, wenn sie uns erwischt haben. Wir müssen aus ihrem Revier verschwinden und ein paar Freunde finden, die uns helfen können, ihnen eine Falle zu stellen."

„Außerdem sind sie so nicht damit beschäftigt, hier noch weiter rumzuschnüffeln, und du wirst sicher sein, Margie." Als sie Margies Gesichtsausdruck sah, fügte Thea hinzu: „Ich habe nie behauptet, es sei ein perfekter Plan, Schatz. Wir haben nur keine andere Wahl. Jake und ich müssen die Initiative ergreifen, sonst werden wir zu Zielscheiben."

„Ich denke schon." Margie schüttelte den Kopf. „Diese ganze Situation ist einfach nur verrückt."

„Du hast's erfaßt."

• • •

Sie wollten eine Nachricht hinterlassen und zur Tür hinaus sein, bevor ihre Mutter wieder zurück kam. Sie hatte eine ziemlich gute Vorstellung davon, daß Newa Ghandour Besorgungen erledigte, um ihnen genau diese Möglichkeit zu geben. Aber nein. Sie hatten beide die Wahrheit und die Konfrontation für viel zu lange zu vermeiden versucht. Hier war nichts an einem Nachmittag zu lösen, aber ihre Mutter hatte zumindest eine persönliche Verabschiedung verdient.

Sie packten das wenige, was sie bei sich hatten, zusammen und verbrachten die nächste halbe Stunde damit, in den Fernsehkanälen nach Nachrichten über den Sears Tower oder irgend einen von ihnen zu durchforsten. Der Angriff auf den Sears Tower bekam ein paar Sekunden Sendezeit auf CNN – keine neuen Informationen, die Behörden gingen eher von organisiertem Verbrechen als von Terroristen aus –, aber sonst nichts auffälliges. Es sah aus, als habe keiner die Schüsse, die in ihrer Wohnung abgegeben worden waren, gehört, und vermutlich war Earl erfindungsreich genug gewesen, sich selbst befreien und hinausschleichen zu können, ohne die Nachbarn in Aufregung zu versetzen. Nachdem sie erneut durch die Kanäle gezappt hatten, meinte Jake schließlich, es sei das Beste, wenn sie sich auf den Weg machten.

„Ich will ja nicht das, womit du dich mit deiner Mama zusammen auseinandersetzen mußt, untergraben, aber wir können nicht den Tag hier verschwenden."

Thea nickte. „Stimmt. Vielleicht wäre etwas mehr Zeit zur Abkühlung nicht schlecht, weißt du? Ich werde dafür sorgen, daß ich sie noch mal treffe, bevor wir aus der Stadt verschwinden."

Jake hatte gerade einen Anruf bei Lupe Droin beendet, damit sie sie abholen kam, als die Garagentür rumorte und die Heimkehr Newa Ghandours verkündete. Theas Mutter betrat den Raum mit einer Tasche voll frischen Obsts und Gemüses und einer anderen voller verschiedener Sachen im Arm. Sie begrüßte sie nickend, ging in die Küche und beschäftigte sich dort damit, die Einkäufe wegzuräumen. Jake und Margie brauchten keine Aufforderung, um nach oben zu verschwinden und ihre wenigen Habseligkeiten zu holen. Einmal tief Luft holend ging Thea in die Küche.

„Mama, wir haben uns gerade ein Taxi gerufen. Wir brechen in ein paar Minuten auf."

Newa trat an das große Spülbecken aus rostfreiem Stahl herüber und begann, Sellerie zu schneiden. „In Ordnung", sagte sie in einem milden Tonfall. „Wo werdet ihr hingehen?"

"Es ist vielleicht besser, wenn du es nicht weißt." Sie wartete darauf, daß ihre Mutter sich vom Spülbecken wegdrehte. „Äh, Mama? Hör mal, wir müssen gehen, aber ich wollte mit dir über... alles reden."

„Das klingt alles, als wäre es ein bißchen viel, um es in ein paar Minuten abzuhandeln, Thea."

„Was bist du, Komikerin? Mama, es ist wichtig!"

Newa legte den Sellerie auf die Arbeitsplatte und stützte sich einen Moment am Rand des Spülbeckens ab. Schließlich drehte sie das Wasser ab und wandte sich Thea zu. Newas Gesicht war gerötet, und ihre Augen waren ebenso rot und verquollen. Ihre Stimme blieb so ruhig und kontrolliert wie sonst auch immer, als sie sagte: „Ja, es scheint wichtig zu sein. Ich weiß nur sehr wenig darüber, worin du im Augenblick verstrickt bist, aber ich nehme an, daß ich nicht das Recht habe zu fragen."

„Wegen dem, was du mir letzte Nacht erzählt hast? Vielleicht. Aber ich kann auch nicht verstehen, warum du mir so etwas verheimlichen wolltest." Thea lachte humorlos. „Es ist doch wohl offensichtlich, daß das, was derzeit mit mir geschieht, etwas ist, von dem ich nicht möchte, daß du davon mehr erfährst. Du und ich, wir sind einander doch so gut wie fremd. Es gibt eine ganze Menge Dinge, über die wir reden müssen, um das zu ändern, und ich wünschte, ich könnte das alles jetzt tun. Aber, nun... "

„Jetzt ist kein guter Zeitpunkt dafür."

„Nein. Ich werde mich bald wieder bei dir melden, und dann können wir alles besprechen. Oder uns zumindest darauf einigen, was wir wegsperren und wobei wir so tun wollen, als sei es nie geschehen." Das rief bei beiden den Hauch eines Lächelns im Gesicht hervor. „Bis dahin möchte ich, daß du mir einen Gefallen tust."

Newa legte ihren Kopf schief. „Was für einen?"

„Ich möchte, daß du niemandem davon erzählst, daß Margie und ich hier gewesen sind. Sag, das letzte Mal, als du uns beide gesehen hast, sei vor ein paar Wochen gewesen, als du uns aus dem Krankenhaus nach Hause gefahren hast."

„Das ist ein sehr ungewöhnlicher Gefallen, Thea." Ihr Tonfall bestand beinahe auf einer Erklärung.

Thea runzelte die Stirn. „Du erinnerst dich, wie du dich dazu entschiedest, mir die ganze Sache mit Echnaton und meinem Vater zu verschweigen, weil du dachtest, es würde mich schützen? Dies geschieht aus demselben Grund, abgesehen davon, daß ich weiß, daß dieser Gefallen Margie und vielleicht auch dich beschützen wird. Aber das ist alles, was ich dir im Augenblick sagen kann."

Newa sah ihre Tochter ausdruckslos an und nickte. Sie trat ans Schneidbrett, wo ihr Geldbeutel lag. Während sie darin herumwühlte, sagte sie: „Wenn es das ist, was ich tun muß, damit wir weiter eine Familie bleiben, werde ich das tun. Im Gegenzug möchte ich, daß du mir eine Art Gefallen tust. Nimm das."

Thea öffnete den Umschlag und stieß ein schockiertes Lachen aus. „Heilige – Mama, wie viel Geld ist da drin?"

„2000 Dollar. Ich habe heute morgen bei der Bank angehalten. Du warst in Finanzdingen noch nie besonders gut, daher könntest du es bei dem, was auch immer du tust, vielleicht brauchen."

Thea plapperte ein paar Sekunden vor sich hin, konnte aber nicht abstreiten, daß das Geld durchaus nützlich sein würde. „Ich weiß nicht, was ich sagen soll... oh, außer ‚Was ist der Gefallen?'"

„Ich habe meine Familie verlassen, weil ich mich schämte und verwirrt war. Ich dachte, ich sei zu weit vom Weg abgekommen. Ich hatte das Gefühl, nie wieder zurückkehren zu können. Mach nicht denselben Fehler. Denke immer daran, daß du hier willkommen bist, Thea."

Zwei kurze Huptöne waren auf der Straße zu hören.

Es war schwer zu sagen, wer von beiden überraschter war, als Thea Newa plötzlich umarmte. „Das werde ich, Mama. Ich liebe dich."

Thea rannte aus der Küche und war kaum in der Lage, die Tränen zurückzuhalten, während die Worte ihrer Mutter ihr hinaus in den kälter werdenden Nachmittag im März folgten: „Gott sei mit dir, meine Tochter."

• • •

Thea fühlte sich schuldig. Oder zumindest egoistisch. Ihre beste Freundin war sicher bei ihrer Familie untergebracht und versprach, die Füße in den nächsten Tagen still zu halten und sich unauffällig zu verhalten. Aber Jake war immer noch bei Thea, ein Kerl, der kaum 20 war und den sie seit noch nicht einmal einem Jahr kannte. Der Kleine war der Van-Helsing-Brigade beigetreten, um ihnen behilflich zu sein, mehr über die Dinge in Erfahrung zu bringen, die sie jagten. Jetzt war das Team vernichtet, also gab es keinen Grund für ihn, noch länger zu bleiben. Von seiner Loyalität gegenüber Thea, deretwegen er das Risiko einging, getötet zu werden, einmal abgesehen. Aber hier saß er nun am Schreibtisch eines Best-Western Motelzimmers, diskutierte Pläne mit ihr und überprüfte Möglichkeiten im Jäger-Netz, ohne im Geringsten darüber zu zögern, bis zum bitteren Ende bei ihr zu bleiben. Wenn sie es zur Sprache brachte, würde sie dadurch nur ihre Schuld lindern und es würde ihn beschämen, daher behielt sie ihre Gedanken für sich und konzentrierte sich auf den Plan, der in der Entstehung begriffen war.

Sie waren übereingekommen, daß es die beste Möglichkeit wäre, mit Amtrak die Stadt zu verlassen. Sie würden in einer anderen Stadt aussteigen und sich mehr schlecht als recht darum bemühen, irgend jemanden, der ihnen folgte, abzuschütteln, indem sie Tickets zu zwei unterschiedlichen Zielen kaufen und in letzter Minute einen von den beiden Zügen nahmen. Dann würden sie an ihrer nächsten Station wieder eine Spur hinterlassen, der selbst ein Blinder mit Krückstock folgen konnte – zumindest, bis sie einen Ort, den sie vorher mit anderen Jägern abgesprochen hatten, erreichten. Dort würden sie ihr möglichstes tun, irgendwelche Verfolger abzuschütteln und sich in das Versteck der Jäger zurückzuziehen. Das sollte das Interesse der Verrotteten lange genug fesseln, so daß sie sich nicht um die Überprüfung einiger kleinerer offener Enden wie z. B. der Frage, ob irgendeine Zeugin wirklich tot war, kümmern würden. Zumindest hofften sie, daß es so funktionieren würde. Thea wünschte, sie könnte ihren sechsten Sinn darauf anwenden, Ungereimtheiten in Plänen zu entdecken, aber der Plan war dafür zu abstrakt. Sie würden wohl auf hilfreiche Eingebungen warten müssen, bis sie den Plan in die Tat umsetzten.

Das Hauptproblem lag darin zu entscheiden, in welche Stadt sie am besten reisen sollten sowie darin, andere Jäger aufzutreiben, die ihnen so kurzfristig helfen konnten. Auch wenn die Jäger durch das Jäger-Netz über ein globales Kommunikationsnetzwerk verfügten, so waren die meisten Jäger doch paranoid, wenn es darum ging, ihre Identitäten irgend jemandem gegenüber zu offenbaren, der nicht über jeden Zweifel erhaben war. Die Bösen waren bekannt dafür, sterbliche Gefolgsleute zu benutzen, um die Jäger aus ihrem Versteck zu locken. Diese Renfields gaben sich selbst als Jäger aus, und auch wenn sie dabei selten erfolgreich waren, war doch die Bedrohung sehr real.

Es war ein glücklicher Zufall, daß Thea Jake hatte. Sie war seit noch nicht allzu langer Zeit bei der Jagd dabei und hatte im Jäger-Netz keine allzu große Präsenz gezeigt. Unter dem Namen „Bookworm55“ war Jake einer der ersten gewesen und genoß den Respekt der meisten, die sich an dem Netzwerk beteiligten. Der Trick bestand dann darin zu entscheiden, wer – oder besser, wo – sie der Meinung waren, sich am wohlsten zu fühlen, wenn sie mit jemanden zusammenarbeiten wollten. Jake fällte schließlich die Entscheidung für Baltimore.

„Nun gut, aber wir sollten uns nicht zu viel Zeit damit lassen, das alles in die Wege zu leiten“, grummelte Thea. „Der Zwischenfall am Sears Tower ist jetzt eine Woche her, und die Bösen müssen sich schon gewaltig darüber aufregen, daß sie uns noch nicht gefunden haben, insbesondere, nachdem wir einen ihrer Schläger vermöbelt haben. Ich wette, wir haben noch maximal einen Tag, bevor sie die Geduld verlieren und die Stadt von oben bis unten durchkämmen, wenn sie nicht schon damit angefangen haben."

"Wie kommst du darauf?" fragte Jake. „Dein ‚Spinnensinn'?"

„Nö, einfach nur das, was ich täte, wenn ich keinen Bock mehr darauf hätte, ein paar Würmer aufzuspüren, aber über einige Ressourcen verfügen würden, die ich dem Problem widmen kann." Er lächelte, aber Thea konnte erkennen, daß er nicht wirklich davon überzeugt war. Sie fühlte sich so ausgelaugt, wie er aussah. „Na gut. Für mich war's das für heute. Ich haue mich hin. Wenn die Monster an die Tür klopfen, bist du auf dich gestellt."

„Gut." Jake klopfte mit seinem Fingernagel gegen das Gehäuse des Compaq. „Ich muß nur noch eine nette, kryptische Anfrage an die Liste stellen, und dann lege ich mich auch hin."

Sie hatten sich für ein Doppelzimmer entschieden. Thea sah in Jake den kleinen Bruder, den sie nie gehabt hatte, und obwohl sie annahm, daß er wohl etwas für sie übrig haben könnte, hatte er bisher nie etwas dergleichen durchblicken lassen. Jede mögliche sexuelle Spannung war nichts im Vergleich zu der Gefahr, die das Übernatürliche darstellte. Getrennte Zimmer schrien förmlich danach, daß ein Untoter hineinschlüpfte und sie einzeln tötete. Auf halbem Weg zum Schlafzimmer hielt Thea inne, als eine Erinnerung, die sie so gut es ging zu unterdrücken versuchte, sich ungebeten den Weg an die Oberfläche bahnte. Seit sie angefangen hatten, über andere Jäger zu reden, hatte sie immer wieder ein Bild aufblitzen sehen: das von einem Körper, dessen Gliedmaßen in seltsamen Winkeln davon abstanden. Nun wurde die Erinnerung lebhafter, und anstelle des Badezimmers des Motels sah sie die Kammer eines dunklen Tempels, auf dessen Boden ein Mann in schwarzem Overall vor ihr lag, dessen Leben in einem Augenblick, der zu schnell gewesen war, als daß man ihn hätte sehen können, aus ihm herausgerissen worden war. Thea war sich nicht sicher, wie lange sie dagestanden hatte, bevor sie sich selbst wieder in die Gegenwart katapultierte. Tränen wegblinzelnd verließ sie das Bad wieder.

„Was ist mit Carpenter?" fragte sie.

Jake zuckte zusammen, als hätte sie ihn mit einem Elektroschocker in die Rippen gepiekt. Er ließ seinen Blick mit weit aufgerissenen Augen durch den Raum schweifen und rief: „Himmel noch mal, Thea! Du hast mich beinahe zu Tode erschreckt!"

Thea betrat den Raum und lehnte sich an den Rand des Schreibtischs. „Nun?"

„Du meinst, warum haben wir ihn nicht die ganze Zeit verfolgt?“ fragte Jake und schüttelte sich, um seinen Adrenalinpegel wieder zu normalisieren.

„Das, und nun haben wir vor, uns zu verziehen, ohne etwas unternommen zu haben, um ihn ausfindig zu machen.“

„Ich habe mich schon gefragt, ob du das irgendwann erwähnen würdest.“

„Ja? Wie kommt es, daß *du* es nicht getan hast?“

Er lächelte humorlos. „Weil mir nicht nach Selbstmord ist.“

Eine Erwiderung war bereits auf dem Weg, aber Jake winkte ab. „Hör zu. Carpenter jetzt zu jagen wäre nicht Teil der Jagd. Es wäre Rache. Wir würden versuchen, uns an ihm für den Tod von Romeo und Lilly... und im weiteren Sinn auch für Parker und Dean zu rächen. Verdammt, vielleicht steckte er sogar hinter dem Tod Carls und Waynes, wie Parker es vermutete.“

„Was ist an Rache so verkehrt? Vergiß nicht, daß er auch der Hurensohn gewesen ist, der Gott weiß wie viele Mitglieder der Familie Sforza getötet hat, und das sind alles nur die Leute, von denen wir *wissen*, daß er sie umgelegt hat.“

„Wenn irgend jemand den Spitzenplatz auf meiner Abschußliste einnimmt, dann ist das Maxwell Carpenter.“ Er schob den Stuhl zurück und verschränkte die Arme, während er sprach. „Aber du kennst mich. Ich glaube, es gibt da etwas in so gut wie jedem der Dinger, denen wir begegnen, das es wert ist, gerettet zu werden. Sie zu vernichten mag notwendig sein, aber nur, wenn es keine andere Möglichkeit gibt. Aber lassen wir das erst mal außen vor. Trotz all der grausamen Dinge, die Carpenter getan hat, glaube ich nicht, daß seine Motivation das Böse ist. Sie unterscheidet sich möglicherweise gar nicht so sehr von dem Grund, weswegen du ihn umnieten willst.“

„Oh, du hast *nicht* gerade uns beide verglichen?“

„Das habe ich, und das tue ich immer noch. Das alles weißt du schon, Thea. Es ist leichter, dem Schmerz nachzugeben und um sich zu schlagen, als die Gründe dafür, daß diese Dinge geschehen, zu erkennen. Carpenter ist dank seines harten Lebens und eines wirklich schrecklichen Todes schon übel. All die Jahre, die er nun schon tot ist, haben ihn geprägt. Nimm zum Beispiel, wie du dich jetzt fühlst und multipliziere es mit einer Million. Das ist der Punkt, an dem er sich befindet. Ich kann schon verstehen, warum er vernichtet werden müßte – nicht weil er ein Monster ist, sondern, damit er nicht weiter leiden muß.“

„Komm schon, Jake“, bat ihn Thea. „Ich stimme dir zu, daß nicht jedes einzelne dieser Dinger durch und durch Böse ist, aber einige sind es. Das

Böse existiert, und sein Name ist Maxwell Carpenter. Vielleicht war er zu Anfang nur ein armer, betrogener Mafiosi, aber er hat nun schon doppelt so lange Erdnußbutter und böse Sandwiches gegessen, wie wir beide am Leben sind. Wir haben aus erster Hand erfahren, daß alles, was er berührt, irgendwie verdorben wird. Der Rest unserer Bande ist tot, mein Leben ist ruiniert, Margies wahrscheinlich ebenso – und er war noch nicht einmal hinter uns her! Wir waren für ihn nur Mittel zum Zweck. Nimm deine gottverdammte rosarote Brille ab und sieh ihn dir an! Kein Zentimeter an diesem Bastard ist es wert, erlöst zu werden."

Thea hatte nicht vorgehabt, auf Jake herumzuhacken. Aber seine unschuldigen das-Glas-ist-halb-voll-Mutmaßungen würden ihn eines Tages noch umbringen.

„In Ordnung. Gut." Er rieb sich das Gesicht und zeigte damit mehr Selbstbeherrschung, als sie es getan hatte. „Ich habe mich schon früher mit Leuten in dieser Angelegenheit auseinandergesetzt. Es ist nichts Neues, und wir werden nichts erreichen, indem wir einander anschreien. Außerdem steht das nicht zur Debatte. Du willst wissen, warum ich nicht darüber reden wollte, ihn zu verfolgen? Weil er sich irgendwo in Chicago versteckt. Genau hier – in einer Stadt, die voller Vampire ist, die uns liebend gern in die Finger bekämen. Wir können nicht einfach weiter jagen, als sei nichts geschehen. Im Augenblick sind wir in der Unterzahl. Das Klügste ist es, uns zurückzuziehen und neue Kräfte zu sammeln. Überleben, um an einem anderen Tag weiter zu kämpfen, richtig?"

„Solange du dabei mit dir selbst leben kannst, Jake", schnappte sie und ging ins Badezimmer. Sie schlug die Tür zu und verhinderte damit jede Antwort, die er ihr hätte geben können. Thea drehte die Dusche so heiß auf wie möglich und riß sich dann mit ein paar ruckartigen, zornigen Bewegungen die Kleider vom Leib. Während sie sich von dem siedend heißen Wasser aufweichen ließ, versuchte sie erfolglos, ihrem Geist freien Lauf zu lassen, um etwas Ruhe zu finden.

Thea sah ein, daß es klüger war, den Tod durch die blutsaugenden Spinner zu vermeiden. Aber welche Entschuldigungen Jake auch immer für Carpenter fand, sie kannte die Wahrheit. Er war ein Monster im wahrsten Sinne des Wortes, eine Kreatur der Verderbnis, die ihr Leben in Stücke gerissen hatte – und er war immer noch da draußen und machte Gott weiß was für Sachen.

NEUN

Die Dieselmotoren wurden langsamer. Nicht viel, aber das Geräusch war unmißverständlich. Carpenter hatte das beständige Dröhnen der Motoren lange genug gehört, um auf die geringsten Veränderungen hellhörig zu werden. Er hörte mit der Rattenjagd auf und haderte mit sich selbst, ob er an Deck gehen und das sich nähernde Land beobachten sollte. Wenn seine Ankunft in New York irgendwie typisch gewesen sein sollte, dann würde es noch Stunden dauern, bis sie den Hafen erreichten. Außerdem war das der Zeitraum, in dem die Besatzung am aktivsten war und sich darauf vorbereitete, sich dem Land zu nähern. Sie würde schon von der Reise her aufgeregt genug sein, ohne daß er auch noch auftauchte und den Ängsten der Männer einen Fokus lieferte.

Sie mußten sogar ziemlich verängstigt sein. Seine Prügelei auf dem Weg aus dem New Yorker Hafen hatte bizarre Beweise hinterlassen – Blutspritzer, Klamottenfetzen, tote Ratten, eine sauber durchschnittene Reling –, aber nicht genug, um eine genaue Vorstellung darüber zu vermitteln, wer dafür verantwortlich war. Nicht, daß die Besatzung eine Chance gehabt hätte, einen guten Blick auf ihn werfen zu können, bevor der nächste Morgen anbrach. Sie gab sich damit zufrieden, den Brückenscheinwerfer noch ein paar Mal über das Deck schwenken zu lassen, wobei der Lichtstrahl ein paar dunkle Flecken auf einem der Frachtcontainer am hinteren Ende des Schiffes enthüllte. Es schien aber, als sei niemand von der Brückenbesatzung neugierig genug, um über eine Reihe von Containern zu klettern und sich das aus der Nähe anzusehen. Als die Seeleute schließlich das Blut sahen, waren sie bereits zwölf Stunden von New York entfernt. Da aber auch kein Leichnam zu finden war (zumindest kein menschlicher, dafür aber eine Menge toter Ratten...), schien es, als sei die Besatzung bereit, über die Spuren hinwegzusehen und sich an ihren

Zeitplan zu halten. Menschen waren großartig darin, für alles eine vernünftige Erklärung zu finden. Maxwell Carpenter hatte es oft genug erlebt. Der Kapitän des Schiffes hatte wahrscheinlich seine Leute durchgezählt, festgestellt, daß keiner von ihnen fehlte und dann verkündet, alles werde seinen gewohnten Gang gehen. Ein gründliches Abspritzen des Decks sowie ein paar Schweißarbeiten an dem übel zugerichteten Frachtcontainer am nächsten Morgen, und es blieb nichts übrig, was die Besatzung an den Vorfall erinnerte, abgesehen von der Schweißnaht.

Aber normalerweise funktionierte „aus den Augen, aus dem Sinn" nicht bei Schiffsbesatzungen. Es gab auf langen Fahrten nicht viel zu tun, außer ein Schwätzchen zu halten. Carpenter malte sich aus, wie das Mysterium, das er auf dem hinteren Deck zurückgelassen hatte, zu einem der beliebtesten Gesprächsthemen wurde. Die Besatzung wußte, daß etwas auf der *North Llorca* nicht stimmte, aber keiner war daran interessiert, das Schiff von oben bis unten zu durchkämmen, für den Fall, daß sich ein Mörder oder etwas schlimmeres an Bord befand. Das war Carpenter nur recht. Er brauchte einen ruhigen Fleck, um sich zu erholen und war nicht in der Verfassung, sich zu bewegen, falls ein übermäßig neugieriges Besatzungsmitglied auf die Idee kommen sollte, das Schiff zu überprüfen.

Da es keine greifbare Erklärung für das Rätsel gab – und da sie, um ehrlich zu sein, nicht sonderlich daran interessiert war, das Rätsel zu lösen – , gab die Besatzung den Ratten die Schuld. Carpenter wußte, daß die Ratten die Schuld des Vampirs waren – aber das zu erklären würde der Besatzung auch nicht helfen, besser zu schlafen. Das wichtigste war, daß die Besatzung ihre Bewegungen auf die zentralen Aufbauten des Schiffes und den Maschinenraum beschränkte, da sie sich nicht mit den plötzlich gefährlichen Ratten auseinandersetzen wollten, von denen es überall im Schiff wimmelte und die jeden anfielen. Das paßte Carpenter ganz gut. Es mußte jetzt nicht auch noch jemand über ihn stolpern, und zwar nicht nur, weil er blinder Passagier war. So, wie er jetzt aussah, konnte er keinen Schönheitswettbewerb gewinnen. Ein zweites Paar Latzhosen und ein Wollpulli verdeckten den Großteil seiner Wunden, aber er hatte eine Reihe übel aussehender Furchen im Gesicht, die ihm der Vampir als Abschiedsgruß verpaßt hatte.

Der Vampir – Beckett sei sein Name, hatte er gesagt – hatte ihm tatsächlich übel mitgespielt. Verdammt übler Hurensohn, das mußte Carpenter ihm lassen. Wenn er nicht seinen treuen Hammer gehabt hätte, wäre Carpenter in den Stunden, die auf den Kampf folgten, erledigt gewesen. Er hatte Kraft aus dem Hammer gezogen und sich gerade noch rechtzeitig aus dem Lichtkegel des Scheinwerfers schleppen können. Er hatte keine Blutspur hinterlassen – vor allen Dingen deshalb, weil es nicht viel gab, womit er eine Spur hätte hinterlassen können. Der Kampf hatte ihn um die Flüssigkeiten erleichtert, die ihm noch in dieser Hülle verblieben waren, und unter Deck in eine Ecke des Frachtraums zu gelangen, in der er sich erholen konnte, hatte ihn die Energie gekostet, die ihm noch verblieben war.

Maxwell Carpenter verbrachte die Fahrt über den Atlantik mit wenig mehr, als sich darauf zu konzentrieren, wieder all seine Körperteile in funktionierenden Zustand zu bekommen. Erst jetzt, nachdem er tagelang nur regeneriert hatte und obwohl er nicht sicher war, wie lange es wirklich gedauert hatte, da er sich die ganze Zeit unter Deck versteckt hatte, war er wieder vollends zu Kräften gelangt. Der Schaden war verheilt, aber die Resultate waren weniger hübsch anzusehen. Sein Oberkörper, seine Arme und Hüften waren ein einziges kreuz und quer mit häßlichen Narben übersätes Wirrwarr. Er war froh darüber, daß es im Frachtraum keinen Spiegel gab. Die Narben in seinem Gesicht mußten mindestens so entnervend aussehen, wie sie sich anfühlten. Die Häßlichkeit der Wunden und das Wissen, unzählige Stunden in einem feuchten und schmutzigen Schiff verbracht zu haben, waren für seinen Geist eine ebenso große Belastung wie die Wunden für seinen Körper. Carpenter wollte nichts lieber, als sich eine Woche lang unter eine Dusche zu stellen und dann ein frisch gestärktes Hemd, einen maßgeschneiderten Anzug und eine Seidenkrawatte anzuziehen. Er hatte all die Sachen in seiner Kleidertasche, aber er zwang sich, mit dem Umziehen zu warten, bis er von Bord gegangen war.

Er war nicht sicher, wie lange er das noch ertragen konnte. Er hielt nur aufgrund seiner schieren Willenskraft an seiner Parodie des Lebens fest. So stark Carpenters Wille auch sein mochte, es forderte seinen Tribut, sich so lange darauf zu konzentrieren, und die Folter der Hoffnung, die Vorstellung davon, er könne tatsächlich wieder vollkommen ins Leben zurückkehren, machte die Sache nur noch schwerer. Selbst wenn er nicht allein von der Vorstellung verrückt werden würde, gab es keine Garantie, daß sein Körper so lange durchhalten konnte. Er hatte sich, seit er vor ein paar Jahren Besitz von ihm ergriffen hatte, gut bewährt, und selbst wenn er wie der letzte Dreck aussah, fühlte er sich an, als sei er zu voller Funktionsfähigkeit wieder hergestellt. Aber wieviel mehr Prügel, wie er sie in letzter Zeit eingesteckt hatte, würde dieser Körper noch ertragen können, bevor er sich nicht mehr davon erholte?

Im letzten Monat war wie oft auf ihn geschossen worden? Ein paar Dutzend Mal? Er hatte einen Pflock in die Brust gerammt bekommen (zugegeben, das hatte er selbst tun müssen, also konnte er sich eigentlich nicht darüber beschweren). Der Verlust zweier Finger an der linken Hand war richtig nervig gewesen. Was aber noch viel schlimmer war, war der Treffer in den Eingeweiden durch eine magische Kugel – und nun war er auch noch durch einen Vampir übel zugerichtet worden.

Er brachte den Körper durch Willensanstrengung dazu, die meisten profanen Verletzungen zu heilen, aber die letzten paar waren ein Problem. Der Schuß in die Eingeweide. Nicholas Sforza hatte irgend etwas mit der Kugel angestellt, mit der er auf Carpenter geschossen hatte. Sie hatte beim Eintritt wehgetan (und als sie durch seinen Rücken wieder ausgetreten war, wobei sie sein Rückgrat nur knapp verfehlte), und die Wunde weigerte sich, vollkommen zu heilen. Jetzt geschah das gleiche mit den Wunden, die von den Klauen des Vampirs verursacht worden waren. Er verfluchte Vampire zum millionsten Mal, seit er sich in dem Frachtraum aufhielt, und entwickelte eine große Abneigung gegen Blutsauger, die sich in Fledermäuse verwandeln und Horden von Ratten herbeirufen konnten – und gegen Klauen. Er hatte ein paar ausgewählte Worte für Klauen übrig, die einen zu Hackfleisch verarbeiteten.

Wenn jenes bizarre... was auch immer er vom Dach des Parkhauses gestohlen hatte nicht gewesen wäre, wäre Carpenter immer noch ein Haufen zerfetzten Fleisches, gerissener Muskeln und freigelegter Organe gewesen.

Jeder nannte es das Herz. Carpenter nahm an, es könnte tatsächlich ein Herz sein. Als er es zum ersten Mal angesehen hatte, hatte es wie eine alte vertrocknete Tomate ausgesehen. Nun, in besserem Licht betrachtet, sah es aus, als sei es grob aus Stein gehauen. Egal, woraus es auch gemacht war, es gab keinen Zweifel daran, was es vermochte. Carpenter war der lebende Beweis dafür. Metaphorisch gesprochen.

Seine Verletzungen waren zu viel für den Hammer, der seinen Anker in der Welt der Lebenden darstellte. Sie waren sogar zu schwer, als daß die große, finstere Macht des Rasiermessers sie hätte heilen können. Er war schwach genug gewesen, dem Sirenenlied des Rasiermessers zu verfallen und zum Sklaven seines mörderischen Rausches zu werden, statt sich der endlosen Hölle eines körperlosen Geistes zu stellen. *Koste es, was es wolle*. Das war jetzt Maxwell Carpenters Mantra. Was auch immer notwendig sein würde, damit er unsterblich werden würde. Nichts würde ihn aufhalten.

Aber Hammer und Rasiermesser hatten ihn im Stich gelassen. Die Kräfte seines geliebten Hammers hatten seinen toten Muskeln die nötige Kraft verliehen, um sich nach dem Kampf in ein sicheres Versteck zu schleppen, aber er war zu wenig mehr in der Lage gewesen. Die Kräfte des Rasiermessers konnten nur die kleineren Verletzungen, die er erlitten hatte, heilen. Dann, im dunklen Frachtraum, war die Inspiration über ihn gekommen. Das Ding, das er mit sich führte, jenes sogenannte Herz, pulsierte mit einer Lebenskraft, die stärker war als alles, dem er je zuvor begegnet war. Er hatte es zum ersten Mal im Tempel des Echnaton gespürt, wo es unter dem Schutz Nicholas Sforzas gestanden hatte. Dann, als er den Gauner verhörte, hatte er erfahren, daß das Herz in irgend einer Weise mit Sforzas Unsterblichkeit in Verbindung stand. Daher hatte Carpenter nicht gezögert, sich das Herz zu schnappen und zu rennen, als sich die Gelegenheit dafür ergab.

Der Mangel an Planung machte sich bemerkbar. Hier war er nun auf diesem verdammten Frachtschiff auf der anderen Seite des Atlantik, mit wenig mehr bei sich als 10.000 Dollar, ein paar Klamotten zum Wechseln und drei magischen Artefakten. Schlimmer war noch, daß er keine Ahnung hatte, was er tun sollte, wenn er erst einmal in Ägypten war. Sforza hatte ihm erzählt, er sei dort einer Zeremonie unterzogen worden, etwas, das mit dem Herzen zu tun hatte, etwas, das ihn unsterblich gemacht hatte. Gut und schön. Maxwell Carpenter hatte das Herz und würde bald in Ägypten sein. Aber was dann?

Es gab keinen Grund, sich aufzuregen. Die einzige andere Möglichkeit bestand darin, Sforza wieder in die Finger zu bekommen und weitere Informationen aus ihm herauszuquetschen. Aber er wollte verdammt sein, wenn er auf ein Schiff zurück stieg, nachdem er den ganzen Aufwand betrieben hatte, um nach Ägypten zu gelangen. Außerdem würde der Ganove vorbereitet sein, nun, da er wußte, daß Carpenter es auf ihn abgesehen hatte. So ungern Carpenter es auch zugab, er war sich nicht sicher, wie er gegen Sforza in seinem augenblicklichen Zustand bestehen würde. Es war die beste Wahl gewesen, die er unter den gegebenen Umständen hätte treffen können. Etwas tun, womit keiner rechnete. Er war clever. Er würde früher oder später herausfinden, was zu tun war.

Aber er war nicht clever genug gewesen zu ahnen, daß ein Vampir versuchen würde, ihn in New York abzupassen. Er hatte nicht damit gerechnet, jemandem zu begegnen, der etwas von dem Herzen wußte, zumindest nicht, bevor er auf offener See war. Es sah nicht so aus, als stecke Beckett mit Sforza unter einer Decke, aber das einzige, was zählte, war die Tatsache, daß er Carpenter nicht sonderlich freundlich gesonnen war. Er hätte, nachdem er den Hurensohn über Bord geworfen hatte, das Schiff verlassen und eine andere Route nehmen sollen. Aber zu diesem Zeitpunkt war Carpenter nicht in der Lage gewesen, etwas anderes zu tun als seine Eingeweide einzusammeln und in Deckung zu gehen.

Carpenter wünschte dem Hurensohn die Krätze an den Hals. Er war nicht so dumm zu glauben, ein Treffer mit dem Rasiermesser könnte ausgereicht haben, um Beckett zu vernichten. Das Rasiermesser war eine hinterhältige Waffe, aber der Vampir hatte bewiesen, daß er auch was drauf hatte. Ertrinken kam für ihn auch nicht in Frage. Das beste, worauf Carpenter noch hoffen konnte, war, daß der Arsch zu mitgenommen war, um sich lang genug über Wasser zu halten, um den Strand zu erreichen. Ein Bild schoß ihm durch den Kopf: ein Vampir, der sich langsam seinen Weg durch den Müll bahnte, der am Grund des New Yorker Hafens lag. Wie lange würde er brauchen? Lang genug. Der rotäugige Freak würde eine ganz üble Laune haben, wenn er das Ufer ereichte, darauf konnte man wetten. Wenn ihn nicht irgend etwas erwischte, während er noch dort unten war. Geschichten über Riesenkrokodile in der Kanalisation und weiß der Himmel noch was sonst dort unten sein mochte machten immer wieder mal die Runde. In seiner Zeit als Geist hatte Carpenter viele seltsame Dinge gesehen. Es hätte ihn nicht überrascht, wenn im Hudson River einige Dinge lebten, die einem Vampir verdammt viel Angst einjagen konnten.

Aber genug über das Stück Scheiße gegrübelt. Carpenter entschloß sich, das Risiko einzugehen und einen Blick an Deck zu riskieren. Er hatte hier unten in den letzten Tagen sowieso nichts anderes zu Stande gebracht, als in Selbstmitleid zu versinken.

Er schlüpfte an dem engen Spalt zwischen dem oberen Stapel der Frachtcontainer und dem Frachtraum des Schiffs entlang und bewegte sich dabei so geschmeidig wie vor dem Unfall. Wieder einmal bewunderte er die Erholung, die ihm dank des Herzens möglich war. Es war nicht leicht gewesen, die Macht des Herzens anzuzapfen. Carpenter war es gewohnt, mit der Energie des Todes umzugehen. Sie hielt seinen Motor am Laufen, und deswegen war es so leicht, dem Zauber des Rasiermessers zu verfallen. Das Herz stellte das andere Ende des Spektrums dar. Aber nachdem er sich eine Zeit lang konzentriert hatte, hatte er schließlich das Pulsieren seiner Aura gespürt. Mehr auf seinen Instinkt als auf irgend etwas anderes setzend hatte Carpenter einen Weg gefunden, sich auf das Pulsieren einzustimmen. Die einzige Gefahr bestand darin, von der schieren Macht des Artefaktes überwältigt zu werden. Sie strömte mit einer Begierde, die Carpenters eigene bei weitem überschritt, daraus hervor. Hin- und hergerissen von der ausströmenden Energie erkannte Carpenter, daß er sich gegen diese Macht nicht lange würde behaupten können. Unter einigen Schwierigkeiten gelang es Carpenter, den Strom zu einem Tröpfeln einzudämmen. Es war gerade genug, um das abzuzweigen, was er benötigte, um seinen ruinierten Körper zur Heilung zu zwingen.

Obwohl das Herz seinen Körper wieder funktionstüchtig machte, änderte es nichts an dem kosmetischen Schaden, den er erlitten hatte. Auch stärkte es nicht seine schwindenden Sinne. Es schien, als rührten sein schlechtes Sehvermögen und Gehör von einer geisterhaften Besessenheit her, nicht von einer Schwäche des Körpers. Es war nur ein kleiner Preis, den er zu zahlen bereit war, wenn er die ganze Situation bedachte, und seine Geistersicht war ein mehr als ausreichender Ersatz dafür. Außerdem, so stellte er zufrieden fest, schien das Herz schneller zu pulsieren, je näher sie Ägypten kamen. Carpenter mochte nicht wissen, wo er dort hinzugehen haben würde, aber vielleicht konnte er das Artefakt als eine Art Wünschelrute verwenden.

Er fühlte sich dank des Einflusses des Herzens auch ruhiger und klarer im Kopf. Die Aura des Artefakts, so hatte er festgestellt, verlieh ihm die Kraft, die er benötigte, um sich dem finsteren Einfluß des Rasiermessers zu widersetzen. Carpenter war sehr unter dessen Einfluß geraten, als er fast die Kontrolle über den Körper verloren hatte, von dem er Besitz ergriffen hatte. Seitdem hatte die Waffe versucht, ein noch größeres Maß an Kontrolle über ihn auszuüben. So schwierig es auch war, sich zu widersetzen, Carpenter wußte, daß er nur einen Bruchteil der Macht des Rasiermessers spürte. Es war das gestaltgewordene Chaos, eine Manifestation der Unterwelt, aus der er geflohen war. Es hatte immer noch eine direkte Verbindung zur Geisterwelt, konnte deren weitreichende, chaotische Energien in die Welt der Lebenden leiten. Er war sich nicht sicher, was es mit seinem Körper wollte, aber er würde verdammt sein, wenn er es zuließ, daß es die Kontrolle über ihn übernahm. Er hatte kein Interesse daran, durch einen übernatürlichen Hygieneartikel kontrolliert zu werden. Das war zu beschämend.

Ermutigt durch die Energie, die er dem Herzen abgezweigt hatte, versuchte Carpenter, sich des Rasiermessers zu entledigen. Es war ihm unheimlich nützlich gewesen, aber er hatte schon genug Ärger. Aber er fand rasch heraus, daß er es nicht über sich brachte, sich davon zu trennen. Als er mitten in der Nacht auf dem Deck stand, umfaßte er das zugeklappte Rasiermesser in seiner Tasche und ließ seine Hand in einem weiten Bogen durch die Luft peitschen. Erst als sein Arm die Bewegung vollführte, erkannte er, daß seine Hand leer war. Er hatte das Rasiermesser nie herausgeholt. Er fand heraus, daß er die Waffe ziehen konnte, wenn er sie benutzen wollte – aber er konnte das Ding nicht einmal spüren, wenn er daran dachte, es wegzuwerfen. Es war jetzt zu eng mit ihm verbunden, konnte seine Absicht spüren und sich entsprechend schützen. Es war ein Patt. Das Rasiermesser hatte die Kontrolle über ihn verloren, aber er konnte es nicht loswerden. Carpenter entschloß sich, es auf philosophische Weise zu sehen: so verderblich und böse das Rasiermesser auch sein mochte, es war eine teuflisch gute Waffe.

Sobald er sich ausreichend erholt fühlte und mit seinem neuen Verhältnis zu dem Rasiermesser im Reinen war, huschte Carpenter durch den Frachtraum der *North Llorca*. Er spürte jede Ratte auf, die er finden konnte. Er würde sie lehren, sich auf die Seite eines Vampirs zu schlagen. Als er hörte, wie das Geräusch der Maschinen sich veränderte und von ihrer bevorstehenden Ankunft kündete, gab es nur noch eine Handvoll von ihnen. Die übriggebliebenen Ratten konnten sich glücklich schätzen.

Der einfachste Weg aus dem Frachtraum führte über eine der Treppen in den zentralen Aufbauten des Schiffes, in denen sich auch die Brücke und die Quartiere der Besatzung befand. Es gab außerdem eine Reihe von Zugangsleitern vorne und hinten auf Deck. Carpenter eilte zum Heck des Schiffes und erklomm eine der Leitern. Er kam unter einem Containerstapel zum Vorschein. Das vermittelte ihm einen beeindruckenden Blick auf die Welle, die das Schiff hinter sich herzog, aber keinen auf die Küstenlinie, der man sich näherte. Er erklomm den Stapel und begab sich an einen Punkt, von dem aus er einen guten Blick hatte, sich aber trotzdem nicht im Sichtbereich der Brücke befand. Es war später Nachmittag. Zu seiner Rechten sank die Sonne, während sie das Mittelmeer ihrer gewaltigen Hitze aussetzte. Es war heiß genug, daß sogar Carpenter die Wärme in seinen seit langem toten Knochen spürte. Er gab sich dem Gefühl hin und sah sich um. Eine lange, flache Küste erstreckte sich vor ihm, direkt voraus eine dichtgedrängte, weitläufige Ansammlung von Gebäuden und Türmen. Port Said.

Er hatte sich für die *North Llorca* entschieden, weil es ihm damals so vorgekommen war, als nähme sie die schnellste, direkteste Route nach Europa. Dem zufolge, was er durch ein paar schnelle Fragen entlang der Docks im Hafen von New York in Erfahrung gebracht hatte, legte so gut wie jedes Schiff, das in diese Richtung unterwegs war, einen Zwischenstop in Portugal, Spanien oder Italien ein, bevor es in Ägypten ankam. Die *North Llorca* fuhr über Italien Richtung Port Said, was ihm im Vergleich zur *Meroe Atlantic* ganze zwei Wochen Reisezeit sparte. Nachdem sie im Hafen Gioia Tauro am unteren Knick von Italiens Westküste angekommen waren, hatte er vorgehabt, auf ein anderes Schiff zu wechseln, um Zeit zu sparen, wie er es in New York getan hatte. Das hätte er wohl auch, wenn nicht vor der *North Llorca* kein anderes Schiff in Richtung Ägypten gefahren wäre. Er hatte den zweitägigen Zwischenstop abwechseln damit, der Besatzung aus dem Weg zu gehen, die die Container an Bord gegen andere aus dem Hafen austauschte, und der Rattenjagd zugebracht. Das war kein Vergleich dazu, sich eine Show anzusehen, aber es vertrieb ihm die Zeit.

Er hatte jede Minute mit einem Angriff gerechnet. Der Vampir Beckett wußte, an Bord welchen Schiffes er den Hafen von New York verlassen hatte. Wenn man berücksichtigte, wie scharf Beckett auf ihn zu sein schien, mußte Carpenter damit rechnen, daß einige der Kumpels des Blutsaugers auf die Ankunft des Frachters warteten. Tagsüber würde auch kein großes Problem darstellen, da Vampire oft verdammt viele Sterbliche auf ihrer Gehaltsliste hatten und dadurch oft mit Quantität ausglichen, was ihnen an Qualität fehlte. Verdammt, wenn Beckett durch den Kampf nicht zu sehr mitgenommen worden war, konnte er sogar herübergeflogen sein, um selbst mitzumischen. Aber nachdem der erste Tag verstrichen war, ohne daß irgend etwas spannenderes als eine kurze Begegnung mit einem Besatzungsmitglied – die dadurch gelöst wurde, daß Carpenter dem Mann seinen Willen aufzwang und ihn dazu brachte, die ganze Situation zu vergessen – geschehen war, fragte sich Carpenter, ob denn überhaupt je ein Angriff stattfinden würde. Die *North Llorca* hatte elf Tage gebraucht, um den Atlantik zu überqueren – was eigentlich mehr als genug Zeit für Beckett gewesen war, um Leute in Gioia Tauro zusammenzutrommeln. Es sei denn... wenn Beckett das konnte, warum hatte er das dann nicht schon in New York getan? Nachdem er ein wenig darüber nachgegrübelt hatte, kam Carpenter zu dem Ergebnis, daß der Vampir auf eigene Faust arbeitete. Es mußte hier andere Untote geben, die

Beckett erreichen konnte, aber aus welchem Grund auch immer hatte er es nicht getan. Er war nicht einmal selbst hergekommen. Also überging Beckett Gioia Tauro, weil er allein arbeitete und vielleicht abwartete, um sich zu heilen? Carpenter hielt das für möglich.

Solange die *North Llorca* am Tage in Ägypten ankam, würde Carpenter einen Vorsprung haben, um aus dem Hafen zu verschwinden. Sollte Beckett doch versuchen, ihn in der Wüste oder wo auch immer Carpenter am Ende landete ausfindig zu machen. Als die *North Llorca* ins Hafenbecken einfuhr, erkannte er seinen Fehler. Gierige Vampire stellten kein gottverdammtes Problem dar. Das eigentliche Problem würden Nicholas Sforza und seine Kumpels sein. Sforza mochte vielleicht nicht wissen, auf welchem Schiff er ankam, aber der Ganove und irgendwelche anderen Mumien würden wohl in der Lage dazu sein, die Aura des Herzens zu verfolgen. Sie würden es wieder zurückhaben wollen, und Carpenter begab sich mitten in die Löwengrube.

Carpenter wußte, daß eine sehr geringe Chance bestand, daß doch niemand an Land stand und darauf wartete, ihm in den Arsch zu treten und das Herz an sich zu nehmen. Er hätte ins Wasser springen und sich zum Ufer schleppen können, aber das Schiff fuhr mitten in den Hafen. Es gab keine Möglichkeit festzustellen, ob nicht ein Späher am Ufer auf genau so etwas achtete. Dadurch würde er zur Zielscheibe werden, sobald er das Ufer erreicht hatte. Was noch viel wichtiger war: Carpenter war es leid, schmutzig zu werden und war deswegen nicht daran interessiert, sich unter Wasser fortzubewegen. Daher würde er die ganze Zeit über auf diesem Ungetüm fahren müssen, während es durch den Hafen kroch und sich dann, so gut er konnte, von Bord schleichen. Es würde wohl nicht ganz einfach werden. Carpenter hatte das Gefühl, er werde sich wohl den Weg freikämpfen müssen – und er hatte immer noch keine Ahnung, wohin er danach gehen wollte.

Mist. Ihm war einfach keine Pause vergönnt.

• • •

Kennt man einen Hafen, so kennt man alle. Dieser hier war sonniger und heißer als der von Chicago, New York oder Gioia Tauro, aber ansonsten fiel Carpenter kein großer Unterschied zu den anderen auf. Überall lagen große Schiffe vor Anker, die Docks waren voller Arbeiter und Gabelstapler, Kräne verluden Frachtcontainer von Schiffen auf die Hafenanlagen und umgekehrt. Port Said sah sicher viel Schiffsverkehr. Carpenter hielt seine Chancen für gut, in dem ganzen Gewühl unbemerkt von Bord zu schleichen, ohne von einer Mumie verfolgt zu werden, die auf Rache und Diebstahl aus war.

Die *North Llorca* näherte sich dem Liegeplatz, vorsichtig gelotst durch einige Schlepper. Carpenter nutzte die Zeit, um die Container von Backbord nach Steuerbord hinüberzugehen und einen genaueren Blick auf die sich nähernden Docks zu werfen. Dann verschwand er unter Deck und holte seine Kleidertasche. In ihr befanden sich zwei Anzüge – ein marineblauer aus Baumwolle für den Sommer und ein cremefarbener aus Leinen. Beide waren zweiteilig und dem Klima in Ägypten angemessen. Darin befand sich auch der Großteil des Geldes, mit dem er aus Chicago geflohen war (er hatte nur etwa zehn Riesen bei sich), seine letzte Automatikpistole und hundert Schuß Munition vom Kaliber .45. Die Tasche selbst war aus Leder, zusammengefaltet, damit man den oberen und den unteren Teil mit Hilfe des Reißverschlusses aneinander befestigen konnte, und hatte einen praktischen Tragegurt in der Mitte. Er hängte sich den Tragegurt um den Oberkörper und drehte die Tasche, bis sie angenehm auf seinem Rücken hing. Sie würde ein wenig hin und her schaukeln, während er sich bewegte, aber das war kein Problem.

Er nahm den Colt aus seiner Kleidertasche und steckte ihn in das linke der beiden Holster, die er trug. Seinen Hammer schob er in das rechte, da er diese Waffe im Kampf mit Beckett verloren hatte. Das Rasiermesser befand sich in einer der Gesäßtaschen der Latzhose. Sobald er an Land war, würde er seine Handelsmarine-Verkleidung ablegen. Das Herz war in Segeltuch eingewickelt und mit Hilfe einer Bandage, die er aus einem der Erste-Hilfe-Kästen des Schiffes genommen hatte, um seine Hüfte gewickelt. Trotz allem, was es für ihn bereits getan hatte und welche Möglichkeiten sich damit noch ergeben konnten, jagte das Herz Carpenter noch immer eine Heidenangst ein. Er wollte das Ding nicht berühren, wollte es nirgendwo in seiner Nähe haben. Aber es war zu wichtig, um es einfach in seine Tasche zu stecken, wo es herausfallen oder herausgerissen werden konnte. So, wie es nun an seinen Körper gebunden war, wurde sein totes Fleisch von jedem geisterhaften Pulsieren des Herzens erschüttert.

Als er wieder auf dem Weg nach oben war, hörte er das charakteristische Geräusch und spürte die Vibrationen der *North Llorca*, als sie den Pier berührte. Es würde jetzt noch ein paar Minuten dauern, bis sie die Gangway eingehakt haben würden und noch eine knappe halbe Stunde, bis sie damit anfingen, die Frachtcontainer zu entladen. Carpenter war nicht sicher, ob er warten wollte, aber wenn er jetzt vom Schiff sprang, würde das nur ungebührliche Aufmerksamkeit erregen. Es war wohl am besten, von Bord zu schlüpfen, wenn das Entladen begonnen hatte und die Leute nicht darauf achteten, wer kam und wer ging. Er schlug die Zeit mit der weiteren Jagd auf Ratten tot. Nach einer Stunde hielt er die Zeit des Handelns für gekommen. Als er sich auf die Treppe zubewegte, die zur Gangway hinaufführte, strengte er sein Gehör an, so gut es ging. Dem Tenor der Stimmen und der Bewegungen über ihm nach zu urteilen klang es, als sei jemand auf dem Weg nach draußen. Er gab ihnen eine Minute und eilte dann die Stufen hinauf, um eine Biegung herum in Richtung der Gangway.

Sein Timing ließ zu wünschen übrig.

Knapp jenseits des Hauptschotts stand der Kapitän der *North Llorca* und steckte gerade ein Bündel Geldscheine ein, während er eine kleine Gruppe von Leuten an Bord winkte. Sie wurde angeführt von einem riesigen Schwarzen, breit von den Schultern bis zur Hüfte, Gliedmaßen, die dick wie Baumstämme waren, einem breiten Kopf mit einem Paar glitzernder schwarzer Augen, einer breiten Nase und wulstigen Lippen. Der Mann trug eine locker sitzende Tunika, Hosen und Sandalen und eine Art Schultergurt um den Oberkörper. Drei Ägypter, zwei Männer und eine Frau, folgten dem Kerl. Sie erschienen neben ihrem hünenhaften Anführer wie Liliputaner. Es gab keine Möglichkeit, wie Carpenter eine Entdeckung hätte verhindern können, daher machte er sich bereit, mitten durch die Gruppe hindurchzustürmen.

Eins war sicher: Der Kapitän wirkte recht überrascht, als er ihn dort stehen sah... aber die Besucher machten den Eindruck, als hätten sie ihn bereits *erwartet*. Der große Simbah trat mit einem breiten Grinsen einen Schritt vor, die muskulösen Arme zur Begrüßung ausgebreitet. Seltsame Worte kamen aus seinem Mund, irgendetwas Ausländisches – hörte sich ganz nach dem bizarren Geschrei an, das Sforza von sich gegeben hatte, kurz bevor er abgekratzt war, als er sich Carpenters Gewalt befand. Carpenter warf dem großen Kerl einen weiteren Blick zu und bemerkte, daß der Hurensohn dieselbe leuchtende Aura hatte wie Sforza. *Noch eine verdammte Mumie, die hier steht und auf mich wartet!*

Carpenter verstand nicht, warum Simbah ihm gegenüber so freundlich war, aber die Wärme hielt nicht lange an – noch während die Mumie und seine Helfer einen Schritt vortraten, verblaßte das Grinsen auf seinem Gesicht langsam. Weitere Worte in derselben komischen Sprache strömten aus ihm hervor. Diesmal klangen sie fragend, und Verwirrung, mit einem Hauch von Sorge angereichert, breitete sich auf seinem dunklen

Gesicht aus. Einer der Ägypter sprach in schnellem Englisch mit dem Kapitän, der gleichermaßen sprachlos und irritiert aussah, während die anderen beiden mit wachsender Verwirrung von ihrem Anführer zu Carpenter sahen.

Jetzt bellte Simbah etwas, und Carpenter kam zu dem Schluß, daß es nun langsam an der Zeit war, sich einen Plan auszudenken. Er sah keine guten Chancen, an der Mumie und den anderen vorbeizukommen, ohne sich Prügel einzufangen, daher drehte er sich um und rannte auf die Treppe zu. Eine Minute später platzte er auf die Brücke und überraschte ein paar Kerle, die in der Nähe der Schiffssteuerung standen.

„Wer zum Teufel sind Sie?“ fragte der Typ zu seiner Linken verärgert.

„Gibt's einen Weg vom Schiff herunter, ohne die Gangway zu benutzen?“

„Was? Hör mal zu, Kumpel, ich — “

Carpenter hatte dafür keine Zeit. Er zog die Pistole. „Nein, du hörst zu. Eine einfache Frage: Gibt es außer der Gangway noch einen anderen Weg, der von dem Kahn hier runterführt?“

Respekt durch Feuerkraft. So zerknirscht, wie er Augenblicke vorher noch streitlustig gewesen war, antwortete der Mann: „Nein. Es sei denn, du willst über Bord springen.“

Gute Idee. Aber nicht ins Wasser. Man konnte ja nie wissen, was sich da unten so rumtrieb. Die Brücke befand sich knapp hinter der Mitte der *North Llorca* und erstreckte sich von einer Seite zur anderen. Als er nach Steuerbord rannte, konnte Carpenter bis hinunter zur Wasserlinie sehen. Auf dieser Seite gab es keinen Pier, und das nächste Schiff, ein großer Tanker, war etwa 15 Meter von der *North Llorca* entfernt. Obwohl er tief lag, war das Deck des Tankers höher als das der *North Llorca*. Das Containerschiff war allerdings mit Paletten vollgestellt. Ein Kran bewegte sich an der Vorderseite der *North Llorca* entlang und entfernte Frachtcontainer. Aber es waren noch genug da, die Carpenter als Anlaufgrundlage für seinen Sprung zum anderen Schiff hin nutzen konnte.

Die beiden Besatzungsmitglieder nutzten Carpenters Abgelenktheit und flohen die Treppenstufen hinunter. Sekunden später waren von dort Rufe zu hören – Simbah kam die Stufen herauf. Eine Sekunde später platzte die Mumie auf die Brücke und zog etwas aus einer der Taschen ihres Schultergurtes. Was auch immer der Typ in der Hand hielt, es würde für Carpenter schlecht sein. Carpenter eröffnete mit der Pistole das Feuer, just als der Kerl warf. Eine Flüssigkeit von der Farbe und Konsistenz kochenden Öls spritzte in hohem Bogen auf. Es gab einen zischenden Blitz, als es eine der Kugeln abfing, aber die anderen beiden flogen einfach zu schnell vorbei. Eine durchschlug die Tür auf der anderen Seite der Brücke, während die andere Simbah in die Seite traf und ihn herumwirbelte.

Das Öl hing immer noch zwischen ihnen und fiel wie in Zeitlupe zu Boden. Carpenter wollte sich mit nichts anlegen, was in der Lage war, eine Kugel aufzulösen. Ehe die Mumie Zeit hatte, sich zu erholen, rannte Carpenter in Richtung des Vorderfensters, durchbrach es und landete sechs Meter tiefer auf dem harten, unnachgiebigen Metall eines Frachtcontainers. Er stand einen Augenblick später wieder und rannte in Richtung Backbord. Er hörte einen Ruf; sein Instinkt befahl ihm, sich zu ducken, also warf er sich zur Seite. Es gab einen gewaltigen Blitz, als eine Supernova ausgelöst wurde. Carpenter roch angesengtes Haar, und seine Klamotten rauchten, aber ansonsten fühlte er sich unverletzt. Als er sich wieder aufrappelte, sah er, daß der Container, auf dem er eben noch entlanggerannt war, weiß glühte und zu schmelzen begann.

Was zum Teufel verwendet der Kerl da? Carpenter beeilte sich, außer Wurfreichweite zu kommen, bevor er eine weitere Gelegenheit bekam, es herauszufinden. Er rannte nach vorn, sprang von einer Reihe auf die nächste, bis er sich direkt über dem Pier auf der Backbordseite des Schiffes befand. Simbah kam über die Container hinweg auf ihn zu, anscheinend war er Carpenter durch das Fenster hinterhergesprungen. Allerdings rannte er nicht, es sah mehr aus, als... *hüpfe* er.... wie ein Frosch, ein Känguruh oder so. *Himmel noch mal, Mumien sind verdammt seltsam.*

Carpenter sah an der Bordwand hinab, als er Rufe auf dem Pier hörte. Eine kleine Menschenmenge hatte sich versammelt und versuchte erfolglos zu sehen, was auf der *North Llorca* vor sich ging. Carpenter erkannte zwei der Kamelreiter, die mit Simbah auf das Schiff gekommen waren und sich nun einen Weg durch die Menge in Richtung Docks bahnten. Unterdessen näherte sich ihr Mumien-Kumpel schnell und langte nach seinem Schultergurt, um eine weitere Überraschung daraus hervorzuholen. Carpenter drehte sich um und rannte mit Höchstgeschwindigkeit los, hinüber auf die andere Seite der *North Llorca*. Simbah war kein Volltrottel. Während er versuchte, seine Geschwindigkeit anzupassen, warf er eine gläserne Phiole. Er hatte aber Carpenters Vorsprung nicht berücksichtigt, und der Wurf war ein wenig zu kurz. Es folgten ein weiterer Blitz und eine Welle intensiver Hitze, die Carpenter einen Augenblick lang aus dem Tritt brachte. „Verdammte Scheiße!“ fluchte er. Mit Höchstgeschwindigkeit rennend sprang er von der Backbordseite ab. Die aufeinandergestapelten Container gaben ihm zehn zusätzliche Höhenmeter, und er stieß einen Schrei aus, als er sah, daß er in genau dem richtigen Winkel fiel, um auf dem Deck des Tankers zu landen. Er schlug hart auf und rollte sich ab, wobei er erst an der gegenüberliegenden Reling zum Liegen kam. Die Landung brach ihm an zwei Stellen den linken Arm und einige Rippen. Sein Rückgrat fühlte sich auch nicht gut an. Während er sich darauf konzentrierte, diese kleineren Verletzungen zu heilen, kämpfte er sich auf die Füße. Simbah drehte sich gerade vom Rand der *North Llorca* weg und gestikulierte zu jemand anderem. Wahrscheinlich der letzte seiner braunen Kumpel.

Nicht sein Problem. Wichtiger war jetzt, von dem Tanker herunterzukommen und unterzutauchen, bevor irgendwelche weiteren verdammten Mumien auftauchten. *Die Gangway sollte sich doch auf dieser Seite ganz in der Nähe befinden, oder?* Carpenter rannte hinüber und warf dabei ein paar schmutzige Deckarbeiter um, die gekommen waren, um dem Lärm auf den Grund zu gehen. Gerade, als er die Gangway erreichte, hörten seine seit langem toten Ohren einen von Herzen kommenden Schrei, gefolgt von einem dumpfen Aufprall. Er drehte sich um und sah Simbah, der ebenfalls von der Seite des anderen Schiffes herübergesprungen war. *Hurensohn; gibt dieser Kerl denn nie auf?*

Mann gegen Mann, so dachte er, hatte er eine gute Chance gegen Simbah. Allerdings wußte er nicht, wie viele andere wie er noch da sein würden. Seine kleinen ägyptischen Freunde mochten losgerannt sein, um Verstärkung zu holen. Das Beste würde sein, so schnell wie möglich von hier zu verschwinden. Der große Kerl war besser gelandet als Carpenter, in einer kontrollierten Rolle, die in einer geduckten, kampfbereiten Haltung endete. Er knurrte etwas, während er wieder in einer der Taschen des Schultergurtes herumsuchte. Carpenter riß den Colt herum und gab eine schnelle Folge von Schüssen ab, solange Simbahs Hand noch in der Tasche gefangen war. Die erste durchschlug die Hand der Mumie und zertrümmerte das Behältnis, das sie gerade ergriffen hatte, während der Rest am Schultergurt entlangwanderte. Nicht jeder Schuß traf eine Tasche, aber das Endergebnis war dennoch spektakulär.

Siedend heiße Flüssigkeit ergoß sich unter der Hand der Mumie über ihren Leib, schmolz Kleidung, Fleisch und Knochen innerhalb eines Sekundenbruchteils. Aus der nächsten Tasche stieg eine Wolke blauen Rauchs aufs, die sich so schnell verflüchtigte, wie sie entstanden war.

Flüssigkeiten gluckerten aus ein paar anderen Taschen hervor, aber die seltsame Lava war der große Reißer, da sie sich einen Weg durch Simbah fraß wie Pisse durch Schnee. Mit einem furchtbaren, unterdrückten Schrei riß sich die Mumie den Schultergurt mit ihrer noch intakten Hand vom Körper und warf das Ding weg. Dank der Schußwunden, der geschmolzenen Flüssigkeit und dem Inhalt der anderen Phiolen war Simbah jetzt nur noch ein Haufen übel zugerichteten, verbrannten Fleisches. Er brach auf Deck zusammen, gurgelte noch etwa und starb dann.

Das war Carpenter soweit eigentlich ganz recht, mal abgesehen von der Tatsache, daß der Schultergurt noch nicht damit fertig war, Schaden anzurichten. Die zischende Flüssigkeit fraß das Tuch weg, genauso wie die Gegenstände, die darin eingewickelt waren. Ein wahrer Regenbogen an Explosionen brach daraus hervor und schleuderte Carpenter über die Seite der Gangway. Er taumelte durch die Luft und prallte gegen die Bordwand eines weiteren Tankers, der am nächsten Liegeplatz angedockt war. Er prallte ab und stürzte in den schmalen Spalt zwischen Pier und Schiff. Seine Verletzungen waren, wie die meisten, die er erlitten hatte, wenig mehr als ein dumpfer Schmerz. Er konzentrierte sich darauf, die Wunden zu heilen, während er langsam ins warme Wasser des Mittelmeers sank. Dann fegte ein leuchtender Blitz über die Wasseroberfläche über ihm, gefolgt von einem tiefen, hustenden Donnern, und Gottes Hand langte aus dem Himmel hinunter und schlug ihm in den Oberkörper.

Die Erschütterung drückte ihn in den zähen, schlickigen Grund des Seehafens, von wo aus er gerade so eben den Feuersturm ausmachen konnte, der auf der Oberfläche wütete. Dann folgte eine zweite gewaltige Explosion, die ihn weiter auf dem Grund entlangschob. Die zwei Druckwellen trafen ihn mit solcher Wucht, daß er erst einmal ein oder zwei Minuten brauchte, bis er wieder einen zusammenhängenden Gedanken denken konnte. Als er sich wieder konzentrieren konnte, befreite er sich aus dem Schlamm, während er seinen Willen dazu verwendete, den erlittenen Schaden zu heilen.

Er zog einen Arm aus dem Meeresgrund, als eine Bewegung seine Aufmerksamkeit erregte. Ein Inferno wütete noch immer an der Wasseroberfläche, aber nun begann ein großer, dunkler Schatten ins Wasser zu sinken. *Man kann sich keinen Augenblick lang ausruhen*, dachte Carpenter, als der leckgeschlagene Tanker auf ihn herabsank.

TEIL III:

DER TOD UND DIE EWIGKEIT

ZEHN

„Thea, ich hab da was, das dich interessieren könnte." Jake saß an einem klapprigen Tisch im Wohnzimmer der Wohnung des Hausbesetzers, bei dem sie nun seit einer Woche in Baltimore wohnten. Nur die besten Unterkünfte für Monsterjäger. „Eine Nachricht kam von einem Typen aus Kairo. Da hat sich vor ein paar Stunden etwas interessantes ereignet."

„Ägypten? Könnte das etwas mit dem Tempel des Echnaton zu tun haben?"Thea legte die auseinandergenommenen Teile der MP-5, die sie Earl abgenommen hatten, aus der Hand. Sie war jemand, der es vorzog, Schuhe so selten wie möglich zu tragen und entledigte sich ihrer normalerweise, sobald sie die Türschwelle daheim überschritten hatte. Aber der Unterschlupf, den ihre Kontakte für sie in Baltimore aufgetrieben hatten, war kalt und zugig, und nur ein paar Heizlüfter sorgten für Wärme, daher kam sie in ihren Wanderstiefeln zu Jake herübergelaufen. Sie und Jake waren praktisch Tag und Nacht in Jacken und Stiefel gepackt. Die zugige Wohnung erinnerte sie an den alten Laden, den die Van-Helsing-Brigade in Chicago als Versteck benutzt hatte. Das war eine Erinnerung, auf die sie gerne verzichtet hätte, selbst wenn es nicht der Ort gewesen wäre, an dem die letzten beiden Mitglieder ihres Teams gestorben waren.

„Nein. Aber da ist etwas, von dem ich glaube, daß du es gerne sehen würdest." Er drehte den Compaq etwas, damit sie einen besseren Blick auf den Bildschirm hatte.

Überall auf der Welt gab es Jäger, aber diejenigen unter ihnen, die sich in ärmeren Ländern aufhielten, hatten keinen einfachen Zugriff auf das Jäger-Netz. Wie in diesem Fall: Ägypten war bekannt dafür, ein übles Telefonnetz zu haben, wo selbst ein erfolgreiches Ortsgespräch mit einem Teilnehmer, dessen Nummer man kannte, Grund zum Feiern war. Eine Telefonleitung zu finden, die eine Internetverbindung über längere Zeit aufrechterhalten konnte, war eine Herkulesarbeit. Kabel- oder DLS-Verbindungen waren außer für die Reichsten und Einflußreichsten nur ein Traum. Aber trotz all dieser Probleme war es einem Jäger mit dem Namen „Fatwa243“ gelungen, sich mit ziemlicher Regelmäßigkeit ins Jäger-Netz einzuwählen und die Erfahrungen, die er auf der Jagd gemacht hatte, weiterzugeben.

„Hmmm. ‚Ungewöhnliche Serie von Ereignissen...’ blah blah. Schreibt ziemlich gutes Englisch, muß ich sagen. ‚Ein anderer Kiswah hat herausgefunden’... was ist ein ‚Kiswah’? Warte, sag’s mir nicht. Ich könnte irgendwo in meinem Hinterkopf noch gerade genug Arabisch gespeichert haben, um es zusammenzukriegen... ah ja. Grob übersetzt heißt es ‚Jäger’, richtig?“

„Genau.“

„Ich bin ein Quell der Weisheit. Okay, was ist mit dem anderen Kiswah? Laß mal sehen... “ Der nächste Absatz vermittelte eine überraschende Ansammlung von Ereignissen, aber nichts davon löste ihren Spinnensinn aus. „Ich weiß nicht. Hört sich nach einer ganzen Menge Scheiße an, aber warum sollte es mich kümmern? Wir sehen Zeug wie dieses im Jäger-Netz ständig.“

Jake schenkte ihr ein freudloses Lächeln. „Ja. Aber ich habe ein paar Nachforschungen angestellt, bevor ich dir das gezeigt habe, um die Dinge in einen besseren Kontext zu stellen.“

„Mit deinem Sinn fürs Dramatische kannst du mich genauso beeindrukken wie jedes andere Mädchen, aber manchmal kannst du richtig verwirrend sein.“

„Wart’s ab. Laß mich dich hier durchführen.“ Er deutete mit dem Stift seines Palmtops auf den Bildschirm. „Wir haben hier ein paar Öltanker, die im Hafen von Port Said in die Luft geflogen sind. Ich habe einige Online-Nachrichtenseiten überprüft und festgestellt, daß es insgesamt sechsundachtzig Todesopfer und beinahe zweihundert Schwerverletzte gegeben hat und daß fünfzig bis sechzig Leute immer noch vermißt werden. Tragisch, aber das hat nichts mit uns zu tun, nicht? Dann wird später am selben Abend ein Polizist ermordet, als er versucht, bei etwas, das wie der offensichtliche Versuch, einen amerikanischen Touristen zu entführen, einzuschreiten. Die Zeugen waren zu weit entfernt, um erkennen zu können, was geschah, aber man hat die schlammüberzogene Kleidertasche des vermeintlichen Entführungsopfers am Tatort gefunden.“ Jake rollte mit dem Daumen der anderen Hand über das Trackpad. Mit einem

Klick des Cursors öffnete er ein Fenster zur Online-Ausgabe der *London Times*, das den Bericht über die Explosion im Hafen zeigte – GROSSBRAND IN PORT SAID – und eine Schlagzeile von geringerer Größe mit dem Titel POLIZEIBEAMTER BEI VERMEINTLICHEM KIDNAPPING GEKÖPFT. „Hier ist der interessante Teil — "

„Ein Bulle, dem der Kopf abgeschlagen wird, ist nicht der interessante Teil?"

„Nicht im Vergleich zu folgendem. Ein Namensschildchen in der Tasche trägt den Namen David Kuhn, ein BWL-Professor an der Northwestern University, die sich unmittelbar nördlich von Chicago befindet."

Leise Alarmglocken läuteten in Theas Kopf. „Okay, die Verbindung zu Chicago ist einigermaßen interessant, aber was ist dabei?"

„Normalerweise hätte ich das auch gedacht. Aber in Anbetracht der jüngsten Ereignisse mit all dem mit Ägypten in Verbindung stehenden Zeug und so beschloß ich, noch ein wenig herumzustochern." Er gestattete sich ein Lächeln, das zu einem Teil Beklommenheit und zu zwei Teilen Unwohlsein enthielt. „Du wirst tot umfallen, wenn du das siehst."

Er ließ den Cursor über ein anderes Fenster wandern, öffnete es und enthüllte damit ein Gesicht, das sich in Theas Gedächtnis eingebrannt hatte. Spinnen krabbelten ihr Rückgrat entlang, während sie auf den Bildschirm des Laptops starrte. „Maxwell Carpenter."

„Um genau zu sein, David Kuhn", verbesserte Jake sie. Er scrollte nach unten, um ihr den Rest des Artikels aus der *Chicago Sun-Times* zu zeigen: MANN AUS EVANSTON AUF JAGDAUSFLUG VERSCHWUNDEN. „Das ist ein paar Jahre her. Ich werde ihn zusammenfassen. Der Professor war ein begeisterter Rotwildjäger. Er liebte die Jagd mit Bogen und Gewehr oben in Wisconsin und war dem Artikel nach sogar recht gut darin. Bis vor ein paar Jahren, als er nicht wiederkam."

"Das ist der verdammte Maxwell Carpenter", sagte Thea, die nicht in der Lage war, ihre Augen von dem Bild abzuwenden. „Scheiße. Aber... was? Hat er Kuhn übernommen?"

„Ja. Das erklärt, warum Carpenter nicht mehr aussieht wie auf seinem Bild aus den Dreißigern, nicht?"

„Warum dieser Kerl? Wie steht er zu Maxwell Carpenter?"

„Nun, ich erkläre dir mal, was meiner Ansicht nach geschehen ist", sagte Jake. „Wir haben im Jäger-Netz Geschichten über Besessenheit gelesen, aber nichts deutet darauf hin, daß sich ein Geist normalerweise so lange in einer einzigen lebenden Person hält. Carpenter hat diesen Körper verteufelt stark im Griff, und wir haben aus erster Hand erfahren, daß er nicht lebendig ist. Ich glaube, Kuhn war das erste passende Opfer, das Carpenters Weg kreuzte."

„Also... Jesus. Dieser Kuhn muß bei diesem Jagdausflug irgendeinen Unfall gehabt haben, nicht wahr? Carpenters Geist kam vorbeigeschwebt und hat den Körper des armen Kerls übernommen."

„Ziemlich sicher. Er muß durch seinen Führerschein erfahren haben, wo der Kerl wohnte und fuhr dann aus den tiefsten Wäldern Wisconsins dorthin. Hat geklaut, was er brauchte – inklusive der Kleidertasche – und begann dann seine Rache-Tour."

„Verdammter Huren... richtig, okay. Das ist letztlich nicht *zu* abgefahren." Thea rieb sich das Gesicht mit den Händen. „Ich glaube, wir können davon ausgehen, es ist kein Zufall, daß die Kleidertasche zu einem Mann gehört, der vor zwei Jahren verschwunden ist, zufällig genauso aussieht wie Carpenter und ein paar Wochen, nachdem unser allseits geliebter Zombie einen ägyptischen Tempel mit einem Entführungsopfer verlassen hat, in Ägypten auftaucht, ja? Also stellt sich die Frage: Was tut er dort?"

„Davon abgesehen, daß er halb Port Said in die Luft sprengt? Gute Frage."

Thea ging zu ihrem Rucksack hinüber und wühlte in den verschiedenen Taschen herum.

„Was tust du da?" fragte Jake und drehte sich auf seinem Stuhl um, um besser sehen zu können.

„Ich habe den Rucksack von einer Reise nach Europa vor ein paar Jahren mitgebracht. Integrierter Rahmen, ergonomisches Design und all so ein Zeug. Wenn ich mich recht erinnere, habe ich darin... ha!" Sie zog ein kleines blaues Büchlein aus einer Seitentasche und wedelte triumphierend damit herum. „Na, wie sieht's aus, Jake? Lust auf eine kleine Reise?"

• • •

Es war nicht viel Überzeugungskraft nötig, um Jake dazu zu bewegen mitzukommen. Thea hatte schon eine ganze Weile Ameisen im Hintern, und sie hatten keinen wirklichen Plan gefaßt, der über das Verlassen von Chicago und den Umgang mit irgendwelchen Bösen, die ihnen womöglich folgten, hinausging. Sie waren es beide leid zu reagieren und sich zu fühlen, als würden Kräfte, die jenseits ihrer Kontrolle waren, sie steuern. Maxwell Carpenter war nicht der einzige Grund dafür, denn es gab noch viele andere Monster, die frei herumliefen. Aber er hatte in letzter Zeit eine Hauptrolle gespielt. Es war höchste Zeit, es ihm heimzuzahlen.

Sie wußten nicht, warum Carpenter sich – und sein mögliches Entführungsopfer Nicholas Sforza – an Bord eines Tankers nach Ägypten schmuggeln wollte, aber was auch immer der Grund dafür sein mochte, er konnte nicht gut sein. Der Schlüssel zu all dem war natürlich Sforza. Er und sein plötzliches Interesse an ägyptischen Tempeln und Schmuckstücken. Jake hatte nicht viel über das Thema Mumien in Erfahrung bringen können, daher war die Theorie, mit der sie nun arbeiteten, Sforza sei wie Carpenter eine Art wandelnder Toter. Möglicherweise lebte er auch, aber es schien ihnen wahrscheinlicher, daß er zu etwas Übernatürlichem geworden war. Davon ausgehend waren sie zu dem Schluß gekommen, in Ägypten müsse sich etwas befinden, das für die Untoten von Interesse war, möglicherweise etwas, das ihnen eine größere Macht oder Existenzspanne verlieh oder vielleicht einfach nur ein cooler Club. Wer konnte das schon wissen?

Inzwischen hatten sie nichts mehr zu verlieren, wenn sie einen Blick riskierten. Letztlich war der Flug auf die andere Seite des Atlantiks eine Aktion, mit der die Vampire, die hinter ihnen her waren, nicht rechneten und durch die Thea und Jake auch aus dieser Richtung etwas mehr Freiraum erlangen würden.

Sie legten ihr Geld zusammen, um Tickets zu kaufen. Ein Last-Minute-Flug, der ein paar Stunden später ging, kostete eine unglaubliche Summe: zusammengenommen mehr als drei Riesen. Thea hatte die American Express bei sich, aber sie wollte sie nur in dringendsten Notfällen benutzen. Außerdem wollte sie nicht das Risiko eingehen, daß die Bösen irgendwelche Verbindungen zu den Kreditkartenfirmen hatten. Statt dessen verwendete sie das Bargeld, das ihnen ihre Mutter freundlicherweise gegeben hatte. Jake bezahlte ebenfalls bar. Er hätte mit Karte zahlen können – soweit sie wußten, hatten die Bösen seine Identität nicht herausbekommen. Er bewahrte seinen alten Führerschein und Ausweis in seinen Taschen auf, führte auf der Jagd nie etwas mit sich, womit man ihn identifizieren konnte und hatte bei der Sache im Sears Tower nur seinen Vornamen benutzt.

Ohne nützliche Dinge wie zum Beispiel gefälschte Ausweise mußten sie unter ihren normalen Namen reisen. Es bestand immer noch die Möglichkeit, daß die Vampire die verschiedenen Passagierlisten der Fluggesellschaften überprüften, aber damit war mehr Aufwand verbunden als damit, die Kreditkartenrechnung eines einzelnen Bürgers zu überprüfen. Thea war bereit zu wetten, daß sie bereits das Land verlassen haben würden, wenn die Vampire ihren Abflug auf diese Weise entdeckten. Nur für den Fall, daß dem nicht so war, reservierten sie und Jake nicht nebeneinanderliegende Plätze. Sie wollte Jake keiner größeren Gefahr aussetzen, als ihm ohnehin schon drohte, indem er den Platz neben ihr hatte. Die Bösen mochten wissen, daß er sich ebenfalls in dem Flieger befand, aber ohne einen passenden Namen sollte er eigentlich sicher sein.

Jake schickte Fatwa243 eine kurze Email und arrangierte so ihre Ankunft. Er gab ihm genug Details, um die Dringlichkeit ihrer Reise darzulegen, aber er behielt den Großteil für den Zeitpunkt zurück, wenn sie einander treffen würden. Er schickte eine separate Nachricht an die Jäger in Baltimore, in der er ihnen mitteilte, daß sie in ein paar Tagen weiterziehen würden. Es war das Beste, das Wissen anderer auf ein Minimum zu beschränken, nur um auf Nummer Sicher zu gehen. Sie fuhren schnell zum Mondawmin-Einkaufszentrum, um Sommerkleidung zu kaufen, und anschließend ging es weiter zum Baltimore-Washington International Airport.

Der erste Teil der Reise fand auf einem Flug von Delta Airlines nach New York statt. Dort wechselten sie auf Anschlußflug 120, der sie nach Kairo bringen würde. Das große Flugzeug verließ JFK kurz nach Sonnenuntergang und begab sich in Richtung Osten in die Nacht hinein. Thea hatte einen Platz auf der rechten Seite am Mittelgang, während Jake irgendwo weiter vorn auf der anderen Seite saß. Obwohl die Erschöpfung durch den Streß, immer auf der Hut zu sein, sie zu überwältigen drohte, hatte Thea Probleme, sich zu entspannen. Ihr Geist bestand darauf, sie sei in Sicherheit. Sie befand sich schließlich an Bord eines Flugzeugs. An Bord eines großen MD-11-Jets, der sich auf dem Weg über den Atlantik befand. Eine Stunde und ein paar Cocktails später sank sie schließlich in wohlverdienten Schlaf.

Sie war sich nicht sicher, wie lange sie geschlafen hatte, als sie plötzlich etwas aus ihrer Ruhe riß. Thea erhob sich und ließ den Blick über die anderen Passagiere schweifen. Keiner von ihnen war wach, und die vollkommene Stille war entnervend. Sie konnte sich nicht erinnern, wo Jake saß, daher ging sie den Gang entlang nach vorn und fand sich bald vor dem Vorhang zur ersten Klasse wieder. Ihr Gefühl des Unwohlseins wurde größer. Thea zog den Vorhang zurück und trat hindurch. In der ersten Klasse befanden sich sechs Reihen gepolsterter Ledersitze, die vordere Ausstiegstür und das Cockpit. Kein Jake, keine Flugbegleiter, nur ein Dutzend schlafender Passagiere. Dann das Rascheln von Bewegung. Thea wirbelte herum und war erleichtert, eine Handvoll – nein, vielmehr ein Dutzend oder mehr – Leute zu sehen, die sich im Hauptabteil des Flugzeuges bewegten, auf den Gang hinaustraten und sich umsahen. Sie lächelten, als sie sie erblickten und gingen den Gang entlang auf sie zu. Als Thea die bleiche Haut und die eingesunkenen Augen sah, erkannte sie, daß es keine Menschen waren. Als sie auf die ihr am nächsten befindliche schlafende Person hinabblickte, sah sie eine vermodernde Leiche, deren Haut an den Schädelknochen herabhing wie nasse Klumpen von Papierhandtüchern. Dann erzitterte das Ding und schlug nach ihr. Thea sprang zurück und prallte gegen die Tür zum Cockpit. Die Leiche wurde durch ihren Gurt an den Sitz gefesselt, versuchte aber weiter, hungrig nach ihr zu schlagen. Hinter ihr erhoben sich Dutzende von Personen – vielleicht sogar alle, die sich im Flugzeug befanden. Stöhnen und schrecklich schlurfende, trampelnde Schritte kamen auf sie zu. Furcht ergriff ihren Geist. Thea hämmerte auf die Tür zum Cockpit ein und nutzte die ihr von der Panik verliehene Kraft dazu, das Schloß zu zerschlagen. Sie warf sich ins Cockpit, in das helles Licht der aufgehenden Sonne hineinströmte und begann, den Schrecken hinauszukeuchen, der den Rest des Flugzeuges überwältigt hatte.

Der Sessel des Piloten drehte sich zu ihr um und offenbarte eine in Schwarz gekleidete Gestalt mit hageren Gesichtszügen, in denen ein Augenpaar mit dem Licht der Hölle leuchtete. „Entschuldigen sie, Miss“, sagte Maxwell Carpenter, „ aber es ist Passagieren nicht gestattet, das Cockpit zu betreten.“

Der Sessel des Copiloten drehte sich zu ihr, und Thea sah Samuel Zheng – Romeo – an, der in eine blutgetränkte Pilotenuniform gekleidet war. Seine Augen waren leere Löcher, in denen Würmer zuckten und obszönen Tränen gleich sein Gesicht hinunter kullerten. „Thea!“ sagte Romeo. „Carpenter hat mir gezeigt, wo es langgeht. Was denkst du?”

Thea wachte schreiend auf, was ein Geschwader von Flugbegleitern dazu veranlaßte, zu ihr herüberzurennen und bei dem älteren Ehepaar, das neben ihr saß, beinahe einen Herzanfall verursacht hätte.

• • •

Thea entschuldigte sich dafür, die anderen Passagiere verängstigt zu haben, mußte sich aber immer noch einen strengen, in empörtem Flüsterton gehaltenen Vortrag einer der Flugbegleiterinnen anhören, aber noch laut genug, daß man ihn fast im ganzen Flugzeug mitbekommen konnte. Es dauerte eine Weile, aber Thea konnte die Frau schließlich davon überzeugen, daß sie nicht wieder ausrasten würde. Das ältere Ehepaar war nicht sonderlich davon begeistert, daß sie immer noch neben ihnen saß, daher wurde Thea in den anderen Gang zu einem leeren Platz hinübergeführt, der sich so weit als möglich von einem der Ausgänge entfernt befand. Sie kam auf dem Weg dorthin an Jake vorbei, warf ihm ein beschämtes halbes Lächeln zu und schüttelte den Kopf. Eine Weile später folgte sie ihm, um sich in die Warteschlange vor den Toiletten zu stellen und erzählte ihm flüsternd eine schnelle Zusammenfassung ihres Traumes.

„Oh Mann", sagte er mit weitgeöffneten Augen hinter seinen in Draht gefassten Brillengläsern. „Muß ja schrecklich gewesen sein! Bist du sicher, daß es dir gutgeht?"

„So gut, wie es mir nur gehen kann. Ich meine, ich hatte ja schon vorher Alpträume, aber dieser... brrrr." Thea erzitterte übertrieben. „Hat sich ziemlich echt angefühlt, mein Freund."

Jake sah sich um und flüsterte: „Glaubst du nicht, es könnte eine... "

„Eine Art von Vision gewesen sein? Nein. Ich habe meine „Intuition" befragt, nachdem ich mich gesetzt hatte. Ich hab keine bösen Schwingungen gespürt; außer... "

„Was?"

„Ich würde mir hier kein Hühnchen bestellen."

• • •

Der ägyptische Jäger Fatwa243 – der ihnen seinen Vornamen, Rafiq, gegeben hatte, mit dem Rest aber warten wollte, bis sie sich getroffen hatten – hatte ihnen die Adresse eines guten, günstigen Hotels in der Nähe des Maydan at-Tahrir, eines öffentlichen Platzes in der Kairoer Innenstadt, gegeben. Thea war Jahre zuvor einmal durchs Land gezogen, als sie noch aufs College ging, als Abschluß einer Rucksackreise durch Europa und entlang des Mittelmeers. Sie erinnerte sich daran, wie übervölkert und turbulent die Stadt gewesen war. Als sie nach einer für sie viel zu langen Zeit in der Luft aus dem Flugzeug taumelte, war sie erleichtert, daß sie sich über solch grundlegende Dinge wie das Ausfindigmachen eines Hotels keine Gedanken zu machen brauchte. Vom Flughafen aus nahmen sie ein Taxi. Die Mittagssonne stand hoch am Himmel, und sie wollten nichts mehr, als sich für ein paar Stunden hinzulegen. Sobald sie sich einmal an die lokale Szene gewöhnt hatten, würden sie sich darauf freuen können, einen Tag damit zu verschwenden, vor einer der vielen langen Schlangen anzustehen und auf ein Visum zu warten. Bis dahin sollte Rafiq verfügbar sein, um als ihr Führer zu dienen und bei der Suche nach Carpenter zu helfen.

Benommen vom Jetlag und dem Kulturschock saßen Thea und Jake im Taxi, das in das verkehrstechnische Chaos Kairos eintauchte. Nach einer Fahrt, bei der ihnen mehrfach fast das Herz stehenblieb, stolperten sie aus dem verbeulten Taxi in das menschliche Äquivalent des Chaos, durch das sie gerade gefahren waren. Sobald sie wieder auf dem Platz war, erinnerte sich Thea daran, daß Maydan at-Tahrir im wahrsten Sinne des Wortes das Zentrum Kairos war. Der Platz war gigantisch, und es trafen hier nicht weniger als sechs Hauptverkehrswege aufeinander. Von der Touristenattraktion des Ägyptischen Museums und der bürokratischen Sickergrube der Mogamma – des Ortes, an den man wegen der Visa gehen mußte – einmal abgesehen, gab es hier eine wahre Flut ausländischer Botschaften, eine Universität und eine Reihe von Regierungsgebäuden, die alle nur einen Steinwurf voneinander entfernt lagen. Selbst zur heißesten Zeit des Tages strömten tausende von Menschen aus allen Himmelsrichtungen über den Maydan, als wisse nur Allah selbst, wie sie von einem Ort zum anderen kamen. Die Straßen waren ebenso voller Autos, die in einem Tumult aus unverständlichen Verkehrsregeln, die jemand sich schnell ausgedacht und wohl auch wieder ebenso schnell vergessen hatte, dahinrasten. Der Platz wirkte wie ein Tollhaus.

Nachdem sie ein paar Minuten lang herumgesucht und einige Passanten gefragt hatten, konnten sie schließlich die Adresse, die ihnen Rafiq gegeben hatte, ausfindig machen. Das Ismailia House war ein langsam zerbröckelndes Gebäude, das aussah, als könnte es jeden Augenblick in sich zusammenstürzen. Thea war von dem Flug fertig genug, daß es ihr nicht viel ausmachte, wie der Ort aussah. Solange es dort eine Dusche und ein Bett gab, war er perfekt. Sie mußten in den 8. Stock hinauf, und statt sich mit den Treppen abzumühen, zwängten sie sich in den winzigen Fahrstuhl. Es war ein enger, mit eisernen Gittern versehener Sarg, und nur ein dünner Boden aus Sperrholz verhinderte, daß sie in die Tiefe stürzten. Es war kaum genug Platz für sie beide und ihre beiden Koffer. Das Ding kam knirschend in Bewegung und mühte sich um jeden Meter Strecke nach oben. Nach einigen besorgniserregenden Geräuschen kam der Aufzug auf halbem Weg zwischen dem 4. und dem 5. Stock zum Stehen. Es war anscheinend nicht das erste Mal, denn der Mann, der die Treppe heraufkam und ihnen hinaushalf, schien nicht im geringsten überrascht zu sein. Nachdem sie schließlich den 8. Stock erreicht hatten, bekamen sie ein Doppelzimmer für 35 ägyptische Pfund – was ungefähr 11 Dollar entsprach. Das Zimmer war klein und bot gerade genug Platz für zwei Betten, einen einzelnen Nachttisch und etwas Platz an der Tür von der Größe einer Postkarte. Das Zimmer und das Bad waren so sauber, wie das Gebäude baufällig war. Thea ließ ihren Rucksack am Ende des Bettes fallen und brach auf der Matratze zusammen. Ihr fehlte die Energie, die Schuhe auszuziehen. Sie war eingeschlafen, noch ehe Jake die Tür geschlossen hatte.

Trotz der Erschöpfung durch die Reise erwachten Jake und Thea nur einige Stunden später. Die Sonne war untergegangen, und eine angenehme Kühle war in ihr kleines Zimmer eingekehrt. Nachdem sie geduscht und sich umgezogen hatten, machten sie ein Qahwa ein paar Blocks vom Maydan entfernt ausfindig, wo es hervorragenden Kaffee und Platten voller Brot und weißem Käse gab. Während des leichten Abendessens diskutierten sie über Umgangsformen im Mittleren Osten, die Thea noch von ihrer letzten Reise hierher irgendwo in ihrem Hirn gespeichert hatte, und blätterten einen Reiseführer durch, den Jake sich am Flughafen von Baltimore gekauft hatte. Das nützlichste, was sie bisher getan hatten, war gewesen, sich angemessen zu kleiden – keiner von beiden trug Shorts, und Thea trug entgegen ihrer sonstigen Gewohnheiten Klamotten, die nicht ihre Figur betonten. Ihr Arabisch war bis auf die Grundlagen eingerostet, aber sie erinnerte sich noch an genug, um die Wogen im Umgang mit den Einheimischen zu glätten, während Jake gut in der Lage war, Ägyptische Pfund in Dollar umzurechnen. Ansonsten sollte, solange sie sich höflich verhielten und nicht gerade Monster in der Öffentlichkeit angriffen, alles in Ordnung sein. Als Thea mit der linken Hand nach einem Stück Käse griff, sagte Jake: „Ich wollte dich das eigentlich schon früher fragen, Thea. Woher hast du die Tätowierungen?“

„Hä? Ich habe sie mir machen lassen. Habe ein paar Jägerzeichen und Elemente von Hieroglyphen genommen und sie zu unterschiedlichen Designs kombiniert.“ Sie sah ihren Handrücken an und drehte ihn so, daß das Bild im Licht der untergehenden Sonne gut zu sehen war. „In den letzten paar Monaten haben sie begonnen zu... reagieren, glaube ich, wäre dafür die richtige Bezeichnung. Sie reagieren auf das Übernatürliche. Aber in letzter Zeit ging alles so drunter und drüber, daß ich keine Zeit hatte, der Sache auf den Grund zu gehen.“

„Ja, aber ich wollte wissen: Was hat dich dazu veranlaßt, sie dir machen zu lassen?“

„Weiß nicht. Ich wollte schon immer Tätowierungen haben, aber Mama hat es mir nicht erlaubt, und mir fiel auch nichts ein, was ich mir machen lassen wollte. Aber nachdem ich mich an der Jagd beteiligt hatte, nun, da kamen mir diese Ideen in den Sinn, und ich dachte mir: warum nicht?“

„Also bist du nicht mit der Technik der Henna-Tätowierungen der Beduinen vertraut?“ Jake lächelte, als Thea ihn verwirrt ansah. „Ich habe einige der archivierten Postings von Rafiq überprüft und dabei davon gelesen. Es klingt vertraut. Etwas über eine Sheika – eine Art weise Frau oder so –, die sich mit detaillierten Zeichnungen bedeckte, die ihr als Fokus für irgendwelche ungewöhnlichen Kräfte dienten.“

Thea sah ihren Handrücken an und hob dann ihre Bluse, um sich die Tätowierung auf ihrem Bauch anzusehen. „Wow. Echt? Klingt irgendwie richtig. Ich habe davon aber noch nie zuvor gehört.“

„So, wie ich die Sache sehe, ist das kein großes Geheimnis, aber dafür etwas, das man sich ein wenig näher ansehen könnte, wenn dieser Wahnsinn vorbei ist, oder?“

“Wann auch immer das sein wird.“ Thea beugte sich nach vorn und senkte ihre Stimme. „Wo wir es schon davon haben: Mehr Urlaub als diesen Abend werden wir wohl nicht bekommen. Morgen gehen wir uns um Visa kümmern, dann treffen wir uns mit diesem Typen namens Rafiq.“

“Mich überrascht es, daß wir kein Visum gebraucht haben, um ins Land zu kommen“, sagte Jake mit einer so leisen Stimme, als redeten sie über die Jagd.

„Ich dachte das auch, als ich das erste Mal hier war. Man kann sich im voraus um ein Visum kümmern, aber ich glaube, sie haben kein Problem damit, wenn man damit wartet, sich eins zu besorgen, bis man im Land ist. Dieses große, häßliche Gebäude dort, vor dem wir aus dem Taxi ausgestiegen sind, ist die Mogamma. Ich glaube, sie haben dort quasi die gesamte ägyptische Verwaltung hineingestopft. Dort werden wir morgen hinmüssen, um sie zu bekommen.“ Thea erinnerte sich von ihrer ersten Reise her noch daran, daß das Erlangen der Visa eine Angelegenheit war, die einen ganzen Tag in Anspruch nahm. Sie hatte lange Stunden in dem häßlichen Gebäude, der Mogamma, verbracht, bevor sie schlapp und ausgetrocknet mit ihrem Touristen-Visum wieder herausgekommen war. Das ganze jetzt noch einmal mit Jake durchzumachen, kam ihr wie ein langes, schmerzhaftes Déjà vu vor.

Jake knabberte an einem Stück Brot herum. „Dann gehen wir nach Port Said.“

„Ja. Obwohl ich ja glaube, daß Carpenter sich dort nicht mehr aufhält. Wie lange ist es schon her – einen Tag, daß diese Tanker in die Luft geflogen sind?“ Sie teilten einen Moment der Stille, während beide daran dachten, daß sie sich noch vor ein paar Stunden in einer kalten Wohnung in Baltimore, Maryland aufgehalten hatten. Thea wußte, daß sie sich auf etwas Großes zubewegten und daß ihnen die Zeit verdammt schnell durch die Finger rann.

Jake schüttelte den Kopf. „Mir fällt keine andere Möglichkeit ein, die Spur aufzunehmen. Ich nehme an, wenn wir lange genug warten, wird er irgend etwas anderes in die Luft jagen.“

Thea schürzte nachdenklich die Lippen. „Also, hast du irgendeine Idee, was die Sache mit dem Kidnapping, die in der Zeitung erwähnt wurde, damit zu tun hat?“

„Nein. Als ich Rafiq die Email mit dem Grund dafür, warum wir kommen, schickte, bat ich ihn zu sehen, was er herausbekommen kann. Ich habe aber bisher noch nichts gehört. Warum fragst du, hast du eine Idee?“

„Ich bin mir nicht sicher. Der tote Bulle klingt nach etwas, in das Carpenter verstrickt sein könnte, aber eine Entführung? Das einzige, was mir dazu einfällt, ist, daß er eventuell noch Nicholas Sforza in seiner Gewalt hatte und einige von dessen Kumpels ihn möglicherweise gefunden haben.“

„Mumien?“ fragte Jake.

„Das klingt nicht mehr ganz so komisch, wenn man nur einen Steinwurf von den Pyramiden entfernt sitzt, nicht? Denk daran, wir haben noch nicht herausbekommen, wie Sforza und der Tempel damit zusammenhängen.“

“Stimmt. Ich kann es kaum erwarten, Rafiq zu treffen. Ich muß noch Beweise dafür finden, daß es Mumien gibt, von dem, was man so in Geschichten und Legenden findet, einmal abgesehen. Ich hoffe, er kann uns einige Einblicke geben.“

„So oft, wie er Postings im Jäger-Netz macht, sollte man meinen, daß er es bereits erwähnt hätte, falls er irgend etwas über Mumien wüßte.“

„Guter Punkt.“ Jake seufzte und ließ sich in seinen Stuhl sinken. „Aber ich weiß nicht. Ich habe etwas mehr über Carpenter nachgedacht. Weißt du, was die anderen im Jäger-Netz über Zombies sagen? Jeder sagt, sie seien stark und so, aber nur selten, wenn überhaupt, sind sie gerissen, von einer Intelligenz, wie wir sie bei Maxwell Carpenter gesehen haben, mal ganz zu schweigen.“

Thea nickte. „Ja, er ist ein spezielles Exemplar."

„So kann man das sagen. Was wäre, wenn Dinge wie Carpenter, die wandelnden Toten, die wir als die „Verborgenen" bezeichnen, Mumien wären? Mächtig, clever, unaufhaltsam... "

„Ja, vielleicht." Thea schüttelte den Kopf. „Ich weiß nicht. Je mehr ich drüber nachdenke, umso mehr frage ich mich, ob Mumien wirklich existieren. Wesen, die wirklich unsterblich sind. Ewig leben ist recht attraktiv, findest du nicht?"

„Worauf willst du hinaus?"

„Nun, Carpenter ist ziemlich mächtig, aber er *lebt* nicht, oder? Was wäre, wenn wir uns über seine Motive geirrt hätten? Du weißt noch, wie du sagtest, Zombies folgten einem übergeordneten Ziel?"

„Und seien dabei normalerweise nicht allzu subtil."

„Richtig. Tatsache ist, daß wir bei Carpenter... vorher dachten, es ginge ihm nur um die Rache an der Familie Sforza, und wir haben gesehen, wie er einige ziemlich offene Manöver unternommen hat, um diesen Nicholas zu erwischen. Aber wenn alles, was er wollte, Rache an den Sforzas war, was macht er dann hier? Von der Motivation mal ganz abgesehen war Carpenter auch gerissen und subtil. Denk mal drüber nach, wie er uns dazu gebracht hat, in den Tempel des Echnaton zu gehen. Hat Wahrheit und Lügen miteinander vermischt, uns alle gut genug durchschaut, um zu wissen, was er sagen mußte, und selbst nachdem wir herausgefunden hatten, was er vor hatte, haben wir doch so ziemlich genau das getan, was er von uns erwartete."

„Und?"

„Nun... was wäre, wenn Carpenter die ganze Zeit hinter Sforza her war, um an ein Elixier oder so etwas zu kommen, das ihn unsterblich macht? Ihn – in Ermangelung eines besseren Ausdrucks – als Mumie dauerhaft wieder ins Leben zurückbringt?"

„Ein Elixier?"

„Was auch immer. Wer hat behauptet, dies alles ginge nicht bis ganz zurück auf... wie war ihr Name? Annabelle Sforza? Vielleicht war das ja überhaupt der Grund ihres Streits. Vielleicht auch nicht. Langsam wird es ziemlich abgehoben." Thea, die ganz in Gedanken versunken war, brauchte ein wenig Zeit, um zu merken, daß Jake sie mit einem halben Lächeln ansah. „Was?"

„Volle Kraft voraus, laß deiner Phantasie freien Lauf."

"Ja, ja. Eine ganze Menge Fragen werden beantwortet, wenn wir davon ausgehen, daß Mumien tatsächlich existieren."

„Und wir haben nicht einmal Brendan Frasier dabei", murmelte Jake.

„Sehr witzig."

• • •

Thea und Jake beruhigten sich wieder, als der Energieschub des Kaffees nachließ. Der Jetlag überkam sie verdammt schnell, als sie auf dem Weg zum Ismailia House waren. Sobald sie ihr Zimmer erreicht hatten, fielen beide auf die Betten wie Ziegelsteine, die aus dem Orbit stürzten.

Am nächsten Morgen waren ihre inneren Uhren noch nicht ganz angepaßt, aber sie waren nicht ganz so fertig wie noch am Abend zuvor. Während sie damit rangen, ihre Lethargie zu überwinden, räumten sie auf und bereiteten sich auf einen langen Tag vor, der mit der Queste nach Visa vergehen würde. Als sie aus dem Hotel kamen, sahen sie, daß es auf dem Maydan at-Tahrir nur so vor Autos und Fußgängern wimmelte. Thea und Jake hatten viel Zeit in den Innenstädten amerikanischer Großstädte verbracht, aber das war eine neue Erfahrung. Sie mußten nur von einer Seite des Platzes zur anderen gelangen. Das Problem bestand darin, den besten Weg zum Mogamma zu finden, ohne von der Menschenmenge mitgerissen oder aus Versehen von einem der Dutzenden von Autos überfahren zu werden, die über den Maydan rasten.

Thea war damit so sehr beschäftigt, daß sie zuerst gar nicht bemerkte, daß ein Mann nur ein paar Meter entfernt stand und sie beobachtete. Sie glaubte nicht, daß sie beäugt wurde – ägyptische Männer sahen Frauen nicht offen an, und ihre Bluse, die Cargo-Hosen und die Wanderstiefel waren eine mehr als angemessene Kleidung. *Der Typ muß da wohl stehen, weil er hofft, unser Reiseführer zu werden,* dachte sie und wandte sich ihm zu, um ihn abzuweisen. Thea fiel das Gesicht herunter. Sein Haar war viel kürzer, und seine Haut war sonnengebräunter, aber sie erkannte ihn augenblicklich.

„Sforza!" Ihre Stimme war ein atemloses Keuchen.

„Nicholas, bitte", antwortete er, kreuzte die Arme und sah sie mit einem seltsamen Lächeln an. „Hallo Thea. Hallo Jake. Willkommen in Ägypten."

ELF

Nachdem Ibrahim ihm offenbart hatte, daß er den ruinierten Kompaßskarabäus mit nach Äypten gebracht hatte, war Nicholas' Geist vom Feuer der Möglichkeiten erfaßt. Sobald sie in Kairo angekommen waren, begab er sich in die Werkstatt, die Basel Nyambek-Senemut im Mausoleum von al-Qalarayn eingerichtet hatte, und begann mit der Arbeit an einem neuen Ortungsamulett.

Nicholas spürte den Zeitdruck wie eine körperliche Last. Je länger das Herz des Osiris in der Welt unterwegs war, umso größer wurde die Möglichkeit für ein Desaster. Es bestand keine Gefahr, daß Carpenter sich die Macht des Artefaktes irgendwie zu Nutze machen konnte, um sich als Mumie wiederzubeleben. Das Herz hatte nichts mit jenem streng bewachten Schatz, dem Lebenszauber, zu tun, und genauso wenig, wie er das Herz benutzen konnte, um unsterblich zu werden, gab es für Maxwell Carpenter eine Möglichkeit, jemanden ausfindig zu machen, der willens sein würde, für ihn die Zeremonie der Wiedergeburt zu vollführen.

Nein, Nicholas' größte Furcht war, das Herz könne womöglich in die Hände einer noch viel größeren Bedrohung als die, die ein einzelner Zombie darstellte, fallen. Die Jünger des Set und die Verderbermumien würden allesamt die schrecklichsten Dinge vollbringen, sollten sie in den Besitz des ab-Asar gelangen. Als direkte Verbindung zu Osiris stellte das Herz eine unschätzbare Macht für alle dar, die Möglichkeiten finden konnten, seine Macht richtig zu nutzen. Diese Macht konnte zu einer ganzen Reihe böser Taten mißbraucht werden. Darüber hinaus glaubten einige Aminte, es könnte möglich sein, das Herz – oder irgendeinen anderen der geheiligten Körperteile des Osiris – dazu zu verwenden, den Gott selbst zu verletzen. Der Ewigwährende Osiris konnte nicht vernichtet werden, aber der Feind konnte ihm möglicherweise unabsehbaren Schaden zufügen, wenn er das Herz in die Finger bekam.

Die Ironie dabei war überhaupt nicht witzig: Es war dem mächtigsten aller Unsterblichen nicht möglich, seine eigenen Körperteile wieder zu vereinen und ins Leben zurückzukehren – etwas, das selbst die jüngsten Unsterblichen vermochten. Dank der Bemühungen des verdammten Set konnte Osiris keinen Einfluß auf seine sterbliche Hülle nehmen. Osiris blieb ein geisterhaftes Wesen, dessen einzige Verbindung zur Welt der Lebenden in den Teilen seines Leibs bestand, die über die ganze Welt verstreut waren. Diese Einschränkungen aber, die den Gott für die gefürchteten Apepnu verwundbar machten, offenbarten Nicholas den Schlüssel zur Wiederbeschaffung des Herzens. Die Energie, die aus dem ab-Asar strömte, hatte ihren Ursprung in Osiris. Wenn Nicholas nur einen neuen funktionierenden Kompaßskarabäus herstellen konnte, würde er die Energie zum Herzen zurückverfolgen können.

Er verbrachte eine ganze Woche damit, an dem neuen Kompaßskarabäus zu arbeiten und legte nur Pausen ein, um hastig eine Mahlzeit zu sich zu nehmen oder ein paar Stunden zu schlafen. Ibrahim und Faruq brachten ihm abwechselnd Essen und Trinken und geleiteten ihn zu einer Liegematte, wenn er schon zu lange an der Werkbank gesessen hatte. Während Nicholas in Basels Werkstatt beschäftigt war, streckten die beiden Kultisten ihre Fühler auf der Suche nach irgendetwas Ungewöhnlichem aus, das mit Maxwell Carpenter oder dem Herzen des Osiris in Verbindung gebracht werden konnte. Jeder Eset-A hatte ein Spezialgebiet. Bei Ibrahim war es der Umgang mit Computern, bei Faruq seine Verbindungen auf den Straßen. Als Junge war Ibrahim oft mit seinem Vater, der Elektriker im Dienste der Regierung gewesen war, bei dessen verschiedenen Arbeitsstellen gewesen. Dort hatte er seine erste Begegnung mit einem Computer gehabt. Es war Liebe auf den ersten Blick gewesen. Bevor er sich der Sache der Ma'at verschrieb, hatte Ibrahim eine vielversprechende Karriere als IT-Spezialist für die ägyptische Regierung eingeschlagen. Während Ibrahim den Cyberspace im Auge behielt, hörte sich Faruq auf der Straße um. Der ältere Eset-A war das, was die Kairoer einen „Sohn der Stadt" nannten. Dies bezeichnete einen Mann, der jene Eigenschaften verkörpert, die von Kairos Bewohnern am meisten geschätzt werden, eine Mischung aus Freundlichkeit und Cleverness, die man unter den Fellahin auf dem Land nicht fand – und die man sicher auch nicht bei den zahllosen Ausländern antraf, die Wasserbüffeln gleich jedes Jahr durch Kairo donnerten. Kurz gesagt, Faruq kannte Leute, wodurch er genauso geschätzt wurde wie Ibrahim mit seinen Computerkenntnissen.

Nicholas blieb zudem durch Lu Wen Khutenptah mit den anderen Mumiengruppen in Verbindung. Lu Wen gehörte dem Kult der Isis an, der Gruppe, die am unmittelbarsten mit der Durchführung der Wiedergeburtszeremonien befaßt war, die neue Mumien schufen. Es war kein perfektes Arrangement, aber bis Nicholas einen neuen Kompaßskarabäus zum Laufen gebracht hatte, war es wohl das beste so.

• • •

Nicholas stieß sich von der Werkbank ab und fluchte frustriert. Er hatte im Laufe der letzten Woche in der Kunst des Meket – der Erschaffung von Amuletten – einige seiner besten Arbeiten abgeliefert. Aber seine Bemühungen waren ein Fehlschlag gewesen. Er hatte bereits einen neuen Kompaßskarabäus geschaffen, aber dieser hatte sich als ineffektiv herausgestellt. Der zweite Versuch war beinahe fertig, innerhalb etwa eines Tages sollte er es geschafft haben. Unausgesprochen blieb seine Furcht, nach den ersten beiden Versuchen könnten möglicherweise nicht mehr genug Rückstände übrig sein, um eine Chance zu haben. Er hatte keine andere Wahl, als seinen zweiten so zu machen, daß er funktionierte.

Er warf einen Blick auf den ersten Nachbau, den er unweit des kaputten Originals auf den Tisch mit Altmetall und anderen Resten gelegt hatte. Von dort aus wanderte sein Blick weiter über den Rest der Werkstatt. Es war eine der größten Kammern in dem Komplex unter Kairos Südfriedhof. Basel Nyambek-Senemut war in vielen Formen der ägyptischen Magie bewandert und verbrachte in dem Raum viel Zeit mit der Arbeit an Amuletten, Symbolen, Alchemie und so weiter. Unsterblichen, die zu Besuch hier waren, war es gleichermaßen gestattet, diese Kammer zu benutzen, wenn es nötig war. Ein paar Arbeitstische standen einander in der Mitte des Raumes gegenüber, und an drei Wänden waren weitere Tische und Regale installiert. In der vierten Wand befand sich die Tür, daneben eine große Wandtafel, an der Baupläne, Notizen und so weiter befestigt werden konnten. Sowohl weltliches als auch arkanes Werkzeug war über die verschiedenen Tisch verteilt oder ragte aus halboffenen Schubladen. Nicholas' Arbeitstisch verfügte über ein beleuchtetes Vergrößerungsglas an einem Schwenkarm, der an einer Ecke des Tisches befestigt war, sowie über ein komplettes Sortiment an Juwelierwerkzeug, das sich in einem offenen Metallbehälter in Reichweite befand. Kupferstücke, Silberdraht und andere Reste von Edelmetallen waren auf eine Seite des Tisches gewischt worden, um sie später wegzuräumen. Auf einer gummibeschichteten Matte vor ihm befand sich ein elegantes, gebogenes Armband. Am höchsten Punkt der Biegung war ein stilisierter Skarabäus aus Gold und Jade eingesetzt. Es sah nett aus, aber es war nicht funktionsfähig, und wenn er sich nicht konzentrierte, würde es nie fertig werden. Nicholas seufzte und beugte sich auf die Ellbogen gestützt nach vorn, wobei er das Vergrößerungsglas vor sein Auge schwenkte und einen weiteren Blick auf den Kompaßskarabäus warf.

Dann kam Ibrahim den Gang entlanggerannt und rief seinen Namen. Nicholas sah auf und zog eine Braue hoch, als der Kultist aufgeregt in die Werkstatt gerannt kam. „Was gibt es, Ibrahim? Irgend etwas über das Herz?"

„Nein, Aminte, aber vielleicht fast genauso gut." Ibrahim war reserviert wie immer, aber die Aufregung kam ab und an in der Stimme durch. „Wir haben die Passagierlisten aller Flüge und Schiffe, die auf dem Weg nach Ägypten sind, überprüft, nicht? Abgesehen vom Namen dieses Carpenter haben wir auch nach denen der Reporter Ausschau gehalten, die zum Tempel gekommen waren. Ich glaube, wir haben was gefunden."

Nicholas hatte nur die Vornamen der „Reporter" gehört, die zum Tempel gekommen waren: Jake und Thea. Ibrahim war bei den hereinkommenden Flügen und Visumsanträgen auf eine Reihe von Treffern gestoßen. Mit Faruqs Hilfe hatten sie bestätigen können, daß es sich nicht um die Leute handelte, nach denen sie suchten. Nicholas hatte empfohlen, mit der Suche fortzufahren, obwohl sie alle der Meinung waren, so bestenfalls einen Glückstreffer landen zu können. Carpenter versuchte möglicherweise, sich ins Land zu schleichen, und es sah nicht so aus, als seien die Namen der beiden „Reporter" in ihrem jeweiligen Kulturkreis sonderlich selten – wenn sie überhaupt herkamen. Ibrahim war sonst nicht sonderlich optimistisch, also mußte er sich bei dieser Spur ziemlich sicher sein. „Dann laß hören."

"Es gibt da einen Flug von Delta Airlines mit einer Passagierin namens Thea Ghandour und zwei Jakes: einem Jacob Pellitier und einem Jake Washington."

„Wir brauchen aber nur einen, weißt du?"

Ibrahim war zu sehr auf die Passagierliste konzentriert, als daß er den Witz bemerkt hätte. „Ich glaube nicht, daß einer dieser beiden ‚Jakes' der ist, den wir suchen. Aber es ist der erste Flug, auf dessen Liste auch der Name „Thea" erscheint."

„Kann nicht schaden, dem nachzugehen", sagte Nicholas. „Wann kommt er hier an?"

„In einer Stunde. Faruq und ich werden jetzt zum Flughafen gehen und feststellen, ob sie den Beschreibungen, die du uns gegeben hast, entsprechen. Wenn dem so ist, sollen wir sie dann herbringen? Faruq hat einen Freund, der ein Taxi besitzt, das wir uns ausborgen können."

„Ich will nicht, daß sie auf uns aufmerksam werden. Tu, was nötig ist, um sie dazu zu bringen, euer Taxi zu nehmen, aber fahr sie hin, wo immer sie hinwollen." Nicholas fragte sich, ob Carpenter womöglich unter einem anderen Namen auf demselben Flieger sein würde. *Nein, so plump geht er nicht vor.* „Es besteht die Möglichkeit, daß sie hier sind, um sich mit Carpenter zu treffen. Sobald wir wissen, wo sie übernachten, können wir sie beobachten und vielleicht herausfinden, welchen Plan sie hier verfolgen. Dann können wir sie uns immer noch greifen oder sie bis zu Carpenter verfolgen, je nachdem, was die Situation erfordert."

Ibrahim gab sein Einverständnis durch ein Nicken zu verstehen und ging zur Tür. „Ich habe da so ein Gefühl, Nicholas."

„Es gibt Hoffnung. Wir könnten jetzt aber auch einen Durchbruch gebrauchen", antwortete Nicholas und schürzte dann die Lippen, als er sich wieder dem Amulett auf der Werkbank zuwandte.

• • •

Nicholas blätterte die Fotos auf der Werkbank durch. Er konnte nicht aufhören zu grinsen. „Gute Arbeit, Ibrahim! Faruq folgt ihnen im Augenblick?"

Ibrahim nickte. „Er ist gegangen, als ich wieder zurückkam. Erkennst du sie wieder?"

„Oh ja, ich erkenne sie." Nicholas schnippte mit dem Finger gegen eine Aufnahme, die Thea Ghandour und Jake Washington zeigte, wie sie gerade auf dem Gehweg am Maydan at-Tahrir standen, ihre Rucksäcke in Händen. Die vom Jetlag herbeigeführte Verwirrung stand ihnen ins Gesicht geschrieben. Ibrahim hatte Besorgungen erledigen müssen, als der Angriff auf den Tempel des Echnaton stattgefunden hatte, daher mußte er sich nach Nicholas' Beschreibungen richten. Er hatte Nicholas erklärt, er habe kaum Zweifel, sobald er sie gesehen hatte, als sie aus der Maschine der Delta Airlines ausgestiegen waren, aber er war entschlossen, kein Risiko einzugehen. Er hatte sie zu dem geborgten Taxi gelotst und am Hotel Ismailia abgesetzt. Dort hatte Ibrahim mit einer Einwegkamera ein paar Bilder geschossen und sie zur Schnellentwicklung gebracht. „Ein unglaublicher Durchbruch, Ibrahim. Wirklich. Das hast du alles gut gemacht – das Überwachen der Flüge, diese Bilder, die ganze Sache."

„Was nun?" Das Lob hatte Ibrahims Tatendrang angestachelt und die Zweifel über seine Würdigkeit, die er noch vor einer Woche geäußert hatte, zur fernen Erinnerung gemacht. Wie Nicholas war auch er bereit, Rache für den Verlust des Herzens und seiner Kameraden zu üben.

„Ich glaube nicht, daß sie unmittelbar nach diesem langen Flug irgend etwas vorhaben, also haben wir jetzt ein wenig Zeit. Faruq und du, ihr bleibt an ihnen dran. Versucht herauszufinden, ob sie sich mit irgend jemandem treffen, ob sie ein Fahrzeug mieten, so was in der Art. Wenn du meinst, du kannst unbemerkt ihre Sachen durchsuchen, während sie nicht im Hotel sind, dann tu das. In der Zwischenzeit werde ich an diesem verdammten Kompaßskarabäus arbeiten."

Ibrahim sah sich mit gedämpftem Enthusiasmus das Amulett an. „Klappt es immer noch nicht?"

„Ich war Tag und Nacht damit beschäftigt und *pfft*! Nichts", regte sich Nicholas auf. „Von der Struktur her stimmt alles. Ich spüre die Verzauberung, aber es liegt einfach nur da. Es gibt keinen Hinweis darauf, daß es irgend etwas aufspürt."

„Genau wie bei deinem ersten Versuch", merkte Ibrahim an.

Nicholas warf dem ersten Nachbau einen giftigen Blick zu. Wie das, das vor ihm auf dem Tisch lag, war das Armband ein Wunder an schlichter Eleganz, das die mystischen Schwingungen des Herzens dank der Rückstände, die in es eingearbeitet worden waren, auffangen konnte. Zumindest theoretisch. Keines von beiden machte auch nur die geringsten Anstalten zu funktionieren.

Wenn ich nur nicht Carpenter in die Irre geführt hätte, dachte Nicholas. Wenn er nicht so sehr versucht hätte, dem mentalen Zwang des Zombies zu widerstehen, hätte er ihm offenbart, daß der Lebenszauber von Lebenden an einer Leiche durchgeführt werden mußte. Das Herz spielte dabei keine Rolle. Aber durch seinen Versuch, die Geheimnisse seiner Art zu wahren, hatte Nicholas unwissentlich impliziert, das Herz sei der Schlüssel zur Wiedergeburt. Deshalb befand sich der Arsch jetzt mit dem ab-Asar in der Tasche und ohne die geringste Ahnung, was er damit anfangen sollte, auf dem Weg in den Nahen Osten, und wer wußte schon, wie viele Handlanger des Feindes das Ding würden spüren können? Sie würden sicher davon angezogen werden wie Bienen durch Blütenstaub. Die Intensität der Aura des Herzens verbarg seinen genauen Standort, aber wenn man über genug Leute verfügte, die sich des Problems annehmen konnten, dann war es nur eine Frage der Zeit, bis jemand darüber stolperte.

Nur das verdammte Armband hatte eine Chance darauf, den Aufenthaltsort des Herzens ausfindig zu machen. Aber er hatte schon zwei Versuche unternommen, und es war einfach nicht genug von dem Original übrig, um einen dritten zu starten. Tage damit vergeudet, in denen sie —

Nicholas blinzelte, als ihm etwas seltsam vorkam. „Ibrahim, hast du mit dem ersten Nachbau irgend etwas gemacht?"

„Nein, Nicholas."

„Du hast ihn also nicht über den Tisch gezogen, so daß er kleine Spuren hinterließ?

Der Eset-A ließ seinen Blick verwirrt über den Tisch schweifen. Der Komplex unterhalb des Mausoleums von al-Qalarayn war so gut durchlüftet, wie es Basel möglich gewesen war. Allerdings war es dank des Wüstenklimas und der steinernen Bauweise dennoch unmöglich, Sand und Staub draußen zu halten. Nicholas hielt seine Arbeitsfläche sauber, aber er fegte nicht den Raum aus. Der in der Nähe stehende Tisch mit Altmetall war von einer feinen Schicht aus Staub bedeckt... die ein paar haarfeine Linien zeigte, die auf einer Länge von etwa siebeneinhalb Zentimetern entlang des Randes des ersten Ersatz-Kompaßskarabäus' verliefen. Das Schmuckstück war ein U-förmiges Armband. Das offene Ende wurde über das Handgelenk gestülpt, und der elegante Skarabäus auf der Oberseite drehte sich wie ein Kompaß, um die Position des Herzens zu verfolgen. Die beiden Enden des U stimmten mit den beiden im Staub auf dem Tisch sichtbaren Linien überein.

Nicholas nahm den ersten Nachbau, zog ihn über sein Handgelenk und lachte. „Es reagiert, Ibrahim! Sie ist schwach, aber ich spüre eine Verbindung." Er untersuchte das Amulett genauer und kam zu dem Schluß, daß der Ersatzskarabäus mit einer im Vergleich zum Original wesentlich geringeren Reichweite arbeitete. Er hatte nicht erwartet, daß er mit derselben Stärke wie das Original funktionieren würde, aber er war noch schwächer, als seine Kalkulationen angedeutet hatten. „Der erste, den ich herstellte, konnte das Herz um die halbe Welt verfolgten. Es ist schwer, bei dem hier die Entfernung festzustellen... grob geschätzt würde ich auf 700 Kilometer tippen."

„Kannst du feststellen, wo das Herz ist?"

„Verdammt. Es ist hier, nicht sehr weit weg. In Unterägypten." Er sah sich die Spuren auf dem Tisch noch einmal an. „Sieh mal, das kann man anhand der Spuren im Staub erkennen. Es muß... laß mal sehen, Norden liegt in dieser Richtung... aus Nord-Nordost gekommen sein... und siehst du, wie es eine kleine Kurve nach Osten genommen hat? So, wie sich das Amulett anfühlt, ist es jetzt im Osten. Ich kann aber nicht einschätzen, wie weit es weg ist."

Ibrahim runzelte die Stirn und dachte nach. Dann fiel ihm die Kinnlade herunter. „Port Said!"

„Wie kommst du darauf?"

„Gestern gab es dort einen Unfall. Tanker sind explodiert, viele Leute gestorben. Es kam in den Nachrichten."

„Aber Port Said liegt nordöstlich von Kairo... wenn die Schleifspuren auf dem Tisch korrekt sind, dann ist das Timing genau richtig. Also kam Carpenter per Schiff, etwas ist geschehen, und nun befindet er sich im Osten – und was? Durchquert er den Suez-Kanal? Weiter auf dem Landweg, hinaus in die Wüste?" Eine schreckliche Erkenntnis kam über ihn. „Scheiße. Erinnerst du dich, als wir aus Edfu zurückkehrten? Lu Wen erwähnte, einige ihrer Leute vom Kult der Isis seien auf dem Weg nach Port Said, um jemanden in Empfang zu nehmen, der sich auf der Hadsch befindet."

Ibrahim erbleichte. „Sie sind gegangen, ehe Lu Wen sie kontaktieren konnte, Nicholas."

Nicholas fluchte. Während er mit Meshta sprach, war Lu Wen zu den wenigen Orten des Kultes der Isis gereist, die sich in Nordägypten befanden. Da verborgene Tempel und unterirdische Mausoleen normalerweise nicht über Telefonleitungen verfügten – das Versteck der Eset-A hier war eine Ausnahme – ging Lu Wen persönlich zu den verschiedenen Orten, an denen die Wiedergeburt durchgeführt wurde. Sie war ein paar Tage, nachdem Nicholas wiedergekommen war, zurückgekehrt und hatte erzählt, die Gruppe, die für einen verborgenen Ort in Sakkara verantwortlich war, habe Vorzeichen von einem Neuankömmling gesehen. Die Kultisten, die vor Ort zurückgeblieben waren, hatten Lu Wen erzählt, sie hätten bereits eine Gruppe ausgeschickt. Sie haben sich zu dem Zeitpunkt nichts dabei gedacht, aber jetzt war sich Nicholas des Problems schmerzhaft bewußt. Die neuen und die alten Geister, die miteinander verschmolzen, um zu einem Aminte zu werden, waren im toten Fleisch des vor kurzem Verstorbenen gefangen, bis der Lebenszauber ihnen die Wiedergeburt ermöglichte. Mit anderen Worten belebten sie den Körper und befanden sich auf dem Weg nach Ägypten – es waren Geister, die von einer Leiche Besitz ergriffen hatten. Etwas, das sich nicht allzu sehr von Maxwell Carpenter unterschied. „Dieser Sohn eines... wenn der Kult der Isis ihre Visionen falsch interpretiert hat, könnte es sein, daß sie Carpenter mit einer Mumie verwechselt haben, die sich auf der Hadsch befand. Sie könnten ihm über den Weg laufen, Ibrahim."

„Aber würden sie nicht das Herz spüren?"

„Sterbliche würden es natürlich nicht, aber selbst wenn eine Mumie die Aura spüren könnte, wüßte sie nicht notwendigerweise, was es ist – und sobald sie sich einmal innerhalb des Perimeters der Aura befände, hätte sie keine Ahnung, woher diese kommt. Sie könnte direkt vor dem Herzen stehen, aber bis sie es berührt, hätte sie keine Ahnung, daß es da ist." Als er Ibrahims gesenkten Blick bemerkte, fügte Nicholas hinzu: „Jetzt verstehst du, warum ich diesen verdammten Kompaß zum Laufen bringen wollte, oder?"

Der Eset-A nickte. „Aber... sicher hätten wir irgendetwas gehört, oder?"

„Nun, du hattest doch Tanker erwähnt, die explodierten, oder?" Nicholas lächelte humorlos. Er zweifelte nicht daran, daß großflächige Zerstörung das Ergebnis sein würde, wenn Carpenter einer Mumie begegnete. „Ich muß mit Lu Wen sprechen."

Er versuchte, sie auf dem Handy zu erreichen und war angenehm überrascht, zu ihr durchzukommen. Er brauchte nicht lange, um sie über seine Mutmaßungen in Kenntnis zu setzen. „Was meinst du? Hast du etwas von dieser Gruppe gehört?"

„Noch nicht. Ich hatte Nachforschungen über den Sphinx angestellt." Lu Wen gehörte zu einer kleinen Gruppe von Mumien, die annahm, der Sphinx könne eine Art Symbol sein, ein verzaubertes Konstrukt, den Mastiffs nicht unähnlich, die sie Nicholas gegeben hatte. Immer wieder ging sie obskuren Hinweisen nach, in der Hoffnung, etwas über ihren Zweck in Erfahrung zu bringen. „Das ist das erste Mal, daß ich von einem Unglück in Port Said höre. Ist es gerade erst gestern geschehen?"

„Ja. Es war vielleicht nur ein Zufall, aber ich glaube nicht daran."

„Ich auch nicht. Aber wir sollten nicht davon ausgehen, daß unsere Leute darin verwickelt waren. Es kann sein, daß die Gruppe tatsächlich jemanden in Empfang genommen hat, der sich auf der Hadsch befand und daß sie jetzt in diesem Moment auf dem Rückweg nach Sanakht Nebka sind." Sakkara, ein Plateau südlich von Kairo, war als Heimat der berühmten Stufenpyramide von Djoser bekannt. Es hatte vor dreitausend Jahren als Nekropolis für die Toten aus Ägyptens uralter Hauptstadt Memphis gedient. Den Erinnerungen der Imkhu folgend hatte der Kult der Isis dort in der Nähe eine weitere Stufenpyramide gefunden, die seit langem unter dem Sand begraben und dem Pharao Sanakht Nebka gewidmet war. Da sie an einem Ort von großer spiritueller Macht erbaut worden war, war sie zu einem der Orte der Wiedergeburt der Mumien geworden. Nach einer Pause schlug Lu Wen vor: „Es kann auch sein, daß Carpenter bei dem Unfall vernichtet wurde. Vielleicht ist jetzt eine andere Macht im Besitz des Herzens."

Nicholas sah sich den Kompaßskarabäus an. „Ich werde nicht glauben, daß Carpenter endgültig gestorben ist, bis ich gesehen habe, wie sich sein Körper in Asche verwandelt. Und wenn es ihn noch gibt, dann würde ich wetten, daß sich das Herz immer noch in seinem Besitz befindet."

„Ich werde sofort nach Sakkara reisen und sehen, ob sie wiedergekommen sind. Wenn nicht, haben vielleicht die, die zurückgeblieben sind, neue Nachrichten von ihnen erhalten."

„Brauchst du Hilfe?"

„Nein, Nicholas. Du mußt dem Herzen folgen, da du nun seinen Aufenthaltsort wieder spüren kannst."

Natürlich hatte sie recht. Es wäre tragisch, wenn sie durch die Feuersbrunst in Port Said Leute verloren hatten, aber das war der Lauf der Dinge. Krieger fielen im Kampf. Er mußte sich darauf konzentrieren, das Herz des Osiris wiederzuerlangen. „Gut. Ich muß noch ein paar offene Fragen klären, bevor ich mich auf den Weg mache, du kannst mich also noch bis, sagen wir, morgen früh hier antreffen."

„Gut. Viel Glück."

Nicholas beendete das Gespräch und drehte sich zu Ibrahim um, der nachdenklich hinter ihm stand. „Hast du das Wesentlichste gehört?"

Ibrahim nickte. „Wir jagen also dem Herzen nach?"

„So gern ich das auch täte, wir müssen erst einmal in Erfahrung bringen, was unsere ‚Reporter' mit der ganzen Sache zu tun haben. Ich will nicht, daß sie uns in den Rücken fallen, wenn wir Carpenter drankriegen wollen."

• • •

„Es tut mir leid, daß ich nicht mehr in Erfahrung bringen konnte", entschuldigte sich Faruq an diesem Abend. „Als sie anfingen, so leise zu reden, hätte ich mich an ihren Tisch setzen müssen, um sie noch hören zu können!"

Nicholas lächelte. Faruq übertrieb natürlich. Er war Thea Ghandour und Jake Washington bis zu einem Café gefolgt und hatte vom nächsten

Tisch aus ihrem Gespräch gelauscht. Er hatte nicht alles gehört, was die beiden gesagt hatten, aber was er gehört hatte, hatte gereicht, um Nicholas davon zu überzeugen, daß sie nicht mit Carpenter zusammen arbeiteten. Es hörte sich, um genau zu sein, sogar so an, als sei genau das Gegenteil der Fall. Das Herz blieb aber immer noch ein Rätsel. Zu wissen, daß sie in Maxwell Carpenter einen gemeinsamen Feind hatten, war gut, aber was wäre, wenn die beiden ihm das ab-Asar abnehmen wollten? Eine Komplikation, für die Nicholas keine Zeit hatte. „Also sind sie hinter Maxwell Carpenter her. Die Frage ist jetzt, ob sie wegen des Herzens hinter ihm her sind oder aus einem anderen Grund."

„Ich weiß nicht, Nicholas. Ich habe sie nicht über das Herz sprechen hören, aber das bedeutet nicht, daß sie nicht darüber geredet haben."

„Und du bist sicher, daß sie von Visa geredet haben?" Dank Ibrahims Verbindungen zur Bürokratie mußte Nicholas seine Zeit nicht mit derlei verschwenden, aber er hatte von anderen schon wahre Horrorgeschichten darüber gehört. „Gut. Gut, der gleiche Plan wie vorher. Laßt uns jetzt alles bereitmachen. Morgen werden wir sie zu einer kleinen Unterhaltung einladen. Sobald wir wissen, was sie vorhaben, werden wir das Herz verfolgen."

„Willst du sie nicht heute Abend holen, während sie schlafen?"

„Das ist zu riskant. Wo halten sie sich auf? Im 8. Stock? Zu viele Gelegenheiten, daß irgendetwas schiefgehen könnte, wenn wir sie ins Auto zu bringen versuchen. Es ist besser, sie auf der Straße inmitten der Menge zu überraschen. Ich glaube nicht, daß sie irgend etwas versuchen werden, solange Passanten in der Nähe sind." Er zuckte mit den Schultern. „Außerdem bin ich ausgebrannt davon, eine Woche lang hier in der Werkstatt gearbeitet zu haben. Es wäre nicht schlecht, wenn ich mal zur Abwechslung eine Nacht lang schlafen könnte."

Nachdem sie die Angestellten an der Rezeption des Ismailia-Hotels – die Nacht- und die Frühschicht – bestochen hatten, konnten sie davon ausgehen, daß man sie anrufen würde, wenn die „Reporter" auch nur ihre Nase aus der Tür ihres Hotelzimmers herausstreckten. Nun, da sich die Dinge wieder nach seinen Vorstellungen zu entwickeln schienen, erlebte Nicholas die erste erholsame Nacht seit langem. Er erwachte erfrischt bei Sonnenaufgang und machte ein paar schnelle Fitneßübungen im Innenhof des Mausoleums. Als er zum Frühstücken und Duschen wieder nach unten kam, teilte ihm Faruq mit, das Hotel habe angerufen. Der Portier habe einen jungen Kerl, Jake, gesehen, der auf dem Weg ins Gemeinschaftsbadezimmer war. Sie waren wach und machten sich bereit, und auch für Nicholas und seine Leute war es an der Zeit, sich in Bewegung zu setzen.

Fünfzehn Minuten später befanden sie sich an Bord eines geborgten Taxis, eines verbeulten Audi, und fuhren in die Innenstadt Kairos. Der Verkehr war wieder das reinste Chaos, aber Faruq kam damit zurecht wie ein Profi. Sie erreichten den Maydan at-Tahrir, ohne allzu viele neue Beulen ins Auto gemacht zu haben. Nicholas und Ibrahim stiegen an der Ecke aus und teilten sich auf, um beide Seiten des Hotels abdecken zu können. Faruq blieb, wo er geparkt hatte, mit dem Auto halb auf dem Gehweg stehend. Andere Autos hupten und schoben sich um ihn herum, während Fußgänger ihn verfluchten und zwischen seinem Auto und dem baufälligen Gebäude hindurchschlüpften.

Nicholas wartete mit einiger Ungeduld. Als er den Kompaßskarabäus an diesem Morgen angelegt hatte, hatte er gesehen, wie sich der Skarabäus auf einen Punkt ausgerichtet hatte, der sich ziemlich genau im Süden befand. Er hatte noch am Abend zuvor in Richtung Osten gezeigt, und es machte ihm Sorgen, daß Carpenter so schnell vorankam. Er war versucht, die Sache mit den „Reportern" einfach zu vergessen und dem Herz zu folgen, ehe es die Reichweite des Armbandes verließ. Nun war nicht der Zeitpunkt, um voreilig zu handeln. *Entschlossen und kühn ist gut,* mäßigte er sich. *Überstürzt und impulsiv nicht ganz so.* Es sollte nicht länger als eine Stunde dauern, bis sie mit Thea Ghandour und Jake Washington fertig sein würden. Es war immer noch leicht genug, der Spur des Herzens zu folgen, wenn das erledigt war. Es machte das Warten allerdings nicht einfacher. Glücklicherweise dauerte es nur Minuten, bis ein Mann und eine Frau aus dem Gebäude traten, deren Aufmerksamkeit ganz auf das riesige Mogamma-Gebäude auf der anderen Seite des Platzes gerichtet war.

Nicholas erkannte sie sofort. Jake Washington war ein dünner schwarzer Jugendlicher, der kaum zwanzig Jahre alt war und ein Anime-T-Shirt zu Jeans und Schuhen von Nike trug. Thea Ghandour war ein paar Jahre älter, Mitte zwanzig, und trug eine Folklorebluse mit Cargohosen und Wanderstiefeln. Nicholas erinnerte sich noch von ihrem ersten Treffen im Tempel des Echnaton daran, daß sie attraktiv war, aber der plötzliche Angriff hatte jedwede Wertschätzung aus seinem Geist vertrieben. Er nahm sich Zeit, ihre kurvige, sportliche Figur zu betrachten, die unter der locker sitzenden Kleidung nicht ganz verborgen blieb. Ihre Haut hatte eine dunkle, kupferne Färbung, und ihr Haar war ein Gewirr dichter, locker fallender Locken, die immer noch feucht von der Dusche waren. Sie drehte sich ein wenig und gewährte ihm damit einen guten Blick auf ihre anziehenden arabischen Gesichtszüge, in die ein Hauch afrikanischer Abstammung gemischt war. Leuchtend grüne Augen, umrahmt von dicken Wimpern und vollen Lippen… Nicholas bemerkte, daß er sie anstarrte.

Ein wenig beschämt gab er Ibrahim mit einer Geste zu verstehen, daß er sich auf der anderen Seite bereithalten solle, und trat vor. Sie sah ihn und drehte sich um, wobei sich Erstaunen auf ihrem Gesicht breit machte. „Sforza!"

„Nicholas, bitte", sagte er. Er war der Meinung, es werde nur für unnötige Ablenkung sorgen, wenn er ihnen jetzt seinen vollständigen Namen nannte. Es war besser, bei den Vornamen zu bleiben. „Hallo Thea. Hallo Jake. Willkommen in Ägypten."

Er spürte, wie von einem Ofen abgestrahlter Hitze gleich Überraschung von ihnen ausging. Er und Ibrahim machten sich ihren zögerlichen Zustand zunutze und lenkten sie zu dem Audi hinüber. „Es ist das beste, wenn wir hier keine Szene machen, findet ihr nicht auch?" fuhr er fort, als sie anfingen, ihren Protest zu stottern. „Laßt uns alle mal schnell hineinhüpfen und an einen Ort fahren, wo wir uns nett unterhalten können."

Sie bekamen sich schnell unter Kontrolle, obwohl Nicholas noch immer den gefühlsmäßigen Aufruhr spürte – Verwirrung, Furcht, Besorgnis, Zorn. Das Gemisch an Emotionen ging in ihren Köpfen noch weiter, obwohl sie nach außen hin ruhig waren. Der Knabe, Jake, warf Thea einen fragenden Blick zu. Sie sagte zu Anfang nichts, sondern fixierte Nicholas nur mit einem seltsamen, durchdringenden Blick. „Es sollte okay sein", sagte sie mehr zu sich selbst als zu jemand anderem. „Ja, es ist in Ordnung. Fahren wir."

Nicholas erinnerte sich daran, daß Jake definitiv der Gefolgsmann war. Er lenkte den Knaben auf den Beifahrersitz, während Thea mit ihm und Ibrahim zu beiden Seiten hinten einstieg. Faruq steuerte das Taxi rücksichtslos in den Verkehr zurück, wobei er kontinuierlich hupte und sich darauf verließ, daß man ihnen Platz lassen würde. Die Navigation durch die Straßen war eine so haarsträubende Angelegenheit, daß kaum ein Gespräch möglich war, daher schwiegen sie alle, bis sie den Südfriedhof erreichten.

Nicholas war sich Theas muskulösem Oberschenkel, der auf dem schmalen Rücksitz gegen den seinen drückte, sehr bewußt. Als einer der

Aminte ergötzten sich seine unsterblichen Sinne an allen Arten von Sinneswahrnehmungen. Es schien, als wolle ihn sein Körper daran erinnern, daß er schon seit geraumer Zeit keinen sexuellen Kontakt gehabt hatte. Es wäre allerdings nicht gerade angemessen gewesen, das mit jemandem in einer solchen Krisenzeit zu ändern, insbesondere dann nicht, wenn es ein möglicher Feind war. *Krieg deine Hormone in den Griff, Idiot.*

„Würde es Ihnen etwas ausmachen, mir zu sagen, wohin wir fahren?" fragte Thea.

Nicholas war über die Ablenkung, die ihm die Frage brachte, dankbar. „Wir befinden uns jetzt in einem Teil der Stadt, der von den Westlern als die Totenstadt bezeichnet wird. Für uns ist es hier sicherer als in Kairo selbst. Wie dem auch sei, dazu gehören zwei große Friedhöfe, einer im Osten, der andere im Süden der Stadt. Es ist aber nicht nur ein Friedhof, hier leben auch Menschen."

Ihre Passagiere sahen sich interessiert um, aber die Besichtigungstour war schon bald genug wieder vorbei. „Es ist jetzt an der Zeit, Nicholas", sagte Faruq, als er das Taxi in eine enge Gasse zwischen windschiefen Reihen von Grabmälern lenkte.

„Ja." Nicholas wies auf die Baumwollsäcke, die Ibrahim hervorholte. „Zieht euch die über die Köpfe. Ich weiß, es hört sich finster an, aber wir müssen ein paar Geheimnisse wahren. So lange ihr artig bleibt, werdet ihr hier sicher und unversehrt wieder herauskommen."

Thea Ghandour warf ihm wieder diesen entnervenden Blick zu, nahm aber den Sack. „Befolge fürs Erste ihre Anweisungen, Jake."

„Wenn du es sagst", antwortete der schwarze Knabe, murmelte noch etwas vor sich hin und zog sich den Sack übers Gesicht.

Faruq fuhr durch die sich windende Gasse und umrundete den Tunneleingang, der in einer Gruppe von Dattelpalmen verborgen war. Ibrahim ging mit Jake voraus nach unten, dann kam Thea, die sich mit der langsamen Entschlossenheit der Blinden vorantastete. Nicholas bildete das Schlußlicht und wies Faruq an, zum Ismailia-Hotel zurückzufahren. Je nachdem, wie sich die Dinge in der nächsten Stunde entwickeln würden, würden Thea und Jake sich entweder an der Jagd auf Carpenter beteiligen oder zu Dauergästen des Friedhofs werden. Auf die eine oder andere Art und Weise würden sie keine Gelegenheit haben, zum Hotel zurückzukehren, um ihre Sachen zu holen.

Nachdem sie die Tunnel und unterirdischen Kammern hinter sich gelassen hatten, führte sie Ibrahim durch das Grabmal nach oben in den offenen

Innenhof. Die Mauern waren hoch genug, damit ihre Gäste nicht durch Orientierungspunkte ihren Aufenthaltsort bestimmen konnten, und für den Fall, daß irgend etwas schief ging, würden sie nicht den unterirdischen Komplex unsicher machen können. Ibrahim entfernte die Säcke und bedeutete ihnen, sich auf die bereitstehenden Stühle zu setzen. Die Stühle standen im Schatten des Mausoleums, was ein wenig Schutz vor der aufgehenden Sonne bot. Thea und Jake saßen mit dem Rücken zum Mausoleum, Nicholas ihnen gegenüber. Nicholas trug keine sichtbaren Waffen – wenn man die Menge von Amuletten und Fetischen bedachte, die er jetzt bei sich trug, hätte er für so etwas auch kaum Verwendung gehabt. Ibrahim, der sich wie immer nach außen hin sanftmütig gab, trug ein Sturmgewehr vom Typ Kalaschnikow, das er sich über die Schulter gehängt hatte. Der mameluckische Brunnen, den Lu Wen entworfen hatte, erhob sich hinter Nicholas, so daß die muskulösen, finster dreinblikkenden Steinfiguren dem ganzen zusätzlich Ernst verliehen.

Jake sah sich mit offenem Interesse um, während Thea ihrer Umgebung nur einen flüchtigen Blick schenkte und ihre Aufmerksamkeit dann wieder Nicholas zuwandte. Während sie sich ein paar Haare aus dem Gesicht wischte, sagte sie: „Was sind Sie eigentlich?"

Nicholas, der noch nach dem besten Weg suchte, sein Verhör zu beginnen, wurde durch die Frage aus der Bahn geworfen. „Sie sind ziemlich forsch. Wir sind nicht hier, um über mich zu sprechen – "

„Entschuldigung, aber das ist genau der Grund, warum wir hier sind. Um mal einen Anfang zu machen: Wie konnten Sie sich aus Carpenters Gefangenschaft befreien? Warum hält er sich in diesem Land auf? Was zum – "

Nicholas stellte sie mit einer erhobenen Hand ruhig. „Nein. Sie sind auf meinem Gelände, ich stelle hier die Fragen."

„Nö", antwortete sie, die vollen Lippen zu einem Lächeln geschürzt, das nie ihre Augen erreichte. „Das wird so nicht laufen. Ich kann mir schon denken, daß Sie uns nicht einfach umlegen wollen, aber ich habe es langsam satt, ein Pilz zu sein."

„Ein ‚Pilz'?" fragte Jake, der ihr einen verwirrten Blick zu warf.

„Jemand, der immer im Dunkeln bleibt und dem man nur Scheiße zu fressen gibt", murmelte Thea als Antwort. Zu Nicholas gewandt fuhr sie fort: „Also, wie sieht es aus? Sie sind ehrlich zu uns, und wir tun im Gegenzug das Gleiche."

Nicholas spürte, daß ihr Angebot ehrlich und aufrichtig gemeint war, genau wie er Jakes ernsthafte Loyalität ihr gegenüber spürte. *Was für ein seltsames Paar*. Er fragte sich, ob sie wohl zusammen waren, wie in *zusammen*. Es sah zwar nicht danach aus, aber er hatte schon seltsamere Pärchen gesehen. Aber das war jetzt vielleicht nicht die klügste Frage, die er stellen konnte. „Ich kann keine Zeit mit Verhandlungen verschwenden, sagen wir also, ich stimme zu. Aber nur darüber, warum wir hier sind. Ich werde keine weiteren Informationen über das preisgeben, worin ich verstrickt bin. Auch wäre ich nicht überrascht, wenn Sie über ein paar Geheimnisse verfügten, die Sie gerne bewahren würden."

„In Ordnung, dann können wir anfangen. Was glauben Sie, warum wir hier sind?"

Carpenter mochte ein Grund sein, aber Nicholas machte sich keine Sorgen um ihn. Die nächsten Worte, die er sprach, würden die Entscheidung bringen. „Das Herz des Osiris."

Nicholas spürte bei seinen beiden Gästen einen Sekundenbruchteil lang kurzzeitige Verwirrung aufflackern. Dann verwandelte sich Jakes Verwirrung in Erleichterung und Theas in Irritation. *Sie wissen nicht, was es wirklich ist*. Er konnte sich gerade noch bremsen, erleichtert zu seufzen und schüttelte kaum merklich den Kopf in Ibrahims Richtung.

„Osiris, ja?" Jake hatte ein von der Entdeckung herrührendes Lächeln im Gesicht. „Ich hatte mich schon gefragt, wessen Herz das wohl ist."

"Tut mir leid", sagte Thea, „aber das letzte Mal, als ich das Ding sah, war, als ich es aus dem Fenster warf."

Nicholas lachte ungläubig. „Das waren *Sie*? Verdammte... wissen Sie, in was für Schwierigkeiten Sie mich wegen des Dings gebracht haben?"

„Wir standen kurz davor, von ein paar sehr üblen Leuten in den Arsch getreten zu werden.Verzeihen Sie, wenn es mich nicht besonders hart trifft, daß es Ihnen deswegen schlecht ging." Theas Zorn war fast greifbar. Sie beugte sich vor und wies mit einem anklagenden Finger auf Nicholas. „Ich weiß, daß dieses Herz von Anfang an Ihnen gehörte – und ich glaube, daß es mir leid tut, es überhaupt genommen zu haben –, aber wir wollen mal nicht vergessen, daß ein paar Ihrer Schläger zwei unserer Freunde getötet haben, als sie versuchten, es wieder zurückzubekommen!"

„Sie hatten kein Recht, es zu nehmen", antwortete Nicholas – sein uraltes Ich regte sich mit einem ganz eigenen Zorn. „Die Last dessen, was deswegen geschehen ist, ruht auf Ihren Schultern."

„Quatsch. Wenn Ihre Jungs sich die Mühe gemacht hätten, mit uns zu reden, wie Sie es jetzt tun, dann hätten Sie Ihre verdammte wertvolle Vase, und unsere Freunde wären noch am Leben. Aber nein, es mußte ja alles mit Knarren und Testosteron geregelt werden und unser aller Leben ruinieren!"

„Sie sind nicht die einzigen, die Leute verloren haben, die Ihnen wichtig waren", antwortete Nicholas und zwang sich, einen vernünftigen Tonfall anzunehmen. „Wenn Sie nicht an dem Herzen interessiert sind, warum haben Sie es dann überhaupt erst an sich genommen?"

Thea fluchte, da sie noch nicht damit fertig war, sauer zu sein. Die Frau hatte ein Mundwerk wie ein Seemann, aber irgendwie bekam sie es in den Griff. Ein vorsichtiger Blick und einige geflüsterte Worte Jakes halfen dabei, sie ein wenig zu beruhigen. Schließlich warf sie mit einem Schulterzucken die Hände in die Luft. „Ich weiß nicht. Ich wollte einfach... " Sie hielt inne und sah sich verblüfft um. „Wow. Ich weiß es *wirklich* nicht. Es war so überwältigend, diese Energie zu spüren, wie etwas, das sich körperlich um mich herum legte, und dann, nach der Sache mit Romeo... letztlich fühlte ich mich einfach dazu *hingezogen*. Aber sobald wir einmal weg waren... erinnerst du dich, Jake? Es verblaßte irgendwie alles – zumindest bis zu der Sache im Sears Tower."

Nicholas verstand. Thea war irgendwie auf der Wellenlänge des Herzens gewesen, und zwar in einem Umfang, der über das hinausging, was die für das Übernatürliche Empfindsamen erfassen konnten. Er war begierig zu erfahren, was das zu bedeuten hatte – war es etwas, das mit ihrer Herkunft zusammenhing? Einige der Kultisten, so wußte er, waren Nachfahren von Priestern des alten Ägyptens und zeigten eine besondere Affinität für die Durchführung des Lebenszaubers und anderer Pflichten. Also gab es einen Präzedenzfall. Selbstverständlich konnte es auch genauso gut an irgend etwas anderem liegen. Was auch immer der Grund sein mochte, er konnte sich derzeit den Luxus, dem auf den Grund zu gehen, nicht leisten. *Ein Rätsel, das zu einem anderen Zeitpunkt gelöst werden muß*, dachte er.

„Ich denke, es ist klar, daß unsere Verwicklung in die Sache mit dem Herzen sozusagen ein Fehler von kosmischem Ausmaß war", warf Jake ein. „Wir können Ihnen nicht besser behilflich sein, als wir es bereits getan haben. Wie Thea schon sagte, haben wir es das letzte Mal vor Wochen in Chicago gesehen."

„Ich weiß", antwortete Nicholas. „Das war auch das letzte Mal, daß ich es gesehen habe. Kurz, bevor es Carpenter gestohlen hat."

„Er war auch da? Mann. Hören Sie, ich weiß, das Ganze da in Ihrem Tempel hat wirklich schlimm ausgesehen, aber wir wußten nicht, daß Carpenter angreifen und Ihnen nachstellen wollte."

„A propos", sagte Thea und brach damit das Schweigen, das ihr Nachdenken über das Herz ausgelöst hatte. „Er hat sie entführt, nicht wahr? Worum ging das alles? Wie konnten Sie sich befreien?"

„Das fällt unter die Kategorie von Dingen, die für den Augenblick irrelevant sind", sagte Nicholas.

„Oh, kommen Sie schon – "

„Thea, willst du den Scheiß über einen alten Streit erfahren oder lieber wissen, wo sich Carpenter jetzt gerade aufhält?"

„Wenn Sie wirklich wissen, wo sich dieses Arschloch befindet, dann scheiß ich auf meine restlichen Fragen. Sagen Sie es mir, und wir werden im Handumdrehen verschwunden sein. Oder so."

Nicholas fuhr sich mit der Hand über den Kopf und lächelte. „Also haben Sie den ganzen weiten Weg hierher gemacht, um einfach nur etwas gute, altmodische Rache zu üben. Tut mir leid, aber ich kann Ihnen nicht sagen, wo er sich aufhält."

„Hören Sie mir gut zu, Sie haben gesagt – "

„— daß ich nicht weiß, wo er ist. Aber dank diesem hier — ", er klopfte auf den schlanken Kompaßskarabäus an seinem Handgelenk, „ — kann ich uns direkt zu ihm führen."

„Was ist mit unseren Visa?" fragte Jake. „Und wir sollen uns mit jemandem treffen, einem örtlichen Kontakt. Er könnte eine große Hilfe sein."

„Das liegt an Ihnen", sagte Nicholas achselzuckend. „Unser Zeitplan steht fest. Wenn Sie Ihre rechtlichen Angelegenheiten regeln und sich mit Ihrem Freund treffen wollen, ist mir das recht. Wir werden sie am Maydan at-Tahrir absetzen. Aber dann sind wir weg. Sie werden auf sich selbst gestellt sein und keine Chance haben, Carpenter zu finden, ehe wir ihn gefunden haben. Aber wenn Sie mitmachen, sagen Sie es jetzt, es gibt kein Zurück mehr."

Theas Augen blitzten. „Oh, wir machen mit, schon in Ordnung."

ZWÖLF

Carpenter stellte fest, daß es unglaublich viel Mühe kostete, sich aus dem Grund des Hafenbeckens von Port Said herauszuwühlen, da er unter einem großen Bruchstück des Öltankers eingeklemmt gewesen war. Trotz seiner gewaltigen untoten Kraft konnte Carpenter den stählernen Rumpf nicht bewegen. Der Meeresgrund war kooperativer. Mit viel Mühe gelang es ihm, eine Hand in seine Tasche zu schieben und versuchte, das Rasiermesser herauszuholen. Es half nichts. Der Druck war einfach zu groß. Er konnte sich den Weg nicht freischneiden. Also blieb ihm nichts anderes übrig, als entweder aufzugeben oder zu versuchen, unter dem 1000 Tonnen wiegenden Rumpf hervorzukriechen. Carpenter begann, sich an der rauhen Oberfläche des Tankers entlangzuziehen.

Freizukommen dauerte Stunden. Die Bemühungen, die dank des andauernden Gewichts des Rumpfes, das auf ihm lastete, schon schwierig genug waren, wurden durch die Kleidertasche, die gegen den Grund drückte, nur noch erschwert. Er hätte sie abgerissen, aber ihm fehlte die dazu nötige Bewegungsfreiheit. Dann war da noch der harte Knoten des Herzens, der gegen seine Körpermitte drückte. Carpenter, der davon ausging, daß eine Reihe von Knochen und inneren Organen in Mitleidenschaft gezogen worden waren, als der Tanker auf ihm landete, war anfänglich überrascht, daß das Herz immer noch ganz war. Während er sich dahinschleppte, hatte er mehr als genug Zeit, über diese Frage nachzudenken und kam so zu dem Schluß, daß es gar nicht so bemerkenswert war. Das Herz barg große Magie; solche Dinge waren schwer zu zerstören. Nichtsdestotrotz brachte ihn das ins Grübeln. Dieses Herz war mächtig und widerstandsfähig, doch wie weit würde das gehen? War es unzerstörbar? Kaum. Carpenter hatte im Laufe seiner Existenz genug gesehen, um zu wissen, daß alles eine Schwachstelle hatte. Er grübelte ein wenig darüber nach, wo wohl die des Herzens liegen könnte, aber er hatte nicht genug Hinweise, um irgendwelche Schlüsse ziehen zu können. Dann war seine ausgestreckte Hand nicht länger zwischen dem nassen Schlamm am Grund des Hafenbeckens und dem unnachgiebigen Metall des Schiffsrumpfs eingeklemmt. Von der Aussicht auf Freiheit mit neuer Energie beflügelt befühlte er die Rundung des Tankerrumpfes. Er war frei.

Auch wenn er jetzt unter dem Schiff hervorgekommen sein mochte, hatte Carpenter doch keine Ahnung, wo er sich befand – außer, daß er rund dreißig Meter unter Wasser vor der ägyptischen Küste war. Er konnte durch das dunkle, von aufgewirbeltem Schlamm durchsetzte Wasser nichts sehen, und seine Geistersicht bemerkte so gut wie gar nichts. Daher verbrachte er eine ganze Weile damit, unter Port Said umherzulaufen, halb schwimmend, halb stolpernd, bis er einen Pfeiler ereichte, an dem er emporklettern konnte.

Er tauchte zwischen den Docks auf, knapp einen Kilometer von der Stelle entfernt, an der die Tanker explodiert waren. Es war bereits dunkel, und er konnte Feuerwehrleute sehen, die auf den Docks und in Booten damit beschäftigt waren, Wasser auf verstreute Brandherde zu spritzen. Die Gegend war schwarz von verbranntem Holz und versengtem Metall. Ein dikker Ölfilm bedeckte das Wasser, und Trümmerstücke schwammen überall herum. Carpenter hatte keine Ahnung, wie lange er unter Wasser gefangen gewesen war. Dem Sternenhimmel und der kalten Luft nach zu urteilen mußte es jetzt mitten in der Nacht sein. Er hatte wohl knapp sechs Stunden gebraucht, um sich zu befreien. *Unglaublich*, dachte er. Er betrachtete es von der guten Seite: Wenn er nicht durch eine der ersten Explosionen des Schultergurts von Deck geschleudert worden wäre, wäre er jetzt Teil der Asche gewesen, die den Hafen verschmutzte.

Carpenters Haut kribbelte unter der verschmutzten Kleidung. Er konnte jetzt nicht einmal frische Klamotten anziehen, da alles, was sich in der Kleidertasche befunden hatte, klatschnaß war. Die Unannehmlichkeit, schmutzig zu sein, wurde schnell zum Kern seiner Existenz, und nur durch außerordentliche Willensanstrengungen war er in der Lage, sich davon abzuhalten, die Straßen auf der Suche nach einem fähigen Schneider zu durchkämmen. Er fand einen Wasserhahn und wusch sich, so gut es ging, wodurch er sich etwas entspannte. Er legte auch das Herz ab und steckte es in eine Tasche, da er dessen unnatürliche Wärme und psychische Impulse nicht länger ertragen konnte.

Carpenter hatte sich nie zuvor in einem fremden Land aufgehalten (er zählte die Fahrten zum Alkoholschmuggel nach Kanada dabei nicht. Kanadier waren sowieso nur Möchtegernamerikaner). Er schlenderte eine Weile an den Docks entlang. In seinem momentanen Zustand erwartete er nicht, daß ihn irgend jemand anhielt, um sich mit ihm zu unterhalten – nicht, daß sie ihn überhaupt verstanden hätten, da er nur Englisch sprach. Auch wenn er nicht wußte, wohin er gehen sollte, hielt er es für keine gute Idee, hier weiter herumzuhängen. Man konnte ja nie wissen, ob die Mumie, die hinter ihm her gewesen war, noch ein paar Freunde hatte, die die Gegend durchkämmten. Um ehrlich zu sein –

Er sprang hinter ein paar Kisten, als er sah, wie sich ihm zwei Turbanträger näherten. Sie gingen mit dem vorsichtigen Tempo und den aufmerksamen Bewegungen von Leuten, die etwas suchten. Sie hatten ihn gesehen, aber es sah nicht aus, als hätten sie ihn bereits identifizieren können. Die beiden näherten sich langsam seinem Versteck, flüsterten einander etwas zu und riefen dann etwas mit leiser Stimme. Carpenter war überrascht, als er eines der Worte erkannte: „Aminte." Wo hatte er das nur schon einmal gehört? *Sforza. Kurz bevor er starb, hatte er gesagt, das sei er.* Carpenter hatte recht gehabt. Diese gottverdammten Mumien *hatten* tatsächlich Leute, die nach ihm suchten. Sah seinem Glück mal wieder ähnlich, daß er ihnen über den Weg stolperte.

Er bereitete sich auf einen Angriff vor, hielt aber inne, als ihn die Inspiration überkam. Seine Todessicht zeigte ihm, daß die beiden nur einfache Sterbliche waren. Es war keine Gefahr damit verbunden, sie zu überwältigen – und was noch besser war, sie arbeiteten für die Mumien. Sie sollten ja eigentlich über diesen ganzen verdammten Zeremonien-Scheiß etwas wissen. Er hatte tatsächlich Glück gehabt, ihnen über den Weg zu laufen – ein paar Geiseln würden ihn sicherlich dorthin bringen, wo er hinmußte.

Er hatte seinen treuen Colt bei der Explosion verloren, daher würde er das aus der Nähe machen müssen. Er ließ die Kleidertasche fallen, die derzeit nutzlos war, und sprang aus seinem Versteck hervor. Carpenter war über ihnen, noch ehe die beiden registriert hatten, daß er nicht der Aminte war, nachdem sie gesucht hatten. Er packte den Rechten der beiden am Hals und hob ihn ein paar Zentimeter hoch. Er zeigte mit seiner ruinierten Linken auf den anderen – eine stämmige Frau, wie er jetzt aus nächster Nähe sehen konnte – und sagte: „Mach auch nur ein Geräusch, und ich lasse seinen Kopf platzen wie eine verdammte Wassermelone."

Carpenter hatte eine echte Glückssträhne. Sah aus, als spräche die Frau Englisch. Sie nickte und riß die Augen auf, als sie sah, wie ihr Kumpel versuchte, sich gegen Carpenters eisernen Griff zu wehren. Etwas an ihr... er beugte sich zu ihr hinüber und versuchte, sie in dem schwachen Licht der Straßenlaternen auf den Docks besser zu sehen. „Du bist doch mit dem großen Bastard auf das Schiff gekommen, nicht wahr? Wie zum Teufel hast du überlebt?"

Sie schüttelte den Kopf, mehr aus Angst als aus Ablehnung. „Ich... nicht dort", sagte sie und wies auf den andern. „Geschickt zu holen Fahrer. Zu Hilfe."

„Fahrer? Also habt ihr hier irgendwo ein Fahrzeug?" Es wurde immer besser.

„Du... nicht entkommen! Wir haben Hilfe, kommen hierher. Sie dich kriegen!" Die stämmige Schlampe versuchte, in ihrer Stimme Zorn zum Ausdruck zu bringen, aber es klang mehr nach Panik.

„Das heißt also, sie sind noch nicht da? Gut zu wissen." Er schüttelte den Kerl, der schon so gut wie bewußtlos war. „Sprichst du Englisch? Klasse. Tu, was ich sage, und du wirst leben, um deine hundert kleinen Enkel zu sehen und ihnen davon erzählen zu können. Zuerst einmal müßt ihr mich an einen Ort bringen, wo ich gute Klamotten herbekommen kann. Dann werden wir dorthin gehen, wo ihr euren Hokus-Pokus abzieht. Ihr wißt schon: ‚Aminte', nicht wahr?"

Selbst in dem schwachen Licht und mit seinen unscharfen Augen konnte Carpenter sehen, wie die Frau erblaßte. „Nein", sagte sie, wobei ihre Stimme wenig mehr als ein Quieken war.

„Oh ja", erwiderte Carpenter. Das Rasiermesser erschien wie durch Zauberhand in seiner Linken. Selbst jetzt, da ihm zwei Finger fehlten, lag die Waffe gut in seiner Hand. Die Klinge klappte auf, und ein unnatürlicher Schimmer lief das Metall entlang, als er sie auf die Frau richtete. „Siehst du das? Ja, du kannst es spüren, das merke ich. Weißt du, wie es ist, von dieser kleinen Schönheit geschnitten zu werden? Wenn du nicht brav bist, wirst du es herausfinden."

Irgendwo ertönte ein Ruf. Ein Typ in einer weißen Uniform richtet eine Pistole auf sie. Soviel zum Thema Glück. Carpenter ließ den Mann fallen, den er hielt. Der Kultist brach zusammen und rang würgend nach Luft. Die Frau rief etwas auf Arabisch, während sie in die Hocke ging, um ihrem Freund zu helfen. Der Bulle rief wieder etwas und schoß, als Carpenter sich ihm zuwandte. Die Kugel traf Carpenter in den Oberschenkel und brachte ihn aus dem Gleichgewicht. Er stolperte nach vorn, als der Polizist abermals schoß, wobei die zweite Kugel weit daneben ging. Carpenter überwandt die Entfernung, noch bevor der Polizist einen dritten Schuß abgeben konnte und entriß ihm die Automatik. Carpenter bemerkte erst, daß sein linker Arm zugeschlagen hatte, als ein Schauer warmen Blutes ihn traf.

Das Gesicht des Bullen, von dem kurzen Augenblick der seelenzerfetzenden Folter, den das Rasiermesser ihm beibrachte, schmerzverzerrt, kippte nach hinten... und immer weiter. Die Rasierklinge hatte einen tiefen Schnitt durch den Hals des Mannes gemacht. Die Wirbelsäule sorgte dafür, daß der Kopf an Ort und Stelle blieb, aber viel fehlte nicht mehr. Der blutverschmierte Polizist brach mit einem nassen Klatschen zusammen.

Carpenter spürte den Eifer des Rasiermessers wie eine Vibration seinen Arm hinaufwandern. „Du kleines Scheißding", sagte er und sah zu, wie das Blut entlang der Klinge direkt im Metall zu verschwinden schien. „Wartest wohl einfach nur darauf, so etwas wie eben abzuziehen, wie? Muß dich im Auge behalten."

Er mußte jetzt schnell handeln. Selbst seine schwachen Ohren hörten die Geräusche sich nähernder Rufe, die als Reaktion auf die Schüsse erschallten. Es kostete ihn etwas Mühe, aber er war in der Lage, die Klinge wieder einzuklappen und in seine Tasche zurückzustecken. Nachdem er die Pistole des Polizisten in seinen Hosenbund gesteckt und sich dessen Handschellen und Schlüssel geschnappt hatte, kehrte er zu den Kultisten zurück. Die Frau half ihrem Kumpel gerade, in Deckung zu schlurfen; Carpenter erreichte sie, ehe sie mehr als ein paar Meter zurückgelegt hatten. „Gebt euch keine Mühe. Ihr habt gesehen, was passiert, wenn ihr mich bescheißt. Jetzt bringt mich zu eurem gottverdammten Auto und laßt uns so schnell wie möglich von hier verschwinden."

• • •

Seine Geiseln dazu zu zwingen, ihn zu einem Klamottenladen zu bringen, war ein Risiko, aber Carpenter wäre wahnsinnig geworden, wenn er es noch länger in seinen von Schlamm und Blut verschmierten Klamotten hätte aushalten müssen. Es stellte sich heraus, daß die beiden die Stadt nicht besonders gut kannten, daher fuhren sie eine gute Stunde herum, ehe sie schließlich einen Laden fanden, der aussah, als verkaufe er Anzüge. Es war natürlich schon nach Geschäftsschluß, aber das machte die Sache nur leichter. Carpenter brach ein, kettete seine beiden Geiseln an ein Rohr und verwendete Krawatten, um sie zu knebeln. Es sah aus, als sei über dem Laden eine Wohnung. Carpenter schlich nach oben und fand dort den Besitzer und seine Familie vor. Um auf Nummer Sicher zu gehen, fesselte er auch sie, nutzte die Gelegenheit und nahm eine schon lange überfällige Dusche. Das Rasiermesser flüsterte ihm zu, die Familie stelle ein Risiko dar, aber Carpenter sah keinen Grund, sie zu töten. Er sagte sich das immer wieder, bis er wieder im Laden war. Mit dieser Distanz zwischen ihm und den potentiellen Opfern schien das Rasiermesser die Familie oben zu vergessen. Sein sirenenartiges Lied wurde zu einem Murmeln. Carpenter ging die Anzüge durch und war überrascht, daß es eine so große Auswahl in dem Laden gab. Das Gebäude mochte vielleicht baufällig und die Wohnung darüber nicht mehr als eine Hütte sein, aber der Laden verfügte über eine angemessene Auswahl an Anzügen. Er entschied sich für einen Anzug, der wie für den Sommer gemacht war und einen modernen Schnitt hatte. Das einzige Problem waren Schuhe. Nachdem er den Dreck abgewaschen hatte, behielt er die Stiefel an, die er zu den Latzhosen getragen hatte. Sie paßten zwar nicht zum Anzug, aber er konnte daran nichts ändern. Andererseits waren Stiefel vielleicht sowieso besser dazu geeignet, durch die Wüste zu wandern.

Sie waren wieder verschwunden, als die Sonne den Horizont im Osten rosa zu färben begann. Eine ölige Rauchwolke hing über dem Hafen, die vorher noch im Dunkel der Nacht verborgen, jetzt aber mit dem heranbrechenden Tag weithin sichtbar war. Carpenter erinnerte sich an die Behauptungen der Frau, sie hätten Freunde, die zum Hafen kommen würden. Er hoffte, daß sie, sofern sie überhaupt von ihm wußten, immer noch davon ausgehen würden, er sei irgendwo in den Trümmern. Er hatte jetzt einen Plan und wollte nicht, daß alles schon den Bach runterging, noch bevor es richtig angefangen hatte.

Carpenter lehnte sich auf dem Rücksitz des Ford Expedition der Kultisten zurück und sah zu, wie die Wüste im Licht des frühen Morgens draußen vorbeirollte. Es überraschte ihn, daß sie hierzulande über so nette Fahrzeuge verfügten. Er hatte gedacht, all die Leute hier führen irgendeine unaussprechliche osteuropäische Automarke, irgend so ein kleines Go-Kart, das in den Kofferraum dieses großen allradgetriebenen Wagens paßte. Oder Kamele; auf dem Weg aus Port Said heraus hatte er tatsächlich Leute gesehen, die auf verdammten *Kamelen* ritten.

Seine Anweisungen an die Kultisten waren einfach genug: Sie sollten ihn zu ihrem Tempel, ihrer zeremoniellen Kammer oder wie auch immer sie es nannten bringen, und er würde ihnen sein Wort geben, sie am Leben zu lassen. Carpenter wußte, daß sie keinen Grund hatten, ihm Glauben zu schenken, aber hatte schon viele Leute gesehen, die gut darin waren, sich selbst an der Nase herumzuführen. Es bestand die Möglichkeit, daß sie die Wahrheit sagten oder daß sie eine Gelegenheit zur Flucht haben würden, wer konnte das schon sagen? Die Zukunft war ein unbeschriebenes Blatt. Carpenter hatte eine grobe Vorstellung davon, was die Zukunft für diese beiden bringen würde, aber er wollte ihnen ihre Hoffnung nicht rauben. Immerhin war so der Umgang mit ihnen leichter.

Dennoch, so dachte er, mochten seine Gefangenen früher oder später versuchen, etwas zu unternehmen. Carpenter überlegte, dem Fahrer seinen Willen aufzuzwingen – er hatte das bereits getan, um zu bestätigen, daß sie tatsächlich etwas von einer Zeremonie wußten, die Unsterblichkeit verleihen konnte. Carpenter war versucht, ihn zu zwingen, ihn zu dem Ort zu bringen, der zur Durchführung der Zeremonie benötigt wurde. Aber seine Kraft ermöglichte keine vollständige Gedankenkontrolle. Sie funktionierte nur in Verbindung mit einfachen, direkten und – das war der Knackpunkt – *kurzzeitigen* Befehlen zuverlässig. Carpenter hatte feststellen müssen, daß langfristige Befehle – wie zum Beispiel „sag in der nächsten Stunde niemandem etwas" oder „vergiß, daß du mich je gesehen hast" – etwas bei der Zielperson anrichteten. Carpenter hatte kein Problem damit, anderen Hirnschäden zuzufügen. Seine Sorge war vielmehr, daß sie danach schwerer zu kontrollieren waren. Sie waren unberechenbarer, als verhedderten sich die Strippen in ihrem Hirn. Er hatte gesehen, wie es bei einer der Jägerinnen passierte, dieser Tussi in Chicago... Lupe Irgendwas. Er hatte vorgehabt, sie bei seiner kleinen List für Sforza zu benutzen, aber er war zu weit gegangen. Sie war im großen und ganzen in Ordnung, aber alles, was mit „Maxwell Carpenter" zu tun hatte, stürzte sie in eine Spirale frustrierten Zorns. Es war viel zu viel Arbeit, sie in diesem Zustand zu manipulieren, daher hatte er mit dieser Thea und ihren Freunden noch einmal von vorn begonnen. List und Tücke statt übernatürlicher Kräfte. *Lebe und lerne,* dachte er. *Nun... lerne, vor allen Dingen.*

Anstatt ihnen also seinen Willen aufzuzwingen, blieb Carpenter auf dem Rücksitz und hielt die Pistole des Polizisten – eine Sig-Sauer, was auch immer das sein sollte – durch den Sitz hindurch auf das Rückgrat des Fahrers gerichtet. Er ließ sie auch aneinandergefesselt, was ihm ein wenig Unterhaltung einbrachte, wenn der Kerl die Frau herüberreißen mußte, um mit beiden Händen lenken zu können. Der Kultist lenkte den Ford über eine große Autobahn, die geradewegs parallel zum Suez-Kanal in Richtung Süden verlief. Carpenter wußte das dank der sporadischen Straßenschilder, die sowohl mit arabischen Buchstaben als auch mit englischen Untertiteln beschriftet waren. Gut befahrene Straßen kamen Carpenter recht. Er hatte keine Ahnung, wo er war. Seine Kenntnisse der ägyptischen Geographie beschränkten sich auf die Vorstellung von einer großen Wüste, in deren Mitte eine Reihe von Pyramiden verteilt war. So lange sie sich auf einem der Hauptverkehrswege befanden, konnte Carpenter sicher sein, daß der Typ nichts Unvorsichtiges unternahm.

Sie hielten bei der Stadt Ismailia an, die sich etwa eine Stunde südlich von Port Said befand, und tankten. Carpenter behielt seine beiden Gefangenen – Ahmir und Sherin lauteten ihre Namen, wie er in Erfahrung gebracht hatte – genau im Auge, aber sie benahmen sich anständig. Nachdem sie die Tankstelle hinter sich gelassen hatten, gondelten sie auf ein paar kurvenreichen Straßen dahin, bis Carpenter auffiel, daß Ahmir nur Zeit schinden wollte. Carpenter ärgerte sich über sich selbst, weil ihm das nicht schon früher aufgefallen war. Er hatte zu schnell angenommen, dieses Gewirr sich windender Straßen, dem auch nicht der Hauch von Verkehrsplanung innewohnte, sei typisch für die Stadt. Durch ein kurzes Einsetzen seines Willens entdeckte Carpenter, daß der Fahrer ihn tatsächlich nur in die Irre führen wollte.

„Wo ist euer Versteck?“ wollte Carpenter mit in einem schmutziggrünen Licht schimmernden Augen wissen.

„Wüste… es ist verborgen – Ruinen“, antwortete der Kultist, wobei ihm so viel Schweiß herunterrann, daß man hätte meinen können, er stünde unter einem Wasserhahn.

„Sieht das etwa wie eine gottverdammte Wüste aus?“ fragte Carpenter diesmal in einem beiläufigeren Tonfall. Die Gegend, in der sie waren, sah zwar tatsächlich ausgetrocknet und windgepeitscht aus, aber selbst mit seinen schlechten Englischkenntnissen war es offensichtlich, daß Ahmir begriff. „Wie weit ist es, Schlaukopf?“

Ahmir stammelte und schüttelte den Kopf, wobei er der Frau einen panischen Blick zuwarf. Sie sahen beide so verängstigt aus, daß er sie einfach fragen konnte. Carpenter würde keine Energie darauf verschwenden müssen, sie zu kontrollieren. Er wies mit der Pistole auf Sherin, die etwas ruhiger war als ihr Freund. „Du. Wie viele Meilen sind es?“

„Viele Meilen“, nickte sie.

„Verdammt noch mal. Wie *viele*? Hä? Wie *weit*?“

„Meilen? Kenne keine Meilen. Sind viele Kilometer. Äh… hunderte! Ja?“

Lächerlich. Das war ja wie beim Zähneziehen. „Also gut. Dann bring uns auf die verdammte Straße zurück, ehe ich richtig sauer werde, und versucht ja nicht nochmal, so etwas abzuziehen.“

Der Fahrer, der die nächste halbe Stunde lang noch vor Angst schwitzte, brachte sie wieder auf eine kleine Autobahn zurück, die nach Süden führte und sie ein paar Stunden später in die Stadt Suez brachte. Neugierig ließ Carpenter sie so fahren, daß er den Golf von Suez und das technische Wunder des Kanals sehen konnte. Er hatte ein gutes Gefühl, was sein Vorankommen anging. Er konnte es sich leisten, sich eine kleine Auszeit zum

Besichtigen zu nehmen. Wer hätte je gedacht, daß ein Gossenkind aus Chicagos South Side sich eines Tages den Suez-Kanal ansehen würde? Das wäre was gewesen, was er den Jungs daheim erzählt hätte... wenn einer von ihnen noch am Leben gewesen wäre. Das war schon in Ordnung, wenn er unsterblich war, würde Carpenter mehr als genug Zeit haben, sich ein paar neue Jungs zu suchen. Er lachte und sprang in den Ford zurück.

„Wie kommt es eigentlich, daß ihr mich so schnell gefunden habt?" fragte er nach einer Weile, mehr, um die Monotonie der Reise zu unterbrechen, als aus tatsächlicher Neugier. „Kommt schon, was schadet es denn, ein wenig zu plaudern?"

Schließlich antwortete die Frau: „Wir haben nicht nach dir gesucht."

„'Nicht nach mir'... was, ihr hattet jemand anderen erwartet?" Das war seltsam. Er hatte so viel Zeit auf dem Frachter verbracht und war von Mannschaftsmitgliedern und übellaunigen Ratten abgesehen niemand anderem an Bord begegnet. „Wen denn, etwa diesen Vampir, Beckett?"

Sie wandte sich überrascht um. Dann verzog Ekel ihr Gesicht. „Ein Ghul? Du bist schon widerlich genug."

"He, sauber bleiben. Also, warte mal. Wenn ihr nicht mich erwartet habt... habt ihr dann überhaupt nach dem Herzen gesucht?" Die beiden Kultisten sahen einander verwirrt an, aber Carpenter konnte keine dämmernde Erleuchtung bei ihnen spüren. *Seltsam. Schien so, als seien Sforza und seine Kumpels doch sehr dran interessiert.* Carpenter nahm sein Taschentuch – ein neues, das er sich zusammen mit seinem neuen Outfit zugelegt hatte – aus der Tasche und holte das Herz hervor. Als er es in der Hand hielt, war er sicher, daß es um einiges schwerer war als vorher. Er sah es sich genauer an. Die Oberfläche, die vorher noch so porös und rauh wie Stein ausgesehen hatte, erschien nun glatt wie Marmor. Um genau zu sein, schien das Herz auch nicht mehr die gleiche Form zu haben wie vorher. Es war schwer zu sagen. Als er sich zurückerinnerte, versuchte er, darüber nachzudenken, ob es auf dem Schiff eine andere Form gehabt hatte als zu dem Zeitpunkt, an dem er es das erste Mal in Chicago gesehen hatte. Kleine Veränderungen vielleicht, Verformungen, die er aufgrund seiner schlechten Augen nicht sah. Aber ja, er war sich recht sicher, daß es Unterschiede gab.

Vom Äußeren einmal abgesehen dauerten die psychischen Impulse des Herzens weiterhin an. Der Puls war nur ein schwaches Gefühl, solange es in seiner Tasche war, aber wenn er es in der Hand hielt, war er ein beständiger, pochender Rhythmus. Carpenter spürte, daß die Impulse ihren Ursprung nicht darin hatten, daß er das Herz hielt. Sie waren wahrscheinlich immer da, er spürte sie nur nicht, es sei denn, er hielt es in Händen. Das

Gefühl war beruhigend und entnervend zugleich. Als würde er ein Kabel berühren, das vor gewaltiger elektrischer Energie brummte, aber ihm auch jeden Augenblick einen verheerenden Schlag einbringen konnte.

Er zwang sich, nicht zu erschaudern und beugte sich vor, damit seine Reisegefährten einen Blick auf das Herz werfen konnten. „Ihr wollt mir erzählen, ihr hättet noch nie davon gehört? Wie sieht es mit Nicholas Sforza aus? Er und seine Truppe von Kameltreibern waren sehr erregt über dieses Ding."

Ihre Verwirrung schien zu wachsen, als sie das Herzen ansahen, aber der Name Sforza löste eine Reaktion aus. Der Typ bellte: „Aminte? Nicholas Sforza-Ankhotep?"

"Richtig. Aminte. Wie euer großer Kumpel. Ihr habt also von ihm gehört."

Die Frau sagte schnell auf Arabisch etwas zu ihrem Freund, und kurz darauf warfen sie einander Worte an den Kopf und wurden immer aufgeregter. Es schien, als hätten sie eine ganz gute Vorstellung davon, worüber Carpenter gesprochen hatte. Er mochte es aber nicht, aus der Unterhaltung ausgeschlossen zu werden. Er steckte das Herz wieder in die Tasche und rief etwas, um ihre Aufmerksamkeit zu erregen. Er brauchte ein paar Versuche, und schließlich mußte er mit der Pistole zwischen den beiden herumwedeln, aber die beiden Plappermäuler waren dann still.

„He, um was ging es eben? Scheint, als hätte ich da ins Schwarze getroffen. Was? Oh, jetzt plappert ihr gar nicht mehr?" Er sah erst den einen, dann die andere an. Sie starrten beide zur Windschutzscheibe hinaus und beobachteten die Straße mit grimmiger Entschlossenheit. Sie mochten vielleicht ein tapferes Gesicht aufsetzen, aber Carpenter spürte die Wut und die Furcht, die von ihnen ausging. Sich an den Emotionen labend entschloß sich Carpenter, es für den Augenblick dabei zu belassen. Als ihm wieder sein Verhör Sforzas einfiel, hatte er eine Ahnung, warum sie so aufgeregt waren. *Wartet nur, bis ich auch einer dieser „Aminte" bin. Das wird ihnen etwas geben, worüber sie quasseln können.*

• • •

Hin und wieder wandte sich die Straße der Küste zu und offenbarte einen Blick auf den Golf von Suez, aber davon abgesehen erstreckte sich die Wüste um sie herum bis zum Horizont. Carpenter ging davon aus, daß man in diesem großen, weiten Nichts eine ganze Menge verstecken konnte. Er fand, es sei eine gute Idee, seine Gefangenen die Lage des Verstecks auf einer Karte zeigen zu lassen, nur für den Fall, daß sie wieder irgend etwas Hinterhältiges vorhatten oder er sie zurücklassen mußte. Es gab natürlich keine Karte im Geländewagen. Es war später Nachmittag, als sie die nächste Stadt erreichten. *Diese Leute können noch nicht einmal rich-*

tig schreiben, dachte er, als sie an einem Schild vorbeifuhren, das verkündete, die Stadt hieße „Ain Sukhna".

Es war irgendein Touristenort am Strand. Die Tankstelle, zu der sie fuhren, hätte in Amerika auch nicht fehl am Platze gewirkt. Obwohl Carpenter außer dem Wort BENZIN nichts lesen konnte, sah er, daß ein kleiner Laden dazugehörte, in dem Karten und ähnliches verkauft wurden. Ein Straßenverkäufer verkaufte auf der anderen Seite der Straße Essen, was dazu führte, daß die Frau Lärm schlug, weil sie etwas zu essen kaufen wollte. Carpenter debattierte mit ihr und entschied sich dagegen. Er wollte kein Risiko eingehen, daß sie irgendeine Warnung auf Arabisch loswurde, während sie so tat, als feilsche sie um den Preis des Essens. Die beiden würden auch ein paar Tage lang ohne Nahrung überleben können, und wenn sie geschwächt waren, würden sie gleich viel umgänglicher sein. Carpenter brachte ihnen Wasser mit, als er das Benzin und die Karte bezahlte.

Er benutzte Geld, das er seinen Gefangenen und dem Ladenbesitzer in Port Said abgenommen hatte. In seiner Frustration hatte er fast alles Geld, das er mitgebracht hatte, in dem verdammten Kleidersack gelassen. Es waren zwar US-Dollar, aber er war sich sicher, daß diese Kameltreiber auch diese Währung akzeptiert hätten. Statt dessen mußte er sich jetzt darauf beschränken, seine Opfer auszurauben. *Das ist ja wohl ein Witz.*

Auf der Karte war ganz Ägypten auf der einen Seite und das Niltal auf der anderen Seite abgebildet. Carpenter breitete sie auf der Motorhaube des Expedition aus und betrachtete die ägyptische Seite. Es war einfach genug herauszufinden, wo sie sich befanden: genau am Anfang des Golf von Suez, wo es eine letzte Kurve gab, ehe dieser in den Kanal überging. Es blieb immer noch ein ganzes Stück an Land, und alles davon war in schwachem Grau gehalten, von einem dünnen grünen Band in der Mitte, das den Nil darstellte, einmal abgesehen. In der Wüste gab es viele Orte, wo man einen Tempel verstecken konnte, das war mal klar. Als er eine plötzliche Welle angenehmer Furcht verspürte, warf Carpenter einen Blick in den Expedition, wo Ahmir und Sherin durch das Lenkrad hindurch aneinander gekettet waren. Sie sahen ihn – nein, die Karte – an, und der Mann sprach schnell. So sehr es Carpenter auch gefiel, sich an ihrer neuerlichen Panik zu laben, so mochte er doch nicht, was er sah. Sie hatten den Gesichtsausdruck von Leuten, die voll ertappt worden waren.

Carpenter knüllte die Karte mit einer Hand zusammen, ging auf die Fahrerseite hinüber und riß die Tür auf. Er hielt Ahmir das bedruckte Papier vors Gesicht und knurrte: „Zeig mir, wo dein verdammter Tempel ist, Scheißkerl."

Der Typ war total aufgelöst, seine Augen wanderten überall hin, nur nicht zu Carpenter, und er plapperte nur vor sich hin. Carpenter reichte es. Er packte den Kultisten am Kinn und riß seinen Kopf herum. Als er ihm direkt ins Gesicht sah, rammte Carpenter seinen Willen in ihn und befahl ihm, sich zu beruhigen. Ahmir sackte im Sitz zusammen, als habe ihm jemand eine große Dosis Morphium verpaßt.

„Das ist schon besser", sagte Carpenter, wobei er den Blickkontakt aufrecht erhielt. „Nun *zeig mir*, wo sich dein Tempel auf dieser Karte befindet."

Ahmir stöhnte, aber seine freie Hand drückte die Karte am Lenkrad flach und spannte sie mit an Anfälle erinnernden Bewegungen darum. Carpenters vorheriger Zorn war nichts im Vergleich zu der kalten Wut, die ihn nun ergriff, als er sah, wo der Finger des Kultisten zur Ruhe kam. Der Kultist wies auf einen Ort, der sich etwa 160 Kilometer Luftlinie von ihrem gegenwärtigen Standort entfernt befand... ein ganz bestimmter Punkt im Nordosten, ganz in der anderen Richtung als die, in die sie gerade fuhren.

„Warte. Kairo?" Kairo war eine Großstadt. Aber dieser Kerl hatte, als er ihm vorher schon einmal seinen Willen aufgezwungen hatte, geantwortet, ihr Tempel läge in der Wüste. Also irgendwo *bei* Kairo. „Wo genau? Wie lautet der Name des Ortes?"

Der Kultist schüttelte den Kopf, konnte sich aber dem Befehl nicht widersetzen. „Sakkara. Pyramide... Sanakht Nebka."

Carpenter sah es dann auch auf der Karte. Ein roter Stern, der Ruinen anzeigte. Sakkara. Er sah keine Namen irgendwelcher Pyramiden, aber wie schwer konnte es schon sein, ein Ding von solcher Größe zu finden? Na dann... "Wo wolltest du mich statt dessen hinbringen? Hä? Sag's mir!"

Die Anspannung in Ahmirs Muskeln löste sich; offensichtlich hatte er keine Schwierigkeiten, das zu offenbaren. „Zu den Imkhu. Horus, die Alten... sie zerschmettern deine Knochen zu Staub. Zerstreuen deine Überreste in alle vier Winde!"

„Das habe ich alles schon durchgemacht, Kumpel. Hat nicht geklappt." Carpenter brauchte keine weiteren Erklärungen. Er verstand den Wink. Er mußte mit sich selbst ringen, um ruhig zu bleiben. Er brauchte diese Leute und alles, was sie über den Lebenszauber wissen mochten, noch. Aber er hörte nun endgültig auf, nett zu sein. „Nun gut. Ihr hattet eure Chance, und ihr habt sie vergeigt. *Du wirst mich jetzt zur Pyramide von Sanakht Nebka bringen.*"

Carpenter zwang ihm den Befehl mit jedem Quentchen Macht auf, das sein Wille zu bieten hatte. Es traf den Kultisten wie einen Faustschlag und schleuderte ihn so hart nach hinten, daß sein Schädel gegen die Kopfstütze prallte. Jedweder Ausdruck verschwand aus seinen Zügen, seine Mundwinkel erschlafften, und über seinen Augen bildete sich ein Schleier. Die Hand, an der sich die Handschelle befand, griff nach dem Zündschloß des Ford, während sich die Linke auf die Zehn-Uhr-Position am Lenkrad zubewegte. Carpenter sah, wie sich der Ausdruck im Gesicht der Frau von Sorge zu Furcht verwandelte. Sie rief Ahmirs Namen und versuchte, ihn an der Schulter zu rütteln.

„Laß ihn in Ruhe“, schnappte Carpenter. Er nahm die Karte, die er wegreißen mußte, weil Ahmirs Hand sich um sie herum geschlossen hatte, als er das Lenkrad gepackt hatte. Nachdem er hinten eingestiegen war, reichte er die Autoschlüssel nach vorn. Der Kultist, der sich wie ein betrunkener Roboter entschlossen, aber unbeholfen bewegte, startete den Wagen und fuhr auf die Straße. Als sie in Richtung Norden abbogen, sah Carpenter, wie einige andere Kunden der Tankstelle ihnen verwirrt nachblickten. Er grinste und winkte.

Knapp acht Kilometer von Ain Sukhna entfernt bogen sie von der Straße ab und folgten einer engen, zweispurigen Straße der untergehenden Sonne entgegen. Carpenters Zorn kühlte ab, und er dachte darüber nach, ob sein Befehl eine so clevere Idee gewesen war. An sich war er präzise genug, aber es würde Stunden dauern, ihn auszuführen. Der hinterhältige alte Ahmir würde unter dem Zwang stehen, bis er sie vor die Tür seines verborgenen Wüstentempels gefahren hatte. Es bestand eine gute Chance, daß sein Hirn deshalb einen Kurzschluß erleiden würde. Darüber machte sich Carpenter wenig Sorgen. Aber was, wenn er den Typ für das Unsterblichkeits-Ritual brauchte? Jetzt war es zu spät, um noch etwas daran zu ändern. Er würde hoffen müssen, daß die Frau auch allein tun konnte, was zu tun war.

Und wenn nicht? Er hatte es so weit geschafft. Er würde sich etwas einfallen lassen. Ihm fiel immer etwas ein.

Während sie fuhren, senkte sich die Dunkelheit schnell herab. Die Sonne verschwand bald schon hinter dem Horizont, obwohl sie sich alle Mühe gaben, sie einzuholen. Manchmal peitschten ein paar Windböen gegen den Ford, und schließlich brach ein Sandsturm über sie herein. Eine Wand aus Schwärze, von der Carpenter erst angenommen hatte, es sei nichts gefährlicheres als das Hereinbrechen der Nacht, kam rasend schnell auf sie zu, und man hatte den Eindruck, das Ende der Welt sei gekommen. Man sah im Nu nichts mehr. Der Jeep schwankte auf seiner geländegängigen Federung hin und her, als von links und rechts immer wieder Windstöße an ihm rüttelten. Tonnen von Sand fielen aus dem Nichts auf sie herab und wurden Sekundenbruchteile später wieder davongeblasen. Der Sand prasselte hungrig gegen den Lack des Ford und gegen die Fensterscheibe wie Millionen kleiner Fäuste, die dagegen hämmerten, um ins Innere zu gelangen.

Während der Sandsturm um sie herum stöhnte und heulte, spürte Carpenter die Erregung des Unwohlseins. Er erinnerte sich an seine Lebzeiten und die Zeiten der Tornados im Mittleren Westen, die Wildheit, die urplötzlich aus dem Nichts auftauchen und ebenso schnell wieder verschwinden konnte und nichts als vollkommene Zerstörung zurückließ – und er erinnerte sich an die endlosen Jahrzehnte, die er in der Unterwelt verbracht hatte und die Geisterstürme, die dort aus dem Nichts heraus entstanden. Winde des Chaos und des Vergessens, die einen Geist im Nu zerfetzen konnten. Er mochte untot sein, aber wenn der Wagen zerstört wurde und die beiden da starben, dann würde es für ihn wohl ziemlich schwierig werden, seine Wiedergeburt zu erlangen.

„Es ist früh für Khamsin", sagte die Frau plötzlich.

„Was?"

„Khamsin – äh, Sandsturm, ja?" Die Angst vor dem Sturm führte dazu, daß sie ungewöhnlich mitteilsam wurde. „Winde... sie entstehen in der Wüste und halten viele Stunden lang an. Manchmal sogar Tage. Aber nicht immer so groß, so plötzlich. So früh."

Stunden-, vielleicht tagelang so etwas? Scheiße. Nur Wahnsinnige oder Selbstmörder würden unter solchen Umständen weiterfahren. Er versuchte, Ahmir zum Anhalten zu bewegen, aber der Kultist war im Druck des Zwangs verhaftet. Carpenter konnte es mit einem anderen Befehl versuchen, aber das würde womöglich alles ausbrennen, was von dem Geist des Idioten noch übrig war.

Ahmir und der Sturm nahmen ihm die Entscheidung ab. Die Straße machte eine Biegung, aber bei einer Sichtweite von knapp zwanzig Zentimetern wußten sie das erst, als der Ford bereits einen Abhang hinunterdonnerte. Der Kultist war sich trotz des Befehls seiner Umgebung noch ausreichend im Klaren, um den Ford in den Geländegang zu schalten, als sie in den Sandsturm gerieten. Der Ford kam einigermaßen mit dem sich dauernd verändernden Untergrund zurecht und fuhr eine ganze Weile, ehe er auf eine Düne traf, die zu steil war, als daß er sie hätte hinauffahren können. Da keiner der Insassen angeschnallt war, schleuderte der Aufprall sie allesamt nach vorn. Carpenter prallte vom Fahrersitz ab und fiel zur Seite auf den Boden. Ahmir schlug auf dem Lenkrad auf und prallte dann in den Sitz zurück, während die Frau sich ihre Stirn am Armaturenbrett anschlug.

Carpenter war verlegen, blieb aber unverletzt. Seine beiden Gefangenen waren benommen. Die Frau schüttelte es nach ein paar Minuten ab, aber der Fahrer sackte bewußtlos zusammen. Carpenter kam zu dem Schluß, daß es wohl so das Beste war. Er langte nach vorn, schaltete den Wagen auf P und Motor und Scheinwerfer aus, um die Batterie zu schonen. Die Finsternis senkte sich über sie, und graue Wirbel bewegten sich um sie herum in der Nacht, wobei die einzigen Geräusche vom Heulen des Windes kamen. Nachdem sie sich ihrer Umgebung wieder bewußt war, überprüfte die Frau ihren Freund und warf dann Carpenter einen Blick zu. Er konnte ihr Gesicht nicht gut genug ausmachen, um ihren Gesichtsausdruck erkennen zu können, daher sagte er einfach: „Wir warten."

• • •

Carpenter fragte sich, ob der Sandsturm ein Zeichen war. Auf dem halben Weg nach Sakkara bekamen sie jetzt plötzlich eine ganze Wüste voller Sand auf den Kopf geworfen? Als er darüber nachdachte, fiel ihm auf, daß er, seit er sich in diesem Land aufhielt, einen Rückschlag nach dem anderen erlitten hatte. Natürlich waren nicht alle gleichermaßen schwerwiegend – die Sache mit dem Tanker stufte er schon ein klein wenig problematischer ein als die kleine Spritztour nach Ismailia, die die Kultisten mit ihm unternommen hatten. Aber wenn Carpenter von der abergläubischen Sorte gewesen wäre, hätte er gedacht, dahinter stecke mehr als nur bloßer Zufall.

Worin auch immer die Ursache dafür lag, der Sandsturm würde nur zu einer Verzögerung führen. Der Sturm hielt noch mehrere Stunden an. Nachdem er seine beiden Gefangenen wieder durch das Lenkrad hindurch gefesselt hatte, nutzte Carpenter die Gelegenheit, um zu schlafen. Er war jetzt schon eine ganze Weile ohne Pause unterwegs. Selbst die Bösen müssen manchmal ruhen. Er hielt seinen Hammer im Arm wie die Parodie eines Stofftiers bei einem Kind. Carpenter sank in die traumlose Katatonie, die bei den Untoten als Schlaf durchging. Als er sechs Stunden später erwachte, war die Nacht klar und still. Ahmir und Sherin schliefen – obwohl es bei dem Mann nicht unbedingt danach aussah, als sei er seit dem Aufprall auf der Düne wieder zu sich gekommen.

Carpenter sah, daß der Ford etwa zur Hälfte im Sand begraben war. Er begab sich zur Beifahrerseite hinüber und mühte sich ab, auf die Spitze der Düne zu klettern, in die sie hineingefahren waren. Sie erhob sich mehr als drei Meter über dem Fahrzeug, und von oben hatte er einen ganz akzeptablen Blick auf die Gegend. Über der Wüste schimmerten die Sterne mit leuchtender Klarheit. Es gab nicht einen einzigen Windhauch. Wenn nicht die dunkle Form des Expedition gewesen wäre, die aus dem Sand ragte, hätte Carpenter kaum glauben können, daß es hier je einen Sandsturm gegeben hatte. Er konnte die Straße nicht sehen, aber sie konnte nicht weit sein. Nachdem er wieder hinuntergerutscht war, sah er sich den Ford an. Er steckte ziemlich fest, aber Carpenter war nicht willens, ihn hier zurückzulassen. Die Alternative wäre gewesen, per Anhalter zu fahren, aber er glaubte nicht, daß das allzu gut funktioniert hätte. *Die Straße mit ein paar aneinandergefesselten Kamelreitern entlanglaufen. Ja klar.*

Er warf dem Ford einen weiteren Blick zu. Der Sand hatte sich auf der Fahrerseite aufgetürmt, und die Vorderseite war etwa bis zu einem Drittel der Motorhaube in der Düne begraben. Er konnte ihn freibekommen, aber er würde wohl ein wenig graben müssen. Ein Blick nach drinnen zeigte, daß seine beiden Gefangenen immer noch außer Gefecht waren – er vermutete sowieso, daß sie ihm keine große Hilfe sein würden, da sie vor Hunger und so bereits geschwächt waren. Carpenter war es gewöhnt, die Dinge selbst zu erledigen.

Er zog sich bis auf Unterhemd und Hose aus und verbrachte ein paar Stunden damit, Sand zu schaufeln. Es ging wesentlich schneller voran, nachdem er den Deckel des Fachs zwischen den Vordersitzen herausgerissen hatte und als Schaufel benutzte. Es war noch dunkel und der Sonnenaufgang vielleicht noch eine Stunde entfernt, als er der Meinung war, startklar zu sein. Er warf den Deckel weg und registrierte eine Bewegung am Rande seines Blickfeldes. Seine Reflexe übernahmen die Kontrolle, und die Tage der Anspannung und Frustration lösten sich in einem Augenblick. Carpenter hatte die Pistole gezogen und das Feuer eröffnet, noch bevor er vollends erkannte, was das Ziel war.

Die Kugeln der Sig-Sauer zerfetzten die kleine Gestalt und verteilten mit großer Effektivität Fleisch und graue Hirnmassse. Carpenter trabte zu der Gestalt hinüber, da seine Todessicht mehr Probleme damit hatte, festzustellen, worum es sich handelte als seine normale Sicht. Als er das Opfer erblickte, konnte er sich ein Lachen nicht mehr verkneifen. Er hatte einen Babyzombie weggepustet.

Es war in der Tat die Leiche eines vielleicht zehn Jahre alten Kindes. Die Schußwunden waren nur die neuesten Verletzungen, die der verfaulende Körper erlitten hatte. Das Fleisch war aufgerissen, grau und fast bis auf die Knochen vertrocknet. Es war von der Hitze mumifiziert worden, wenn auch nicht ganz auf die Weise, für die Carpenter sich interessierte. Er erkannte, daß der Zombie nicht sonderlich mächtig gewesen sein konnte. Er hatte ihn kaum gespürt, und vier Schuß aus seiner Automatik hatten gereicht, um ihn zu vernichten. Aber trotzdem regte es ihn zum Denken an.

Dieser kleine Zombie mußte sich zu Carpenter hingezogen gefühlt haben, genau wie die wandelnden Toten, denen er in Chicago über den Weg gelaufen war. Es ergab Sinn. Seit er in Ägypten angekommen war, war er ständig in Bewegung gewesen, wodurch es für eine lebende Leiche schwer war, mit ihm Schritt zu halten. Er hatte hier nun aber lange genug festgesteckt, um es einem von ihnen zu ermöglichen, ihn mit seinem Geruchssinn ausfindig zu machen. Carpenter dachte über die Leichen nach, die er in den Staaten gesammelt hatte: zuerst, um die schwächsten Glieder in der Gruppe von Jägern auszuschalten und dann, um ihm zu helfen, das Herz zu stehlen. Er hatte sich damals den Zufall zu Nutze gemacht, jenen glücklichen Umstand, daß diese Kreaturen sich in seiner Nähe versammelten und ihm ein wenig zusätzliche Kampfkraft verschafften.

Aber was, wenn es nicht nur Zufall gewesen war? Vielleicht nutzte er unterbewußt seinen mentalen Zwang auf eine ganz neue Art und Weise, diesmal fokussiert auf die anderen wandelnden Toten. Carpenter zuckte mit den Schultern – er würde diese Theorie später noch mit sich selbst diskutieren können. Für den Augenblick reichte es ihm zu wissen, daß er noch zu weiteren Ressourcen außer sich selbst Zugang hatte. Eigentlich...

Während er zu dem Ford zurückging, konzentrierte Carpenter sich und sandte mit aller Macht einen geistigen Ruf aus. Er war in der Lage gewesen, die wandelnden Toten nur mit schwachen mentalen Befehlen herumzukommandieren. Vielleicht würde er sie auf die gleiche Weise in großer Zahl zu sich locken können. Er erwartete nicht, daß sie plötzlich aus dem Boden auftauchten, aber er hoffte, daß einige rechtzeitig erscheinen würden, um ihm nützlich zu sein.

Carpenter war wieder besserer Laune, als er an den Geländewagen herantrat. Er öffnete die Fahrertür, nahm den beiden die Handschellen ab und verfrachtete Ahmir unsanft in den hinteren Teil des Wagens. Er bedeutete Sherin, ebenfalls nach hinten zu klettern und kettete die beiden an den Fußgelenken zusammen. Es sah nicht besonders bequem aus, aber Carpenter hatte andere Sorgen. Er hatte gehofft, sein Hemd und die Jakke frei von Sand zu halten, indem er sie auszog, aber es sah aus, als gelangte der Sand in diesem Land überall hin. Er vermutete, daß sein totes Fleisch an einigen besonderen Stellen wegen des Sandes wundgescheuert war, aber momentan war sein Tastsinn so gut wie nicht existent, daher blieb nicht viel, worüber er sich würde Sorgen machen müssen.

Nach viel Knirschen im Getriebe und noch mehr Flüchen gelang es Carpenter schließlich, den Ford in Bewegung zu setzen. Er hatte die Motorhaube freigelegt und den Großteil des Sandes auf der Fahrerseite beseitigt, aber es gab immer noch starken Widerstand, während er den ganzen Hang wieder rückwärts hinauffuhr. Er blieb die ganze Strecke über im Rückwärtsgang, drehte schließlich auf einem einigermaßen geraden Stück und fuhr dann nach Nordosten. Carpenter war sich nicht sicher, in welche Richtung die Kurven der Straße im Sturm verlaufen waren, aber wenn sie nicht bei der Überlandfahrt wieder darauf stoßen sollten, würden sie dennoch früher oder später am Nil enden. Sein Glück half ihm wieder, denn sie überquerten den sandbedeckten Asphalt einige Minuten später.

Innerhalb der nächsten Stunde verwandelte sich die Wüste in ausgedehntes Grün. Als sie eine Steigung erklommen hatten, sah Carpenter das Niltal vor sich. Er hatte den mächtigen Mississippi gesehen, aber er mußte zugeben, daß der Nil noch mehr Eindruck machte. Er war ein breites, ruhiges, braunes Band, das sich so weit wie das Auge reichte von Nord nach Süd erstreckte und war auf seine Art genauso beeindruckend, wie die Niagarafälle mit ihrer ungestümen Wildheit. Der Nil verlor etwas von seinem majestätischen Eindruck, als sie sich ihm näherten und der Blick durch Gelände und eine Straße versperrt wurde, die parallel zum Fluß verlief. Carpenter orientierte sich an der zerrissenen Karte, während er fuhr und stellte fest, daß Sakkara sich nur ein paar Kilometer weiter nördlich auf der anderen Seite des Flusses befinden mußte. *Bin fast da,* dachte er.

• • •

Sakkara befand sich auf einem Plateau, das sich über der umliegenden Wüste erhob. Carpenter lenkte den Expedition von der Straße zu einem Ticketschalter, der sich am Fuß des Plateaus befand. Er hielt es für blöde, für eine Tour zu bezahlen, wenn man doch einfach in die Wüste hinauslaufen konnte, aber hey. Er fuhr weiter hinauf und erreichte kurz darauf die Ruinen. Deren Weitläufigkeit überraschte ihn. Eine große, kantige Stufenpyramide stand in der Mitte, umgeben von einer großen, ummauerten Fläche, zu der auch eine Reihe freigelegter Gebäude gehörten. Zu beiden Seiten des Komplexes in der Mitte gab es gedrungene, blockartige Formen, die mehr Substanz hatten als die Gebäude, aber im Größenmaßstab nicht an die Stufenpyramide heranreichten. In nördlicher Richtung erstreckten sich zahlreiche niedrige Gebäude, die in verschiedenem Maße freigelegt worden waren. Die Stufenpyramide von Djoser beherrschte mühelos die gesamte Anlage. Groß und vom Wetter gezeichnet ragte sie auf, ihre einst scharfkantigen sechs Stufen vom Verlauf der Zeit geglättet, wodurch sie mehr und mehr einer zusammengeschmolzenen Schichttorte ähnelte. Selbst so war sie allerdings immer noch ein beeindruckender Anblick, insbesondere, als Carpenter die Pyramiden von Gizeh im

Norden sah. Er war sich nicht sicher, ob er seinen schwachen Augen trauen konnte, aber Sherin bestätigte ihm widerwillig, daß jenes uralte Weltwunder in der Tat nur knapp 16 Kilometer Luftlinie entfernt war. *Wenn das alles vorbei ist, könnte ich ja mal eine kleine Besichtigungstour machen.*

Carpenter schaltete herunter und fuhr um den ersten Tourbus an diesem Morgen herum, aus dem gerade eine Gruppe älterer Männer und Frauen ausstieg. Nachdem er Sherin, seiner einzigen sich noch bei Bewußtsein befindlichen Geisel, ein paar Fragen gestellt hatte, fand er heraus, daß sich der Tempel, die sogenannte Pyramide von Sanakht Nebka, westlich des Komplexes befand. Er war Teil einer neuen Ausgrabungsstätte. Als er eine Staubwolke hinter sich herziehend um sie herum fuhr, sah Carpenter ein daran angrenzendes Plateau, auf dem einige Abgrenzungen eine archäologische Ausgrabungsstätte markierten. Er sah allerdings keine Pyramide, nur einen Haufen Sand und ein paar halb begrabene Gebäude. Als er sich dem Ganzen näherte, bemerkte seine Todessicht ein geisterhaftes Schimmern, eine spirituelle Vibration, die seine Sicht zu stören begann.

Eine bewaffnete Wache stand in der Nähe der Straße und winkte sie zu sich heran. Carpenter kurbelte das Fenster herunter und lächelte, als der Mann näherkam. Er war zu nah am Ziel, um sich jetzt noch mit diesem Idioten herumzuschlagen. Als die Wache den Mund öffnete, sagte Carpenter: „Vergiß, daß wir je hier waren“ und strengte seinen Willen an. Der Mann blinzelte ein paarmal, wobei sich sein Mund öffnete und wieder schloß wie bei einem Fisch, der nach Luft rang. Als Carpenter weiterfuhr, sah er im Rückspiegel, wie die Wache immer noch dastand und sich leicht verwirrt umsah. *Noch eine Lobotomie für meine Liste*, dachte Carpenter. Carpenter spürte ein kurzes Schwindelgefühl, als der Mißbrauch seiner Kräfte seinen Tribut forderte. Er zog Kraft aus seinem Hammer, um die Lethargie, die sich in seinen Knochen auszubreiten begann, abzuschütteln.

Der Weg führte durch eine Vertiefung, die den Komplex von der neuen Ausgrabungsstätte trennte und schließlich zu einem improvisierten Parkplatz. Dieser befand sich ganz in der Nähe einiger Gebäude, die anscheinend erst vor kurzem freigelegt worden waren. Von diesem Punkt an wandte sich das Plateau weiter nach oben. Zwei weitere Fahrzeuge standen schon da. Carpenter parkte neben einem 20 Jahre alten BMW und schaltete den Motor ab. Er warf einen Blick nach hinten. Die Frau hatte den gebrochenen Blick von jemandem, der den ultimativen Verrat begangen hatte und der nun darauf wartete, daß er gerichtet wurde. Carpenter konnte den Mann nicht sehen, aber er nahm an, daß er sich immer noch in einem komaartigen Zustand befand. Er hatte ein paar weitere Fragen über diesen Ort an Sherin, aber er wollte damit warten, bis er ihn selbst ein wenig näher betrachtet hatte.

Diese Gelegenheit ergab sich aber nicht. Er war noch dabei, sich vom sicheren Fahrersitz des Fords aus umzusehen, als er eine Bewegung im Rückspiegel des Wagens wahrnahm. Eine zierliche Asiatin war aus einem der halb freigelegten Gebäude getreten und war in diese Richtung unterwegs. Er machte sich keine Sorgen. Dies war der Wagen der Kultisten, daher gehörten sie, soweit es irgend jemanden hier anging, dazu. Als er wieder in den Rückspiegel schaute, erblickte Carpenter mit seiner Todessicht den lebhaften Geist einer Mumie. „Verdammte Schlampe."

Die Kultistin auf der Rückbank drehte sich um und begann zu rufen, sobald sie die Asiatin erblickt hatte. Carpenter versuchte, sie zum Schweigen zu bringen, aber sie sah nicht in seine Richtung, daher war seine Willensanstrengung nutzlos. Die Mumie hörte das Rufen und hielt inne, während sie in einen Beutel griff, den sie bei sich trug. Wenn sie irgend etwas von dem Zeug, das Simbah dabeigehabt hatte, mit sich führte, dann war Carpenter ziemlich angeschmiert. Er mußte sie aufhalten, ehe die Situation außer Kontrolle geriet.

Carpenter riß die Tür auf und sprintete auf die Mumie zu. Ihr Kopf fuhr herum, als sie das Geräusch der sich öffnenden Tür hörte, und ihre Augen weiteten sich. Sie rief irgend etwas auf Chinesisch, das sich sehr danach anhörte, als ende es mit seinem Namen. „Stop!" rief er und schleuderte ihr seinen Willen entgegen in der Hoffnung, sie werde ihn verstehen. Der Befehl hielt nur eine Sekunde lang an, aber das war alle Zeit, die Carpenter brauchte. Er erwischte sie mit einem rechten Haken, der voll ihren Kiefer traf und sie zusammenbrechen ließ. Die Touristen waren einen Kilometer weit weg, aber falls einer von ihnen aufgepaßt hatte, könnte er etwas gesehen haben. Carpenter mußte einfach hoffen, daß sie zu sehr damit beschäftigt waren, die Ruinen zu bewundern. Er sah noch einmal nach, um sicherzugehen, daß sie bewußtlos war, ehe er ihr den Beutel abnahm und ihn so weit wegwarf, wie er konnte. Dann löste er bei Sherin die Handschellen und schleifte sie herüber. „Hilf ihr hoch", wies er sie an und trieb sie eilig zu dem Gebäude hinüber, aus dem die Asiatin eben erst gekommen war.

Mit dem Rasiermesser in der einen Hand, der Sig-Sauer in der anderen und dem leise pochenden Herzen des Osiris in der Tasche betrat Maxwell Carpenter die verlorene Pyramide von Sanakht Nebka.

DREIZEHN

Nicholas klatschte in die Hände. „Du wirst noch früh genug deine Chance bekommen, Carpenter zu erwischen. Aber zuerst einmal werden wir warten, bis Faruq mit euren Sachen wiederkommt — "

„He!" riefen Thea und Jake gleichzeitig.

Nicholas entschied sich für die diplomatische Erklärung. „Ich bin davon ausgegangen, daß ihr darauf brennen würdet, euch auf den Weg zu machen, sobald ich euch mein Angebot unterbreitet hatte, daher habe ich Faruq geschickt, um eure Sachen zu holen."

Jake schien es ihm abzukaufen, aber Thea war nicht in der Stimmung dafür. „Gut, was auch immer. Was kommt dann?"

„'Dann' können wir eigentlich zuvor erledigen, da wir ja warten müssen. Ich möchte sichergehen, daß ihr euch der Tragweite der Dinge, in die ihr verstrickt seid, bewußt seid. Ich werde möglicherweise Dinge tun, die auf den ersten Blick keinen Sinn ergeben oder etwas, das offensichtlich bedrohlich wirkt. Insbesondere, wenn man eure momentane Geisteshaltung berücksichtigt, die ja ziemlich paranoid ist. Das ist verständlich. Ihr seid hier absolut nicht in eurem Element und habt es mit Mächten zu tun, deren Anliegen euch ein Rätsel sind. Ich würde gern sichergehen, daß ihr vollkommen mit der Situation vertraut seid, bevor wir uns auf den Weg machen. Aber wir haben nicht die Zeit für so etwas. Daher möchte ich euch bitten, darauf zu vertrauen, daß wir euch nicht hintergehen werden, wenn die Geschichte beginnt haarig zu werden – und im Gegenzug werden wir euch vertrauen."

Thea legte den Kopf schief. „Ihnen ist aber schon bewußt, daß Sie mich nun nur noch mißtrauischer gemacht haben, ja?"

„Hoppla!" lachte Nicholas. „Hör mal, ich sage das jetzt, weil ich nicht mitten bei irgend etwas anderem eine Pause einlegen will, um euch zu versichern, daß ich euch nicht hereinlegen werde."

„Übrigens", fragte Jake plötzlich, „gibt es einen in Ägypten heimischen Vogel mit einem langen, dünnen Schwanz, wie der einer Echse?"

„Was?" Nicholas sah ihn verwirrt an. „Nein."

„Hm. Vielleicht ist es dann ein Zugvogel." Er deutete in den klaren blauen Himmel hinauf und schirmte seine Augen mit der anderen Hand ab. „Entweder das, oder etwas Ungewöhnliches fliegt gerade über uns hinweg."

Sie sahen nach oben. Nicholas stieß einen aufgeregten Ruf aus und streckte den Arm mit gebeugtem Ellbogen und nach oben gerichteter Faust aus. Thea und Jake sahen gebannt zu, wie eine peitschendünne schwarze Echse mit glänzend gefiederten Flügeln heruntergflogen kam und sich auf seinem Arm niederließ.

„Was zum Teufel ist das?"

„Das ist Xian", sagte Nicholas und lächelte den kleinen Drachen an, der sich an seinem Handgelenk festhielt und seinen Schwanz um Nicholas' Unterarm wikkelte. „Gehört einer Freundin. Habe dich ja schon eine ganze Weile nicht mehr gesehen, Großer. Was tust du hier? Wo ist Lu Wen?"

Xian tänzelte auf Nicholas' Arm entlang, wobei sich seine nadelspitzen Krallen in die Haut bohrten. Nicholas ignorierte den Schmerz, so gut er konnte. Der Drache war aufgeregt, was bedeutete, daß etwas mit seiner Schöpferin nicht stimmte. Obwohl die verzauberte Kreatur clever war, konnte sie nicht sprechen, daher stellte Nicholas ihr einfache „Ja/Nein"-Fragen.

„Geht es Lu Wen gut?" Die Kreatur wurde noch aufgeregter. Nicholas interpretierte das so, daß es bedeuten sollte, Lu Wen sei in Schwierigkeiten, aber Xian wußte nicht, wie schwerwiegend die Probleme waren. „Ist sie in der Pyramide?" Der Drache nickte entschlossen. Nicholas mußte keine weitere Frage mehr stellen. Die Erkenntnis traf ihn auf der Stelle. Er warf einen Blick auf den Kompaßskarabäus. Er konnte nicht sagen, wie weit das Herz weg war, aber es war kaum zu übersehen, daß der Kompaß fast genau nach Süden zeigte. In Richtung Sakkaras und der Pyramide von Sanakht Nebka.

Heute war Sakkara nur einer von vielen Orten, an denen freigelegte Ruinen Zeugnis von der Majestät des alten Ägypten ablegten. Wie Edfu, so war auch Sakkara ein Ort der spirituellen Energien, eine der ausgewählten Stätten im Nahen und Mittleren Osten, die als Quelle übernatürlicher Macht dienten. In der Weite Ägyptens gab es noch rund ein Dutzend anderer Orte, die über ähnliche Macht verfügten. Diese hatten nach dem Erwachen des mächtigen Osiris eine neue Bedeutung erlangt. Als er seinen Gläubigen den neuen Lebenszauber verlieh, offenbarte er ihnen, es sei notwendig, das Ritual an einem dieser Orte der Macht durchzuführen. Die starke Energie dort war ein wichtiger Bestandteil der Zeremonie; ohne sie konnte der wartende Geist nicht an die vorbereitete Leiche gebunden werden.

Nicholas hatte Carpenter glauben lassen, das Herz sei der Schlüssel zur Wiedergeburt, nicht einer dieser besonderen Orte. Wie also hatte Carpenter davon Wind bekommen? Natürlich, die Kultisten. Der Zombie mußte seine Fähigkeit der Gedankenkontrolle bei denen in Port Said benutzt haben. Hat er die Tanker in die Luft gejagt, um seine Spuren zu verwischen? Keine Ahnung. Das Wichtigste war, daß sich Carpenter jetzt dort befand, und die Zeit war schon längst reif, ihm einmal kräftig in den Arsch zu treten.

• • •

Carpenter stellte fest, daß die spirituelle Dissonanz zunahm, je weiter sie einem Tunnel folgten, der unter dem Sand der Wüste gegraben worden war. Die Barriere, die die Reiche der Lebenden von denen der Toten trennte, war hier sehr dünn. Carpenter war der Meinung, er könne fast die Hand ausstrecken und den Stoff der Realität zerreißen, um in die Schattenlande einzutreten. Er spürte, wie das Rasiermesser zitterte, als wecke der bloße Gedanke seinen Eifer. Aber er war hier, um das Gegenteil zu tun. Er suchte nach Unsterblichkeit, damit er nie wieder ins kalte Reich der Unterwelt würde treten müssen.

Die Kultistin trottete vor ihm her, wobei sie die Mumien-Tussi halb mitschleifte. Der Tunnel führte mehrere hundert Meter beständig nach unten. Lichter waren in regelmäßigen Abständen im Tunnel angebracht und sorgten für adäquate Beleuchtung. Schließlich kamen sie um eine Biegung, und der Tunnel öffnete sich zu etwas, das aussah wie eine langgezogene Vorkammer. Zwei Kerle, einer mit Turban und ein Weißer, waren damit beschäftigt, den Staub von einigen Wandmalereien abzubürsten. Sie schauten beide gleich geschockt und bestürzt drein, als sie Carpenter und seine Gefangenen bemerkten. „He da, ihr Hurensöhne", sagte der mit einem Grinsen. „Seid ihr in Stimmung für ein wenig Hokus-Pokus?"

Es folgten etwas Geschrei und ein paar schwache Versuche, Widerstand zu leisten. Zwei weitere Kultisten kamen auf der anderen Seite der Wandmalereien in den Raum gestürzt, aber ihre Anzahl machte keinen Unterschied. Carpenter hatte den physischen Vorteil seiner Kraft und den psychischen Vorteil, daß er gerade der Mumie den Hintern versohlt hatte. Da die Asiatin als abschreckendes Beispiel diente, scheuchte er die fünf Kultisten zurück durch die Tür in einen Raum, der sich als eine Art Grabkammer herausstellte.

Er begriff, daß er sich in der sogenannten Pyramide von Sanakht Nebka befand, die unter dem Sand der Wüste begraben war. Es sah aus, als sei diese Kammer der Hauptraum. Die Kammer war fast zehn Meter lang, fünf Meter breit und hatte eine Deckenhöhe von vier Metern. Eine Reihe kleiner Alkoven befand sich an beiden Seitenwänden, und in sechs dieser Alkoven standen Statuen. Ein Alabastersarkophag beherrschte die Mitte der Kammer. Der Raum hatte zwei Eingänge – den Durchgang, durch den sie gerade hereingekommen waren, und einen zentralen Schacht, der den ganzen Weg hinauf bis in die Spitze führte. So, wie der Schacht aussah, war die Pyramide nicht ganz unter dem Sand begraben. Er konnte etwa 100 Meter über sich das leuchtend blaue Rechteck des Himmels sehen.

Als er einige Werkzeugkisten an einer der Wände sah, mußte Carpenter lachen. Er nahm sich eine Rolle Klebeband und wies ein paar der Kultisten an, die Mumie einzuwickeln. (Aus dem, was die Kultisten vor sich hin blubberten, schloß Carpenter, daß ihr Name Lu Wen Koo-irgendwas war.) Selbst wenn sie so stark war wie Carpenter, würde sie es schwer haben, sich aus dem Klebeband zu befreien, das ihre Arme eng an den Oberkörper und ihre Beine aneinander fesselte, und mit einem weiteren Streifen Klebeband als Knebel würde sie auch nicht durch plötzliche Befehle für Ärger sorgen können.

Die Mumie mochte bei der Zeremonie hilfreich sein, aber Carpenter wollte lieber auf Nummer Sicher gehen. Diese Unsterblichen hatten Macht. Er würde es leichter haben, die Sterblichen zu kontrollieren, wenn sie relativ ruhig gestellt war. Er zog es in Betracht, Lu Wen einfach zu töten, aber dann bestand die Möglichkeit, daß sie zu irgendeinem ungünstigen Zeitpunkt wieder zurückkam und alles ruinierte. Außerdem konnte es ja sein, daß er aus ihr ein Detail herausbekommen mußte, das die Kultisten nicht kannten, was schwierig werden würde, wenn sie tot war.

Sie kam gerade wieder zu Bewußtsein, als er sie in eine Ecke ganz in der Nähe des Eingangs zur Grabkammer zerrte. Er lächelte, tätschelte ihren Kopf und ging dann hinüber, um sich hinter dem Sarkophag am Ausgang aufzustellen. Die Kultisten standen am anderen Ende der Grabkammer. Sherin hatte angefangen, auf Arabisch zu reden, während die Mumie eingewickelt wurde. Es schien, als setzte sie die anderen darüber in Kenntnis, was für ein schlimmer Finger Carpenter doch war, denn diese wirkten vollkommen eingeschüchtert. Abgesehen davon, daß sie Carpenter oder Lu Wen Blicke zuwarfen, zitterten sie nur.

„Wer von euch spricht Englisch?" fragte Carpenter. Sherin natürlich, aber sonst erhob nur der Weiße die Hand. Den verständnislosen Blicken nach zu urteilen, die die anderen Carpenter zuwarfen, war er sich sicher, daß die anderen ihre Ahnungslosigkeit nicht einfach nur vortäuschten. Zu der Frau und dem Weißen sagte er: „Arbeitet mit mir zusammen, und ihr kommt hier heil wieder raus, verstanden?"

Er sagte die Wahrheit. Ihn kümmerten diese Leute nicht, solange sie ihm gaben, was er wollte. Es kam Carpenter in den Sinn, daß er jedwede Versprechung machen konnte, die er wollte. So, wie sie ihn ansahen, glaubten ihm die Kultisten kein Wort. Kein Problem. Wenn er sie nicht dazu bringen konnte, ihm die Informationen freiwillig zu geben, dann würde er sie sich mit Gewalt holen. Zumindest zu Anfang würde er es noch auf die sanfte Tour versuchen. Er griff in die Tasche und legte einen eingewickelten Gegenstand auf die Mitte des Sarkophages.

„Wißt ihr, was das ist?" fragte er und schlug das Tuch zurück, das um das Bündel gewickelt war. Das Herz des Osiris, das nun den Halogenlampen ausgesetzt war, die in der Grabkammer hingen, war ein Gegenstand von der ungefähren Form einer Birne, der eine so dunkelrote Färbung hatte, daß er beinahe schwarz wirkte. Wiederum sah es anders aus als zuvor. Carpenter unterdrückte ein Zittern und klopfte auf den Deckel des Sarkophags neben dem Herzen. „Seht ihr das? Hä? Seht es euch gut an."

Alle Anwesenden atmeten kollektiv ein. Ja, es sah aus, als habe Sherin ihnen alles erzählt. Ihre Blicke zuckten zwischen Carpenter und dem Artefakt hin und her, und gemischte Gefühle spiegelten sich auf ihren Gesichtern wider.

Der Weiße trat vor und verfluchte Carpenter, während er nach dem Artefakt griff. Carpenter verpaßte ihm einen Schlag mit der Handfläche, wodurch er in eine der Nischen an die Wand geschleudert wurde und sich den Kiefer brach. „Laßt das", sagte Carpenter. „Es wird Zeit, zum Geschäft zu kommen. Also, werdet ihr mir nun sagen, wie mich dieses Ding unsterblich machen kann?"

Sherin schien vergessen zu haben, daß sie Englisch konnte. Klar. Jetzt, nachdem sie sich unter Freunden befand, hatte sie ihr Rückgrat wiedergefunden. Sie setzte das fort, was der Weiße begonnen hatte, fluchte weiterhin auf Carpenter und begann, ihre Kumpels zu reizen.

Carpenter schlug mit einem harten Knallen auf den Deckel des Sarkophags und brachte damit alle zum Schweigen. Er deutete mit dem Finger auf die Frau, konzentrierte sich und verlangte: „Kannst du mir sagen, wie man eine Zeremonie durchführt, die Leute unsterblich macht?"

Sie gurgelte, spuckte und sagte anschließend: „Ja."

Grünes Licht flackerte in Carpenters Augen auf. „Gut. Was ist der erste Schritt?"

• • •

Thea war nicht sonderlich glücklich darüber, wie sich die Situation entwickelte. Dieser Sforza lockte sie mit der Möglichkeit, Carpenter aufzuspüren, aber er weigerte sich, ihnen irgendwelche aussagekräftigen Hinweise darüber, was er war oder was wirklich vor sich ging zu geben – und nun waren sie dabei, diesem Zombie nachzujagen, aber Nicholas wollte keine Waffen für sie ausspucken. Sie war nicht sonderlich scharf auf Schußwaffen, aber sie fühlte sich nackt, wenn sie nicht zumindest mit einer Pistole in der Hand auf die Jagd ging. Sie und Jake hatten ihre Waffen in den USA gelassen. Sie waren zu dem Schluß gekommen, daß sie etwas von Rafiq bekommen würden, aber es sah nicht so aus, als würden sie sich mit ihm treffen können, bevor das hier alles vorbei war. *Immer gesetzt den Fall, daß wir hier lebend wieder rauskommen.*

„Ich dachte, wir seien auf derselben Seite", versuchte sie es ein letztes Mal. „Sie haben nicht zufällig irgendwo eine alte .38 Special herumliegen? Sollen wir uns etwa nur auf unser Köpfchen und einen schnellen Tritt an den Kopf verlassen?"

„Ja, wir haben die gleichen Interessen, aber ich weiß bis jetzt noch nicht, ob wir auf derselben Seite stehen." Er schob die seltsame Flugechse auf seine Schulter und murmelte Ibrahim, der ins Mausoleum zurückrannte, etwas zu.

„Es macht mir nichts aus, keine Waffe zu haben", sagte Jake.

Sie warf ihm einen Blick zu. *Du bist mir gerade keine große Hilfe.* „Na dann. Unter diesen Umständen... was hatten Sie noch mal über Vertrauen gesagt? Es würde schon eine ganze Menge helfen, wenn wir uns über Sie und Ihre Jungs keine Sorgen mehr machen müßten, wissen Sie." Ihr sechster Sinn sagte ihr, daß sie in der Tat glauben konnte, was Nicholas Sforza ihnen gesagt hatte. Im Bezug auf ihn erschien das Geflecht der Möglichkeiten besonders günstig. Aber das hieß noch lange nicht, daß sie sich auf den Rücken legen und tun würde, was er ihr sagte.

Nicholas schien darüber nachzudenken und nickte. „Ein guter Punkt. Ich kann mich in Ihre Lage versetzen. Nun gut. Kommen Sie."

Er führte sie in das Grab und an einem reich verzierten Sarkophag vorbei. Eine schmale Vertäfelung in der Wand öffnete sich auf eine Treppe. Es war die Treppe, die sie vor nicht allzu langer Zeit mit verbundenen Augen hochgekommen waren. Thea hatte angenommen, sie seien auf ihrem Weg hierher durch einige unterirdische Räume gegangen, aber sie war überrascht über das, was sie sah. Die Kammer, die sie betraten, war groß. Glühbirnen, die in Fackelhalter eingesetzt waren, sorgten für ausreichend Licht, um farbenfrohe Wandbilder in ägyptischem Stil erkennen zu lassen. Türen führten in eine Reihe anderer Räume. Dies war offensichtlich Teil eines ausgedehnten unterirdischen Komplexes.

Nicholas führte sie durch einen Tunnel in einen kleineren Raum, der aussah, als würde er als Lagerraum genutzt. Dort ließ er sie stehen, daher konnte Thea ihren Blick auf unbeschriftete Kisten und halb offene Schränke richten, in denen sich Klamotten befanden. Nicholas kam zurück, in der einen Hand eine Schrotflinte und in der anderen eine Automatikpistole. „Das ist in etwa alles, was wir haben, abgesehen natürlich von dem Gewehr, das Ibrahim bei sich hat."

„Phantastisch. Danke." Thea nahm die Pistole, eine Glock 9mm. „Gibt es Ersatzmagazine?"

„Nur eines." Er holte das Magazin aus einer Tasche hervor und hielt Jake die Schroflinte hin.

„Das ist mir ein wenig viel Feuerkraft", sagte Jake, während er die Spas-12 mißtrauisch beäugte.

Thea klopfte ihm auf die Schulter. „Die Weiber fahren voll auf Kerle mit dicken Wummen ab. Also wirklich, Jake, willst du dir diese Chance etwa entgehen lassen?"

Jake nahm die Schrotflinte mit einem schweren Seufzen, ließ aber seine Finger vom Abzug, während er sie in der Hand hielt.

„Aminte?" Ibrahims Stimme hallte durch den Gang. „Faruq ist wieder da!"

„Sehr gut. Was halten Sie davon, wenn wir uns auf den Weg machen, wenn wir mit all dem hier fertig sind?"

„Gehen Sie voraus", antwortete Thea, überprüfte die Sicherung der Glock und ließ sie in der Seitentasche ihrer Cargohose verschwinden.

„Lassen Sie mich eine Frage stellen", bat Nicholas, als sie den Gang entlangeilten. „Wie sind Sie in all das hineingezogen worden?"

„Sie meinen die Sache mit Carpenter, den Monstern und den mysteriösen Artefakten?"

„Ja."

„Muß man wohl übermäßiger Neugier zuschreiben." Sie warf ihm ein schelmisches Grinsen zu. „Wissen Sie, Sie haben nie meine Frage beantwortet."

„Welche?"

„Was Sind sie? Ihre... Angestellten oder wie auch immer Sie sie nennen wollen bezeichnen sie als ‚Aminte'. Wir, nun, wir glauben, daß das ‚Mumie' bedeutet."

Er lachte. „Wirklich? Das ist lustig. Und was ist eine Mumie Ihrer Meinung nach?"

„Das ist die Frage, oder?"

„Ich bin nicht wie Carpenter, falls es das ist, was Sie sich fragen. Ich bin eine lebende, atmende Person."

Thea hatte bemerkt, daß Nicholas Sforza atmete, sich bewegte wie ein normaler Mensch und sich auch genauso verhielt. Im Gegensatz dazu konnte man bei Carpenter, obwohl er lebendig aussah, mit scharfem Auge feststellen, daß irgend etwas *falsch* war, daß er irgendwie nicht dazu paßte. Daher war Nicholas' Behauptung nichts wirklich Neues für sie.

Sie sah ein verspieltes Funkeln in seinem Auge. Wenn sie sich bedeckt hielt, würde er es wohl auch tun. *Das ist mir nur recht, Junge. Ich werd es noch früh genug herausfinden.*

• • •

Carpenter spürte die Anwesenheit des Zombies, als er gerade dabei war, die Wiedergeburtszeremonie aus der Kultistin herauszuholen. Als er sich dem Durchgang zuwandte, sah er einen animierten Schrecken, dessen knochige Finger an der steinernen Wand kratzten, als er hereinschlurfte. Sobald sie ihn gesehen hatte, wurde die Leiche lebhafter, und schwache Grunzlaute entwichen ihrer halb verrotteten Kehle.

Carpenter spürte Übelkeit in seinem verkümmerten Magen, noch während sich ein Lächeln auf seinem Gesicht ausbreitete. Die Kreatur bemühte sich halbherzig, eine Habacht-Stellung anzunehmen und streckte einen steifen Arm aus. Als Carpenter genauer hinsah, fiel ihm auf, daß der Zombie die Überreste einer deutschen Militäruniform trug. *Ein Nazi-Zombie? Was zum Teufel hat ein toter Deutscher in Ägypten verloren?* Carpenter war tot gewesen, als der Zweite Weltkrieg ausbrach, und war in der Unterwelt ein paar ruhelosen Geistern begegnet, die in den Kämpfen gestorben waren. Er brauchte eine Minute, aber er erinnerte sich daran, daß einer der Kriegsschauplätze Nordafrika gewesen war. Carpenter war sich nicht sicher, ob er Hilfe von einem Nazi haben wollte, egal ob tot oder lebendig. Aber es war ja nicht so, daß er eine großartige Wahl gehabt hätte.

Der Zombie war in überraschend gutem Zustand, insbesondere, wenn man bedachte, wie lange er schon tot war. Obwohl er nicht so vollständig war wie Carpenter, war der Soldat eher proper, nicht vollkommen verfault. Carpenter war nur wenigen Zombies begegnet, die so nahe daran waren, sich ihrer selbst bewußt und körperlich intakt zu sein wie er. Die Mehrzahl von ihnen waren einfach Hüllen in einem fortgeschrittenen Zustand des Verfalls und bestanden nur aus getrockneten Sehnen und verrottendem Fleisch. Der Soldat lag dazwischen: Er war in keinem guten Zustand, aber nicht zum hirnlosen Roboter verkommen. Carpenter erinnerte sich daran, daß die Zombies, die sich im letzten Jahr um ihn gescharrt hatten, in einem ziemlich üblen Zustand gewesen waren.

Hing es womöglich mit seinem überlegenen Zustand zusammen? Spürten sie seine Macht – und was? Dachten sie vielleicht, er könne ihnen den Trick zeigen? „Ist es das, Fritz?" fragte er. „Hoffst du, daß ich dir zeigen kann, wie ich zu so was geworden bin? Ist nicht viel besser als das, was du bist, glaub mir. Warum, glaubst du, bin ich überhaupt in diesem gottverlassenen Land?"

Der Kiefer des toten Soldaten bewegte sich, und er stöhnte etwas, das verwirrt klang.

„Gutes Argument", antwortete Carpenter. *Mit den Leichen kann man keine tiefgründigen Unterhaltungen führen,* schalt er sich. *Die haben zuviel Mus im Hirn, um noch zu denken.* „Okay, Fritz. Warum wartest du nicht einfach am Eingang des Tunnels und hältst Wache? Paß auf, daß keiner uns überrascht. Und mach das Licht im Tunnel aus, wenn du gehst."

Der Soldat schlurfte nach einem weiteren Salut davon. Carpenter war gerade dabei, die beschwerliche Prozedur der Informationssuche bei Sherin fortzusetzen, ohne ihr Hirn zu rösten, als zwei weitere belebte Leichen auftauchten. Anscheinend hatte Fritz verstanden, daß andere seiner Art die Erlaubnis hatten zu passieren. Beide waren schon in einem so fortgeschrittenen Zustand des Verfalls, daß es unmöglich war festzustellen, was sie zu Lebzeiten einmal gewesen sein mochten. Es machte aber auch nichts. Sie waren zusätzliche Kampfkraft und würden dabei helfen, die Kultisten im Auge zu behalten, wenn die Dinge weitergingen. Als er sie anwies, ihre Positionen einzunehmen – die eine bei Lu Wen, die andere bei den Kultisten –, erkannte Carpenter, daß er nicht sprechen mußte, um ihnen Befehle zu erteilen. Ein konzentrierter Gedanke reichte. Er mußte sich stark konzentrieren, um die Aufmerksamkeit der Leichen zu erregen, aber das war nicht allzu kompliziert. Carpenter wußte aus eigener Erfahrung, daß Geister keine Probleme hatten, einander zu verstehen. Die Sprache des Todes war universell. Er mußte sich das irgendwie zunutze machen, um mit den anderen wandelnden Toten kommunizieren zu können.

Carpenter hatte immer noch keine Ahnung, warum sich die wandelnden Toten zu ihm hingezogen fühlten. Genauso wenig wußte er, ob es irgend etwas nützte, wenn er sich darauf konzentrierte, sie zu ihm zu rufen. Er war mit dem Ergebnis zufrieden. Es war nicht abzusehen, wie viele wandelnde Tote noch zu ihm kommen würden, wenn er mal an einem Ort verharrte. Aber für den Anfang sollten drei schon mehr als genug sein.

• • •

Nicholas umklammerte den Türgriff, als Ibrahim den Audi mit einer Rücksichtlosigkeit lenkte, die selbst für die Kairoer Autofahrer bemerkenswert war. Faruq blieb zurück, um andere Gruppen zu kontaktieren. Für den Fall, daß es Nicholas nicht gelang, das Herz zurückzuholen, würden sich bei Einbruch der Dunkelheit Kräfte in Sakkara versammeln. Die Aminte würden auf die eine oder andere Art das Herz wiedergewinnen.

Thea und Jake teilten sich die Rückbank mit einer Kühltasche voller Wasserflaschen, die bei jeder der plötzlichen Kurven, die das Auto fuhr, gegen einen von ihnen prallte. Soweit Nicholas es mit dem Ersatzkompaßskarabäus abschätzen konnte, hatte sich das Herz in der letzten Zeit nicht mehr vom Fleck bewegt. Was auch immer Carpenter tat, er sollte noch in Sakkara sein, wenn sie dort ankamen. Die Ruinen befanden sich nur etwa 20 Kilometer südlich der Stadt, und so, wie Ibrahim fuhr, sollten sie dort in genauso vielen Minuten ankommen… wenn der Audi auf dem Weg dorthin nicht zu Schrott gefahren wurde.

Trotz aller Bemühungen der Klimaanlage war der Audi eine Sauna. Nicholas war froh darüber, daß er an diesem Morgen Henna benutzt hatte, um Symbole auf seinen linken Oberarm zu malen, die ihn vor der drückenden Hitze schützten. Der Zauber war temporär und hielt nicht länger als eine Woche an, aber er sollte mehr als ausreichen, um ihn davor zu bewahren, vor Dehydrierung und Hitzschlag zusammenzubrechen. Nicholas sah Ibrahim an, der mit fieberhafter Eile fuhr. Die Amulette, die er trug – Geschenke von Nicholas, die letzten, die in seiner Ledertasche noch übrig gewesen waren – blitzten im Sonnenlicht kurzzeitig auf, als der Audi die Straße entlangschoß. Die Zauber würden Ibrahim etwas Schutz vor Schaden bringen und seine Reflexe verstärken. Nicholas hatte Ibrahim wiederholt eingeschärft, nicht den Helden zu spielen. Er vermutete aber, daß seine Worte auf taube Ohren stießen. Er mußte hoffen, daß die Amulette ausreichen würden, um seinen sterblichen Freund in dem bevorstehenden Konflikt zu schützen.

Thea und Jake hatten keinen übernatürlichen Schutz. Nicholas hatte darüber nachgedacht, ihnen etwas zu leihen, aber er hatte nur eine begrenzte Zahl von Amuletten, und er und Ibrahim hatten die höhere Priorität. Sie schienen eine gute Vorstellung davon zu haben, was auf dem Spiel stand und er konnte seine Zeit nicht damit verschwenden, ihr

Händchen zu halten. Das einzig wichtige war, daß sie das Herz zurückerlangten. Alles andere war nur Ablenkung.

Die Fahrt wurde etwas ruhiger, sobald sie erst einmal aus dem Gewirr des Stadtverkehrs heraus waren. Der Audi röhrte auf einer in Richtung Süden führenden Straße dahin, die sie an den Großen Pyramiden von Gizeh vorbeiführte. Sakkara war nur ein paar Minuten entfernt.

„Was ist an diesem Ort so besonders?" fragte Jake, als es nicht mehr danach aussah, als würden sie gleich einen furchtbaren Unfall haben.

„Sakkara? Es ist die Geburtsstätte der Pyramiden. Haben Sie je von der Stufenpyramide von Djoser gehört? Sie ist das Werk eines Mannes namens Imhotep. Er hat denen, die nach ihm kamen, die Inspiration für die Dinger dort drüben gegeben." Nicholas deutete auf die riesenhaften Pyramiden, die sich zu ihrer Rechten erhoben. „Die Fundamente in Sakkara sind beinahe fünftausend Jahre alt. Die Zivilisation war damals noch weniger fortgeschritten, wißt ihr, und dieser eine Mann, Imhotep, hatte die Vision und Brillanz, Dinge zu erschaffen, von denen andere seiner Zeit noch nicht einmal geträumt hatten."

„Und was hat es mit dieser ‚verlorenen Pyramide' auf sich?" wollte Thea wissen. Sie stützte einen Arm auf die Rückenlehne des Fahrersitzes und warf Nicholas einen offen neugierigen Blick zu.

Nicholas, der durch die Nähe ihrer leuchtend grünen Augen vorübergehend sprachlos war, wandte seinen Blick wieder den Pyramiden zu. „Okay, wir haben bisher einen Bogen um die übernatürlichen Sachen gemacht, aber es ist klar, daß wir hier über ein paar uralte Mächte reden. Es gibt in der ganzen Gegend und überall im Mittleren Osten Orte spiritueller Kraft. Sakkara ist einer davon. Ich nehme an, es ist möglich, daß diese Kraft, diese Macht das ist, was die Pharaonen der ersten Dynastien dazu brachte, hier ihre Gräber zu errichten. Unter ihnen war ein Pharao der dritten Dynastie, Sanakht Nebka. Er herrschte in der Zeit nach der kurzen sechsjährigen Herrschaft Sekhemkhets, des Nachfolgers Djosers. Djoser war unter anderem der Schutzpatron Imhoteps. Imhotep war ein sehr vielseitiger Mann – er war Schreiber, Architekt, Arzt, Priester und Seher. Sein Intellekt war unübertroffen. Wie dem auch sei, zusätzlich zum Entwurf der Stufenpyramide von Djoser entwarf Imhotep ebenfalls das Grab von Sekhemkhet – aber aufgrund des frühen Todes des Pharaos wurde es nie fertiggestellt. Obwohl er selbst damals schon recht alt war, widmete er sich der Vorbereitung des Begräbniskomplexes von Nebka, indem er die Entwürfe, die er eigentlich für Sekhemkhet vorgesehen hatte, modifizierte. Er starb, ehe er fertiggestellt war, und deshalb wurden nur die Stufenpyramide und der zentrale Tempel gebaut – normalerweise wurden noch ein alles umschließender Wall sowie weitere Nebengebäude errichtet. Das fertige Grab von Nebka war eine größere Version von Djosers Stufenpyramide, ein Wunder seiner Zeit."

Thea schürzte die Lippen und runzelte die Stirn. „Wie kommt es aber, daß wir noch nie davon gehört haben? Ich meine, von Djoser und den Pyramiden von Gizeh sicherlich, aber dieser Nebka?"

„Ja, nun, trotz seiner geschichtlichen Rolle hatte Nebka seine Grabesstätte nicht so gut ausgewählt wie Djoser. Er ließ die Pyramide auf einem Plateau bauen, das sich vielleicht eine halbe Meile von dem seines Vorgängers befand. Dadurch hatte er einen freien Blick gen Westen – das war für die Ägypter damals eine großartige Sache. Die untergehende Sonne, dem Wagen des Ra in das Leben nach dem Tod folgen, solche Sachen. Das Problem war aber, daß dank einer Laune der Geographie die Pyramide den Großteil des Wetters in der Gegend dort abbekam. Im Laufe der Jahrhunderte bedeckte der Sand sie langsam. In späteren Jahrhunderten erinnerten sich die Leute zwar noch an eine Pyramide, die zu Nebkas Ehren errichtet worden war, aber keiner wußte, wo sie sich befand."

„Na gut, Sie Schlaumeier. Wie haben Sie sie dann gefunden?"

„Ich habe sie gar nicht gefunden. Aber wenn Sie die Archäologen meinen, dann gehe ich davon aus, daß sie einfach darüber stolperten. Sakkara ist voller dreitausend Jahre alter kleinerer Grabstätten, von denen einmal abgesehen, die wir bereits kennen. Es ist einfach eine Frage der Zeit, wissen Sie?" Das entsprach nicht ganz der Wahrheit. In Wirklichkeit hatten sich die Imkhu an die lange verlorene Pyramide von Sanakht Nebka erinnert und eine Zelle des Kultes der Isis angewiesen, sich als ein paar der allgegenwärtigen Archäologen auszugeben und sie zu finden. Nicholas war selbst nicht dort gewesen, aber Lu Wen hatte ihm erzählt, daß sie bereits einen Zugangstunnel aus einem der nahen Mastaba geöffnet und den Schlußstein der verlorenen Pyramide freigelegt hatten. Sie waren dabei, die Inneneinrichtung der Pyramide zu renovieren – zumindest, bevor Carpenter aufgetaucht war. Nicholas hatte die Befürchtung, daß an der Pyramide umfangreiche Reparaturen fällig sein würden, wenn der Tag sich dem Ende zuneigte.

• • •

Carpenter wußte, daß die Sache früher oder später schiefgehen würde. Der Typ mit dem gebrochenen Kiefer knurrte seinen Kumpels auf Arabisch etwas zu, während Carpenter damit beschäftigt war, Sherim Informationen zu entlocken. Einen Sekundenbruchteil später zogen sie alle plötzlich Messer und griffen an. Carpenter erkannte beinahe sofort, daß der Angriff eine Finte war. Als drei der Kultisten sich auf Carpenter und die Zombies stürzten, fuhr der vierte mit seiner Klinge erst über den Hals der Frau und anschließend über seinen eigenen. Der Zombie, der hinter ihnen stand, reagierte nicht schnell genug, und er konnte nur noch zusehen, wie die beiden Kultisten verbluteten.

Carpenter schlug seinem Gegner das Messer aus der Hand und brach ihm den Unterarm. Einen Herzschlag später lag das Rasiermesser in seiner Hand, aber Carpenter widerstand der Versuchung, es zu benutzen. Er brauchte diese Leute lebendig. Statt dessen packte er den Kultisten am anderen Arm, drückte so fest zu, daß der Knochen brach und warf den Ganoven dann in eine Ecke.

Carpenter rief seinen Zombies zu, sich zurückzuhalten, aber es war zu spät. Der zweite englischsprechende Kultist versuchte, an dem anderen Zombie vorbeizukommen und die Mumie zu befreien, die sich in der Ecke gegen ihre Fesseln wehrte. Der Zombie ließ das nicht zu. Das Ding holte aus, ergriff mit der rechten Hand das Handgelenk des Kultisten und drehte daran, während seine Linke zum Hals hinaufschwang und den Kopf des Mannes herumriß. Der Kultist ging wie ein nasser Sack zu Boden.

Der letzte Kultist hatte das Herz gepackt und rannte zum Ausgang. Carpenter und seine Zombies wurden von ihren eigenen Angreifern gerade lange genug aufgehalten, damit es der kleine Bastard tatsächlich aus der Grabkammer hinaus schaffte. Carpenter rannte ihm hinterher und schickte seine Gedanken zu dem Ding voraus, das das andere Ende des Tunnels bewachte. Der Kerl mochte zwar mutig sein, aber er hatte nie den Hauch einer Chance. Fritz stürzte sich auf ihn, ehe er auch nur die Hälfte des Korridores zurückgelegt hatte. Ein solider Rückhandschlag traf den Kultisten an der Schläfe und ließ ihn von der Wand zurückprallen. Er brach zusammen, und das Herz fiel aus seinen Händen in den Staub.

Carpenter schnappte sich das Herz und schleifte den benommenen Kultisten zurück in die Grabkammer. Der Angriff der Kultisten war überraschend und beschämend gewesen. Er war so selbstsicher gewesen, daß er sich nicht einmal die Mühe gemacht hatte, sie zu filzen. Aber es war der entschlossene Gesichtsausdruck, der ihn am meisten überraschte. Seine Freundin und dann sich selbst auf diese Weise zu töten? Dazu brauchte man Mumm. Verdammt viel sogar. „Eifriges Idiotenpack", sagte er, und in seiner Stimme schwang eine Mischung aus Abscheu und Respekt mit. Vielleicht eine nutzlose Geste, aber sie war verdammt effektiv gewesen. Die beiden Kultisten, die noch am Leben waren... von ihnen sprach keiner Englisch. Carpenter würde aus ihnen nichts herausbekommen. Er würde sie nicht dazu bringen können, irgend etwas zu tun, solange sie nicht verstanden, was er sagte. Er hatte bemerkt, wie besorgt sie waren, als er ihre Freundin ausquetschte. Die Arschlöcher hatten keine Ahnung gehabt, was Carpenter da machte, bis der Weiße wieder zu sich kam und es ihnen sagte.

Nachdem er den Kerl auf den sandigen Boden geworfen hatte, bemerkte Carpenter, daß das Rasiermesser wieder in seine Hand gesprungen war. In der Vergangenheit war er verstört gewesen, wenn das Ding sich aus eigenem Willen bewegt hatte, aber nun erblühte ein Lächeln auf seinem Gesicht. Er nahm das Herz und drehte sich zu Lu Wen um, die immer noch gefesselt und geknebelt in der Ecke lag. „Ich weiß, daß du mich verstehen kannst", sagte er und bereitete seinen Willen vor. „Sieht so aus, als würde ich es mit diesem Lebenszauber-Ding nicht leicht haben. Können auch nur zwei der Kerle es ausführen?"

Durch den Zwang dazu gebracht nickte Lu Wen widerwillig. „Also gut, da ich den Kerlen keine Befehle erteilen kann, werden wir es auf die gute altmodische Überzeugungstour versuchen müssen."

Carpenter legte das Herz des Osiris auf den Sarkophag. Nachdem er das Rasiermesser aufgeklappt hatte, zog er die glitzernde Klinge über das Artefakt. Rauch stieg auf, als das unnatürliche Metall an der Oberfläche des Herzens entlangfuhr, und ein paar dickflüssige Tropfen einer goldenen Flüssigkeit traten in dem Schnitt zu Tage. Zur gleichen Zeit erschütterte ein Beben den Raum, und ein dünner Schauer von Staub fiel von der Decke. Die Kultisten schrien auf und legten die Arme umeinander, während die Mumie trotz ihres Knebels schrie und sich gegen das Klebeband wehrte, mit dem sie gefesselt war. Carpenter sah Lu Wen an. „Das war nur ein Kratzer. Wenn du nicht sehen willst, was geschieht, wenn ich richtig hineinschneide, dann schlage ich vor, du befiehlst diesen Kerlen, angemessen mit mir umzugehen."

Greifbarer Haß loderte in Lu Wens Augen, dann sank ihr Blick auf das verletzte Herz herab. Sie nickte, wobei sich ihr Kopf nur um einen kaum wahrnehmbaren Bruchteil bewegte.

• • •

Thea hatte ihren sechsten Sinn konzentriert, als sie an diesem Morgen draußen vor dem Hotel Nicholas Sforza begegnet waren. Sie hatte ihn seitdem immer aktiviert gelassen und spürte nun die Erschöpfung, die die Aufrechterhaltung ihrer geschärften Sinne sie kostete. Als der Audi sich nach Westen wandte, um das Plateau hinaufzufahren, erhaschte Thea ihren ersten Blick auf die Ruinen von Sakkara. Der Schock schleuderte sie sofort aus ihrem hyperaufmerksamen Zustand.

„Oh, wow", keuchte sie.

Jake sah sich um. „Was ist?"

„Da ist ein... verdammte... es sah aus wie das Ende eines Regenbogens." Sie lachte über das Wunder, obwohl in ihrer Schläfe der Schmerz wie ein Hammer pochte.

„Was meinen Sie damit?" fragte Ibrahim.

„Ich habe ein schimmerndes Licht gesehen, das in einem Bogen zum Boden herunterkam", erklärte Thea. Sie hatte es nur ganz kurz gesehen, aber es war in ihre Erinnerung eingebrannt. Selbst trotz ihrer leichten Farbenblindheit waren die Farbtöne des Schauspiels atemberaubend gewesen. Es war weniger ein Regenbogen als vielmehr eine Kurve des Polarlichts gewesen, die sich hoch in den mittäglichen Himmel erstreckte. „Es war leuchtend und fließend – wenn man das so sagen kann –, und es ging weeiiit in den Himmel hinauf... es war *wunderschön*."

Thea sah, wie Nicholas und sein ägyptischer Freund ihr einen seltsamen Blick zuwarfen. *Sie wissen nichts von meinem sechsten Sinn.* „Äh, ich kann Dinge sehen, manchmal", sagte sie mit einem müden Lächeln. Nicholas hatte gesagt, dieser Ort sei ein Ort großer spiritueller Macht. Vielleicht hatte sie das auf einer Ebene gesehen, die jenseits des normalen Wahrnehmungsbereichs lag? Thea wollte es wieder sehen, aber sie entschloß sich, damit zu warten, bis ihre Kopfschmerzen besser wurden.

„Klar", erwiderte Nicholas. Er schien noch etwas anderes sagen zu wollen, schüttelte aber den Kopf. „So gern ich weiter über Halluzinationen reden würde, langsam müssen wir uns doch Gedanken darum machen, wie wir die Sache angehen wollen. Seht ihr dort hinten, jenseits der Ruinen? Die Autos und einige neue Ausgrabungsstätten. Das ist der Tunneleingang, der zu Nebkas Grab führt. Ich spüre, daß sich das Herz etwa 60 bis 100 Meter nördlich davon befindet, es sollte also genau in der verlorenen Pyramide sein."

„Gibt es einen anderen Weg hinein?" fragte Jake.

„Ein Belüftungsschacht führt direkt in die Grabkammer."

„Wie tief ist er?"

„Etwa 100 Meter."

„Okay, also gibt es praktisch gesprochen nur einen Weg hinein und heraus."

„Es sei denn, wir müssen dort schnell rein", bestätigte Nicholas. Er sah aber nicht danach aus, als wolle er Witze darüber machen, in den Belüftungsschacht zu springen. „Ich kann den Schacht hinuntergehen, aber ich werde dabei eine größere Menge an Staub und Sand lostreten. Ziemlich auffällig."

"Also – " Thea ließ das, was sie sagen wollte, unvollendet in der Luft hängen, als sie neben einem Wachtposten hielten, der die Zufahrt zur

Ausgrabungsstätte bewachte. Irgend etwas war an dem Kerl seltsam... „Seht euch mal den Typen an. Als hätte er eine Art Anfall."

Nicholas und Jake beugten sich zur Fahrerseite hinüber, um besser sehen zu können. Die Wache sah sie genau an – oder, um genauer zu sein, starrte knapp über den Audi hinweg –, aber es war offensichtlich, daß der Mann nicht wirklich etwas sehen konnte. Seine Augen waren aufgerissen und wirkten ausgewaschen und wie von einem Schleier überzogen. Salzige Tränenspuren rannen an beiden Wangen hinunter, und sein Mund bebte, als wisse er nicht, was er sagen solle.

„Herr im Himmel", sagte Jake, „sieht aus, als habe er stundenlang nicht mehr geblinzelt. Seht ihr seine Augen?"

Thea nickte, ihr Mund wurde trocken. Das war genau die Art von verdrehtem Ding, das Carpenter abziehen würde. Mit einem vor Kopfschmerzen verzogenen Gesicht konzentrierte Thea sich wieder auf ihren sechsten Sinn. Verwitterte Ranken der Möglichkeiten vertrockneten um den Kerl herum wie Laub, das von der Sonne verbrannt wird. Was auch immer der Kerl in seinem Leben getan haben mochte, es war ihm genommen worden. Er war jetzt nur noch eine leere Hülle. *Bald, Carpenter,* versprach sie. *Du wirst deinen Lohn bald bekommen, du verdammter Hurensohn.*

• • •

Carpenter sah Lu Wen an. „Macht es dir etwas aus, das zu wiederholen?"

Die Mumie saß so aufrecht da, wie es ihr dank des Klebebandes möglich war. Carpenter hatte das Band von ihrem Mund abgenommen, damit sie mit den beiden Kultisten reden konnte. Statt dessen aber hatte sie begonnen zu versuchen, Carpenter zum Aufgeben zu bewegen. Er war darüber im Augenblick viel zu amüsiert, als daß er irgend etwas anderes hätte tun können, als sie anzustarren.

„Hör damit jetzt auf", sagte Lu Wen. „Du kannst nicht erwarten, damit durchzukommen. Selbst wenn du den Lebenszauber herausbekommst, wird deine Seele das Gericht nicht überleben. Dein Geist wird von den Richtern der Ma'at zerstört und deine Existenz beendet werden. Uns interessiert nur das Herz. Laß es ganz und verschwinde sofort. Du wirst vielleicht noch einige Zeit lang überleben, wenn auch nur in Form der schrecklichen Parodie des Lebens, die du jetzt erleidest."

„Weißt du, was ich durchmachen mußte, um überhaupt hierher zu kommen, Süße? Ich weiß gar nicht, wo ich anfangen soll, wenn ich dir von all dem Scheiß erzählen wollte, den ich erleiden mußte. Aber ich soll alles hinter mir lassen und weggehen, nur weil du es sagst? Du hast Nerven. Das gestehe ich dir zu. Aber wenn du nicht sofort aufhörst und diese Typen an die

Arbeit schickst, werde ich dafür sorgen, daß Fritz dein ach so geliebtes Herz zu Hackfleisch verarbeitet." Carpenter hatte die Leiche des Nazis herunterbefohlen, da er sich seiner Umgebung noch am bewußtesten zu sein schien. Wachdienst schien eine ziemlich hirnlose Aufgabe zu sein, daher hatte nun einer der klapprigen Zombies den Posten übernommen. Carpenter war zuversichtlich, daß Fritz seine Befehle würde ausführen können, ohne im entscheidenden Moment alles zu ruinieren. Das einzige, was ihn störte, war, daß er dem Soldaten das Rasiermesser gegeben hatte. So mißtrauisch Carpenter auch gegenüber dem Ding war, ohne es fühlte er sich doch nackt. Er war sogar davon ausgegangen, daß es nicht zulassen würde, daß er es aus seinem Besitz entfernte. Zu seiner Überraschung ließ es sich aber ohne Probleme in die Hand des Zombies legen. Fritz stand nun am Sarkophag und hatte das Rasiermesser über dem Herzen erhoben. Carpenter hatte ihm den Befehl gegeben, das Herz beim ersten Anzeichen von Gefahr für Carpenter zu zerschneiden. Er hatte die Worte laut gesprochen, obwohl es hier im wahrsten Sinne des Wortes der Gedanke war, der zählte. Lu Wens Gesichtsausdruck nach zu urteilen war es für sie klar, daß die Leiche den Befehl ausführen würde. Trotz allem widersetzte sie sich weiterhin.

„Du würdest damit nur deine Vernichtung garantieren", konterte sie.

Carpenter spürte, wie die Hitze des Zorns ihn überkam. „Ja? Vielleicht sollte ich Fritz dann ja erst ein bißchen an dir üben lassen. Meinst du, das würde deine Einstellung ändern?"

"Vielleicht begreifst du nicht wirklich, was es heißt, unsterblich zu sein. Drohungen wie die deine bedeuten jemandem, für den der Tod jedwede Bedeutung verloren hat, nichts."

"Ich habe tausende von Ideen, wie ich Leute töten kann. Würde sie liebend gern an dir ausprobieren." Carpenter schürzte in kaum zurückgehaltenem Zorn die Lippen. „Du glaubst, der Tod habe seine Bedeutung verloren? Verbring mal etwas Zeit mit mir."

"Was kannst du schon tun? Du bist nicht mehr als eine Leiche, die zu stur ist, um still liegen zu bleiben." Lu Wen warf Carpenter einen kalten Blick zu. „Du hast keine Chance, damit durchzukommen. Eben jetzt sammeln sich unsere Kräfte. Meine Brüder und Schwestern werden dir das Herz des Osiris entreißen und dich und die anderen Widrigkeiten dorthin zurückschicken, wo ihr hingehört. Jede Sekunde, die du hier stehst, näherst du dich deiner Vernichtung."

„Sorg besser dafür, daß du die Sache richtig machst, Lady. Denn wenn nicht, dann garantiere ich dir, daß ich nicht ruhen werde, bis ich deinen jämmerlichen Arsch aufgespürt habe."

„Ich habe dich gewarnt", sagte sie. Dann, nachdem sie tief eingeatmet hatte, bellte Lu Wen etwas in einer uralten Sprache. Ein weiteres Beben erschütterte die Kammer, diesmal aber nicht ganz so stark wie zuvor, als Carpenter das Herz verletzt hatte. Carpenters schwache Augen bemerkten die plötzliche Bewegung fast nicht mehr rechtzeitig, um ausweichen zu können, als eine der Statuen aus einem der Alkoven sprang und ihren Stab nach ihm schwang. Er sah, daß sich in der Tat alle sechs Statuen bewegten – obwohl seine Todessicht überhaupt nichts wahrnahm. *Was zum Teufel sind das für Dinger?* Keine Zeit, sich darüber den Kopf zu zerbrechen. Er befahl Fritz und dem anderen Zombie anzugreifen, während er sich um die Mumie kümmerte.

Diese war bereits dabei, sich zu befreien, während eine andere Statue das Klebeband wegschnitt, das sie fesselte. Carpenter griff nach der Pistole, nur um sie schnell wieder fallen zu lassen, als etwas an ihm vorbeiflog. Es war der Kopf des anderen Zombies. Zwei der Statuen hatten ihn in Sekunden in Stükke gehackt. Carpenter sah sich schnell um und bemerkte, daß Fritz sich dank der Unterstützung durch das teuflisch scharfe Rasiermesser ganz gut behauptete. Dann sah Carpenter, wie die letzte Statue sich auf das Herz zubewegte, während ihr Kumpan Fritz zu einem der Alkoven zurückdrängte.

Alles geht den Bach hinunter! Sein cleverer Plan war zerschlagen, gerade als er so nahe dran gewesen war. Blitzschnell packte Carpenter das Herz und rannte zum Durchgang.

• • •

Nicholas sah sich mit frustriert gerunzelter Stirn den Tunneleingang an. Sie hatten den Audi so nah am Tunnel geparkt, wie sie es für sicher hielten. Sie saßen im Auto und hatten die Fenster heruntergekurbelt, aber da kein Lüftchen ging, war es atemberaubend heiß. „Gut, Thea. Ich bestreite nicht, daß es eine schlechte Idee ist, einfach hineinzustürmen, aber kannst du das auch begründen?" In der Hitze des Gefechts war Sforza zum Du übergegangen. „Wenn es nur Carpenter ist, kann man davon ausgehen, daß er sich bei dem Herzen befindet. Soweit ich sehen kann, ist es immer noch in der Grabkammer."

„Erinnerst du dich daran, als wir diesem Teufel, Carpenter, in Chicago begegneten?" fragte Ibrahim. „Bei diesem Gebäude?"

„Am Sears Tower? Scheiße, stimmt." Er sah wieder Thea und Jake auf der Rückbank an. „Dort hat uns Carpenter überrascht und das Herz gestohlen. Er hatte vier oder fünf belebte Leichen in einem Laster bei sich."

„Also könnte er auch hier über welche davon verfügen", sagte Jake.

„Soweit wir wissen, könnte dieser Arsch hier ein Dutzend wandelnde Tote versteckt haben, die nur darauf warten, daß wir uns zeigen."

Thea schüttelte den Kopf. „Ich spüre keine Gefahr in der Umgebung. Es kommt alles aus dem Inneren eurer Pyramide da."

Nicholas zog eine Braue hoch. *Ich spüre keine Gefahr?* „Okay, aber ich sehe immer noch keine Alternative zu — "

In diesem Moment schoß etwas Schwarzes durchs Beifahrerfenster herein. Xian rannte über Nicholas' und Ibrahims Schoß, gab seltsame krächzende Geräusche von sich und flatterte mit den Flügeln.

„Wo war das Biest?" fragte Thea.

„Ich glaube, es hat vom Lüftungsschacht aus ein Auge auf Lu Wen geworfen." Xians sofort darauf folgendem lauten Kreischen nach zu urteilen schien es, als habe Nicholas recht. „Wenn man bedenkt, wie er sich verhält, glaube ich, dort unten geht etwas übles vor. Das heißt: Die Planungsphase ist zu Ende. Auf geht's."

Thea packte seine Schulter mit einem überraschend festen Griff. „Warte! Du hattest recht, da ist etwas... und es sieht aus, als haben sich die Variablen verändert."

„Wir haben keine Zeit für diesen kryptischen Scheißdreck, Frau!"

„Nein, hör zu! Ich glaube... ja, wenn du kannst, begib dich so schnell wie möglich den Schacht hinunter. Wir gehen vorne rein."

Es war etwas im Tonfall ihrer Stimme, das Nicholas ihr gehorchen lassen wollte. Da er keine Zeit hatte, weiter darüber zu diskutieren, entschloß er sich, ihrem Plan zu folgen. Sie stiegen aus und begaben sich in Richtung des Tunnels, wobei Xian in weitem Bogen in die Luft schoß, während sie gingen. Nicholas holte im Rennen etwas aus der Tasche und warf es vor ihnen auf den Boden. Während er die pulsierenden Energien seines Geistes fokussierte, murmelte er ein Kommandowort. Die geschnitzte Figur schwoll an, gewann an Substanz und kurz darauf stand Sherlock vor ihnen. Der verzauberte Hund, der so schwarz war wie Kaffee, den man zu lange auf der Platte hatte stehen lassen, sah sich erwartungsvoll um. Nicholas sprintete auf die Spitze der Pyramide zu und rief: „Nehmt Sherlock mit. Paßt nur auf, daß ihr ihm aus dem Weg geht!"

• • •

Carpenter spürte das Pulsieren des Herzens in seiner Hand und dieselbe zähe, hell leuchtende Flüssigkeit. Lu Wen stand im Durchgang und murmelte etwas, während sie einen Gegenstand von ihrem Halsband nahm.

Zorn stieg in Carpenter auf. Die Unendlichkeit war sein Maß, die Ewigkeit seine Tiefe. *Diese Schlampe glaubt, mich aufhalten zu können? Scheiß drauf.* Carpenter zog den Hammer und sammelte alle Macht, die ihm zur Verfügung stand. Dunkle Kräfte durchströmten seine Seele und blähten ihn auf wie eine Zecke. Sein Geist schrie nach Rache – an der Kreatur vor ihm, an jedem, der sich ihm in den Weg stellte. Man würde ihm den Erfolg nicht abspenstig machen, wenn er so nahe dran war! Die Unsterblichkeit war in seiner Reichweite gewesen – mochte es sogar noch immer sein. Er schleuderte die Energie nach draußen und suchte nach irgend jemandem, nach irgend etwas, das ihm helfen würde, seinen Sieg zu erringen.

Der Gegenstand in Lu Wens Hand war zu einer glitzernden Katana geworden. „Deine Zeit hier ist um", sagte sie und schwang die Klinge zu einigen tödlichen Übungshieben. Er spürte, wie sich vier der Statuen auch in Angriffsposition begaben.

„Noch nicht ganz", sagte Carpenter, kurz bevor die Wände des Alkovens nach innen explodierten und ein wahres Meer von Untoten hervorbrach.

• • •

Thea und Jake tauschten einen schockierten Blick, als der große schwarze Hund vor ihnen aus dem Nichts erschien. Aber es war nur eine kurzzeitige Ablenkung im Vergleich zu dem Tunnel. Die einzig mögliche Option war, in diesen Durchgang zu gehen, aber von dort aus spürte Thea auch einen schreienden, unermeßlich großen Eindruck von Gefahr. Sie hatte keine andere Wahl, als tief einzuatmen und hineinzutauchen.

Sie stürmte mit Höchstgeschwindigkeit voran, den Mastiff an ihrer Seite, und Jake und Ibrahim deckten ihnen den Rücken. Plötzlich erschien ein Zombie aus der Finsternis und setzte zum Angriff an. Thea machte sich bereit, einen hohen Tritt aus der Drehung heraus auszuführen, aber genauso plötzlich war kein Ziel mehr da. Der große Hund war vorgesprungen und hatte seine Vorderpfoten um die Hüfte des Zombies gekrallt. Immer noch weiterlaufend schüttelte Sherlock seinen Kopf von einer Seite auf die andere und schlug die belebte Leiche wiederholt gegen die Tunnelwand. Nach ein paar soliden Treffern brach der Zombie entzwei und lag noch einen Moment zuckend da, nachdem ihn der Hund hatte fallen lassen.

„Wow", sagte Thea, als Jake und Ibrahim neben ihr auftauchten. *Vielleicht wird das alles doch nicht so hart.*

Dann erzitterte der Boden, und Dutzende skelettierter Gestalten begannen, aus dem Wüstensand hervorzubrechen.

• • •

Nicholas erreichte den freigelegten Abschlußstein der Pyramide, der zur Seite gelegt worden war und nun die rechteckige Öffnung des Belüftungsschachtes offenbarte. Ein Chor unmenschlicher Schreie hallte von unten herauf. Er konnte periodisch aufzuckende Blitze erkennen, als Gestalten sich weit unter ihm vor den Lichtern bewegten. Es war wie eine Direktverbindung in die Hölle.

Xian flog in den Schacht hinunter und kam ein paar Sekunden später wild krächzend wieder herauf. Nicholas verstand das so, daß die Situation dort unten nicht gut aussah. Wenn er sich auf das Selket-Amulett konzentrierte, hatte Nicholas die Beweglichkeit eines Skorpions. Er atmete tief durch und sprang in den Schacht hinunter, wobei er sich mit Armen und Beinen an den Wänden abzubremsen versuchte, während er mit halsbrecherischem Tempo hinunterrutschte.

• • •

Carpenter war sich nicht ganz sicher, was er getan hatte, aber er war nichtsdestotrotz mit dem Ergebnis zufrieden. Die Dinger, die aus der Erde hervorbrachen, waren belebte Leichen, und er wußte, daß er sie irgendwie herbeigerufen hatte, aber alles weitere blieb ihm ein Rätsel. Man konnte sie noch nicht einmal als Zombies bezeichnen. Er sah die schwache Lebenskraft in ihrem Innern flackern – sie war kaum ausreichend, ihre seit langem toten Körper zu beleben. An der Energie war aber irgend etwas, das ihm bekannt vorkam.

Dann erkannte er, daß *er* es war. Er erfüllte diese Dinger mit Kraft. Carpenter spürte, wie die Energie ihn durchströmte, ein Netz, das sich mit jeder verstreichenden Sekunde weiter ausbreitete und jede Leiche, auf die es traf, mit einem Funken Lebenskraft versah. Aber trotz der unglaublichen Macht, die dafür notwendig war, fühlte Carpenter, wie er im wahrsten Sinne des Wortes von der Energie, dem Leben, erfüllt war. Das war der Moment, in dem ihn eine weitere Erkenntnis traf. Er mochte zwar womöglich diese Energien bündeln, aber er bekam sie aus dem Herzen.

Carpenter sah auf das Ding herab, das in seiner Hand pulsierte und seine Finger mit einer goldenen Flüssigkeit bedeckte. Er spürte die weitreichenden Kräfte, die ihm zur Verfügung standen, einem Ozean gleich, den er für jeden Zweck, den er sich vorstellen konnte, benutzen konnte. Er spürte, daß ihm die Geheimnisse seiner Kontrolle auf der Zunge lagen. Er konnte sie schmecken, so nah waren sie…

Der Schlag zertrümmerte seinen linken Arm und brach den Großteil seiner Rippen. Sein Hammer verschwand in der Masse der Untoten, als er gegen die Wand prallte. Selbst als er sich auf das Herz konzentrierte, um seine Verletzungen zu heilen, prasselten weitere Schläge, die stark genug waren, um damit Stein zu Staub zu zermalmen, auf ihn ein. Carpenter stellte fest, daß er nicht reagieren konnte, seine Sinne zu vage waren und seine Aufmerksamkeit zu dem Herzen zurückgelenkt wurde. Er schrie vor Frustration und Qual auf und warf das Artefakt weg. Innerhalb eines Augenblicks normalisierte sich seine Wahrnehmung wieder und kehrte zu ihm selbst zurück. Nicholas stand über ihm und drehte sich gerade weg, um das Herz des Osiris inmitten der Horde belebter Leichen verschwinden zu sehen. Carpenter nutzte den Augenblick, in dem er abgelenkt war, und stürzte in Richtung Durchgang.

Obwohl er die Verbindung zu den Kräften des Herzens abgebrochen hatte, spürte Carpenter immer noch die Energien, die in die Kreaturen flossen, die er herbeigerufen hatte. Die Dinger stürzten sich auf Sforza, die andere Mumie und die Statuen und kämpften mit einer vom Zorn getriebenen Kraft. Die Macht verblaßte zusehends, aber wenn er sich beeilte, konnte er sich immer noch die Ablenkung zu Nutze machen und die Freiheit erreichen. Er sprintete den Tunnel hinauf und bahnte sich seinen Weg durch Dutzende weiterer belebter Leichen. Carpenter bemerkte, daß das Rasiermesser irgendwie wieder in seine eben erst geheilte linke Hand zurückgekehrt war. So schwach, wie er sich derzeit fühlte, glaubte er nicht, daß er sich dem Sirenensang des Messers würde widersetzen können. Aber die Alternative war Vernichtung. *Zuerst mal muß ich hier weg. Mit den Konsequenzen kann ich später fertig werden.*

Carpenter platzte in die Wüste hinaus, wobei ihn das Rasiermesser mit Energie vollpumpte, so daß er wenn nötig bis zum Atlantik hätte rennen können. Hunderte weiterer Untoter waren auf dem Plateau aktiv, aber er spürte, wie die, die am weitesten weg waren, ins Stocken gerieten und regungslos zusammensackten. Er mußte von hier weg, mußte jetzt wegrennen. Aber dann tauchte jemand vor ihm auf, eine Frau in Jeans, der Blut über das Gesicht lief. Das intensive Licht, das Teile ihres Körpers ausstrahlten, blendete seine Todessicht.

„Du verdammter Hurensohn", sagte Thea Ghandour. „Was zum Teufel hast du jetzt wieder angestellt?"

• • •

Nicholas verlor die Beherrschung, als er Carpenter mit dem Herzen in der Hand dastehen sah, während Dutzende von Leichen über Lu Wen, zwei unglückliche Kultisten und einige Wächterstatuen herfielen. Vom roten Schleier der Rache ergriffen, wickelte sich sein Ka-Geist um ihn wie ein schützender Mantel. Nicholas ließ sich aus dem Lüftungsschacht direkt auf Carpenter fallen. Mit der ihm von seinen Amuletten verliehenen Kraft schlug Nicholas den Zombie zu Boden. Belebte Leichen griffen nach ihm, aber er schlug sie beiseite. Tote Hände packten seine Arme und Beine, rissen und zogen an ihm. Sein Ka veränderte die Schicksalsfäden gerade genug, damit er ihrem fiebrigen Griff entrinnen konnte, und er fiel auf Carpenter.

Ein Stechen im Arm erschütterte Nicholas. Ein schwacher Teil seines Bewußtseins erkannte, daß der Kompaßskarabäus auf eine plötzliche Bewegung des Herzens reagierte. *Carpenter hatte es nicht mehr – wo...*

Den Erschütterungen des Amuletts folgend pflügte Nicholas durch die Masse der Leichen, die die Kultisten übel zurichteten. Eine der Kreaturen, die intakter aussah als die anderen und eine Art Soldatenuniform trug, ergriff das Herz. Nicholas stürzte sich auf sie, noch ehe sie einen weiteren Schritt hatte gehen können. Er hieb das Ding gegen die Mauer, und seine Fäuste hatten soviel Wucht, daß sie durch Fleisch und Knochen drangen und gegen die Wand des Grabes krachten. Dann sprang ihn ein Dutzend weiterer Leichen an, und ihre Entschlossenheit und große Zahl überwältigten die subtile Schutzaura seines Geistes. Nicholas hielt das Herz fest an seine Brust gepreßt, als er sich gegen die Untoten wehrte. Adrenalin durchfloß ihn, als er sich bemühte, die Kreaturen von sich zu reißen. Als er die letzte Leiche davongeschleudert hatte, war Nicholas überrascht zu sehen, daß ein Hauch von Frieden in den Rest der Kammer eingekehrt war. Lu Wen stand blutbesudelt auf der anderen Seite der Kammer und sah in benommener Verwunderung die aufeinandergetürmten Körper an.

Nicholas riß sich sein zerrissenes, blutiges Hemd vom Leib und fand eine relativ saubere Stelle, mit der er das Herz des Osiris einwickeln konnte. Er trat unter den Lüftungsschacht, und die Mittagssonne schien herab und erleuchtete das Herz. Nicholas sah sich das ab-Asar an, und ein Lächeln erschien in seinem Gesicht. *Endlich sicher zu Hause.*

• • •

Thea fühlte sich ruhig und auf seltsame Weise abgehoben von ihrer Umgebung. Carpenter stand vor ihr, klar und deutlich zu erkennen. Sie konnte jede Wunde sehen, die er erlitten hatte, als sei sie eine Art Diagramm. Sie verstand die Schwere jeder einzelnen Verletzung und wußte, wie stark sie ihn würde verletzen können, indem sie jede davon auf eine bestimmte Art und Weise traf. Aber noch während sie zusah, schwanden ihre Möglichkeiten dahin – das Arschloch heilte sich. Sie mußte handeln, bevor er wieder vollkommen unversehrt war. „Sieht aus, als habe jemand mit deinem Gesicht ein Feuer ausgeschlagen", sagte sie und umrundete ihn im Gegenuhrzeigersinn, weg von dem Rasiermesser in seiner Hand.

„He, warum mußt du so sein?" antwortete er und schenkte ihr ein Lächeln, das trotz seines ruinierten Gesichts überraschend warm und entwaffnend war.

„Mach es nicht allzu schwer, Carpenter. Du hast zu viele Schmerzen verursacht, zu viele Leben ruiniert, als daß dies auf irgendeine andere Weise enden kann als so."

„Witzig. Ich wollte gerade sagen, du sollst dein Leben nicht durch sinnlose Gesten verschwenden."

Thea konnte das Brüllen von Jakes Schrotflinte hören, ebenso wie das stakkatohafte Hämmern von Ibrahims Sturmgewehr und ab und an ein Knurren des seltsamen verzauberten Mastiffs. Die belebten Leichen waren überall zu Gange, aber aus irgendeinem Grund ließen sie Thea und Carpenter in Ruhe. Das war gut so. Sie hatte auf diese Dinger bereits die gesamte Munition der Glock verschossen, und Carpenter verlangte ihre volle Aufmerksamkeit. Thea beobachtete ihn wie ein Adler und sah alle Möglichkeiten vor sich.

Ihre Linke traf Carpenters Schläfe wie ein glühender Komet aus Licht. Sie sah seine Finte und den Gegenschlag, wußte, daß sie herumwirbeln und ihn von der Seite aus angreifen konnte. Aber als sie sich drehte, sah Thea den Ölfilm flimmern und wußte, daß sie sich nicht schnell genug bewegt hatte. Kaltes Feuer floß an der Seite ihres Gesichts herunter, ein Schmerz, der schrecklicher war als alles, was sie bisher gespürt hatte. Die Rasierklinge fuhr durch ihr linkes Auge, durch die Wange und kam an ihrem Kiefer wieder heraus. So unglaublich der Schmerz auch war, der Schaden, der an ihrer Seele angerichtet wurde, war schlimmer. Keine Worte, keine Vergleiche konnten dem Ausmaß der Qual gerecht werden, die sie durchfloß.

Wie durch einen Tunnel sah sie Carpenters kaltes Grinsen, verformt, wo ihr Schlag die Seite seines Gesichts getroffen hatte. Sie stürzte und spürte, wie warmes Blut an ihr herunterlief. Thea sah den schimmernd schwarzen Regenbogen der Klinge, die er zu einem weiteren Schlag erhob.

Wut, die brennend heiß war wie der kalte Schmerz in ihr, erwachte zum Leben. Dem Unausweichlichen ins Gesicht spuckend, den Schmerz ignorierend, den sie spürte, holte Thea aus, als das Rasiermesser herabsauste. Ihre rechte Hand, die nicht mit irgendwelchen mystischen Symbolen verziert war, packte Carpenters Handgelenk und drehte es um. Gleichermaßen vor Schmerz und Triumph aufschreiend zerrte Thea an der Hand. Die Klinge machte einen tiefen, sauberen Schnitt und trennte Carpenters Kopf vom Rumpf.

„Wie sehen uns in der Hölle", flüsterte Thea, als sie neben ihm zusammenbrach.

EPILOG

Beckett kletterte die eisige Klippe empor, vom Fieber der Entdeckung gepackt. Jahrhunderte vor ihm, hieß es, habe ein alter Vampir einige Bücher in einer Höhle inmitten der Fjorde Norwegens versteckt. Es gab Mutmaßungen darüber, was in den Büchern enthalten sein mochte – waren es die Tagebücher seiner Zeitgenossen aus der Zeit vor dem Fall Karthagos, eine Übersetzung des Vorläufers des Buches Nod oder einfach nur etwas über Paarungsrituale der Lappen? Beckett vermutete, es könne sich um Gedanken zu der Macht des Blutes handeln, ein Traktat, das womöglich Einsichten darüber vermittelte, woher die Kräfte der Vampire kamen und wozu Kain in der Lage sein mochte.

Er hatte den letzten Monat damit verbracht, in den entferntesten und unbewohnbarsten Ecken des Landes herumzukrabbeln, hatte die Tage unter eisbedecktem Fels zugebracht und während der Nächte jede Spalte untersucht, auf die er gestoßen war. Auf nichts konkreterem als seinem Instinkt aufbauend war er zuversichtlich, daß die kleine Öffnung, auf die er sich jetzt zubewegte, die Höhle war, die er suchte.

Es war Jahrhunderte her, daß Beckett den Drang verspürt hatte, irgend jemandem, sogar sich selbst, etwas zu beweisen. Es war Jahrzehnte her, daß er das letzte Mal an sich selbst gezweifelt hatte – an seinem Intellekt, seinen Fähigkeiten oder an seiner Macht. Aber seit der Sache in Chicago war eine heimtückische Sorge in ihm herangereift, eine Saat, die zu einer ausgewachsenen Furcht heranzuwachsen drohte.

Obwohl er der Meinung war, wieder Herr seiner Selbst zu sein und annahm, daß niemand mehr Einfluß auf ihn ausübte, war er sich nicht *sicher* gewesen. Er hatte geglaubt, den Fallstricken von Menelaos' Macht entkommen zu sein und angenommen, die Entscheidungen, die er traf, seien seine eigenen. Aber er konnte nicht sagen, was hätte geschehen können, wenn er dem Herzen des Osiris nachgejagt wäre. Obwohl er glauben mochte, daß er es auf ewig versteckt hätte, befürchtete ein Teil von ihm, er hätte es seinem neuen Herrn und Meister gebracht.

Selbst Wochen später, nachdem das Armband Nora Spiers seine Kraft verloren und er nicht den Drang dazu verspürt hatte, dem Herzen nachzujagen, sorgte sich Beckett, weil er sich weiterhin darüber Gedanken machte. Schließlich schüttelte er seine Lethargie ab und stürzte sich in seine momentane Suche. Als er sich die Klippe hinaufarbeitete, immer wieder von mitternächtlichen Winden hin- und hergeworfen und von stechenden Eissplittern traktiert, verspürte Beckett eine Erregung, die er seit langem vergessen geglaubt hatte. Statt sich vor dem nagenden Kern des Zweifels in ihm zu fürchten, ging er darin auf. Er genoß das Gefühl der Verwundbarkeit. Es schärfte seine Sinne und hielt seinen Geist wach. Er fühlte sich wie neugeboren.

Beckett stemmte sich mit zusammengebissenen Zähnen gegen den Wind und setzte seine Kletterpartie fort.

• • •

Nicholas Sforza-Ankhotep stand auf einer Erhebung am Rande der Ansammlung von Mastabas und beobachtete die Arbeiter, die sich über die Pyramide von Sanakht Nebka wunderten. Die verlorene Pyramide war, was die Welt anging, nicht länger verloren. Die zahllosen uralten ägyptischen Leichen, die in der ganzen Gegend verteilt lagen, waren aufgrund eines solch überraschenden und wundersamen Fundes schon so gut wie vergessen. Die Erklärung dafür, die derzeit im Schwange war, lautete, ein lokal begrenztes Erdbeben habe die Körper aus unzureichend gebauten Mastabas freigeschüttelt und den Eingang zu Nebkas Grab freigelegt.

Die Aminte würden im Augenblick die Kontrolle über den Ort behalten, aber er stand nun zu sehr im Licht der Öffentlichkeit, als daß man ihn weiter dafür hätte benutzen können, Wiedergeburten durchzuführen. Das war schade, bedeutete aber noch lange keine Katastrophe. Es gab andere Orte, und es würde mehr Mumien geben. Der Feind war immer noch dort draußen, und die Aminte würden nicht ruhen, bis das Gleichgewicht wiederhergestellt war.

Als er das Knirschen von Autoreifen im Sand hörte, drehte Nicholas sich um und sah den mitgenommenen, staubbedeckten Audi heranfahren. „Was gibt es Neues, Ibrahim?“

„Noch nichts, Nicholas“, antwortete der Kultist, während er zu ihm herüberkam. Er strahlte ein neues Selbstbewußtsein aus, das er bei dem Sieg über die überwältigende Übermacht erlangt hatte. Ibrahim hatte sich im Kampf gut gehalten, hätte aber die überwältigende Zahl von Untoten, die sich wie ein Schwarm auf ihn gestürzt hatten, beinahe nicht überlebt. Wenn die Dinger nicht gefallen wären, als die Energien, die sie durchflossen, schließlich verpufften...

Nicholas schüttelte den Gedanken ab. Genug Pessimismus. Er hätte voller Stolz und Optimismus sein sollen. Der Sieg gegen den Verderber war einen Schritt nähergerückt. Das Herz des Osiris war sicher im Komplex des Horus in Edfu untergebracht. Die Eset-A hatten sich des Respekts der anderen Aminte als würdig erwiesen, selbst wenn diese die Taktiken des Kultes immer noch nicht guthießen. An Maxwell Carpenter war ob der Verbrechen, die er an Nicholas' Familie und an viel zu vielen anderen begangen hatte, Rache geübt worden. Das verfluchte Rasiermesser, das er benutzt hatte, war im Versteck der Eset-A verstaut worden, wo Nicholas und Lu Wen es studieren würden, um nach der besten Möglichkeit zu suchen, es zu vernichten. Das war alles schön und gut, aber er würde leichter Ruhe finden können, wenn er ein weiteres Puzzleteil hatte. „Sind sie sich sicher?"

„Sie haben zweimal die Grabkammer durchkämmt und gehen nun das Labyrinth hinter dem Vorraum durch. Wenn der Hammer dort ist, werden wir ihn finden."

„Glaubst du, ich bin paranoid?"

Ibrahim zuckte mit den Schultern. „Ich sah ihn fallen. Selbst wenn er untot ist, verstehe ich nicht, wie er wiederkehren könnte, nachdem er geköpft worden war. Aber wenn du der Meinung bist, es sei das Beste, seinen Anker sicherzustellen, warum sollte ich das anzweifeln?"

„Hast du dich gerade etwa über mich lustig gemacht? Über die weise, allwissende Mumie?"

Mit einem bewußt nichtssagenden Gesichtsausdruck sah Ibrahim Nicholas an. „Ich habe keine Ahnung, was du meinst."

„Genau darum geht es, weißt du", sagte Nicholas, als sie zusahen, wie die Arbeiten an der Pyramide weitergingen.

„Aminte?"

„In der Lage zu sein, hier mit einem Freund zu stehen, den Nachmittag damit zu vergeuden, den Fund des Jahrzehnts – oder zumindest des Jahres – zu betrachten. In der Lage zu sein, das Leben zu genießen, ohne von Furcht erstickt zu werden. Zu leben statt einfach nur zu existieren."

Nicholas brach ob des Gesichtsausdrucks von Ibrahim in Gelächter aus. „Wirst du rot?"

Der Ägypter war tatsächlich rot geworden. Nachdem Nicholas noch ein wenig nachgehakt hatte, gab er schließlich zu: „Ich war nur ein wenig überrascht, das ist alles."

„Überrascht worüber?"

„Nun... du sagtest, hier zu stehen mit einem Freund... "

Nicholas lachte wieder, verstummte aber, als er Ibrahims verletzten Gesichtsausdruck sah. „Tut mir leid; ich lache nicht über dich. Sieh mal, Ibrahim. Diese Situation ist nicht leicht. Auserwählt zu sein für einen Kampf, der noch bis... wer weiß wie lange dauern wird, und die meisten Menschen um mich herum... nun, jeder stirbt, nicht wahr? Es ist also am einfachsten, am sichersten für meinesgleichen, wenn wir andere auf Armeslänge entfernt halten. Gerade, wenn man einen Sterblichen näher kennenlernt... na ja. Und dann fühle ich mich wie ein Arschloch, daß ich hier darauf herumreite, daß du eines Tages sterben wirst.

Aber hör zu. Trotz der Tatsache, daß du übermäßig formell mit mir umgehst und immer noch zweifelst, ob du es draufhast, obwohl du da draußen ganz ordentlich aufgeräumt hast... bin ich stolz darauf, dich meinen Freund nennen zu dürfen, Ibrahim."

Sie verfielen in Schweigen, das ihnen beiden unwohl war, da sie es nicht gewöhnt waren, so vertraut miteinander umzugehen.

„Du bist es, weißt du", merkte Ibrahim nach einer Weile an.

„Ich bin was?"

„Ein Arschloch, weil du sagst, daß ich eines Tages sterben werde."

„Oh, bu-huuh. Ich habe es mitgemacht. Es ist keine große Sache."

„Aminte?"

„Ja?"

„Wie sagt man ‚fick dich' in der Sprache der Alten?"

• • •

Thea Ghandour ging die Stufen zu dem über ihr aufragenden Appartmenthaus empor und drückte den Klingelknopf für Appartment 909. Ein harter Brummton kam von der Tür und wurde von einem Klicken begleitet. Thea trat durch die Tür und begab sich über den glänzenden, schwarzen und weißen Fußboden zu den Treppen. Ein Aufzug befand sich auf einer Seite der Lobby, aber seit ihrem Aufenthalt im Hotel Ismailia zog Thea Treppen vor.

Die vergangenen anderthalb Jahre hatten sie gut in Form gehalten, daher war sie nach den Stufen der neun Stockwerke nur ein wenig außer Atem. Sie zählte die Appartmentnummern ab, bis sie vor der Tür zu 909 stand und klopfte dann an das dicke Holzfurnier, an das die bronzenen Nummern genagelt worden waren. Eine schwache Stimme forderte sie auf hereinzukommen, daher drehte sie den Türgriff und trat ein.

Die Wohnung war geräumig. Schlichtes Mobiliar half dabei, den Eindruck einer riesigen Wohnung zu vermitteln, obwohl sie insgesamt sicher nicht mehr als 130 Quadratmeter hatte. Ein Sofa und dazu passende Stühle standen einem Phonoschrank aus hellem Holz gegenüber, in dem die im 21. Jahrhundert üblichen Gerätschaften Platz gefunden hatten. Auf Beistelltischen zu beiden Seiten des Sofas standen Lampen, die den Raum mit ihrem warmen Licht erhellten. In der Wand rechts von Thea befand sich der Durchgang auf den Balkon, von wo aus man aus nächster Nähe einen guten Blick auf die Skyline von Chicago hatte, die gerade mit tausenden von Lichtern in der Dunkelheit funkelte. An der Wand gegenüber befand sich ein Tresen, der das Wohnzimmer von der Küche trennte. Margie stand Geschirr abtrocknend an der Spüle.

„Hi, Thea!“ strahlte sie, ihre Aufmerksamkeit auf die Spüle gerichtet. „Ich bin so froh, daß du mich besuchen kommst. Es tut mit leid, daß ich mich nicht schon früher bei dir gemeldet habe. Ich habe gerade diesen Job bekommen und mußte Überstunden machen. Bin selbst erst vor ein paar Minuten heimgekommen!“

„Das ist in Ordnung“, sagte Thea und sah sich dabei den Rest des Wohnzimmers an. Ein paar Topfpflanzen in der Ecke, einige nette Drukke in teuren Doppelrahmen an den Wänden. „Nette Wohnung. Schon was ganz anderes als vorher, nicht?“

„Ja, wer hätte gedacht, daß sich alles für mich noch zum Guten wenden würde? Als mein Leben so in der Schwebe hing, habe ich mich mit ein paar Leuten getroffen und einen guten Job gefunden, die Wohnung hier entdeckt und... nun, hier bin ich!“ Sie wedelte mit den Händen, um zu beweisen, daß sie tatsächlich da war. Auf den Ärmel ihrer Bluse deutend, sagte sie erklärend: „Ich habe ein wenig Joghurt hinuntergestürzt, kurz bevor du gekommen bist, und dabei gekleckert. Auf eine brandneue Bluse natürlich.“

Margie kam um den Tresen herum ins Wohnzimmer und fummelte mit einem trockenen Tuch an ihrem Ärmel herum. „Wie dem auch sei, komm rein. Nimm dir einen — Thea! Was ist mit deinem Gesicht passiert?“

Thea bemerkte, daß sie an der samtenen Augenklappe herumfingerte. „Würdest du mir glauben, wen ich dir sage, ich habe mich beim Rasieren geschnitten?“

„Diese Narbe... über dein ganzes Gesicht! Tut es weh? Ich meine... “

„Nein, es ist okay.“ Um genau zu sein, spürte sie eine schmerzhafte Kälte. Sie nahm es alles gelassen. Schließlich wäre sie ohne Nicholas Sforza und die seltsamen heilenden Bandagen, die er um ihr Gesicht gewickelt hatte, nun wohl tot gewesen. Dann waren da noch diese Alpträume, Bilder von kaltem Stahl und noch kälteren Augen, Intimitäten toten Fleisches, die sie jede Nacht schreiend aus dem Schlaf emporfahren ließen. Aber dafür, daß Maxwell Carpenter für immer verschwunden war, war das ein kleiner Preis. Ihr Geist begann zu wandern, dachte über Nicholas nach und die unglaublichen Dinge, die sie über ihn und andere wie ihn gelernt hatte. Sie schüttelte sich innerlich, um wieder in die Gegenwart zu kommen. „Wie dem auch sei, das ist ein Teil dessen, was ich dir sagen wollte. Aber ich sollte von vorne anfangen.“

Margie nickte und hatte anscheinend Probleme, ihren Blick von Theas Gesicht abzuwenden. Immer noch mit dem Arm wedelnd, um ihren Ärmel zu trocknen, setzte sie sich aufs Sofa und bedeutete Thea, auf einem der Sessel Platz zu nehmen.

„Nun, meinetwegen brauchst du dich nicht zu beeilen. Oh, he, wie geht es diesem Jungen, Jake? Kommt ihr beide zusammen?“

„Nein, vielen Dank“, sagte Thea und wurde dabei rot. „Aber es geht ihm ganz gut. Das letzte, was ich von ihm gehört habe, war, daß er sich auf dem Weg nach Süden befindet, um ein paar Leuten zu helfen, die er online kennengelernt hatte. Ich gehe davon aus, daß wir voneinander hören werden.“

Margie nickte. „Das ist gut. Er scheint nett zu sein.“

Thea wurde zappelig und räusperte sich. „Hör mal, Margie, bevor ich damit anfange... äh, ich wollte mich noch mal für alles, was du durchgemacht hattest, entschuldigen.“

„Oh, mach dir darum keine Gedanken! Mir geht es gut, wirklich! So gesehen ist es vielleicht das beste, was mir hätte passieren können.“

Die höfliche Antwort ihrer Freundin brachte Thea vollkommen aus dem Konzept. „Margie, ich dachte... nun, du bist meinetwegen in eine ganze Menge schlimmer Sachen hineingeraten.“

„Ja, ich schätze schon. Aber es war alles so verrückt. Weißt du? Schwer zu glauben, daß es überhaupt geschehen ist.“ Sie sah wieder ihren Ärmel an und rubbelte an dem Fleck herum. Nach ein paar Sekunden sah sie auf. „Aber weißt du, ich wüßte wirklich gerne, wie sich alles entwickelt hat. Wirklich. Es würde mir viel bedeuten.“

Thea runzelte die Stirn und wunderte sich über Margies hektisches Verhalten. Vielleicht hatte sie sich von all dem nicht so gut erholt, wie alle gehofft hatten. „Na gut..."

In diesem Augenblick öffnete sich eine Tür hinter Thea, und jemand kam aus einem der Schlafzimmer. Thea drehte sich um und sah eine gertenschlanke junge Frau mit glattem, karamellfarbenem Haar, das ihr bis zu den Schultern reichte. Die Frau hob ihre linke Hand, um sich das Haar aus dem Gesicht zu streichen, als sie eintrat. Die Haut ihrer Hand hatte die zornig rote Farbe verbrannten Fleisches.

Margies Gesicht hellte sich auf. „He, das ist großartig! Sylvia, Thea war gerade dabei, uns von ihren Abenteuern zu erzählen. Thea, du erinnerst dich doch an Sylvia, oder?"

• • •

Chaos herrschte an diesem Ort. Stürme des Nichts schmetterten gegen die Überbleibsel des Traums, fegten über eine Landschaft aus Wahnsinn und Qual. Inmitten dieser Orkane des Wahnsinns wurde ein Geist vom Wind geschüttelt. Die Seele war nur ein winziger Fleck, ein flüchtiger Gedanke für das alles verzehrende Nichts des Vergessens, aber trotzdem hielt sie an ihrer Identität mit einer Bestimmtheit fest, die selbst der stärkste Windstoß des Geistersturms nicht zu erschüttern vermochte.

Inmitten des Tosens der Hölle, in den Tiefen der zerschmetterten Unterwelt, stemmte sich eine einzelne Seele gegen die grenzenlose Weite vor ihr, zerrte Carpenter an der Barriere, die die Seele vom Fleisch, den Alptraum von der Realität trennte.

Seine Finger, gebogen wie Krallen, fanden nur wenig Halt, die kleinen Löcher, die er in die Wand der Realität riß, schlossen sich noch in dem Augenblick, in dem sie entstanden. Aber Carpenter hörte nicht auf, wurde keinen Augenblick langsamer, sein Geist fühlte keine Erschöpfung, denn er wurde von einer Leidenschaft angetrieben, die mit blindem Zorn in ihm brannte, von dem Drang, der Verdammnis zu entkommen. Er würde nicht ruhen, bis das Leben, bis das Reich der Sterblichen, wieder seine Heimat war.

Er würde niemals aufhören, selbst wenn es eine Ewigkeit dauern mochte.